Chris Fritzschner

# Mysterium

## Buch

Das vorliegende Werk ist frei erfunden. Die Namen, Personen, Orte, Institutionen und Ereignisse dieses Romans entstammen der Fantasie der Autorin oder werden fiktiv benutzt. Jede Ähnlichkeit mit tatsächlichen oder anderen erfundenen Ereignissen, Schauplätzen, Organisationen und lebenden oder toten Personen ist vollkommen zufällig und entspricht nicht der Absicht der Autorin.

## Autorin

Chris Fritzschner, Jahrgang 1960, verheiratet, eine Tochter, eine Enkeltochter, hat viele Hobbys, aber ihre wahre Passion gehört buchstäblich dem Schreiben. "Schreiben ist wie Urlaub vom Alltag, ohne die Koffer packen zu müssen!"

Von Chris Fritzschner sind bereits erschienen:

Deckname Chamäleon – ein neuer/alter Fall für die SoKo Spinnennetz
ISBN 978-3-8391-8061-7

HCI – ein brisanter Fall für die SoKo Spinnennetz
ISBN 978-3-8482-1977-3

Chris Fritzschner

# Mysterium

ein mysteriöser Fall
für die
SoKo Spinnennetz

Thriller

© 2015 Chris Fritzschner
Herstellung und Verlag: BoD - Books on Demand, Norderstedt
Umschlaggestaltung, Satz und Layout: Chris Fritzschner
ISBN 978-3-7347-8649-5

Für
meinen Schwiegersohn

Danksagung

Mein Dank gebührt meiner Familie,
die mich stets bei meinen Buchprojekten unterstützt,
vor allem aber meinem Ehemann, für sein Verständnis,
wenn die Tastatur mal wieder bis in die Nacht hinein klappert.

## Kapitel 1
Sonntagmorgen, sechs Uhr dreiundzwanzig, 27. September

An der Schilfkante des Herrnweihers, der sich unweit der südlichen Stadtmauer Dreieichenhains ausbreitete, wartete sondierend ein hünenhafter Mann. Obwohl er ganz ruhig dastand, sah man jeder Faser seiner Statur an welch immense Kraft in ihr steckte. Aus den Augen des Hünen blitze ein gefährliches Funkeln, als er seinen Blick über das ruhige Wasser schickte. Heute würde das Objekt seiner Begierde ihm gehören, die Bedingungen waren optimal. Eine Woche hatte er auf genau diesen Zeitpunkt akribisch hingearbeitet, denn am letzten Sonntag war er auf der anderen Seite des Herrnweihers leer ausgegangen, doch das sollte sich bald ändern.

*Heute bist du fällig,* dachte Heinz Schäfer, seines Zeichens Fuhrparkleiter der SoKo S, der Sonderkommission, welche für die Aufklärung der besonders heiklen Kriminalfälle im Rhein-Main-Gebiet zuständig war.

Fünfzehn Pfund sollte der von Schäfer anvisierte Fang schon haben. Die Rückenflosse eines solch kapitalen Karpfens hatte er vor sieben Tagen hier, wo er heute stand, durch das Wasser pflügen sehen, und darauf gleich das erste Mal seinen vermeintlichen Fang mit Mais aus der Dose angefüttert. Das hatte Schäfer seitdem bei jedem Morgengrauen zur selben Uhrzeit getan, bevor er in die SoKo gefahren war.

Auch heute hatte der große Mann schon zwei Hände voll Mais im See versenkt, und seine Hände waren nicht gerade klein. Anschließend hatte Schäfer in aller Seelenruhe auf seinen Angelhaken Mais gezogen und die Bleie auf die Schnur. Schäfer benutzte die 0,30 mm starke Schnur, denn der passionierte Angler erwartete durchaus einen harten Kampf, wenn der gewaltige Fisch, auf den er es hier und heute abgesehen hatte, anbiss.

Die Angelschnur ließ Schäfer nun mitsamt seinem Köder voller Eifer ins Wasser sausen, mit etwas zu viel Eifer, denn er warf den Köder fast bis an das gegenüberliegende Ufer und die dort seit vielen Jahren stehende alte Weide heran. Trotzdem war Schäfer zufrieden mit dem Wurf, steckte seine drei Meter lange Karpfenrute in die Haltevorrichtung, und ließ sich genüsslich auf dem mitgebrachten Klappstuhl nieder. Sein elektronischer Bissanzeiger würde ihm sagen, wann er in Aktion zu treten hatte.

Schäfers kalt berechnender Blick ging ein weiteres Mal hinaus über das Wasser in die herbstliche Landschaft, wo die Bäume noch einen langen Morgenschatten auf den Weiher warfen und ihn dunkel und düster wirken ließen.

Dem Herrnweiher schlossen sich das untere und das mittlere Becken an, die miteinander durch Überläufe verbunden waren. Das bedeutete eine Gewässerfläche von insgesamt viertausenddreihundertsiebenundzwanzig Quadratmetern, worin sich unter anderem Aale, Welse, Zander, Rotaugen, Moderlieschen und Schäfers bevorzugte Beute, die Karpfen, tummelten. Während das mittlere und das untere Becken in den siebziger Jahren von Schäfers Anglerkollegen angelegt worden waren, handelte es sich beim oberen Becken um einen Naturweiher, welcher der ehemaligen Wallgrabenanlage der Burg Hayn entstammte. Und mit den Resten der um 1080 erbauten Romanischen Stadtmauer im Rücken, die eben diese Burganlage und die Stadt einmal geschützt hatte, saß Schäfer da und wartete auf den ersehnten Biss.

Eine Stechmücke kam zu Besuch und surrte neben Schäfers Ohr, was ihn dazu veranlasste hektisch nach ihr zu schlagen. In Schäfers Blickfeld geriet dabei eine eifrige Amsel, die nur ein paar Schritte von ihm entfernt gerade das Ringen mit einem Leckerbissen aufnahm. Der schwarze Vogel zog an einem Regenwurm. Länger und länger, dünner und dünner, wurde der Wurm, bis er den Halt in seinem Loch verlor und aus der Erde herausschnellte. Die Amsel taumelte mit ihrem Fang im Schnabel zurück und erhob sich sofort in die Lüfte.

Schäfer atmete tief ein, und träumte von seinem eigenen Fang, den er heute noch zu machen gedachte.

Der Frühnebel hing in Schwaden in der Luft und die Sonne kroch langsam über den Horizont. Sie schien als schemenhafter Stern ohne Power durch den weißlichen Dunst, und doch reichte ihre Leistung aus, den vielen, mit Tau benetzten, kunstvoll gewobenen Spinnenweben um den Weiher herum ein faszinierendes Glitzern zu verleihen.

Jetzt war die Zeit für das Ritual gekommen, das für Schäfer zu einem Anglermorgen gehörte wie der Weihnachtsbaum zu Weihnachten. Der Endsechziger griff in seine rechte Jackentasche, zog eine Peterson Fathers Day Pfeife und eine Dose mit Dunhill Early Morning Tabak heraus. Aus der linken Jackentasche fischte er den dazugehörigen Pfeifenstopfer. Schäfer mochte es nicht, wenn der Stopfer an der Dose des Tabaks scheuerte, deswegen bewahrte er diese beiden Gegenstände immer getrennt auf.

Beim Blick auf die Aufschrift der Tabaksdose seufzte Schäfer im Stillen zufrieden, *was für ein herrlicher früher Morgen.*

Für das Stopfen seiner Pfeife ließ Schäfer sich Zeit. Gekonnt hantierte er mit den Utensilien. Schließlich war er mit der eingebrachten Tabakladung zufrieden, steckte sich das Mundstück zwischen die Zähne und verstaute die Dose mit dem Tabak, und den Stopfer, wieder in seinen Jackentaschen.

Von irgendwoher krächzte ein Rabe.

Schäfer entzündete ein Streichholz und bewegte es über die Tabakoberfläche im Pfeifenkopf, bis sich eine Glutfläche gebildet hatte. Darauf lehnte er sich gemütlich in seinem Stuhl zurück, umfasste stützend mit seiner rechten Hand, kurz unter dem edlen Metallband, den dunkelbraunen Kopf aus Bruyère-Holz und sog genüsslich an der Pfeife.

Der Herbst brachte es mit sich, dass die Blätter auf den Bäumen ihren Halt verloren. Zwei von diesen losgelösten Blättern segelten geradewegs in den Weiher, wo sie als kleine Schiffchen davonschwammen.

Schäfer bewunderte für einen kurzen Moment die beiden um die Wette schwimmenden Blatt-Schiffchen und blies den eingesogenen Rauch langsam aus.

Es herrschte die friedliche Stille eines Sonntagmorgens, dessen Geräusche durch den schweren Nebel erstickt wurden, bis Schäfer hinter sich das Hecheln eines Hundes hörte.

Schäfer schaute auf seine Uhr, es war kurz nach Sieben. Mit der aufgehenden Sonne, waren die ersten Gassigeher auf dem Weg, der am Herrnweiher entlangführte, unterwegs.

Das Hecheln des Hundes kam näher, ein gequältes Hecheln, eben das eines Vierbeiners, der ungestüm nach vorne stürmen wollte, aber von einem engen Band um seinen Hals davon abgehalten wurde. Der Hund würgte und hustete, so sehr hatte das Halsband seine Kehle zugeschnürt. Anscheinend hatte der freiheitsliebende Vierbeiner, bei seiner Auseinandersetzung mit der Leine, eine reife Löwenzahnpflanze am Wegesrand gestreift, denn die losgelösten kleinen Schirmflieger schwebten zu Heinz Schäfer herüber. Das Hecheln des Hundes entfernte sich langsam.

Ein anderes Geräusch durchbrach die Stille, Schäfers Bissanzeiger meldete sich.

*Das ging aber schnell*, nahm Schäfer erfreut zur Kenntnis und wuchtete seine fast zwei Meter in die Höhe. Im Aufstehen legte er behutsam seine Pfeife auf den Angelkoffer neben sich. Wenn dessen Handgriff nach oben stand, bildete er eine perfekte Ablage für seine Peterson Fathers Day.

Vorsichtig griff Schäfer nach der Angel.

*Jetzt ruhig bleiben*, sagte er sich und spürte in den Griff hinein.

Da war es, das ihm bekannte Zucken, und er riss die Angelrute in die

Höhe.

Welch ein Widerstand bot sich ihm.

Schäfer versuchte die Schnur einzuholen, aber dieser Fang wehrte sich gewaltig, nur ein kleines Stückchen gelang ihm.

Die Rute bog sich gefährlich unter den Kräften die an ihr wirkten.

Wieder zog Schäfer heftig an der Schnur, und wieder erarbeitete er ein kleines Stückchen Gewinn für sich. Trotz der Anstrengung umspielte Schäfers Mundwinkel ein Lächeln. Das, was er da am Haken hatte, das waren mehr als fünfzehn Pfund.

"Ich krieg dich schon", presste Schäfer zwischen den Zähnen hervor und zog erneut mit aller Kraft die Angel, und den Fang daran, zu sich heran, um die Rolle einmal zu drehen und die Schnur weiter einzuholen.

Was für ein Kampf.

Erneut zog der begeisterte Angler mit aller Kraft an der Schnur, doch da blieb der Gegenzug plötzlich aus und Schäfer strauchelte nach hinten.

Und schon zog die Schnur wieder an, aber das war ein anderes Ziehen, ein leichtes.

Schäfer riss an, die Angelschnur schoss aus dem Wasser und samt den Bleigewichten knapp an Schäfers Kopf vorbei.

"Jesses", entfuhr es ihm.

Im Geiste sah Schäfer seinen kapitalen Fang davonschwimmen. Der Unmut, der in Schäfer aufstieg, schien sich auf seine Umgebung zu übertragen, denn der Boden unter seinen Füßen begann plötzlich zu beben. Aus dem Schilf stiegen Enten laut schnatternd in die Lüfte. Ein Graureiher, der gerade zur Landung in der Krone der alten Weide ansetzen wollte, überlegte es sich anders, wich erschrocken zurück und flog davon.

Ein merkwürdig gedämpftes Poltern drang an Schäfers Ohren, dem ein ebenso merkwürdiges Gurgeln folgte, und dem wiederum ein Blubbern von aufsteigenden Luftblasen.

Schäfer schnappte entgeistert nach Atem. Fassungslos sah er auf den Weiher hinaus, wo sich ein Strudel mit etwa zwei Metern Durchmesser bildete, in den sich, wie bei einer Badewanne aus der man den Stöpsel gezogen hatte, das Weiherwasser ergoss. Mit wachsendem Erstaunen sah Schäfer vom Ufer aus, wie sich der Strudel immer wilder drehte.

Heinz Schäfer hatte schon viele Male hier am Herrnweiher gestanden, aber noch niemals so ratlos wie in diesem Moment.

Der Hund, der vorhin an der Leine ziehend vorbeigehechelt war, begann in der Ferne aufgeregt bellend und knurrend einen ihm unbekannten Feind zu warnen.

Der hünenhafte Schäfer stieß den angehaltenen Atem aus, als ein Anglerkollege links von ihm angerannt kam.

Der Mann nahm, von panischem Schrecken ergriffen, seinen Hut vom Kopf und starrte, die Augen weit aufgerissen, auf den Weiher und den sich dort drehenden Unheilswirbel. Als sein Blick den von Schäfer traf, war er in keinster Weise davon überrascht in den Augen des Kollegen so viel Entsetzen zu sehen. Eine geradezu furchterregende Fassungslosigkeit war ihm ins Gesicht geschrieben.

Der sonst so idyllische Ort hatte plötzlich etwas Feindseliges.

Der Körper des Mannes versteifte sich, aus seinen Augen warf er Schäfer einen Blick zu, der besagte, *das hier ist heftig.*

Schäfer stand wie angewurzelt, konnte sich nicht von der Stelle rühren und sah zu wie der Weiher stetig an Wasser verlor.

Der Wasserspiegel senkte sich, und je mehr er sich senkte, desto mehr kam eine Leiche zum Vorschein, eine mit zwei Rädern und einem Lenker, überzogen mit einem grünbraunen Algenschleier. Das Fahrrad war offensichtlich schon vor längerer Zeit hier entsorgt worden.

Schließlich ebbte der wild wirbelnde Strudel langsam ab. Der schlammige Grund des Weihers wurde sichtbar und mit ihm die verängstigten Fische. Sie lagen auf der Seite und schlugen aufgeregt mit den Flossen. Die, die es nicht mehr in eine Pfütze geschafft hatten, lagen mit geöffneten Mäulern, wie nach Luft schnappend, auf dem Trockenen.

*Die gehen alle drauf,* schoss es Schäfer durch den Kopf, und er fragte sich was er tun sollte.

Schäfer hielt immer noch die Angel in beiden Händen, doch jetzt erwachte er aus seiner Versteinerung, warf sie weg, griff in seinen Rucksack und holte sein Handy heraus.

In seiner Verzweiflung rief er die 112 an. Diese Nummer zu wählen stellte eher einen spontanen Reflex, als das Ergebnis einer durchdachten Überlegung Schäfers, dar.

Schäfer teilte dem Menschen in der Leitstelle mit was passiert war und bat um Hilfe.

Der Anglerkollege rief zu Schäfer herüber. "Ich ruf den Georg an, wir müssen die Fische retten."

Der Mann kündigte damit an, dass er den Vorsitzenden des Angelsportvereins, Georg Schüllermann, alarmieren würde.

Schäfers Mund war wie ausgetrocknet, er brachte nur ein "Jou", über die Lippen und stapfte, mit seinen Halbschuhen an den Füßen, die kleine Böschung hinunter in den Schlamm des Weihers. Mit dem Mut der Verzweiflung hob Schäfer Fische auf und trug sie in einer Senke, in der sich noch etwas Wasser hielt, zusammen. So wollte er ihr Überleben sichern, bis die Vereinskollegen mit Behältern zur Rettung kommen würden.

Auch der herbeigeeilte Kollege, der sein Telefonat beendet hatte, kam nun in den Schlamm gewatet, glücklicher Weise hatte er Gummistiefel an den Füßen.

"Was ist hier nur passiert?", fragte der Petrijünger fassungslos.

"Ich hab' keine Ahnung", gab Schäfer zu und hob hilflos verunsichert die Schultern, was selten bei ihm vorkam. Doch die Heinz Schäfer eigene hessische Frohnatur gewann wieder Überhand, muttersprachlich fuhr er fort: "Aber ich sach dir, wenn de mir jetzt mei Adrenalin abzabbe dust, reicht des zum uffwecke für die ganz Stadt!"

**Kapitel 2**
Sonntagmorgen, neun Uhr eins, 27. September

Etwa zwei Stunden nach Schäfers Missgeschick fragte er sich was nur aus diesem friedlichen Sonntagmorgen geworden war.

Die Menge der von den Sirenen der Einsatzfahrzeuge alarmierten Schaulustigen war vor der alten Stadtmauer bereits gewaltig angewachsen. Sogar der Bürgermeister war informiert worden und traf nun höchstpersönlich an der Unglücksstelle vor der historischen Altstadt ein.

Der Nebel war inzwischen verschwunden und hüllte nicht mehr das Gemäuer der Burg Hayn ein, wo er zusammen mit der aufgehenden Sonne noch vor ein paar Augenblicken den perfekten Rahmen für eine romantische Burgruine geboten hatte. Zum jetzigen Zeitpunkt war von Romantik nichts mehr zu spüren.

Der Bürgermeister starrte genau so verwundert auf die Szenerie wie all die anderen Menschen.

„Herr Bürgermeiser", begrüßte Georg Schüllermann das Oberhaupt der Stadt förmlich und nickte ihm kurz zu.

Auch der Angesprochene nickte, machte aber keine Anstalten, dem ihn begrüßenden Mann die Hand zu geben, was Schüllermann bei seinen schlammverschmierten Händen gut nachvollziehen konnte.

Schüllermann richtete noch ein paar Worte an den Bürgermeister, doch der hörte kaum zu, so sehr war sein Gehirn mit dem beschäftigt was er hier zu sehen bekam. Wie gebannt hing sein Blick unstet an der Szenerie. Ihm stellte sich nicht nur die Frage, was hier passiert war, sondern auch die Frage ob hier für die Bürger noch Gefahr bestand.

Nach einem kurzen diesbezüglichen Gespräch mit dem Wehrführer der Feuerwehr musste das Oberhaupt der Stadt allerdings weiterziehen zu einem anderen wichtigen Termin. Im Entfernen begriffen warf er nochmal einen Blick über seine rechte Schulter, schüttelte fassungslos den Kopf, und wandte der Sache endgültig den Rücken zu.

Die inzwischen eilig alarmierten Mitglieder des Angelsportvereins, Feuerwehrleute und zupackende Helfer parkten mit vereinten Kräften die ihres Lebensraumes beraubten Fische in herbeigebrachten Eimern und Bottichen zwischen, um sie in den nahegelegenen Burgweiher zu evakuieren.

Der Leiter der örtlichen Polizeidienststelle, Jens Robert Jeske, war ebenfalls vor Ort und regelte mit einem Kollegen das, was in so einem Fall überhaupt zu regeln war.

Der letzte umzusetzende glitschige Geselle wanderte schließlich in den Weiher vor der Burg. In diesem über achttausend Quadratmeter großen Gewässer, das mit der Burgkirche, dem Turmhügel und der Burgmauer die bekannte Kulisse Dreieichenhains bildete, würden sich die Schuppenträger sicher wohl fühlen.

Dessen sicher tauschten ein Feuerwehrmann und ein Angler zufrieden einen Handschlag aus und blickten über die ruhige Wasserfläche, auf der, wegen des großen Menschenauflaufes, ein paar verunsicherte Enten vor sich hindümpelten.

Angesichts der umherwuselnden schlammverschmierten Helfer raunte der Angler dem Feuerwehrmann zu: "Ich mag Helden die keine sein wollen aber trotzdem welche sind."

Der Angesprochene grinste zufrieden.

Ein Stückchen weiter bot sich ein ganz anderes Bild. Da war kein Wasser mehr zu sehen, sondern nur Schlamm, der viele von Schuhen und Stiefeln getretene Löcher aufwies, aber keine Fische mehr.

In diesem Schlamm stand Schäfer und vergewisserte sich nochmals, dass kein Schuppenträger vergessen worden war. „Geschafft", ergab seine Suche und er wischte sich fahrig mit dem Ärmel seines Holzfäller-hemdes über die Stirn.

Schüllermann schien ebenfalls zufrieden, als er Blickkontakt zu Heinz Schäfer aufnahm und zu ihm hinübernickte, aber es arbeitete hinter seiner Stirn.

Keine zehn Minuten nachdem man ihn infomiert hatte, war der Vorsitzende des Angelsportvereins an der Unglücksstelle aufgetaucht und hatte die Koordination der Fischrettung übernommen. Doch es war für seine Begriffe nicht viel zu retten gewesen, und er fragte sich, wo die ganzen Fische geblieben waren, die eigentlich im Herrnweiher sitzen mussten.

Schäfer schien in Gedanken ebenso mit diesem Thema beschäftigt zu sein, denn auch er blickte sich grübelnd um.

Schüllermann holte ratlos eine Packung Zigaretten aus seiner Hemd-tasche und zündete sich einen der filterlosen Glimmstängel an. Tief inhalierend schaute er über das hinweg was einmal der vom Verein gepflegte Herrnweiher gewesen war.

*Wo ist nur all das Wasser hin?*

Das war die häufigst gestellte Frage an diesem Tag. Auch jetzt, als die Helfer vor dem Untertor zusammengerufen wurden, drehten sich dort die Gespräche um dieses Thema.

Einer der Vereinskollegen hatte aus der Not eine Tugend gemacht, seinen großen Grill geholt und die leider nur noch tot zu bergenden

Fische darauf zubereitet.

Da es schon weit nach Mittag war, zeigten sich die Helfer für diese Verpflegung dankbar. Nach der Stärkung ging es an die Aufräumarbeiten und die Beantwortung der Frage des Tages. Dazu wurden die Uferböschungen abgesucht.

Es war nicht gleich ersichtlich was passiert war, da Wurzeln und Wasserpflanzen den Einsturz am Ufer verdeckten. Aber der Sog des Strudels hatte schemenhafte Spuren im Schlamm hinterlassen. Am Ende dieser Spuren sah Schüllermann ein Vereinsmitglied am Uferrand unterhalb einer alten Weide Äste und Wurzeln beiseite räumen.

Interessiert lugte der Mann zwischen den Wurzeln hindurch bis er plötzlich hochschnellte. "Hier", rief er und fuchtelte wild mit den Armen, um auf sich aufmerksam zu machen.

Mit Gummistiefeln bewaffnet, stapften einige Personen den kürzesten Weg mitten durch den Weiher, besser gesagt durch den Schlamm, um an die Stelle der Aufregung zu gelangen. Dieses Unterfangen stellte sich jedoch nicht so einfach dar, da sie tief in den Schlamm einsackten und dieser die Stiefel festzuhalten schien. Immer wieder zog jemand nur den unbestiefelten Fuß aus der braunen Masse und landete bei dem nächsten Schritt mit der bloßen Socke darin. Dann zerrte er den Stiefel mit den Händen aus dem Schlamm und fuhr mit der Schlammsocke, und mit angeekeltem Gesicht, wieder in den Stiefel hinein.

Schüllermann langte am Ort der Aufregung an. Und der Mann, der diese Wanderung der Interessierten ausgelöst hatte, wies mit der Hand zu den kräftigen und stark verzweigten Wurzeln der alten Weide hin. Irgendetwas schien dort eingebrochen zu sein. Irgendeine Konstruktion, zumindest wiesen die bearbeiteten Steine, die unter den Wurzeln hervorlugten, darauf hin.

*Aber was für ein Bauwerk soll hier sein?*, fragte sich Schüllermann. *Ein Keller? Doch von welchem Haus? Es gibt hier weit und breit kein Haus! Und welcher Keller könnte schon das ganze Wasser vom Herrnweiher aufnehmen?* Schüllermann beendete seine Überlegungen indem er sich mit beiden Händen fahrig durch die Haare strich.

Nach genauerem Hinsehen stand eindeutig fest, dass irgendein gemauertes Gewölbe nachgegeben hatte. Mit bloßen Händen befreiten die Helfer den Zugang zum Einsturz vom Wurzelwerk. Hinter der Einbruchstelle lauerte nur eine undurchsichtige Schwärze, eine ergründliche dunkle Leere, und trotzdem ließ sich vermuten, dass die schemenhaft zu sehenden Wände weiter führten als man es im Moment erkennen konnte.

Schäfer kam das Ganze vor wie ein grausamer Höllenschlund, der seinen Fündzehnpfünder verschluckt hatte. Mit weit aufgerissenen Augen stierte er in den Hohlraum. Doch es ging ihm wie allen anderen auch, man konnte nicht erkennen wohin dieser Höllenschlund führte.

Pragmatisch, wie Schüllermann nun mal veranlagt war, rief er über den Weiher hinweg: "Hol' mal einer 'ne Lampe."

Einer der immer noch vor Ort weilenden Feuerwehrmänner kam kurz darauf mit einem starken Handstrahler herbeigeeilt. Natürlich wollten alle mal einen Blick in dieses mysteriöse Loch werfen.

Polizeidienststellenleiter Jeske zuckte nur mit den Schultern, als man ihn fragend dazu ansah.

Aber die Feuerwehrmänner hatten ihre Bedenken bezüglich der Statik der Baukonstruktion und wollten am Liebsten dieses Ansinnen unterbinden.

Schließlich gab man, nach einigen Diskussionen, aber doch das Betreten frei.

"Wer da reingeht, tut das auf eigene Gefahr", erklärte Jeske.

Falls Schüllermann dieser Hinweis beunruhigte, zeigte er es nicht, beherzt schnappte er sich den Handstrahler. Mit ihm wagte er sich in das unbekannte Terrain vor. Nachdem er sich einen kurzen Überblick verschafft hatte, rief er den anderen zu: "Das ist kein Keller und auch kein Gewölbe, das ist ein Tunnel!"

"Ein Tunnel!?", fragte Jeske nach, der glaubte sich verhört zu haben, und richtete sein rechtes Ohr lauschend in Richtung Schüllermann.

"Ja", kam die Bestätigung von unten, "ein Tunnel!"

Die von den beiden Männern ausgetauschten Worte hatten natürlich alle Umstehenden vernommen. Sie verbreiteten sich wie ein Lauffeuer. Sofort schossen die Gerüchte in die Höhe, dass man den verschollenen Geheimgang der Burg gefunden haben könnte.

Mordechai von Eschersleben, der Vorsitzende des Geschichts- und Heimatvereins, der unter den Schaulustigen weilte, wurde sofort dazu befragt.

„Es ist mir ein Mysterium woher an dieser Stelle ein Tunnel kommt und wohin er geht. Aber möglich ist alles", räumte er ein und begab sich zu der Einsturzstelle, um sich ein besseres Bild von der Sache machen zu können.

Dort herrschte eine gewisse Ratlosigkeit, aber auch eine schrecklich schöne Faszination ging von dem Loch unter den Wurzeln der alten Weide aus.

Von Eschersleben wagte sich nach einem kurzen Gespräch mit Jeseke in den Tunnel, und auch Schäfer ließ es sich nicht nehmen zu schauen was sich da aufgetan hatte.

Einer der Feuerwehrmänner ließ die beiden, wie er es vorher schon bei Schüllermann getan hatte, an den Händen durch das Loch in den Tunnel hinab.

Als Schäfer festen Boden unter den Füßen hatte, schaute er sich um.

Rechter Hand vom Einsturz war kein Weiterkommen, Steine waren aus der Decke und der Wand herausgebrochen und versperrten den Weg. Morsche, unbearbeitete Holzbalken ragten aus den Trümmern. Nach links allerdings war der Weg frei. Wobei frei nicht frei von Wurzeln bedeutete. Ein Wurzelgeflecht aus feinen Fäden bis hin zu armdicken Strängen hing von der Decke herab oder hatte sich den Weg durch die Wände gebahnt.

Schüllermann war schon ein Stück in den Tunnel vorgedrungen, was der gut zehn Meter entfernte Lichtkegel des Handstrahlers zeigte. Die beiden Nachzügler folgten ihm durch das Wirrwar aus Feinwurzeln und Grobwurzeln. Sie waren kaum ein paar Schritte gegangen, als die Dunkelheit sie auch schon umhüllte, da sie außerhalb des Bereichs gelangten, in den der Durchbruch Licht fallen ließ.

Beim Vorreiter angekommen, machte man sich gemeinsam auf den Tunnel zu erkunden. Schüllermann stakste vorne weg, gefolgt vom Vorsitzenden des Geschichts- und Heimatvereins, der ihm dicht auf den Fersen hing. Schäfer bildete die Nachhut.

Der Tunnel war sehr niedrig, die drei Männer mussten in gebückter, vor allem für den hünenhaften Schäfer unangenehmer Haltung voran-schreiten. Der Boden und die Wände waren feucht und die benetzten Wurzeln, die den Männern durch das Gesicht strichen, fies. Auf dem Untergrund hatte sich Schlamm abgelagert. Das quatschende Geräusch, das jeder ihre Schritte erzeugte, hallte seltsam von den Wänden wider, die etwa achtzig Zentimeter auseinander lagen. Es waren alte Wände, sehr alte Wände, an denen offensichtlich der Zahn der Zeit genagt hatte. Wurzeln der verschiedensten Pflanzen ragten aus der Decke und den Wänden heraus. Ein weißer Belag überzog die einzelnen Steine und vor allem die Fugen. Schäfer mutmaßte, dass es sich um Salpeter handeln könnte.

Schüllermann richtete den Strahl der Lampe nach vorne. Hinten bei Schäfer kam kaum noch etwas von dem Licht an, um ihm zu einer besseren Sicht auf den Boden des Tunnels zu verhelfen. Unsicher mit den Füßen tastend folgte er dem Vorausgehenden.

Von irgendwoher tropfte stetig Wasser in eine Pfütze. Das stetige

Geräusch nervte Schäfer, aber es gab weit und breit keinen Wasserhahn den er hätte zudrehen können. Mit jedem neuen Tropfen hatte Schäfer das Gefühl, dass das Geräusch lauter wurde, auch wenn dem so nicht war.

Schüllermann stolperte und kam ins Straucheln. Er fing sich wieder, dabei wurde klar wo die fehlenden Fische geblieben waren, sie lagen zu seinen Füßen.

Schäfer lief etwas versetzt auf der rechten Seite hinter Mordechai von Eschersleben und beobachtete die bizarren Formen, die der Lichtkegel von Schüllermanns Handstrahler an den Wänden den Tunnels hervorzauberte. Er war ganz fasziniert von dem was er voraus sah, als er mit dem Fuß gegen ein Hindernis stieß. Er tat einen Schritt zur Seite, aber das Etwas lag ihm immer noch im Weg. Schäfer konnte schemenhaft die Umrisse erkennen und beugte sich tief hinunter. Er traute seinen Augen kaum, aber Schäfer hatte sich nicht getäuscht, da lag er, sein Fünfzehnpfünder, den er heute so gerne gefangen hätte.

In seiner ganzen Pracht hatte der Fisch hier wohl seinen letzten Schnapper getan. Unvermittelt zuckte der Fisch hoch.

Schäfer erschrak einen kurzen Moment, packte jedoch flugs zu. *Vielleicht lebt er noch!* Er hob den Karpfen auf und schaffte ihn zurück zum Durchbruch, wo das spärliche Licht von draußen kaum noch Helligkeit spendete. Dort hievte er den Kawenzmann zu einem Feuerwehrmann nach oben.

Doch dieser Karpfen war definitiv tot.

Wenigstens hatte Schäfer auf diese Weise doch noch seinen kapitalen Fang heute in der Hand gehalten, wenn auch ganz anders als er es sich gedacht hatte. Ihm wäre es lieber gewesen den Kampf mit dem circa siebzig Zentimeter großen Fisch an der Angel aufgenommen zu haben. Enttäuscht warf er einen letzten Blick auf den toten Fisch.

"Und?", forderte der Feuerwehrmann Auskunft zu dem was im Tunnel zu sehen war.

"Stockfinster da drin", raunte Schäfer, "habt Ihr mal noch ne Lampe für mich?"

Jemand drückte Schäfer eine Taschenlampe in die Hand, worauf er zurück zu den beiden anderen Tunnelerkundern wollte. Schäfer bückte sich wieder in den Gang hinein, als ein kehliger Laut, von der Stelle wo von Eschersleben und Schüllermann sich aufhielten, zu ihm drang. Schäfer glaubte von dort das Wort "Scheiße" aus Schüllermanns Mund zu vernehmen. Er blickte in die Richtung der Unmutsbekundung, von wo das Licht des Handstrahlers wild hin- und herschwankend auf ihn

18

zukam. Der Mann der ihn trug schien zu rennen.

"Raus hier", herrschte Schüllermanns Stimme Schäfer schon von weitem an.

Vollkommen perplex drehte sich Schäfer um und reckte die Arme nach oben, um sich von dem Feuermann, der ihm die Hände entgegenstreckte, nach oben helfen zu lassen.

Wieder oben stehend beobachtete Schäfer wie Schüllermann den Handstrahler, der immer noch seinen Dienst versah, aus dem Tunnel heraus auf den schlammigen Grund des Weihers schleuderte, und sich darauf mit von Eschersleben auch von dem Feuerwehrmann aus dem Tunnel helfen ließ. Nur sprangen die beiden Männer geradezu aus dem Tunnel heraus, als hätten sie ein Gespenst gesehen.

Beiden schien ein noch größerer Schrecken in die Glieder gefahren zu sein, als das Leerlaufen des Weihers ihn schon bewirkt hatte. Ihr ganzes Gebaren drückte eines deutlich aus: Weg hier, nur weit weg hier!

Schüllermann deutete erschrocken, mit zittrigem Finger, zum Tunnel hin. "Da, … da liegt ein Toter drin", brachte der Vorsitzende des Angelsportvereins, dessen Gesicht mit einem Mal fahl wirkte, fast lautlos über die bebenden Lippen. Als er nun diese Worte aussprach, überkam ihn die Erkenntnis dessen, was er da unten im Tunnel gesehen hatte, mit einer solchen Wucht, dass ihm flau wurde, sein Magen revoltierte. Und dieses Gefühl steigerte sich, bis ihm speiübel wurde und er sich schnell ein paar Schritte entfernte, um sich zu übergeben.

Schäfer blickte zu Jeske hin und starrte ihn aus geweiteten Augen an. "Oh Gott", entfuhr es ihm, obwohl er sich alles andere als gläubig bezeichnete.

"Sie dürfen ruhig Herr Jeske zu mir sagen", entgegnete der Polizeibeamte trocken, der das Ganze noch für einen schlechten Scherz hielt. Doch er änderte langsam seine Haltung, als von Eschersleben fassungslos ergänzte: "Ein Toter in einem Tauchanzug."

Alles Blut war aus dem Gesicht des Vorsitzenden des Geschichts- und Heimatvereins gewichen, er atmete schwer. Seine Miene zeigte nacktes Entsetzen.

Jeskes Blick schnellte zu Schüllermann zurück. "Was?", raunzte er mit einem Unterton, der belegte, dass er sich immer noch verarscht vorkam.

Schüllermann richtete sich aus seiner gebückten Haltung wieder auf, wischte sich mit dem Handrücken über den Mund und blickte Jeske ins Gesicht. "Wirklich, da liegt ein Toter drin!", kam ihm wispernd über die Lippen.

Nun trat der Polizeidienststellenleiter in Aktion. Er schnappte sich den von Schüllermann in den Schlamm geschleuderten und immer noch leuchtenden Handstrahler und raunte bestimmend: "Sie bleiben alle hier draußen."

Schäfer zeigte sich entsetzt. War er etwa für den Tod der Person dort unten verantwortlich? War der Mann ertrunken, weil er vielleicht mit dem Zug an seiner Angel den Einsturz des Tunnels bewirkt hatte?

Noch während Schäfer sich all diese Fragen stellte, betrat Jeske den Tunnel.

Für Heinz Schäfer stand unterdessen außer Frage, wen er über diese Sache hier zu informieren hatte. Den Mann, der an solchen Vorfällen immer Interesse zeigte, zumindest so lange, bis seine übernatürliche Intuition ihm sagte, dass es sich um kein Verbrechen handelte, was da an ihn herangetragen wurde.

Diese Frage war hier und jetzt noch offen, und genau für so einen Fall hatte Schäfer sie, diese eine Telefonnummer, in seinem Kurzwahlverzeichnis. Und damit war Schäfer einer der wenigen Personen, der die private Festnetznummer von Thomas Christ, dem Chef der SoKo S, besaß.

Schäfer hatte überhaupt keine Skrupel den SoKo-Chef an einem Sonntagabend um diese Uhrzeit anzurufen, denn er wusste, dass Christ, dies sicher fast von ihm, einem Mann aus seiner Truppe, erwartet hätte, und es ihm verübeln würde, wenn er es nicht tat.

## Kapitel 3
Sonntagabend, neunzehn Uhr siebenunddreißig, 27. September

Thomas Christ, der knallharte Kopf an der Spitze der Sonder-kommission, die sich mit den ‚heißen Eisen' im Rhein-Main-Gebiet befasste, saß mit Anita, seiner Ex-Frau, am Tisch in der Küche seines Hauses und genoss nach dem Abendessen einen schwarzen Tee mit Milch. Gedanklich bereitete Christ sich gerade auf einen gemütlichen Abend vor, als aus dem Zimmer, das er hier in seinem Haus als Büro eingerichtet hatte, das störende Geräusch des klingelnden Telefons an sein Ohr drang.

Christ blickte zu Anita, die seit diesem Sommer wieder bei ihm eingezogen war, und auf die Uhr hinter ihr an der Wand. Er runzelte die Stirn und begab sich zu dem klingelnden Apparat. Eine Christ unbe-kannte Handynummer erschien auf dem Display, er nahm das Gespräch an und war ziemlich überascht, als er am anderen Ende: "Guude Abend Schef" vernahm.

Christ wusste diese, vom hessischen Dialekt geprägte, Stimme gleich zuzuordnen. Um sich selbst nochmals die Uhrzeit zu bestätigten blickte Christ auf die Uhr, die seinen Schreibtisch zierte. Auch bei dieser wanderte der kleine Zeiger auf die Acht zu.

"Schäfer!?", fragte Christ mehr als er den Namen sagte, unterließ es aber ein durchaus vorwurfsvolles: *Sie wissen schon, dass heute Sonntag ist*, hinterherzuschicken. Christ war sich sicher, dass Heinz Schäfer an einem Sonntagabend, um diese Uhrzeit, nur mit einem guten, mit einem sehr guten, Grund anrief.

"Ja, Schef", säuselte Schäfer irgendwie abgelenkt ins Telefon, klang aber durchaus erleichtert, den Angerufenen erreicht zu haben. "Es iss wischdisch", schob er entschuldigend hinterher.

*Das habe ich mir schon gedacht*, meinte Christ im Stillen, forderte aber aufmerksam: "Legen Sie los!"

"Es geht um Folschendes. Isch war angele, und jetzt hätt isch da mal e Problemche", druckste Schäfer.

"Ein Problem", kam von Christ mit stoischer Ruhe.

"Isch glaab, Sie müsste mir mal helfe und dadezu misste se jetzt zu mer komme." Gehetzt kamen die Worte über Schäfers Lippen. "Sie glaabe net was mir hier passiert is. Ei, isch bin ja fix und ferddisch!"

Das war alles was Christ wörtlich vom anderen Ende der Telefon-leitung hörte. Aber er hörte auch noch etwas anderes heraus, Schäfer schien unter Schock zu stehen.

Seit Christ beim Ertönen des Klingeltons stirnrunzelnd seine Ex-Frau angeblickt hatte, hatten sich die Furchen auf seiner Stirn kontinuierlich vertieft. Was sollte diese Ansage Schäfers?

"Wo sind Sie?", fragte Christ schließlich um die eingetretene Stille zu unterbrechen.

Schäfer erklärte wo er sich befand.

"Ich komme", sagte Christ und legte ohne ein weiteres Wort auf.

Thomas Christ schnappte sich die Krawatte, die er gestern Abend auf dem Schreibtisch deponiert hatte, ruckzuck hatte sie einen Windsorknoten. Während seine Hände das schmale Seidenband am breiten Ende von links nach rechts unter dem schmalen Ende herumführten, um danach das breite Ende nach links um den halben Knoten herumzuschlagen, schlugen auch Christs Gedanken sich herum. Der SoKo-Chef überlegte was Schäfer so aus der Fassung gebracht haben konnte.

Christ erinnerte sich, dass er, beim Verlassen der SoKo am gestrigen Abend, Schäfer gesehen hatte und der ihm, unter den Wünschen für einen schönen Feierabend, lässig zugewunken hatte. Das Urgestein der SoKo S hatte dabei ausgeglichen und zufrieden gewirkt wie immer. Seinen dunkelblauen Kittel hatte er wie stets zugeknöpft gehabt und die inzwischen grauen Haare seines Wuschelkopfes waren zerzaust, so als hätten sie an diesem Tag noch keinen Kamm gesehen. In der Hand hatte Schäfer einen Schraubenschlüssel gehalten. Dieses Bild vor Augen dachte Christ: *Also alles wie immer, ganz im Gegensatz zu jetzt.*

Gedankenversunken nahm Christ das Jacket seines Anzugs, das über der Stuhllehne seines Bürostuhles hing und lief zurück in die Küche, zu Anita. Sie war gerade damit fertig geworden das schmutzige Geschirr in die Spülmaschine zu räumen. Nur noch Christs halb gefüllte Teetasse stand auf dem Buchenholztisch, den vier Stühle umgaben.

Anita schloss die Tür der Spülmaschine und schaute auf zu dem Mann, der ihr so viel bedeutete.

Eigentlich hatten sie geplant nach dem Abendessen einen gemütlichen Fernsehabend zu verbringen, aber Anita sah sofort in den Augen von Thomas, dass dieser nun erst einmal gecancelt war. Während die Miene ihres Ex-Ehemannes nur schwer zu interpretieren war, da er sein Mienenspiel fortwährend unter Kontrolle hatte, konnte Anita sozusagen zwischen den Zeilen lesen und musste ihm dazu nur in seine dunkelbraunen Augen schauen. Dort konnte Antia lesen wie in einem offenen Buch.

Christs Augen waren das erste in was Anita sich damals verliebt hatte. Unabhängig von seinem Sean Connery Charme waren es diese weisen gütigen Augen gewesen, die zugleich raffiniert, hart und auch sexy sein konnten, in die sie sich verguckt hatte.

"Du", druckste Christ, "ich muss kurz mal nach Dreieichenhain, Schäfer hat wohl irgendein Problem", sagte er mit entschuldigendem Unterton.

Anita wusste, wenn Thomas den Ausdruck 'kurz mal' verwandte, bedeutete das nicht unbedingt 'kurz mal'.

"Du kannst ja schon das Programm bestimmen", bot Christ im Hinblick auf den ursprünglich geplanten Abend galant an. "Ich schaue dann mit, wenn ich zurück bin."

Wie immer unterließ es Anita ihren Thomas zu fragen was passiert war. Sie wollte gar nicht in das manchmal so erschreckende Unsiversum ihres Ex-Mannes eintauchen. Und sie wusste, wie sehr der SoKo-Chef sich um seine Aussagen, einen Fall betreffend, wand.

Anita seufzte nur, schnappte sich die Teetasse vom Tisch, "Ich nehme mal an, du hast nicht mehr die Zeit den noch zu trinken", warf sie emotionslos in seine Richtung, leerte den Darjeeling in das Spülbecken, öffnete nochmals die Spülmaschine und stellte die Tasse hinein.

Nach der langen Trennung hatten die beiden Ex-Eheleute im Juni beschlossen wieder zusammen leben zu wollen, und Anita hatte ihre kleine Wohnung in Frankfurt aufgegeben. Irgendwie konnte der eine ohne den anderen nicht.

Anita hatte sich mit der Art wie Christ seinen Beruf auslebte abgefunden und bemühte sich es zu verstehen. Die wenige Zeit, die sie für sich hatten, versuchten die beiden deswegen umso intensiver zu nutzen.

Auch Thomas Christ hatte inzwischen verstanden was Einsamkeit und Warten für seine Frau bedeutete, deswegen sagte er fast entschuldigend: "Schäfer braucht mich anscheinend dringend."

Christ beschäftigte immer noch das Telefonat, er runzelte die Stirn. Schäfer hatte etwas verwirrt geklungen, und sein Dialekt war stärker als sonst zu vernehmen gewesen, was ihm verdeutlichte, dass sein Fuhrparkleiter wirklich sehr aufgregt war.

Die beiden Ex-Eheleute schauten sich an.

"Beeil' dich!", war alles was Anita sagte. Ihr Blick war dabei nicht vorwurfsvoll sondern erwartungsfroh.

Thomas Christ gab ein nickendes Versprechen, strich Anita zärtlich eine vorwitzige Strähne ihrer schwarzen Haare aus dem Gesicht und drückte ihr zum Abschied einen Kuss auf die Stirn. Er verließ die schlanke Frau mit einem unguten Gefühl, eine Empfindung, die er sich niemals anmerken lassen würde, vor den Kollegen. Da gab der SoKo-

Chef stets den Harten, er wollte es sich nicht leisten, seine durchaus auch bestehende Verletzlichkeit zu zeigen, obwohl es nicht einmal sicher war, dass er es nicht konnte. Seine Kollegen hätten ihm das sicher nachgesehen. Aber Christ ließ das Visier niemals fallen, nicht mal einen Spalt breit. Seine Truppe war viel zu gut im Aufspüren von Schwäche, und Dosske, der wohl vorlauteste Kollege aus Christs Truppe, würde eine solche bestimmt zur Zielscheibe seiner Sprüche machen.

Thomas Christ hatte es sich anerzogen stets der SoKo-Chef mit der unerschütterlichen Miene zu sein. Willenskraft gepaart mit einer guten Portion Schauspielerei hatte er schon immer besessen.

Die Kollegen bewunderten diesen erfahrenen Mann, die Gangster fürchteten ihn, und die Presse mochte den wortkargen Chef der SoKo nicht. Aber das Wichtigste für Christ war, Anita liebte ihn.

Auf dem Weg nach Dreieichenhain machte sich Christ so seine Gedanken über Schäfers Anruf. Er wusste, dass sein Fuhrparkleiter gerne angelte. Und er wusste auch, dass der Hüne dies leidenschaftlich an den Wochenenden zelebrierte. Aber es war ihm noch nicht klar was er nun dabei sollte. Er konnte sich kaum vorstellen, dass Schäfer ihn wegen eines großen Fanges zu sich bestellt hatte. Sicher, Schäfer hatte schon montags seine geangelten Fische mit in die Soko gebracht und den Kollegen geschenkt. Aber was das nun mit heute Abend zu tun hatte erschloss sich Christ immer noch nicht.

## Kapitel 4
Sonntagabend, zwanzig Uhr acht, 27. September

Seit Christs Verabschiedung von seiner Ex-Ehefrau waren nicht einmal zwanzig Minuten vergangen, als der SoKo-Chef an der Burg Hayn eintraf und auf den Parkplatz am Untertor vor der Burgmauer abbog.

Dicke Nebelschwaden hingen nun wieder über dem Weiher vor der Burg, die von gelblichtigen Strahlern angeleuchtet wurde. Das diffuse Licht des Abends verpasste dem alten Gemäuer geradezu ein mysteriös gespenstisches Aussehen.

Schäfer war vom Herrnweiher zum Parkplatz am Untertor vorge-laufen, und als er den Audi A8 in Gletscherweiß Metallic seines Chefs erspäte, lief er dorthin wo Christ einparkte.

Christ stieg bedächtig aus seinem Wagen aus. Seinen ersten Eindruck bestimmten die Schaulustigen, die immer noch beobachteten was hier vor sich ging. Über den vielen Köpfen ragte die eine oder andere Hand mit einem filmenden oder fotografierenden Handy heraus, um alles für die Nachwelt festzuhalten. Ebenso registrierte Christ die abgestellten Einsatzfahrzeuge der Feuerwehr und der Polizei.

Inmitten all der Hektik erspähte Christ seinen Fuhrparkleiter, der eiligen Schrittes zu ihm herüber kam. Er bot ein Bild des Jammers. Noch im Laufen sagte Schäfer kleinlaut: "Danke Schef, dass se komme sin."

Christ nickte nur.

Und doch sah Schäfer im Gesichtsausdruck des Chefs der SoKo S andeutungsweise etwas wie ein verständnisvolles Lächeln und fühlte sich gleich besser.

"Isch weiss gar net wo isch anfange soll", druckste Schäfer, dessen Gesicht etwas Verzweifeltes hatte. "Am Beste komme se einfach mit", bat Schäfer und wies mit der Hand auf den Weg, der links vom Untertor begann und an der Stadtmauer entlangführte.

Christ nickte wieder nur und ließ Schäfer den Vortritt. Der stapfte auch sogleich los und Christ folgte ihm schweigend.

Auf dem schmalen Fußweg, vorbei an Sträuchern und Büschen, begegneten ihnen Menschen, und zwar weit mehr, als man hier im Normalfall den ganzen Tag über zu sehen bekam. Sonst saßen die Angler nebenan ruhig um den Weiher, und die Herrchen führten ihre Vierbeiner gassi, heute jedoch lag die unheimliche Aura von etwas Merkwürdigem über diesem Fleckchen Erde.

Die vielen Augenpaare, die Christ auf Schritt und Tritt verfolgten, prasselten an ihm ab wie ungeschaut, während Schäfer jeden einzelnen Blick wie ein Messer, das man ihm in den Leib rammte, zu spüren glaubte.

Endlich kamen sie vor dem leergelaufenen Herrnweiher zum Stehen.

Schäfer wies mit der Hand auf den Schlammboden. "Isch hab de Stepsel aus dere Badewann gezoge", gab Schäfer mit einem aufgesetzten Grinsen an, das ganz eindeutig nicht seiner wirklichen inneren Verfassung entsprach. "Glaab isch", schob er noch hinterher.

Christ sah auf den schlammigen Grund des ehemaligen Gewässers, von dem ein modriger Geruch ausging, und fragte sich was er hier nun tun sollte. Er entdeckte zwar die Fahrradleiche in der Mitte des Sees, konnte sich aber nicht vorstellen, dass Schäfer ihn deswegen gerufen hatte. Das da vielleicht zugrundeliegende Diebstahlsdelikt fiel nun wirklich nicht in seinen Zuständigkeitsbereich.

Schäfers ungutes "Aber des ist net des größte Problem", zog Christs Aufmerksamkeit wieder auf den Fuhrparkleiter, aus dessen sonst so lustigen rehbraunen Augen heute etwas ganz anderes sprach.

"Wir misste da rüber", klagte Schäfer und wies mit der Hand auf die Stelle, wo uniformierte Polizeibeamte und Feuerwehrleute mit Taschenlampen hantierten, und wo Schäfer, seinem ganzen Gebahren nach, eigentlich gar nicht hinwollte. Trotzdem stapfte Schäfer voraus.

Christ folgte ihm und nahm dankbar zur Kenntnis, dass Schäfer nicht den direkten Weg durch den Schlamm wählte, sondern den Weiher auf seiner Uferbefestigung umrundete.

Je näher sie kamen, desto interessierter wurde Christ auf das was hier vorgefallen war. Das rotweiße Flatterband mit dem schwarzen Aufdruck Polizeiabsperrung, das man um den Weiher gespannt hatte, wirkte geradezu elektrisierend auf Christ. Hinzu kam, dass er natürlich den Leiter der örtlichen Polizeidienststelle, Jens Robert Jeske, der auf dem aufgewühlten Grund des Weihers stand und mit jemandem sprach, erkannt hatte.

Jeske blickte, und wies mit der Hand, zu den mächtigen Wurzeln einer alten Weide hin, doch für Christ war dort von hier aus noch nichts Auffälliges zu erkennen. Als sie näher heran waren erkannte Christ, dass Jeske in ein Loch unterhalb der Weide geblickt hatte.

Jetzt bemerkte Jeske den Chef der SoKo. "Ah, Herr Christ."

"Jeske", antwortete Christ begrüßend.

"Warten Sie, ich komme hoch zu Ihnen", erklärte Jeske und stieg über den Uferrand des Weihers zu Christ nach oben.

Anscheinend war Jeske nicht überrascht, dass der SoKo-Chef hier auftauchte. Sicher hatte Schäfer den Dienststellenleiter unterrichtet, dass er Christ hergebeten hatte.

Als Jeske neben Christ stand, begann er diesen über das, was hier vorgefallen war, zu unterrichten. "Kleiner Haken, große Wirkung", scherzte er und erklärte: "Also, bis jetzt stellt sich das Ganze für uns so dar, dass der Angelhaken von dem jungen Mann hier", er sah zu Schäfer hin, "sich in den Wurzeln dieser Weide verfangen hat. Diese waren wohl wiederum in das Mauerwerk dieses unterirdischen Ganges oder Tunnels eingedrungen gewesen, und als Schäfer seinen vermeindlichen Fang mit aller Kraft aus dem Wasser ziehen wollte, hat das eine Wand wahrscheinlich zum Einsturz gebracht und das Wasser des Weihers lief in den Gang."

Christ sah zu Schäfer und verzog keine Miene.

Schäfer dagegen blickte unglücklich drein. "Es könnt aber auch Altersschwäche von dem Tunnel gewese sein", erklärte Schäfer in einem untauglichen Versuch alle Schuld von sich zu weisen. "Aber des is noch net des Schlimmste", hauchte er und blickte zu dem eingestürzten Tunnel hinüber.

"Wir haben einen Toten im Gang gefunden", sprach Jeske endlich das aus was Schäfer nicht über die Lippen kommen wollte.

"Einen Taucher", stammelte Schäfer ergänzend.

"Einen Taucher!?", fragte Christ nach, als ob er sich verhört hätte.

Schäfer nickte.

"Ja, einen Taucher", bestätigte auch Jeske, "aber ohne Taucherbrille oder Pressluftflasche."

Christ wusste nicht so recht was er mit dieser Aussage anfangen sollte und sah zu Schäfer hin.

"Isch hab den net uff dem Gewisse, der iss schon länger hin gewese", befleissigte sich Schäfer anzugeben. Jesske hatte dies geäußert, nachdem er wieder aus dem Tunnel aufgetaucht war, wo er einen kurzen Blick auf den Toten geworfen hatte.

Christ Augenbrauen wanderten in die Höhe.

"Wir haben einen Mann gefunden, der in einem Tauchanzug steckt", verdeutlichte Jeske. "Aber er trug eben nur diesen Anzug und keine sonstigen Tauchutensilien.

"Weiss man um wen es sich handelt?"

"Nein. Im Tauchanzug trägt man selten einen Personalausweis bei sich", raunte Jeske flapsig.

Von all den Theorien, die Christ momentan durch den Kopf schossen, war nicht eine zufriedenstellend. "Ist er aus dem Weiher in den Gang gespült worden, oder war er schon im Gang", wollte er interessiert wissen.

Jeske zuckte mit den Schultern. "Das wissen wir nicht mit Sicherheit", räumte er ein. "Ebensowenig wie wir wissen um wen es sich handelt."

Christ war nicht im Geringsten darauf bedacht Autorität an den Tag zu legen, er strahlte sie einfach aus, als er so dastand und zum Einsturz hinschaute.

"Schef", wandte sich Schäfer an Christ und sah ihn bittend an. "Ich dacht, dass des vielleicht ein Fall für unser SoKo wär", brummte er, offensichtlich durch ein schlechtes Gewissen geplagt.

Christ schnaufte kurz durch, denn seine übernatürliche Intuition rührte sich und signalisierte ihm, dass es sich hier nicht um einen simplen Tauchunfall handelte, sondern dass mehr dahinter steckte, und er sollte so recht behalten.

"Wer hat denn jetzt die Leitung", erkundigte sich Christ und kniff nachdenklich die Augen zusammen.

"Ich", sagte Jeske. "Wir sind nicht böse drum wenn die SoKo die Sache übernehmen kann, wir sind im Moment voll mit Arbeit", erklärte Jeske, der sehr wohl um die Befugnisse Christs wusste, die ihn dazu berechtigten.

Doch der Chef der SoKo S ließ Jeske zappeln.

Thomas Christ hielt seine Emotionen wie stets unter Verschluss, kein Anzeichen von dem was er gerade empfand ließ er an die Oberfläche gelangen, geschweigedenn erkennen. Aber noch während Jeske sprach, sortierte Christ schon gedanklich seine nächsten Schritte.

Christ wandte sich schließlich an Jeske. "Haben Sie schon die Spurensicherung verständigt?"

"Nein."

Wieder schaufte Christ tief durch, und die Art und Weise wie er schnaufte, ließ in Schäfer Hoffnung aufkeimen, er kannte den SoKo-Chef schließlich lange genug.

Schäfer gehörte zur ersten Grundausstattung, als Christ damals, zur Jahrtausendwende, seine Sonderkommission gründete. Mit der von ihm erarbeiteten neuen Sicherheitsachitektur deckte Christ den Bedarf an Spitzenkompetenz in der Verbrechensaufklärung im Rhein-Main-Gebiet ab. Der Vollblutkriminalist plädierte immer dafür, dass seine SoKo, wenn sich irgendetwas auch nur zaghaft andeutete, zugriff und sich der Sache annahm.

Und jetzt hoffte Schäfer, dass Christ zugriff.

Der Blick, mit dem Christ den Dienststellenleiter fixierte, war so durchdringend, dass Jeske das Gefühl hatte, er könne seine Gedanken lesen. Und als Christ schließlich fast lapidar erklärte: "Ich übernehme den Fall mit der SoKo", fühlte Jeske sich in seinem Empfinden bestätigt.

Beim Seitenblick, den Christ bei seiner Ansage auf Schäfer warf, sah er, wie sich das verzweifelt wirkende Gesicht des Hünen aufhellte. Die Anspannung wich aus seinem Körper und er sackte erleichtert in sich zusammen. Schäfers ganze Haltung drückte sein unerschütterliches Vertrauen in die Aufklärungsarbeit der SoKo S und deren Schef an der Spitze aus.

"Wer war denn schon alles in dem Tunnel?", fragte Christ, dem schwante, dass kriminalistisch relevante Spuren, die bei der Sachlage sowieso schwierig zu ermitteln sein würden, vielleicht schon zerstört waren.

Jeske deutete auf Schüllermann, zählte ihn, von Eschersleben, Schäfer und sich auf. "Aber der von Eschersleben ist nachhause gegangen, ihm war übel", wusste er noch zu berichten.

Christ hakte nach, wer sich hinter den beiden ihm unbekannten Namen verbarg, und was sie mit der Sache zu tun hatten.

Jeske erklärte es ihm.

"Sorgen Sie dafür, dass niemand mehr in den Tunnel geht", lautete endlich Christs erste Anweisung in diesem Fall. "Alle Personen, die hier nichts zu suchen haben, verlassen das Areal und gehen auf die andere Seite des Weihers", forderte Christ.

Dass er damit die Arbeit an dem Fall aufgenommen hatte, war Schäfer klar. Er nickte Christ dankbar zu, als sein Blick ihn erneut erfasste.

"Ich möchte mit diesem Herrn Schüllermann sprechen", erklärte Christ.

Jeske bewegte seinen Kopf mit einem gewissen Einverständnis auf und ab, und veranlasste die nötigen Schritte um die Schaulustigen, Feuerwehrleute, und auch seine Kollegen weg von dem Tunnel zu der anderen Seite des Weihers, und Schüllermann zu Christ, zu schicken.

Christ griff zu seinem Handy und sandte an die Kollegen seiner SoKo, die er gerne hier vor Ort hätte, eine SMS mit Instruktionen.

Schäfer beauftragte er, die Kollegen, so wie er es vorhin bei ihm getan hatte, vom Parkplatz abzuholen. Er selbst blieb an der Einsturzstelle, um mit dem Vorsitzenden des Angelsportvereins ein paar aufschlüsselnde Worte zu wechseln. Dem sich mit hängenden Schultern entfernenden Schäfer rief Christ hinterher: "Besorgen Sie mir irgendwo Gummistiefel!"

Solche Gummistiefel tauchten auch als Instruktion in Christ SMS auf, die bei Rechtsmediziner Doktor Mark Wenright, Forensiker Fynn Pfeiffer und den Soko-Beamten Antonio Brucati, Samira Stein und Daniel Dosske einging. Der mit ihr verbundene Blick der Kollegen auf den Absender der SMS ließ sie gleich erahnen, dass ihr Sonntagabend damit gelaufen war.

# Kapitel 5
Sonntagnacht, zwanzig Uhr achtundfünfzig, 27. September

Daniel Dosske, der muskulöse Dunkelblonde mit der großen Klappe, traf als erster auf dem Parkplatz am Untertor ein, wo Schäfer ihn schon erwartete. Dosske hatte es aus seiner Wohnung in Offenthal nicht weit bis hier her gehabt.

Im Gesicht des gut genährten Kriminalisten spiegelte sich die Überraschung wider, eine ihm bekannte hünenhafte Gestalt hier zu sehen.

Heinz Schäfer hatte er noch nie an einem Tatort angetroffen. Er zählte in Christs Truppe nicht unbedingt zu den Ermittlern oder gar Kämpfern an erster Front. Schäfer war dafür zuständig den Fuhrpark in der SoKo-Zentrale in der Flughafenstraße einsatzbereit zu halten. Ihn 'draußen' zu sehen, ja gar an einem Tatort, war sonderbar.

Die Verwunderung fand in Dosskes Stimme Niederschlag, als er seine Autotür zuschlug und interessiert fragte: "Was machst du denn hier?"

Doch von Schäfer kam als Antwort nur ein Seufzen.

"Hast du dich verirrt? Oder gar vergessen wo deine Werkstatt ist?", fragte Dosske provokativ.

"Des ist e länger Gschicht, ich zeigs dir gleich", antwortete Schäfer abgelenkt. Er hatte wohl jemanden erspäht, denn er vollführte mit seiner rechten Hand eine Hierher-Geste.

Dosske folgte seinem Blick und entdeckte Antonio Brucati, der auf sie zuhielt.

"Hi, Toni!", begrüßte ihn Dosske.

"Hi!", gab Brucati zurück. Auch auf der Miene des italienisch-stämmigen Kriminalisten spiegelte sich die Überraschung wegen Heinz Schäfers Anwesenheit wider. Nur im Gegensatz zu Dosske, der selten ein Blatt vor den Mund nahm, unterließ er jegliche verbale Anspielung. "Was gibt's?", fragte er lapidar.

"Erzähl isch euch gleich", wehrte Schäfer wieder ab. "Lasst grad die annern noch komme", bat er.

"Unser Schäfer macht's spannend", raunte Dosske. "Und das an einem Sonntag, wo ich eigentlich etwas Besseres vorhatte", murrte er.

Worauf Brucati die Augen verdrehte und die Gegend sondierte.

"Hier war ich echt schon lange nicht mehr", äußerte Dosske sich umblickend, aber ohne jegliche Euphorie.

"Hm", entgegnete Brucati.

Man merkte Dosske sichtlich an, dass er in seiner Sonntagsruhe gestört worden war. Seine Mundwinkel zeigten nach unten. Seit Dosskes

Handy ihn mit der jazzigen Titelmelodie des Films Spiderman aus seiner sonntäglichen Ruhe gewissen hatte, murrte er vor sich hin. Als der Unheil verkündende Klingelton an sein Ohr gedrungen war, hatte er gerade gedacht mit einem Bierchen den Abend zu verbringen. Das hatte er sich schließlich redlich verdient gehabt, denn er war den Samstag über zum Shopping mit seiner Freundin unterwegs gewesen, und heute am Nachmittag mit ihr spazieren gegangen. Doch so sehr er Deborah auch vielleicht mochte, sie war einfach anstrengend. Und Christ SMS hatte Dosske sein Entspannungsbierchen gründlich versaut.

Kriminalistin Samira Stein folgte bald den beiden SoKo-Kollegen. Ein leichter Wind spielte mit ihren langen blonden Haaren, als sie zu ihnen herüberlief.

"Hi, Sammy", raunte Dosske der Kollegin zu, als sie sich dem Trio hinzugesellte.

Stein hob begrüßend die Hand. Sie mochte diesen von Dosske für sie gerne gebrauchten Spitznamen eigentlich nicht, aber wenn ihr Kollege ihn wie eben benutzte, drückte er so viel Vertrautes aus.

Dosskes schlechte Laune schien bei Steins Anblick verschwunden zu sein. "Schau doch nur", sagte er strahlend zu Brucati, "wie Steins Augen glänzen, wenn sie *mich* sieht!"

"Das ist sicher eine allergische Reaktion auf dich", entgegnete Brucati sarkastisch.

"Ich bin rezeptpflichtig", gab Dosske selbstgefällig an.

Stein musste grinsen. "Wo müssen wir denn hin?", fragte sie.

"Das wüssten wir auch gerne", raunte Dosske, "aber unser Herr Fuhrparkleiter hält sich noch bedeckt!"

Die drei sahen zu Schäfer hin, der sich offensichtlich in seiner Haut nicht gerade wohl fühlte.

"Lasst uns grad noch uf de Doc und es Pfeiffersche warte", bat Schäfer, "die misse auch gleich da sein."

Dass Schäfer den Namen des Forensikers Fynn Pfeiffer verniedlichte war durchaus verständlich, der schmächtige SoKo-Kollege war einen ganzen Kopf kleiner als Fuhrparkleiter Schäfer, der so etwas wie einen väterlicher Freund für den jungen Forensiker darstellte.

Seit die beiden Pfeiffers altes Motorrad, eine Honda CB 200 aus dem Baujahr 1970, wieder auf Vordermann brachten, sah man sie oft zusammen.

"Man, weiß Christ nicht, was heute für ein Wochentag ist?", murrte Dosske, der dieses Thema immer noch nicht abgehakt hatte.

"Doch, das weiß er", brummte Schäfer, "ein scheiß Sonntag!"

"Unmöglich!", beschwerte sich der in seiner Sonntagsruhe gestörte Dosske.

"Unmöglich?", nahm Brucati die Äußerung des Kollegen auf. "Nimm mal 'nen Duden und geh damit zu Christ. Das Wort kennt der nämlich nicht!"

"Stimmt!", entfuhr es Dosske und er tippte sich mit der Hand an die Stirn, als wenn ihm gerade ein Licht aufgegangen wäre. "Das habe ich auch schon gehört", spielte er mit.

Während sie auf das aus Pfeiffer und Doc Wenright bestehende Forensische Team warteten, nutzten die angekommenen SoKo-Kollegen den Moment für einen ersten Überblick.

Viele Menschen drängten sich um die Burg und ihren Weiher herum, unwiderstehlich angezogen von dem, was sie an diesem Sonntag gehört hatten. Auch hier, direkt am Ort des Geschehens sprach man aufgeregt miteinander. In der Menschenmasse standen ein paar mit Schlamm beschmierte Individuen, die müde und erschöpft wirkend diskutierten, während andere mit ihren Handys alles festhielten.

Drüben, auf der Dachterrasse des 'The Aircraft at Burghof', von wo man einen herrlichen Ausblick auf die historische Burg und den Weiher von Dreieichenhain hatte, standen die Menschen Schulter an Schulter am Geländer und diskutierten über das was hier geschah.

Dosskes Blick ruhte auf der Dachterrasse und dem Gebäude darunter, welches für Tagungen, oder auch für Konzerte, oder Gala-Dinner und so weiter zu buchen war. "Das nenne ich mal einen Logenplatz", raunte er.

Die Gäste des Hauses würden diesen Abend sicher so schnell nicht vergessen, unabhängig wie toll das Event auch sein mochte, zu dem sie eigentlich hier hergekommen waren, zumal auf sie auch noch ein schauriger Anblick, von dem sie jetzt noch nichts ahnten, wartete.

"Falls wir hier ermitteln müssen", begann Dosske, "die Befragung da drüben", er deutete in Richtung des noblen Tagungsortes, "übernehme ich."

"Das kann ich mir denken", entgegnete Brucati. "Du willst doch nur wieder in die Captain's Lounge und dich mit einem Cocktail in einen der Frist-Class-Sitze schmeißen", warf er Dosske vor.

Der antwortete mit einem unschuldigen Lächeln.

Brucati wusste, wie sehr Dosske das Ambiente der unglaublichen Bar in 'The Aircraft' faszinierte, von der es in den großen Veranstaltungsraum abging, der dem Inneren eines Flugzeuges nachempfunden war, bis hin zu Details wie Flugzeugsitzen und Flugzeugfenstern, hinter denen man unter anderem den Start oder die Landung eines Flugzeugs ablaufen lassen konnte.

Um keine weitere Diskussion aufkommen zu lassen, öffnete Dosske den Kofferraum seines Wagens und schlüpfte, genau wie Stein und Brucati es schon getan hatten, in Gummistiefel. Dabei bemerkte Dosske unter den Schaulustigen am Ufer des Weihers zwei Personen die er kannte. "Ach nee", raunte der Kriminalist, worauf Brucati und Stein ihre Aufmerksamkeit auf ihn richteten.

"Pfeiff mal!", forderte er Brucati auf.

Und als der nicht folgte, bat Dosske herzzerreißend aber eindringlich: "Pfeiff mal!"

Brucati spitzte die Lippen und stieß einen kurzen Pfeifton aus.

"Ich glaube mein Schwein pfeift", rief Dosske.

Brucati warf seinem Kollegen einen strengen Blick zu, der bedeutete: Spaß beiseite. Aus Dosskes entgegnendem Augenaufschlag ließ sich schließen, dass ihm dieser unduldsame Blick nicht fremd war.

"Die Presse ist doch immer schnell", sagte Dosske anerkennend. Mit dem Kopf wies er in eine bestimmte Richtung. "Guck mal", sagte er zu Stein, "da ist ja deine Freundin, diese Presse-Sherlockine und ihr Doktor Watson."

Stein war seinem Blick gefolgt und entdeckte die Journalisten Vivian Pfitz und Steve Quaid.

Die beiden hatten vor einiger Zeit im selben Fall wie die SoKo S recherchiert und sich dabei auf ein gefährliches Terrain begeben, aus dem die SoKo-Truppe sie letztendlich gerettet hatte.

Seit ein paar Wochen waren Samira Stein und Vivian Pfitz nun miteinander befreundet. Und als Dosske das mitbekam, hatte er Pfitz den Spitznamen Presse-Sherlockine verpasst.

Die Blicke der beiden Frauen trafen sich.

Normalerweise pflegten sie zur Begrüßung den Austausch einer freundschaftlichen Umarmung, aber das schien Stein und Pfitz in der momentanen Situation nicht angebracht, so nickten sie sich nur kurz zu.

Ein weiteres Fahrzeug steuerte den Parkplatz am Untertor an. Doktor Mark Wenright und Pfeiffer trafen endlich ein. Sie hatten die längste Zeit benötigt, da sie erst noch in der SoKo-Zentrale den Transporter der Forensischen Abteilung und ihre Spurensicherungsuntensilien für die Tatortarbeit holen mussten.

Endlich erreichten sie die wartenden Kollegen. "Guten Abend", sagte Doktor Wenright mit einem hörbaren Akzent, der ihn als Engländer auswies.

Die anderen SoKo-Beamten nickten ihm und Pfeiffer zu. Auf ihren

Gesichtern konnte Schäfer ein großes Fragezeichen ablesen, was nicht zuletzt dem Umstand geschuldet war, das in Christs SMS gefordert worden war, dass sie in Gummistiefeln zum Einsatz kommen sollten. Als Schäfer nun die abmarschbereiten SoKo-Beamten musterte, hatten alle das geforderte Schuhwerk angezogen.

Dosske stierte auf Brucatis Füße, "Mords Stiefel", kommentierte er, "gibt's die auch in schön?", fragte er belustigt.

Brucati überhörte einfach seine herausfordernde Frage, er wusste selbst, dass diese alten Dinger nicht mehr besonders zeitgemäß waren, aber wann benötigte er schon mal Gummistiefel. Im ersten Moment des Lesens von Christs SMS hatte er voller Schreck noch gedacht, er hätte sie längst schon aus seinem Keller entfernt gehabt, aber glücklicherweise befanden sie sich doch noch in seinem Eigentum.

"Gehn mer!", gab Schäfer den Startschuss.

Dosske ließ dem schmächtigen Pfeiffer den Vortritt. Der Forensiker schleppte sich redlich mit dem Beweissicherungskoffer der SoKo S in der einen, und der Tasche mit der Spheron-Kamera in der anderen Hand ab.

"Schwer?", fragte Dosske neutral.

"Ja."

"Na, es ist bestimmt nicht weit", raunte Dosske mit einem Grinsen im Gesicht und wies Pfeiffer mit einer einladenen Geste den Weg.

Pfeiffer hatte sich kaum abgewandt und in Marsch gesetzt, als Dosske auch schon einen Hieb auf seiner Schulter verspürte.

"Au!", sagte er in Steins Richtung, von wo der Schlag gekommen war.

"Du bist unmöglich", fauchte die Kollegin ihn an. So sehr sie Dosskes lustige und oft mitreißende Art auch mochte, manchmal überspannte er einfach den Bogen.

Im Entenmarsch liefen die fünf SoKo Beamten hinter Heinz Schäfer her, bis sie zum Ort des Geschehens kamen.

Als Christs Team nun auf den SoKo-Chef traf, raunte Dosske, dem Conférencier einer Modenschau ähnlich, Brucati leise zu: "Gummistiefel, Anzug und Windsorknoten, sie sehen den neusten Modetrend, styled by Sir Thomas. Oben das englische Königshaus und unten grüner Landadel!"

Brucati schmunzelte nur und merkte insgeheim, dass es war wie sonst auch, selbst diese grünen, alten und mit Schlamm beschmierten Gummistiefel zum Anzug konnten der Aura Christs als sympathischen Gentleman, die ihn stets umgab, nichts anhaben. Aber Brucati wusste es besser, hinter der Fassade steckte ein listiger drahtiger Kämpfer.

Inzwischen hatte sich das Bild der Einsturzstelle, gegenüber dem Zeitpunkt zu dem Christ eingetroffen war, erheblich verändert. Das spärliche Licht, der Taschenlampen in den Händen der Umstehenden, war zwei tragbaren 1000 Watt Scheinwerfern der Feuerwehr gewichen, der den Platz um den alten Baum erhellte.

Dosske blickte von dessen Wurzelwerk hinauf zu den hängenden Ästen und meinte: "Ja, wenn die Weiden Trauer tragen, kann das die beste Laune verjagen."

"Du hast schon besser gedichtet", gab Brucati zurück.

"Man kann nicht immer spitze sein, heute ist mein Anspruch klein", setzte Dosske noch einen drauf.

Stein hatte mitgehört und blickte schnell zum Boden hin, um zu verhindern, dass Christ ihr Schmunzeln bemerkte.

Sie wussten zwar immer noch nicht um was es hier ging, aber Stein war sich sicher, dass es unangemessen war hier zu lachen.

Auch der sensible Brucati war im höchsten Maße konzentriert, als sie nun zu Christ, der neben der Einsturzstelle wartete, herunterstapften. Brucatis Augen nahmen alles an Informationen auf, was sie erhaschen konnten.

Stein, die zu ihm herüberblickte, merkte, dass seine tiefdunklen Augen alles genauestens sondierten.

Doc Wenright und Pfeiffer hielten mit ihren Spurensicherungskoffern in den Händen vor Christ an.

"What happened?", erkundigte sich Doc Wenright. Es gab immer wieder Situationen, in denen der schon lange in Deutschland lebende Engländer in seine Muttersprache verfiel, und das hier war durchaus so eine.

Christ wies auf den Tunneleingang. "Es gibt einen Toten", sagte er emotionslos.

"Da drin?", wollte sich Pfeiffer nochmal bestätigen lassen.

Christ nickte. Mehr sagte er erst einmal nicht zur Information. Seine beiden Kollegen aus der Forensischen Abteilung sollten sich unvoreingenommen an die Arbeit begeben.

"Na, da benötigen wir wohl kein Zelt", raunte Pfeiffer, der sonst für das Aufstellen eines Sichtschutzes vor der Presse oder Neugierigen zuständig war, die es hier noch immer zur Genüge gab.

Und nicht nur sie, angezogen vom Schein des Lichtes schwärmten Stechmücken um die Lampen. Allerdings beschränkten sie ihren Flug nicht nur auf die Lampen, was Dosske leidlich erfuhr und mit einem gezielten Schlag seiner rechten Hand auf seine linke quittierte, wo einer der Zweiflügler zum Sitzen gekommen war. "Wärst besser mal wo anders essen gegangen", raunte er böse und schnickte mit dem Mittelfinger die zerdrückte Mücke von seinem Handrücken.

Doc Wenright und Pfeiffer schlüpften in ihre Vollschutzanzüge und sahen in den Tunnel hinein.

Auch im Tunnel hatte man zwei Scheinwerfer angebracht, die den Weg bis zu der Stelle erhellten wo der Taucher lag und man hatte einen starken Holzbalken zur Stabilisierung auf die Kante des Durchbruchs gelegt.

Doc Wenright setzte sich auf diesen und schwang seine Beine in das Loch hinein, um sich von dem Balken aus in den Tunnel gleiten zu lassen. Er seufzte leise bei dieser Bewegung, als seine Rippen sich wieder mit diesem Ziehen bemerkbar machten und ihn daran erinnerten, dass er bei dem Anschlag auf seinen Freund Stuart Atkins, im Mai diesen Jahres, ebenfalls schwer verletzt worden war.

Wieder den festen Boden unter den Füßen langte Doc Wenright nach oben und nahm Pfeiffer die Spurensicherungsutensilien ab. Zuletzt reichte der Kollege die Spheron-Kamera nach unten, wobei er sie wie ein rohes Ei behandelte, und schlüpfte danach ebenfalls in den Tunnel.

Christ unterrichtete unterdessen Brucati, Stein und Dosske von dem was er inzwischen, unter anderem aus dem Gespräch mit Schüllermann, wusste. Der SoKo-Chef wünschte, dass die drei weitere Informationen zum Tunnel und dem Toten sammelten. Ansprechpartner standen zur Genüge um den Weiher herum.

Der Abend hatte es mit sich gebracht, dass es dunkel geworden war und dieser Dunkelheit war es zu verdanken, dass die aufblitzenden Lichter der Spheron-Kamera, die Pfeiffer unten im Tunnel auf ihr dreibeiniges Stativ gesetzt hatte, und die artig ihre Fotos schoss, durch den Zugang des Tunnels zu den Kollegen heraufleuchteten.

Dosske veranlasste das zu sagen: "Der Doc hat sein Schätzchen im Einsatz."

Dosske wusste, das Doc Wenright damals die treibende Kraft bei der Anschaffung dieses Hightech-Gerätes gewesen war.

Dosske deutete zum Tunnel hin und wandte sich an Christ. "Sollen wir uns das auch mal ansehen?"

Christ hob als Antwort nur einladend seine rechte Hand.

Dosske blickte darauf seine beiden Kollegen an und fragte: "Kommt Ihr mit?"

"Nein", sagte Stein sofort, "ich warte auf das 3-D-Computermodell des Tatortes. Wie man sieht, arbeitet die Kamera ja schon daran."

Stein wusste, dass Pfeiffer Fotos vom Tatort machte, um die Szenerie unverändert festzuhalten. Es war nicht nötig, dass sie oder die Kollegen selbst zum Ort des Geschehens in die Unterwelt abtauchten.

Auch Brucati schüttelte verneinend den Kopf, worauf Dosske mit einem behänden Satz in den Tunnel sprang.

Der Schrecken, der von Eschersleben und Schüllermann wohl in die Knochen gefahren sein musste, spukte immer noch in dieser Unterwelt. Eine Mischung aus erdiger und nach Fisch riechender Luft schlug Dosske entgegen, und je mehr er dem Gang folgte, desto stickiger wurde sie. Unter der Schlammschicht musste wohl der eine oder andere tote Fisch liegen.

Unsicher stapfte Dosske über den unebenen Grund. *Wie gut, dass Christ Gummistiefel angeordnet hat*, dachte er.

Auch Dosske musste sich mit seinen einhundertdreiundneunzig Zentimetern Körpergröße ganz schön unbequem vorwärts bewegen. Und die Wurzeln, die überall in den Tunnel ragten, machten das Vorwärtskommen auch nicht gerade angenehmer. Lauthals haderte er mit dem Umstand. Dosske schob einen besonders dicken Wurzelstrang beiseite und raunte Doc Wenright und Pfeiffer, die er nun erreicht hatte, zu: "Ist die Wurzel jetzt von einer Eiche oder einer Buche?"

"Wieso?", fragte Pfeiffer. "Ist das wichtig?"

"Na du weisst doch: Eichen sollst du weichen, Buchen sollst Du suchen."

"Das betrifft einen anderen Zusammenhang, Dosske", gab Doc Wenright mürrisch zurück, der über der Leiche hing. Er mochte es nicht, wenn man ihn mit unsachdienlichen Hinweisen an einem Tatort bei der Sicherung von Spuren störte.

Dosske sah sich um. Auch hier an dieser Stelle waren Teile der Decke und der Seitenwand eingestürzt, das dahinterliegende Erdreich war zu sehen und wirkte alles andere als vertrauenswürdig stabil. Die herausgebrochenen Mauersteine hatten auf dem Boden eine kleine Barriere gebildet und vor dieser lag der tote Taucher. Anscheinend hatte dieser kleine Wall verhindert, dass der Tote von den Wassermassen noch tiefer in den Tunnel hineingespült worden war. Er war teilweise mit Schlamm bedeckt. Hinter dem Wall fiel der Tunnel leicht nach unten ab und war mit Wasser angefüllt.

Dosske bemerkte eine Bewegung an der Wand über Pfeiffer und fokussierte diesen Bereich mit seinen Augen. "Ach, schaut mal", rief er aus und wies mit der Hand auf eine schwarze Spinne, "ein Miniatur-Christ", sagte er in Anlehnung daran, dass Christ der Chef der SoKo

Spinnennetz war. "Ob der auch ermittelt?"

"Wahrscheinlich", entgegenete Pfeiffer, während Doc Wenright in seine Arbeit vertieft schwieg.

"Und Doc?", fragte Dosske.

"Cadaverin und Putrescin", sagte Doc Wenright und nannte damit die beiden wesentlichen Duftstoffe, die dem Verwesungsgeruch seinen beißenden Charakter verliehen.

Obwohl Dosske einen gehörigen Abstand zu den Untersuchungen seiner Kollegen hielt, nahm auch er den süßlich beißenden Geruch wahr, der von der Leiche ausging.

"Seit wann ist er tot?", wollte Dosske wissen.

"Ich kann noch nichts Genaues sagen", antwortete Doc Wenright, ganz auf das konzentriert was er hier vor sich sah. "Aber", setzte er dann doch noch hinzu, "der ist schon seit einigen Tagen tot, die Leichenstarre hat sich schon wieder gelöst."

"Also ist er nicht erst aufgrund dieses Vorfalls verstorben", fragte Dosske und kam noch einen Schritt näher, um Doc Wenright über die Schulter zu schauen.

"Nein."

"Dafür scheint es aber den einen oder anderen Fisch erwischt zu haben", raunte Pfeiffer.

Dosske nickte. "Du weisst doch, nur tote Fischen schwimmen mit dem Strom!"

"Ich beneide die Sardinen in ihrer Büchse, die haben mehr Platz", reagierte Doc Wenright auf Dosskes Nähe.

Dosske verstand sofort und trat einen Schritt zurück. "Ich glaube ich habe genug gesehen", raunte er und wandte sich wieder zum Gehen.

Doc Wenright und Pfeiffer arbeiteten kommentarlos weiter.

Zurück an der frischen Einsturzstelle sah Dosske die alten Holzbalken die gebrochen waren und aus dem Schuttberg, der ein Weitergehen in die andere Richtung verhinderte, herausragen. Zusammen mit dem Erdreich und den Steinen stellen sie eine unüberwindbare Barriere dar.

Dosske zog sich wieder nach oben. Die frische Nachtluft war eine Wohltat, er sog sie geräuschvoll ein, wobei er Christ erblickte, der ihn erwartete. Schäfer stand ebenfalls noch bei ihm.

Christ war, nachdem Schäfer ihm die Stiefel gebracht hatte, selbst kurz im Tunnel gewesen, um sich einen Überblick zu verschaffen und als Dosske nun zu ihm meinte "Was da an Spuren war, hat das Wasser mit sich gerissen.", nickte er gedankenversunken und schloss seine Überlegungen mit einem Auftrag für Dosske ab. "Sie setzen sich morgen mit diesem Herrn von Eschersleben in Verbindung."

"Ja", bestätigte Dosske und berichtete weiter: "Der Doc meint, der Tote sei schon ein paar Tage nicht mehr unter den Lebenden."

So schlimm das Ganze auch war, stieß Schäfer trotzdem einen erleichterten Seufzer aus. Er war nicht Schuld am Tod dieses Mannes. Die Erleichterung über die Bestätigung durch Doc Wenrights Aussage konnte man an seinem Gesicht ablesen.

Dosske schaute sich nach Brucati und Stein um. Die hatte Christ inzwischen zur Befragung der Schaulustigen losgeschickt. Dosske erblickte sie am gegenüberliegenden Ufer. Von dort kam nun ein Mann auf Christ zugeeilt.

Der Soko-Chef hatte wie immer überall seine Augen und es war ihm nicht entgangen, dass dieser Mensch dem Polizeibeamten an der Absperrung einen Ausweis vor die Nase gehalten hatte, worauf dieser ihn nach einem Wortgefecht passieren ließ.

Diesen Ausweis zückte der Mann nun auch vor Christ und schleuderte ihm ungalant "Tretin, Untere Denkmalschutzbehörde" entgegen. Und wie zur Bestätigung reichte er auch noch an Christ eine Visitenkarte von sich. Und auch Dosske bekam eine in die Hand gedrückt.

*Eine ziemlich unfreundliche Vorstellung*, dachte Dosske.

Tretin erklärte, dass man ihn über die Gegebenheiten hier informiert hatte, und überhaupt sei dies ja wohl ein Fall für ihn und seine Behörde.

"Nach § 20 Denkmalschutzgesetz sind Bodendenkmäler uns unverzüglich anzuzeigen und die Fundstelle ist im unveränderten Zustand zu erhalten und in geeigneter Weise vor Gefahren für die Erhaltung des Fundes zu schützen. Ich …"

Christ unterbrach mit einer wirksamen Handbewegung den Redefluss des Mannes. Der SoKo-Chef hatte so gar keine Lust auf ein Gerangel mit dem Denkmalschutz um irgendwelche Zuständigkeiten für das Zutrittsrecht oder Ähnliches. Und als nun Doc Wenright und Pfeiffer mit der Leiche am Einsturz ankamen und von unten nach Hilfe riefen, nahm Christ dem Herren vom Denkmalschutz gleich sämtlichen Wind aus den Segeln, indem er sagte: "Wir sind hier fertig, sie können sofort die Zuständigkeit für den Tunnel übernehmen. Unsere Arbeit hat in keiner Weise die Fundstelle beeinträchtigt. Sie können den Fund gerne bergen, auswerten und für ihre wissenschaftliche Arbeit in Besitz nehmen." Christ unterstrich seine Worte mit einer einladenden Handgeste.

Tretin, der sich gerade aufgeplustert hatte, um Wind zu machen, atmete überrascht aus. "Gut", konnte er nun nur noch sagen.

40

Dosske packte unterdessen beherzt zu, half den beiden Kollegen im Tunnel die Leiche durch den Einsturz nach oben zu hieven und in den hermetisch abschließbaren Plastikbehälter zu verbringen, den man inzwischen gebracht hatte.

Als Doc Wenright und Pfeiffer wieder aus der Unterwelt auftauchten, war von dem Weiß des Vliesstoffes ihrer Tyvek-Vollschutzanzüge nicht mehr viel zu sehen. Sie waren von oben bis unten mit Schlamm beschmiert.

"Und?", fragte Christ seinen langjährigen Freund Doc Wenright.

"Ich habe keine offensichtliche Todesursache gefunden, mehr kann ich dir erst nach der Autopsie sagen", antwortete Doc Wenright, der sehr wohl wusste, dass es Christ nie schnell genug gehen konnte. Doch Doktor Wenright gehörte zu den Rechtsmedizinern, die nicht gerne spekulierten. Er suchte nach Fakten, die seine Vermutung stützten, bevor er eine Äußerung bezüglich einer Todesursache von sich gab. Und dazu wollte er den Toten zur weiteren Untersuchung in die Forensische Abteilung, genauer gesagt die Rechtsmedizinische Sektion der SoKo S in die Flughafenstraße befördern. "Ich bringe ihn jetzt erst mal zu uns."

"Ich helfe Euch beim Abtransport", bot Dosske an.

Doc Wenright bewegte zustimmend seinen Kopf und schälte sich aus dem Tyvek-Anzug.

"Wir sehen uns morgen in der SoKo", meinte Dosske flapsig zu Christ.

Der nickte nur und wandte sich seinerseits zum Gehen ab. Christ sah Brucati am Uferrand mit einer Frau sprechen. Er lief dorthin um sich kurz vom aktuellen Stand der Ermittlungen unterrichten zu lassen, bevor er sich verabschiedete und nachhause fuhr. Er würde dort ein paar Worte verlieren müssen, warum das 'kurz mal' mal wieder so lange gedauert hatte.

Anita hatte es schon nicht leicht mit ihm, so manchmal sah er das schon ein. Eilig machte er sich auf den Weg.

Während Christ unbehelligt zu seinem Wagen zurückkehrte, glich der Rückweg von Doc Wenright, Pfeiffer und Dosske mit ihrer Last durch die Menge der Schulustigen, zu dem auf dem Parkplatz am Untertor geparkten Transporter, einem Spießrutenlauf. Alle Blicke richteten sich auf den Leichenzug, bis die Träger den hermetisch verschlossenen Plastikbehälter durch die geöffnete Tür des Mercedes Sprinter schoben, und ein Puzzleteil, dessen was hier geschehen war, damit verschwand.

## Kapitel 6
Sonntagnacht, zweiundzwanzig Uhr drei, 27. September

Nachdem Doc Wenright und Pfeiffer mit der Leiche im Wagen den Parkplatz am Untertor verlassen hatten, löste sich auch so langsam die Menschenmenge auf. Nur vereinzelt sah man noch Schaulustige.

Dosske stieß am Parkplatz auf Brucati und Stein, die an Brucatis Peugeot 307 CC standen, wo der Kollege gerade die Gummistiefel gegen seine Turnschuhe tauschte. Dosske beobachtete wie Brucati sich die Schuhe schnürte. "Ich wußte es ja schon immer, du bist ein Doppelknoter", raunte er Brucati im Ankommen zu.

"Sicher ist sicher", gab Brucati unbeeindruckt zurück. "Na, wie war's in der Unterwelt", fragte er.

"War interessant. Ich habe den kleinen Bruder von Christ gesehen", verkündete Dosske und vollführte mit beiden Händen die Bewegung einer laufenden Spinne.

Brucati und Stein verstanden sofort was er meinte.

"Was gab's bei Euch?", erkundigte sich Dosske.

"Eine herrliche Gerüchtesuppe", begann Brucati und verzog kurz die Mundwinkel, "gewürzt mit geheimnisvollen verschollenen Gängen und mystischen Erscheinungen. Aber nichts dem man wirklich ernsthaft nachgehen könnte", seufzte er.

"Naja", äußerte Stein, die es wohl nicht ganz so sah wie Brucati, "da war aber doch der Hinweis von dieser Frau Schneider, mit dem Fenster vom Nachbarn."

Brucatis Nicken verdeutlichte, dass er diesem Hinweis zwar nachgehen würde, aber ihn nicht für sehr vielversprechend hielt.

"Und mit diesem Typ vom Geschichts- und Heimatverein sollten wir auch mal sprechen", fuhr Stein fort.

"Mordechai von Eschersleben", wusste Brucati.

"Ja, Mordechai von Eschersleben", wiederholte Dosske theatralisch, "das ist doch mal ein Name!"

"Den sollten wir echt mal befragen", sagte Brucati zuversichtlich. An dieser Spur hatte er anscheinend mehr Interesse. "Man hat uns gesagt, dass sich keiner besser mit der Burg, ihrer Geschichte und eventuellen Gängen auskennt als er", berichtete Brucati.

"Au ja, das mache ich", sagte der wohl bestens gelaunte Dosske voller Arbeitseifer.

Trotzdem blickte Brucati ihn prüfend an. Das war keine normale Reaktion Dosskes, der riss sich nicht um solche Ermittlungsarbeit.

Brucatis Blick heftete sich an Dosskes Augen, wandelte sich von prüfend zu durchdringend und schließlich fordernd.

"Jaaa", gab Dosske kleinlaut zu, "Christ hat mir den Namen auch schon genannt und mich beauftragt ihn zu befragen."

Das erklärte Dosskes an den Tag gelegten Arbeitseifer. Brucatis Universum stimmte wieder, er musste schmunzeln.

"Und ich werde mal Tante Luise dazu befragen", erklärte Stein.

Die Schwester ihrer Mutter war hier in Dreieich geboren, und wohnte gar nicht weit von der Burg. Sie konnte Stein, die ursprünglich nicht aus Dreieich stammte, sicher auch einiges an Informationen geben.

"Ich werde am Besten gleich mal bei ihr vorbeifahren."

"Du weißt schon wie spät es ist?", fragte Brucati und sah auf seine Armbanduhr.

"Ja", antwortete Stein und überprüfte ihre Schätzung der aktuellen Uhrzeit mit einem schnellen Blick auf das Display ihres Handys, "aber Tante Luise und Onkel Paul gehen nie vor Mitternacht ins Bett", beruhigte Stein.

"Na dann", erwiderte Brucati.

"Ruf' sie doch an, und warne sie vor. Kostet doch nix, du hast doch 'ne 'flache Ratte', oder?", fragte Dosske, wie immer zu Scherzen aufgelegt.

Stein grinste. "Ja, ich habe eine Flatrate, aber ich brauche mich nicht anmelden. Ich fahr' da jetzt hin, wollte sowieso schon längst mal wieder bei ihnen vorbeischauen", erklärte Stein mit einem schuldbewussten Unterton in der Stimme.

Brucati sah den ozeanblauen Augen, im zarten Gesicht der Kollegin, die Betrübnis an, dass sie sich schon lange nicht mehr bei ihren Zieheltern gemeldet hatte.

"Kannst mit deinem schönen neuen Auto ja offen fahren", fauchte Dosske übertrieben garstig.

Stein wusste, dass er es nicht so meinte und wie sie seine Worte einzuordnen hatte. Dosske hatte Anfang des Jahres Stein und Brucati eine Postkarte für ein Gewinnspiel mitgebracht gehabt, bei dem es einen saphirschwarzen metallic BMW Z4 Roadster zu gewinnen gab. Die drei Kollegen hatten zwar zusammen noch die Postkarten in ihrer Stammkneipe 'Bei Johnny' ausgefüllt, aber nur Stein hatte ihre Karte vor dem Einsendeschluss mit einer Briefmarke versehen und wirklich auch verschickt. Dosske und Brucati hatten es nicht geschafft, ihre Postkarten waren irgendwo vergessen gegangen. Und als Stein dann eines schönen Morgens mit dem BWM auf den Hof der SoKo fuhr, war das Hallo selbstverständlich groß gewesen.

Natürlich gönnte Dosske seiner Kollegin das Auto, zumal Stein bis dahin immer nur, bei Wind und Wetter, mit dem Motorrad gefahren war und die ganze Zeit schon überlegt hatte sich ein Auto anzuschaffen. Aber es war nun mal Dosskes Art gerne ein bisschen zu Sticheln.

Daher schmunzelte Stein nur auf Dosskes Bemerkung hin. "Du darfst sehr gerne mal wieder in meinem Cabrio mitfahren", bot sie galant an.

"Ja", sagte Dosske weiterhin gespielt bärbeißig. "Das erwarte ich aber auch! Und bitte noch vor dem Winter", schob er hinterher und musste selbst grinsen.

"Dann sehen wir uns morgen in der SoKo", fuhr Brucati dazwischen. "Grüß' die beiden von mir!"

Brucati waren Steins Tante und Onkel schon vorgestellt worden, er kannte die beiden also, und er mochte sie.

"Von mir auch", befleissigte sich Dosske schnell zu sagen.

"Ja", bestätigte Stein, "mach' ich."

"Tschau", verabschiedete sich Dosske.

"Bis morgen", sagte Stein und lief in Richtung ihres BMWs.

Kurz darauf fuhr sie vom Parkplatz, allerdings mit geschlossenem Verdeck. So hatte sie auch keine Skrupel den CD-Player voll aufzudrehen. Aus den Lautsprechern drang ein Lied von Bon Jovi, in einer Lautstärke kurz vor dem Gehörsturz.

**Kapitel 7**
Sonntagnacht, zweiundzwanzig Uhr zweiundvierzig, 27. September

Der Schlussakkord eines zweiten Bon Jovi Songs aus Steins Auto-CD-Player war gerade verklungen, als die Krininalistin schon vor dem Anwesen ihrer Verwandten anhielt. In der stilvollen und sehr gepflegten Villa brannte noch Licht.

Stein klingelte.

Das Summen am Türpfosten sagte Stein, dass drinnen jemand auf den Öffner gedrückt hatte.

Stein lief den Plattenweg zur Haustür entlang. An den Rosenbüschen im Vorgarten hingen nur noch vereinzelte rote Blüten und verströmten den Samira Stein so bekannten und gerne gemochten Duft.

Der Bewegungsmelder erfasste Stein und schaltete das Licht im Eingangsbereich, zwischen den das Vordach tragenden Säulen, an.

Die Tür öffnete sich und Onkel Paul trat heraus. Seiner Miene sah man an, dass er, wegen der Uhrzeit, schon etwas ungehalten die Tür aufgemacht hatte. Aber als er die junge Frau auf seiner Türschwelle erblickte, wandelte sich der Ausdruck auf seinem Gesicht sofort.

"Samira", sagte er beschwingt überrascht.

"Hallo Paul."

Der elegante Geschäftsmann drückte die Nichte mit einer Umarmung voller herzlicher Wärme an seine Brust. Seit dem Tod von Steins Eltern waren Luise und Paul, die selbst kinderlos geblieben waren, eigentlich immer mehr für Samira gewesen als nur Tante und Onkel. Und diese innige Umarmung drückte dies uneingeschränkt aus.

"Komm herein", sagte Onkel Paul und schob Stein auch schon durch die Tür. "Wir sind im Wohnzimmer."

Stein wusste wohin sie zu gehen hatte. Diese Ansage half durchaus, denn es hätte bestimmt etwas gedauert, wenn sie alle zehn Zimmer der zweihundertfünfzig Quadratmeter Wohnfläche nach ihrer Tante hätte absuchen müssen.

Im Wohnzimmer saß Tante Luise vor dem offenen Kamin in einem gemütlichen Sessel. Mit der Brille auf der Nase las sie ein Manuskript, das sie wohl gerade für eine ihrer Rollen in der örtlichen Laienschauspielgruppe studierte. Als Luise nun aufblickte und Stein entdeckte, landeten die Blätter achtlos auf dem Beistelltischchen neben ihrem Sessel.

"Kindchen!", kam es von den Lippen der sanftmütigen Ersatzmutter.

Da war es wieder, dieses eine Wort, dieser Kosename, der so viel

45

Geborgenheit für Samira Stein bedeutete. Sie lächelte. "Hi!"

"Was für eine schöne Überraschung", sagte Tante Luise entzückt, während sie Stein liebevoll an sich drückte. Mit der Forderung: "Lass' dich ansehen!", entließ sie Stein aus ihrer Umarmung, und warf einen prüfenden Blick auf die Figur ihrer Nichte.

Stein poste gezwungenermaßen kurz für ihre Tante.

"Gut schaust du aus", erkannte Tante Luise und ein zufriedenes Lächeln huschte über ihr Gesicht. Und doch konnte sie die Sorgen, die sie sich stets um 'ihr Kindchen' machte, nicht beiseite schieben. Mit einer abschätzenden Inaugenscheinnahme von Steins Miene versuchte sie zu ergründen warum ihre Nichte um diese Uhrzeit noch vorbeischaute. "Geht's dir auch gut?", hakte sie nach.

"Mir geht es gut", erklärte Stein mit einer beruhigenden Handgeste. "Und bei Euch? Alles klar?"

"Ja", bekundete Tante Luise.

"Komm', setz' dich!", wünschte Onkel Paul und zog einladend einen der Sessel vom Tisch weg, damit Stein sich bequem setzen konnte. Auch er und Tante Luise setzten sich.

"Magst du was trinken?", bot Tante Luise an.

"Nein, macht Euch keine Umstände. Entschuldigt, dass ich euch so spät noch störe!"

"Du störst uns doch nie", erwiderte Tante Luise fast vorwurfsvoll.

Stein grinste behaglich.

"Ich bin ja froh, wenn du mal vorbeischaust", sagte Tante Luise mit einem leicht tadelnden Unterton, aber trotzdem einem vergebenden Lächeln.

Stein überhörte diesen geflissentlich, ging ihrerseites zum Angriff über und blickte zu Onkel Paul hin. "Arbeitest du immer noch so viel, oder nimmst du dir ein bisschen mehr Zeit für Luise?", fragte Stein ebenso dezent vorwurfsvoll.

Tante Luise antwortete für ihn. "Nein, er hat sich schon gebessert."

"Gut so!", meinte Stein und sah Onkel Paul mahnend an.

"Ich tue stets mein Bestes!", säuselte er mit einem entwaffnenden Schmunzeln.

"Und bei Dir?", wollte nun Tante Luise wissen. "Habt ihr gerade wieder einen gefährlichen Fall?", fragte sie mit diesem nagenden Unterton.

Luise würde nie die Berufswahl der Tochter ihrer verstorbenen Schwester verstehen. Samira setzte sich Tag für Tag Situationen aus, bei denen sie nie wusste wer ihr gegenüber stehen würde. Sie musste mit

Gefahren rechnen, die sie bei einem schönen ruhigen Bürojob, so wie Luise sich ihn für ihre Nichte vorstellte, nie haben würde. Doch alle Versuche Tante Luises, Stein von ihrem Vorhaben, Krimialistin zu werden, abzubringen waren schon damals, als sie dieses Ansinnen das erste Mal kundtat, fehlgeschlagen. Heute versuchte Luise es schon gar nicht mehr, beließ es bei Mahnungen, und probierte hingegen nicht mehr sich auszumalen, was alles passieren konnte.

Luise wollte nie wieder einen solchen Verlust erleiden müssen, wie den ihrer Schwester. Nie wieder sollte jemand von jetzt auf gleich aus der Mitte ihrer Familie gerissen werden. Den Schock des Anrufes, als man ihr damals sagte, was mit ihrer Schwester passiert war, hatte Luise niemals verdaut. Und diese Ängste, vor einem nochmaligen ähnlichen Anruf in Bezug auf ihre Nichte, dieses zierliche Persönchen, brachten Luise schier um den Verstand.

Stein war die Mahnungen ihrer Tante inzwischen gewohnt. Auf der einen Seite hatte sie Verständnis für Luise, auf der anderen aber reagierte sie, so wie heute auch, nur mit einem mürrischen Blick auf diesen Unterton von Tante Luise, aber nur kurz, dann sagte sie, ohne auf Luises Ausforschung bezüglich der Gefährlichkeit einzugehen: "Wir haben aktuell einen Fall zu dem ich euch mal etwas fragen muss."

Tante Luise schnaufte laut. "Also ja", beantwortete sie sich selbst die Frage nach der Gefährlichkeit.

"Nein, nein", wehrte Stein sofort kopfschüttelnd ab.

Tante Luises Haltung zeigte, dass sie noch etwas sagen wollte, sich aber zurückhielt.

Stein gab ihr auch keine weitere Chance. "Habt ihr mitbekommen was heute an der Burg los war?", fragte sie.

"An unserer Burg", hakte Onkel Paul nach und wies mit dem Kopf in Richtung deren Standortes.

Stein nickte.

"Nein", antwortete Onkel Paul überrascht und interessiert zugleich. "Wir waren nicht vor der Tür. Luise war in ihr Manuskript vertieft und ich habe die WirtschaftsWoche gelesen."

"Ja, da gab es heute so einen kleinen Zwischenfall", begann Stein und erklärte den beiden was passiert war.

Tante Luise hatte wie versteinert zugehört, als Stein nun mit ihrer Erklärung endete, reckte sie sich in ihrem Sessel und säuselte fassungslos: "Das ist ja ein Ding!"

"Das ist es", bestätigte Stein und sah Tante Luise fest in die Augen.

Die griff sich mit ihrer rechten Hand an die Hochsteckfrisur und rückte sie zurecht, obwohl dort nichts zurechtzurücken war.

Immer wenn Tante Luise nervös oder überrascht war, vollführte sie diese Geste.

"Und du bist ja nun mal hier geboren", forderte Stein wieder ihre Aufmerksamkeit, "und kennst dich sicher mit der Geschichte der Burg aus. Und nicht nur damit, kannst du dir vielleicht vorstellen wer das da im Tunnel war?"

Tante Luise konnte, immer noch sichtlich erschüttert, nicht sofort antworten. Sie musste erst einmal das Gehörte verarbeiten.

Onkel Paul hatte unterdessen doch unaufgefordert ein Glas für Stein geholt, schenkte es mit Wasser voll und reichte es seiner Nichte.

"Danke", sagte Stein und nahm einen Schluck.

Auch das Glas von Tante Luise und sein Glas füllte Onkel Paul wieder.

Luise stillte ihren Durst. Ihr Mund fühlte sich trocken an.

"Ich habe keine Ahnung", sagte sie schließlich.

Stein richtete ihren Blick auffordernd auf Onkel Paul.

"Ich auch nicht", gab er an.

"Und dieser Tunnel, wo war der?", fragte Onkel Paul nach.

Stein beschrieb es nochmal.

Onkel Paul nickte nachdenklich. "Ich weiß nur, dass einmal was in der Zeitung stand, dass beim Rundturm irgendetwas eingebrochen war, und man dort einen Raum entdeckt hat, von dem niemand etwas wusste. Aber was das jetzt genau war …?", Onkel Paul hob die Schultern.

"Ja", bestätigte Tante Luise, "daran kann ich mich auch noch erinnern. Irgendetwas war da mal."

*Zeitung*, dachte Stein. *Vivian dazu fragen*, notierte sie in ihrem imaginären Notizbuch.

"Ein Tunnel an der Burg", stammelte Tante Luise vor sich hin.

"Weißt du etwas von einem Tunnel?", fragte Stein und musterte aufmerksam das Gesicht ihrer Tante.

Tante Luise atmete geräuschvoll ein und aus, sie schürzte die Lippen. "Hm …, von einem Tunnel …, nein." Man sah ihr an, dass es hinter ihrer Stirn arbeitete. "Weisst du", begann sie, "unsere Großmutter hat uns als kleinen Mädchen immer Geschichten von der Burg erzählt", erinnerte sie sich.

Stein wusste natürlich wen Tante Luise mit *uns* meinte. Stein vermisste ihre viel zu früh verlorene Mutter so sehr. Schnell unterdrückte sie das aufkommende Gefühl.

"Mal sehen ob ich die noch zusammenbekomme", überlegte Tante

Luise.

Sie nahm noch einen Schluck aus ihrem Wasserglas, setzte sich in Positur und begann zu erzählen. "Karl der Große hat den Grundstein für die Burg gelegt. Er hat früher hier in den Wäldern vom Hengstbachtal gejagt, und weil es hier so schön war, hat er ein Jagdhaus errichtet, an der Stelle wo heute die Burg steht. Seine Frau, Fastrada, besaß wohl einen Ring mit Zauberkraft, der den großen Karl magisch anzog, und weil es auch ihr hier so gut gefiel, wollte sie den Karl an diesen Ort binden. Daher warf Fastrada diesen Zauberring in den Weiher und fesselte damit Karl an das Jagdhaus im Hain, das dadurch immer feudaler und zu Karls Lieblingsschloss wurde." Tante Luise hob den Zeigefinger, um eine besonders wichtige Passage ihrer Erzählung zu unterstreichen, und sagte: "Noch heute soll man in bestimmten Nächten den Ring im Burgweiher aufleuchten sehen."

Ein ebensolches Leuchten erblickte Stein in Tante Luises Augen, als sie von der Geschichte berichtete. Tante Luise verstand es mit ihrer schauspielerischen Art die Geschichte fesselnd vorzutragen.

"Eine schöne Sage, die man Kindern erzählt", gab dagegen Onkel Paul nüchtern von sich und kassierte dafür einen strafenenden Blick von Tante Luise.

"Ist da etwas Wahres dran?", fragte Stein.

Tante Luise zuckte mit den Schultern. "Naja, der Karl soll schon mal hier gejagt haben."

"Erzähl' doch mal die Geschichte von der Weißen Frau", forderte Onkel Paul. "Weiß mit doppeltem 'ss', versteht sich", schob Onkel Paul schmunzelnd hinterher. Offensichtlich fühlte er sich wohl in seiner Rolle des gestandenen Mannsbildes, das Gruselgeschichten belächelte. "Die ist viel besser!"

Samira Stein mochte es, wenn Tante Luise ihrem Ehemann einen dieser vernichtenden Blicke zuwarf, unter denen trotzdem herauslugte wie sehr sie ihren Paul liebte.

Stein blickte ihre Tante auf Onkel Pauls Aufforderung hin befürwortend an.

"Weiße Frau", fragte Tante Luise bei ihrem Mann nach.

"Ja", bestätigte er, "die Sache mit dieser Falkensteinerin."

"Ach ja", erinnerte sich Tante Luise, "das war Anna von Falkenstein, die Schwester des letzten Reichsbannvogtes, irgendsoein Erzbischof soundso. Die wohnte hier im Hayn, wo sie sich den Kranken widmete und ein Spital für Arme gründete. Als Anna gestorben war, ging es mit dem Spital bergab. Es wurde immer mehr vernachlässigt und schließlich ganz aufgegeben. Man begann das Gebäude abzubrechen. Damals gab es noch Nachtwächter, und als dieser um Mitternacht die Stunde ausrief, sah er in den Resten des Spitalgebäudes eine weißgekleidete Frauengestalt umherirren. Der Nachtwächter holte schnell den Pfarrer und Leute aus dem Ort, und auch die sahen diese Frau, die stöhnend durch die Mauerreste huschte. Man sagte es sei die Falkensteinerin, die aus Schmerz darüber, dass man ihr Spital abriss, keine Ruhe mehr fand. Die geschockten Leute haben mit dem Pfarrer angefangen laut ein 'Vater unser' zu beten, und da verschwand die Gestalt."

"Aber man hat sie immer mal wieder gesehen", gab Onkel Paul seinen Senf hinzu.

Stein hatte mit geöffnetem Mund, und dem Wasserglas in der Hand, interessiert zugehört. Sie nahm einen Schluck aus dem Glas, schloss die Lippen und schluckte. "Aber da war jetzt nix von einem Tunnel dabei", bemerkte sie enttäuscht.

"Wie gesagt", raunte Onkel Paul, "da ist mir etwas erinnerlich, dass mal am Runden Turm irgendetwas war. Irgendetwas hatten die da überraschenderweise entdeckt." Er fuhr sich mit der Hand über das Kinn. "Oder war es am Palas?", überlegte er. "Ich weiß das wirklich nicht mehr so genau", gab er schulterzuckend zu.

"Frage doch einfach mal die Leute vom Geschichts- und Heimatverein", riet Tante Luise.

"Ja, das machen wir morgen", wusste Stein. Ihr Blick fiel auf das Manuskript, das Tante Luise bei ihrem Eintritt in das Wohnzimmer achtlos hatte fallen lassen. "Und du übst schon wieder für ein neues Stück?", fragte sie.

"Ja", bestätigte Tante Luise und gab einen kurzen Abriss über das Stück, das demnächst ihre Laienschauspielgruppe aufführen würde, und endete natürlich mit der Einladung Steins zur Aufführung.

Stein erinnerte sich, wie sie mit Brucati letztes Jahr begeistert die Vorstellung besucht hatte. So viel war seitdem geschehen. "Ich komme gerne", bekundete Stein.

"Das würde mich freuen", gab Luise an, und Stein wusste, dass dies echt gemeint war. "Du kannst auch gerne wieder deinen netten Kollegen mitbringen."

Bei Tante Luises Worten erinnerte sich Stein an etwas. "Ich soll euch übrigens von Brucati und Dosske grüßen."

"Danke."

"Wie geht es denn Brucati?", fragte Tante Luise und musterte Stein mit diesem röntgenhaften Blick.

50

"Gut."

Diese knappe Antwort Steins war für Tante Luise natürlich nicht ausreichend. Sie sähe zu gerne einen starken Mann an der Seite ihrer Nichte, und hätte sich durchaus jemanden wie Antonio Brucati dabei vorstellen können.

"Habt ihr mal wieder etwas außerhalb der Arbeit zusammen unternommen?", fragte Tante Luise neugierig.

"Nichts Besonderes", sagte Stein, der das Thema sichtlich unangenehm zu sein schien, und erhob sich mit einem Blick auf die Kaminuhr hinter Tante Luise. "Ui, es ist schon ganz schön spät!"

Onkel Paul lächelte sanft, erhob sich ebenfalls, und drückte Stein kurz an sich. "Lass' dich bald mal wieder blicken!"

Stein nickte. "Ihr könntet mich ja auch mal besuchen. Ihr wart schon lange nicht mehr bei mir zuhause."

"Ja, können wir", erklärte Onkel Paul.

"Ich lade euch mal auf einen Kaffee ein."

"Gerne."

"Ich melde mich. Vielleicht nächstes Wochenende", überlegte Stein und schränkte ein: "Mal sehen wie weit wir bis da mit unserem Fall sind."

Mit einem besorgten "Kindchen sei vorsichtig", verabschiedete Tante Luise ihre Nichte. Und natürlich konnte sie es nicht unterlassen doch noch ein paar warnende Worte über Steins Tätigkeit bei der SoKo zu verschwenden und spulte ihre übliche Litanei ab.

Als Stein wieder in ihrem BMW saß, erinnerte sie sich kaum noch an das, was Tante Luise in Bezug auf ihre Berufswahl gesagt hatte. Dafür war sie sich aber sicher mit Onkel Pauls Hinweis, auf den in der Presse erwähnten Vorfall, einen Ansatzpunkt für ihre weiteren Ermittlungen zu haben. Und dazu würde Stein morgen noch jemanden aufsuchen, das war ihr schon klar geworden, als sie die entsprechende Person vorhin am Weiher hatte stehen sehen.

## Kapitel 8
Sonntagnacht, um Mitternacht, 27. September

Samira Stein hatte ihren Heimweg so gewählt, dass er sie den Geiß-berg hinunter und an der Burg Hayn vorbeiführte. Als sie auf die Ruine zufuhr, war von dem Rummel, der noch vor kurzem hier geherrscht hatte, nichts mehr zu sehen. Ein vereinzelter Gassigeher lief den Weg unterhalb der Burgmauer mit seinem Hund entlang. Der Parkplatz am Untertor war bis auf ein Fahrzeug leer. Der Nebel war noch dichter geworden und die schemenhaft von den gelben Strahlern erhellten Mauern lagen geheimnisumwittert vor der Kriminalistin.

Stein erinnerte sich an Tante Luises Erzählung über Fastradas Ring und ertappte sich dabei nach einem Schimmern im dunklen Weiher zu suchen.

Ein Auto kam um die Kurve der Straße, die an dem Gewässer vorbei-führte. Dessen Scheinwerfer blendeten die gedankenvolle Frau fies und rissen sie aus ihren Gedanken. Stein blinzelte unangenehm berührt, bis der Wagen an ihr vorbeigefahren war und wieder Leere auf dem Asphalt vor ihr herrschte.

Die Reaktion ihrer Augen zeigte Stein wie müde sie war. Zielsicher griff sie darauf zum Anschaltknopf ihres CD-Players, worauf Bon Jovi wieder durch Steins BMW dröhnte, bis sie vor ihrem Zuhause einparkte.

Ein glücklicher Zufall bescherte Stein einen Parkplatz direkt vor dem alten aber renovierten Gebäude, in dem sie wohnte.

Stein huschte zur Haustüre hinüber und schloss auf, voller Sehnsucht nach einer Mütze voll Schlaf.

Im Treppenhaus hing immer noch ein Hauch von Zwiebeln und Rindfleisch. Stein kannte die Verursacherin. Als sie heute Abend das Haus verlassen hatte, um an die Burg zu fahren, hatte Frau Koller aus dem Erdgeschoss ihr vom Küchenfenster aus mit tropfenden Spülhand-schuhen an den Händen zugewunken. Sie hatte das Abendessen für ihre kleine Familie, bestehend aus ihren Ehemann und dem inzwischen schulpflichtigen Sohn, mit dem Stein manchmal im Hof hinter dem Haus Fußball kickte, zubereitet gehabt und war wohl nach dem Essen beim Abspülen gewesen. Aus dem geöffneten Fenster war genau dieser Geruch gedrungen, den Stein nun, wenn auch abgeschwächt, im Treppenhaus wahrnahm.

Es herrschte Stille im Haus. Alle waren in ihren Betten und Stein sehnte sich auch nach ihrem. Sie merkte die bleierne Schwere ihrer Augenlider, aber an Schlaf war noch nicht zu denken. Bevor sie ihre

Wohnung im zweiten Stock aufsuchen konnte, hatte Stein in dem Appartement unter ihr noch eine Aufgabe zu erledigen, die sie heute fast vergessen hätte.

Stein sah auf den Schlüsselbund in ihrer Hand und den Schlüssel, der sich seit kurzem zusätzlich dort befand. *Wie komme ich eigentlich zu dieser Ehre?*, fragte sie sich. Und doch wusste sie, dass sie sich diese Verpflichtung aufgebürdet hatte, als sie Frau Meyer vor einer Woche im Treppenhaus gefunden hatte. Die resolute Nachbarin war auf der Treppe gestürzt und hatte sich das Bein gebrochen.

Eigentlich war Frau Meyer für Stein bisher immer nur die neugierige unsympathische Schnepfe gewesen, die stets die strenge Einhaltung der Hausordnung anmahnte, und die keiner in dem 6-Parteien-Haus so richtig mochte. Stein ärgerte sich über Frau Meyer, da sie stests dafür sorgte, dass Stein, wenn sie unter der Dusche stand, plötzlich kaltes Wasser hatte, da Meyer, in der Wohnung unter ihr, immer gerade dann Wasser zapfte wenn sie duschte. Aber bei dem Besuch, den Stein ihr am Tag nach dem Unfall im Krankenhaus abstattete, zeigte Frau Meyer, dass sie durchaus auch eine andere Seite haben konnte. Deswegen konnte Stein sich auch nicht deren Bitte entziehen, dass sie während ihres Krankenhausaufenthaltes nach den Pflanzen der Verunglückten sah.

Stein bewaffnete sich in der verwaisten Küche von Frau Meyer mit einer gefüllten Gießkanne und wandte sich den Usambaraveilchen zu, die offensichtlich den Lebensinhalt der Nachbarin bildeten. Das Fenster im Schlafzimmer war das einzige auf dessen Fensterbank keine dieser Pflanzen stand. Alle anderen Zimmer zierten die kleinen blauen, roten oder weißen Blütenpflanzen.

Auf einem Sideboard in der Küche stand zudem noch eine ganze Batterie von kleinen Blumentöpfen in welche Blattstecklinge einge-bracht worden waren. Frau Meyer hatte Stein aufgetragen auf diese ein besonderes Auge zu haben. Und Stein erledigte ihre Aufgabe gewissen-haft. Sie schlenderte durch die Wohnung und bedachte aufmerksam jedes Pflänzchen mit seiner Ration Wasser.

Im Wohnzimmer spendete Stein einem besonders reichlich blühenden Usambaraveilchen das kühle Nass, als sie etwas an der Wand darüber erspähte, dass sie abrupt in der Bewegung innehalten ließ. Dort hing ein Bild, und die Landschaft, die es zeigte, kam Stein sehr bekannt vor, auch wenn der Zeitpunkt der Illustration schon einige Jahre zurück-zuliegen schien. Die Bestätigung für Steins Vermutung, über das was dort abgebildet war, befand sich in einem kleinen aufgebrachten

Schildchen unterhalb des Druckes.

*Ruine der Burg Hayn in der Dreieich*, war dort zu lesen.

Steins Augen hingen an dem Bild fest, bis ein Unheil verkündendes Plätschern an ihr Ohr drang.

"Scheiße!", entfuhr es ihr.

Fasziniert von dem was sie in dem Bilderrahmen sah, hatte Stein vollkommen vergessen, dass sie immer noch die Gießkanne in der Hand hielt, aus der unaufhörlich das Wasser in den Blumentopf strömte, von wo es über die Anrichte plätschernd seinen Weg auf den Boden fand.

Stein riss die Gieskanne hoch und stürmte mit ihr in die Küche, wo sie diese abstellte, und eine Rolle Zewa aus ihrem Halter riss. Mit den Küchentüchern in den Händen rannte sie zurück in das Wohnzimmer und behob den Wasserschaden.

Als nichts mehr auf den Vorfall hinwies, seufzte Stein zufrieden und warf die nassen Tücher auf den Boden. Sie würde diese nachher mit sich nehmen und in ihrer Wohnung entsorgen.

Stein wandte sich wieder dem circa achtzig mal einhundert Zentimeter großen Papier im Bilderrahmen mit dem schwarz-weißen Druck zu, der die Burg darstellte. Es war ein, wie die Kriminalistin fand, tolles Bild der Burg, wie sie früher einmal ausgesehen haben mochte. Auch wenn das Bild bereits die Ruine der Burg darstelle, so zierte den Palas noch ein Dach, der Bergfried allerdings zeigte bereits den Bewuchs von Sträuchern auf seinem abgebrochenen Mauerwerk. Zwei Männer standen in ein Gespräch vertieft vor der Ruine am Rand des Burggrabens. Über den Burgraben führte eine kleine Brücke, deren Bögen Stein sofort an den Bogen des Tunnels erinnerte, den man gestern nur ein paar Schritte von der Burg entfernt entdeckt hatte.

Doch viel mehr faszinierte Stein das, was sie in der Tür des Palas erkannte. Dort stand eine schemenhaft zu erkennende Frau in einem weißen Gewand.

Stein ging mit ihrer Nase so nahe an das Bild heran, wie die davor stehende Anrichte es zuließ. Sie fixierte mit ihren Augen die schemenhafte Gestalt.

*Ob der Künstler Anna von Falkenstein darstellen wollte?*, fragte sich Stein in Erinnerung an die Geschichte, die Tante Luise ihr vorhin erzählt hatte. *Wieso hat die Meyer dieses Bild?*, überlegte Stein. *Vielleicht hat es ihr einfach gefallen?*, war eine Lösung die Stein überdachte. *Mir gefällt es ja auch.*

Die Frage, ob die Nachbarin in einer Beziehung zu der Burg stand, oder vielleicht sogar etwas von dem Tunnel wissen konnte, drängte sich auf.

*Ich glaube ich werde sie dazu mal befragen*, beschloss Stein. *Die Meyer freut sich sicher über Besuch, und eine Meldung von mir, dass es ihren Pflanzen gut geht. Apropos!*, erinnerte sich Stein an ihre Aufgabe und widmete sich den restlichen Pflanzen, bevor sie das Licht in der Küche wieder ausknipste.

Durch das Fenster, das in Richtung Süd-Westen wies, fiel das fahle Licht einer ungemütlichen Herbstnacht.

Stein blickte hinaus, in dieser Richtung lag die Burg Hayn. Die Bilder des mysteriösen Tunnels kamen ihr wieder in den Sinn und Stein überlegte wohin der Gang wohl führen könnte. Sie schätzte Richtung Hub, der leichten Erhebung am Ortsrand von Dreieich, was bedeuten würde, dass er unter der Straße weiterlaufen würde, die Stein so oft schon befahren hatte, wenn sie über den Weiher zum Geißberg hinaufgefahren war. Stein überlegte was passiert wäre, wenn der Durchbruch sich auf Höhe der Straße aufgetan hätte. Womöglich hätte er dort einen überraschten Autofahrer samt Auto verschluckt.

Die Kriminalistin faszinierte die Tatsache, dass dieser Tunnel so viele Jahre unentdeckt geblieben war.

Stein schnappte den Berg der nassen Küchentücher vom Boden des Wohnzimmers, knipste alle Lampen in Meyers Wohnung aus und suchte ihre eigenen vier Wände mit dem festen Vorsatz auf, noch schnell im Internet nach dem Vorfall zu suchen, von dem Onkel Paul berichtet hatte.

Stein suchte allerdings vergebens. Keine einzige ihrer Suchbegriffkombinationen führte zum Erfolg. Ihr blieb nur der unzufriedene Gang ins Bett.

In der folgenden Nacht fand Stein nur wenig Schlaf.

Sie hatte immer dieses Problem, wenn sie mit der SoKo S einen neuen Fall bearbeitete. Zu viel ging ihr durch den Kopf. Fragen über Fragen. *Was für einen Beweggrund kann es nur geben einen solchen Tunnel anzulegen? Welcher Wunsch muss einem solch unglaublichen Werk zugrunde liegen? Oder war es gar Angst, die einen Menschen so etwas schaffen ließ? Für einen Banküberfall wird ihn jedenfalls niemand gegraben haben*, sagte sich die Kriminalistin.

Stein dachte unwillkürlich an Brucati. Gerne hätte sie mit ihm darüber gesprochen, was sie gerade beschäftigte. Aber der Blick zum Wecker, der zwei Uhr einundzwanzig anzeigte, verdeutlichte ihr, dass es jetzt wohl nicht geboten war den Kollegen zu kontaktieren. Obwohl Samira Stein sich eigentlich fast sicher war, dass Brucati verständnisvoll auf eine WhatsApp oder einen Anruf von ihr reagieren würde und ein paar Worte mit ihr, selbst um diese Uhrzeit, gewechselt hätte.

Die beiden Worte, die Stein vor ein paar Stunden auf Tante Luises Frage nach Brucati und ihr geantwortet hatte, kamen ihr wieder in den Sinn. *Nichts Besonderes.* Aber es war gerade dieses 'nichts Besondere', das sie mit ihm verband.

Mit den sich drehenden Gedanken um Brucati, den Tunnel, den toten Taucher und die Burg, versuchte Stein einzuschlafen.

Burgen und Schlösser, und die Geschichten dahinter, hatten Stein schon immer fasziniert, und bei dem was sie in den nächsten Tagen noch erfahren würde, würde sie die Burg Hayn mit ganz anderen Augen sehen.

**Kapitel 9**
Sonntagnacht, zweiundzwanzig Uhr einunddreißig, 27. September

Nachdem das forensische Team das fünfstöckige Gebäude der SoKo S erreicht hatte, war es mit seiner Fracht in das Kellergeschoss gefahren. Im Herrschaftsgebiet Doktor Wenrights, das inzwischen auch so ein kleines Stück das von Pfeiffer geworden zu sein schien, verbrachten sie den Toten in den Rechtsmedizinischen Bereich.

Pfeiffer schaltete die grellen Neonröhren an der Decke, und die große OP-Lampe über dem Seziertisch an. Das kalte Licht wurde von den spiegelnden Kacheln und Metallschränken zurückgeworfen und drang durch die Glasbausteinfenster des Kellergeschosses nach draußen, wo es die Dunkelheit der Nacht zerschnitt.

Jeder der SoKo-Beamten, der um diese Uhrzeit das Licht aus den unteren Räumen der SoKo-Zentrale fluten sah, wusste genau woran Doc Wenright und Pfeiffer arbeiteten.

Die beiden Köpfe der Forensichen Abteilung pellten den Leichnam aus seinem Tauchanzug und packten ihn auf den Tisch der Rechtsmedizin. Mithin lag nun nicht nur dieser bemitleidenswerte Mensch, sondern auch die Frage nach der Todesursache, auf dem kalten Metall.

Doc Wenright und Pfeiffer begannen mit der Leichenschau und betrachteten den Toten mit dem aufmerksam suchenden Blick von Forensikern.

Größe, Gewicht, Ernährungszustand und Hautkolorit wurden festgestellt. "Einhundertzweiundneunzig Zentimeter" war das Erste was Doc Wenright in sein Diktiergerät sprach.

Darauf nahm Pfeiffer die Fingerabdrücke und suchte jeden Zentimeter des Körpers nach äußerlichen Symptomen sowie nach kriminalistischen Hinweisen, wie Nadeleinstichen, ab. Er wurde jedoch nicht fündig.

Beide Männer arbeiteten konzentriert und still vor sich hin. Nur wenn Wenright sein Diktiergerät betätigte, wurde die Stille durchbrochen. "Keine äußeren Anzeichen für Verletzungen", fand Eingang in seinen genauen Bericht. Danach folgten die Hautveränderungen und die Beschreibung der Blinddarmnarbe.

Auch die von Pfeiffer im Bereich der Livores gefundenen Vibices fanden eine Erwähnung. Er hatte die nur wenige Millimeter großen Blutungen im Bereich der Totenflecken auf dem Rücken gefunden.

Das "Hm", welches Doc Wenright nun über die Lippen kam, ließ Pfeiffer aufhören. Doc Wenright verglich die beiden Hände des Toten miteinander, indem er sie nebeneinander hielt.

Pfeiffer folgte Doc Wenrights Blick und erkannte was dem Arzt aufgefallen war. Die linke Hand wies eine hellere Farbe auf, als die rechte.

"Woher kann dieser Farbunterschied kommen?"

Die langjährige Erfahrung Doc Wenrights leistete ihm gute Dienste bei seiner Einschätzung. "Ich glaube, unser Taucher betreibt auch noch einen anderen Sport", ahnte er und führte aus: "Er könnte Golfspieler sein."

Doc Wenright betrachtete sich die Hand weiter, bis er aufblickte und Pfeiffer in die Augen. Dort sah er ein Fragezeichen.

"Wenn er den ganzen Sommer über gespielt hat, und einen Handschuh trug, dann ist diese Ausbildung typisch für einen Rechtshänder. Durch den Handschuh hat die linke Hand weniger Sonne abbekommen als der Rest der unbedeckten Haut.

"Golfspieler tragen nur einen Handschuh?" fragte Pfeiffer nach, dem dieser Sport vollkommen fern lag.

"Ja, meistens, und zwar in der Regel an der Hand, die gegenüber von der dominanten Hand liegt."

"Ein Rechtshänder also links", verstand Pfeiffer.

"Ja. Die starke Hand übernimmt beim Golfschwung die Führung und die schwache Hand sorgt für den Halt des Schlägers. Weil sie in einem direkten Kontakt zum Schläger steht, wirkt sie als Kraftübertragungs-medium zwischen Körper und Schläger. Um bei der entstehenden Reibung zwischen Hand und Schlägergriff Blasen zu verhindern trägt man einen Handschuh. Und auch für einen besseren Kontakt, falls man schwitzt", schob Doc Wenright seinen Ausführungen noch hinterher und legte die verglichenen Hände wieder neben dem Toten ab.

"Taucher und Golfspieler", erkannte Pfeiffer. "Also ein durchaus sportlicher Mensch."

"Sieht so aus", bestätigte Doc Wenright. Er stellte sich an den Kopf der Leiche und nickte Pfeiffer zu, worauf dieser ihm die kleine Kreis-säge reichte, mit welcher der Rechtsmediziner die Schädeldecke auf Stirnhöhe kreisförmig aufsägte.

Der Rechtsmediziner entnahm das Gehirn und bereitete es für die Untersuchung vor. Doch die Suche Wenrights nach winzigen Blutungen des Hirngewebes oder einer Verletzung des Schädeldachs blieben erfolglos.

Doc Wenright bereitete eine Gewebeprobe für Pfeiffer vor, mit welcher dieser in das forensische Labor, welches über den Flur lag, davonzog.

Obwohl dies nicht die erste Autopsie für Peiffer darstellte, waren es die Geräusche, die ihm immer wieder fast unerträglich erschienen. Das Surren der kleinen Kreissäge, wenn sie in die Schädeldecke eindrang, oder auch das Knacken der Knochenschere, wenn sie einen Rippenbogen zerteilte, stellten immer wieder eine Zerreißprobe für seine Nerven dar.

Da half auch Doc Wenrights Tipp, sich ganz auf die Suche nach der Todesursache zu konzentrieren und alles andere auszublenden, nichts.

Als Trost ließ Peiffer für sich gelten, dass ihm die Gerüche, mit denen er und Doc Wenright in Berührung kamen, inzwischen nicht mehr ganz so viel anhaben konnten.

Beim ersten Zusammenarbeiten mit dem Doc an einer Leiche, hatte Peiffer sich noch Wick VapoRub unter die Nase gerieben, bis Doc Wenright ihm freundschaftlich erklärte, dass er es für sinnvoll hielt, bei einer Obduktion alle seine Sinne zu verwenden, auch den Geruchssinn, denn bestimmte Gerüche konnten unter Umständen einen Hinweis auf Krankheiten oder Gifte geben. Und so ließ Peiffer seit damals den Geruchshemmer weg, und stellte sich der manchmal nicht einfachen Herausforderung jedes Mal aufs Neue.

Während Peiffer in seinem Labor arbeitete, hatte Doc Wenright den Y-förmigen Schnitt vom Schlüsselbein bis zum Schambein für die Öffnung der Brust und der Bauchhöhle durchgeführt. Er klappte Haut und Fettgewebe nach außen und durchtrennte die Rippen seitlich mit der Knochenschere. Die inneren Brust- und Bauchorgane wurden von ihm nacheinander entnommen und wanderten auf die Waage. Und auch hier ergab die Inaugenscheinnahme keine Verletzungen oder Krankheiten.

Nur bei der Beurteilung des Herzens hatte Doc Wenright das Gefühl etwas entdeckt zu haben, was er aber durch eine mikroskopische Untersuchung bestätigen wollte, bevor er sich sicher sein konnte.

Doc Wenright entnahm kleine Proben für die mikroskopische und mikrobiologische Untersuchung aus den Organen und sicherte Körperflüssigkeiten zwecks toxikologischer Tests. Das Reagenzglasgestell auf dem Beistelltisch füllte sich mit den Proben von Gewebe, Blut, Urin und Magen-Darminhalt.

Pfeiffer kam aus dem forensichen Labor wieder herüber zu Doc Wenright, der nur kurz aufblickte und in das Gesicht des Forensikers sah um zu erkennen, dass der junge Mann nichts Relevantes gefunden hatte.

"Kann ich die schon mitnehmen", fragte Pfeiffer mit Fingerzeig auf die angehäuften Reagenzgläser.

"Ja", bestätigte Doc Wenright, "ich komme auch gleich nach."

Pfeiffer nickte und verzog sich. Er wusste, dass Doc Wenright nun den Leichnam mit einer Naht versehen, waschen und in einem der Kühlfächer unterbringen würde.

Mehr als drei Stunden waren seit dem Beginn der Autopsie inzwischen vergangen, als Doc Wenright sich Pfeiffer im forensischen Labor der SoKo S hinzugesellte.

Sein erstes Ziel galt der Untersuchung der Probe des Herzgewebes. Und tatsächlich, er stellte bei der mikroskopischen Untersuchung den Zelltod von Herzmuskelzellen auf Grund einer länger dauernden Durchblutungsstörung fest. Unklar war ihm jedoch wieso dieser plötzliche Herztot eingetreten war.

Es war für Doc Wenright geradezu unerträglich, wenn er sich etwas nicht erklären konnte. Er wollte den Schlüssel für den Grund des Todes dieses Mannes finden und erinnerte sich an die letzten Stunden zurück. Die Autopsie war wie immer verlaufen, die gleichen Abläufe. Pfeiffer hatte seine Aufgaben und er die seinen. Doc Wenright erinnerte sich aber nicht daran Pfeiffer bei einer bestimmten Tätigkeit gesehen zu haben. Gut, er selbst war einmal kurz zur Toilette gegangen, vielleicht hatte der junge Kollege diese Zeitspanne dafür genutzt. Doc Wenright wollte sich versichern, dass sie auch alles getan hatten. "Sie haben schon einen Drugwipe durchgeführt?", murrte er Pfeiffer zu und sah ihm forschend in die Augen.

Wie er gefragt hatte zeigte Pfeiffer, dass Doc Wenright von etwas anderem ausging, und obwohl Doc Wenright keinen vorwurfsvollen Ton angeschlagen hatte, jagte diese Frage Pfeiffer einen Schauer über den Rücken.

Wenngleich Doc Wenright den jungen Kollegen nur kurz ansah, hatte dieser das Gefühl, dass der Blick unangenehm ewig dauerte.

Pfeiffer zögerte verunsichert.

"Nein", gestand er schließlich ein.

Die Durchführung eines Drogenwischtests hatte er verworfen, weil der Schweißtest, der gewöhnlich an der Stirn der zu testenden Person durchgeführt wurde, ihm bei dem toten Taucher als unsinnig vorkam, da die Wassermassen sicher alles verwertbare Material weggespült hatten. Aber es gab natürlich noch den Drugwipe-Speicheltest.

"Dann tun Sie das", forderte Doc Wenright mit einem leichten Anflug von Missbilligung, und bemerkte sofort, dass es wieder her musste, dieses Gebäude, das ihn davor schützte überzureagieren, wenn er nicht gleich die Lösung fand, und das ihn cool bleiben ließ. Schließlich wollte er in Pfeiffer seinen Nachfolger heranziehen. Diesen jungen Mann zu verschrecken war bestimmt nicht die beste Art und Weise ihn dort hinzuführen.

"Meinen Sie, dass Drogen im Spiel waren?", fragte Pfeiffer.

"Ich möchte diese Möglichkeit gerne ausschließen können", stellte Doc Wenright nüchtern fest.

Pfeiffer holte einen Mehrfachschnelltest aus dem Schrank hinter sich und lief zu den Kühlfächern, dort beprobte er für den Speicheltest die Zunge des Mannes.

Es dauerte keine vier Minuten bis das Ergebnis vorlag. Besser gesagt lag nichts vor, denn die möglichen roten Linien hatten sich nicht gefärbt und keine der gängigen Drogen nachgewiesen.

Pfeiffer berichtete Doc Wenright und versuchte einen neuen Ansatz. "Vielleicht Gift?",

"Wir sollten nichts ausschließen", verkündete Doc Wenright ganz in Gedanken. "Außerdem wissen Sie doch, der Unterschied zwischen Gift und Medikament ist manchmal nur die Dosis", sagte er wie in einem Selbstgespräch vor sich hin, wobei seine sonst so gütigen Augen eine für ihn ungewohnte Härte ausstrahlten.

Pfeiffer nickte, das bedeutete für ihn, dass er sich der Proben, die Doc Wenright sichergestellt hatte, annehmen konnte. Mageninhalt, Blut, Urin, Gallenflüssigkeit, Haare, Nägel sowie Teile der innereren Organe. Er richtete sich gedanklich endgültig auf eine lange Nacht ein.

Die Diagnose 'Vergiftung' erforderte eine sehr genaue Kenntnis der analytischen Techniken sowie der Wirkungsweise der gesuchten Substanzen. Doch welches Gift könnte hier im Spiel gewesen sein? Wonach suchten sie?

Es bestand kein konkreter Verdacht auf ein bestimmtes Gift. So gingen Doc Wenright und Pfeiffer die Substanzen gruppenweise durch.

Pflanzenschutzmittel konnten sie ausschließen, es lag keine Aktivitätserniedrigung des blockierten Enzyms Cholinesterase vor.

Auch Pilze kamen nicht in Frage, Pfeiffer fand im Mageninhalt keine säureresistenten Pilzsporen.

Fynn Pfeiffer bewunderte Doc Wenright und sein unglaubliches Wissen. Es würde sicher noch lange dauern, bis Pfeiffer diesem Mann bei der schwierigen Identifizierung, Analyse oder Rekonstruktion krimineller Handlungen das Wasser reichen konnte.

Doktor Mark Wenright war jemand, der nach Meinung Pfeiffers, den Begriff Kapazität wirklich verdiente, egal ob er gerade in die Rolle eines Rechtsmediziners, Psychologen oder Forensikers schlüpfte. Aber es war nicht nur die Bewunderung, welche Pfeiffer gerne mit Doc Wenright zusammenarbeiten ließ, es war auch die sympathische Art des Arztes. Selbst in diesem Moment, wo Doc Wenright eine gewisse Anspannung nicht verbergen konnte, war sein grundgütiges Wesen anderen gegenüber stets präsent.

Auch jetzt gab Doc Wenright seinem jungen Kollegen bei einer Aufgabe wieder unaufdringlich eine Hilfestellung, zeigte ihm, wie er eine bestimmte Technik besser anwenden konnte. Leider brachte das zutage geförderte Ergebnis wieder keinen relevanten Hinweis auf den Verursacher des Herzinfarktes.

Der junge Forensiker stelle sich verzweifelt die Frage, was ihm all die Technik nutzte, die selbst noch ein Billionstel Gramm von einem Gift nachweisen konnte, wenn er nicht wusste nach was er suchte. Aber Pfeiffer ließ nicht locker und gab sich dem hochkomplexen Prozess des Nachweises körperfremder Substanzen vollkommen hin.

Doch auch die nächste Testreihe erwies sich als Niete.

*Was soll es sonst sein, zum Teufel,* dachte Pfeiffer im Stillen. Er ließ den Kopf sinken, rieb sich die schmerzenden Schläfen und wirkte dabei noch schmächtiger als er es eigentlich war. Pfeiffer wollte sich einer neuen Testreihe zuwenden, als er Doc Wenrights gütige Augen auf sich ruhen sah. Diese signalisierten ihm, dass sie schon noch hinter des Rätsels Lösung kommen würden. Egal wie lange es dauern würde.

Pfeiffer nickte seinem Vorbild kurz zu und arbeitete weiter. Der junge Forensiker wischte sich über die müden Augen, und starrte wieder auf den Bildschirm, wie er es nun schon so lange tat. Dass er und Doc Wenright wieder einmal die ganze Nacht durchgearbeitet hatten, machte ihm spätestens der Moment klar, als Thomas Christ im Labor erschien und ein "Guten Morgen" von sich gab.

Thomas Christ war am Vorabend genau zu dem Zeitpunkt nachhause gekommen, als der Abspann des Filmes, den er mit Anita hatte sehen wollen, über den Bildschirm flatterte. Sie hatten dann noch zusammen kurz in eine Talkshow geschaut, und ein bisschen geplaudert, wobei Christ in kurzen Worten umriss, was Schäfer passiert war.

Nach seiner Ankunft in der SoKo am heutigen frühen Morgen und einer ergebinslosen Suche im Intranet nach Doc Wenrights Bericht, hatte Christ schon fast vermutet, dass die beiden Kollegen immer noch am werkeln waren und hatte sich in das Kellergeschoss der SoKo begeben. Als er beim Betreten des Forensischen Labors Doc Wenrights ungutes "Damned" vernommen hatte, wusste der SoKo-Chef sogleich die Stimmungslage des Arztes zu deuten.

Doc Wenrights gerade überprüfte Theorie hatte sich als falsch herausgestellt. Die Intuition des Rechtsmediziners zeigte sich stets sicherer als jeder Detektor, doch in dieser Nacht schien sie eine Pause gemacht zu haben.

"Hast du schon was?", erkundigte sich Christ. "War es ein natürlicher Tod?"

Doc Wenright lachte, doch sein Lachen klang freudlos. "Noch nichts endgültiges", warf Doc Wenright ihm entgegen, "außer, dass er nicht ertrunken ist", räumte er zerknirscht ein.

Christ sagte nichts, sah Doc Wenright nur an, worauf dieser ihm unerwartet heftig entgegenfauchte: "Sobald ich etwas weiß melde ich mich."

Das war Christs Stichwort um sich zurückzuziehen. Er wusste genau mit welcher, für den Leiter der SoKo S quälender, Gründlichkeit Doc Wenright vorging, bevor er sich zu einer Aussage hinreißen ließ.

"Er ist an einem Herzinfarkt gestorben, aber ich kann dir noch nicht sagen warum", schob er etwas sanfter hinterher.

"Mark …", begann Christ mit Bedacht, er wusste, dass sein Freund ihn für seine nächste Frage hassen würde, denn was eine Leiche über ihren Todeszeitpunkt verriet, war ihr nur vergleichsweise mühsam zu entlocken, aber er musste diese Frage stellen.

Aber Doc Wenright kam ihm zuvor. "Ich kann dir auch noch keinen genauen Zeitpunkt des Todes sagen."

Das 'noch' in Doc Wenrights Satz beruhigte Christ nicht wirklich. Dem SoKo-Chef war bewusst, dass, wenn der Leichnam schon lange tot und der Fäulnisprozeß im fortgeschrittenen Stadium war, oft nicht mehr die Möglichkeit bestand eine verlässliche Aussage über den Todeszeitpunkt zu treffen. Falls sie hier so einen Fall hatten, konnte Wenright allenfalls aus den späten Leichenveränderungen grobe Informationen über die Liegezeit gewinnen. Die ungewöhnliche Auffindesituation machte jedoch die Bestimmung schwierig, zumal es zum Beispiel keine Fliegenmaden gab, die oft als Zeitanzeiger herhalten konnten und mussten.

Dieser Fall war sicher keine leichte Aufgabe.

Christ verließ nach nicht mal fünf Minuten Doc Wenright.

Der SoKo-Chef war den Weg von der Forensischen Abteilung im Keller hoch zu seinem Büro im fünften Stockwerk der SoKo-Zentrale schon viele Male gegangen, aber noch nicht mit so wenig Ergebnissen aus Doc Wenrights Hexenküche.

# Kapitel 10
Montagmorgen, acht Uhr eins, 28. September

Daniel Dosske erreichte die Soko Zentrale und fuhr mit dem Lift in das fünfte Stockwerk. Während die Kabine an Höhe gewann, war er im Geiste damit beschäftigt über den Fall nachzudenken.

*Wer oder was hat diesen Taucher getötet?*, fragte er sich. Dosske war keine offensichtliche Verletzung am Taucher aufgefallen, als er ihn im Tunnel hatte liegen sehen. *Was für eine Waffe tötet so unauffällig?*, grübelte der Kriminalist, und hatte dabei immer noch das breite Grinsen im Gesicht, das der 'Dummfrager von FFH' ihm auf der Herfahrt verpasst hatte, als er im Auto Radio hörte.

*Die Waffe vom Dummfrager kenne ich,* überlegte Daniel Dosske schmunzelnd, *das ist sein Mikrofon, und seine Munition sind seine Fragen. Aber seine Opfer überleben, auch wenn sie sich nachher vielleicht in Grund und Boden schämen.*

Auch heute hatte der Comedy-Autor des Radiosenders aus Hessen wieder Passanten zu einem Thema befragt, und die Antworten, die er teilweise durch seine geschickte Fragestellung herauskitzelte, waren so hanebüchen gewesen, dass sie fast unglaublich wirkten, und Dosskes Reaktion zwischen 'armes Deutschland' und Lachkrämpfen schwanken ließ.

Oben angekommen stellte Dosske fest, dass die Tür zu dem Gemeinschaftsbüro, das er sich mit Stein und Brucati teilte, geschlossen war. Er öffnete sie und steckte den Kopf durch den Spalt hinein. Sein Gesicht verzog sich zu einem süffisanten Lächeln, welches er für spezielle Anspielungen parat hatte, als er fragte: "Ist das eine GG oder eine WG?"

"Was", fragte Brucati, der an seinem Schreibtisch saß und arbeitete, verständnislos.

"Ist das *hier*", Dosske deutete auf Brucati und Stein, die ebenfalls an ihrem Schreibtisch arbeiteten, "eine geschlossene Gesellschaft oder eine Wohngemeinschaft?"

Brucati seufzte und lud Dosske mit einer großen Handgeste ein hereinzukommen.

"Also eine WG", beantwortete Dosske sich selbst seine Frage. "Ach ja, dann komme ich doch mal herein und mache es mir *gemütlich*!", betonte er.

Seine Augen blitzten verschmitzt auf, als er im Vorbeigehen an Brucatis Tisch eines der Honigbonbons klaute, die dort aus der aufgerissenen Packung herauslugten.

Dosske setzte sich ebenfalls an seinen Schreibtisch und legte die Beine auf diesen hoch. "Und, alles paletti?", fragte er, kurz bevor das Honigbonbon, das er in hohem Bogen geworfen hatte, in seinem Mund landete.

"Mein Gott", stöhnte Brucati genervt, "wie kann man nur schon am frühen Morgen so gut drauf sein?"

"Ach, weißt du, ich hatte letzte Nacht reichlich von dem Zeug, das man Schlaf nennt", erklärte Dosske lapidar.

Stein dachte an ihre letzte Nacht und seufzte sehnsüchtig. Sie konnte das von sich nicht behaupten.

Bis zum Morgen waren Samira Stein eine Menge von Szenarien durch den Kopf gegangen. Viel Schlaf war dabei nicht entstanden. Sie hatte in ihrem Bett gelegen und ungeduldig darauf gewartet, dass die drei idyllischen Schläge der betagten Glocke im Zwiebeltürmchen des alten Rathauses ihr zart ankündigten, dass nur noch fünfzehn Minuten bis zur vollen Stunde fehlten, und gleich ihr Radiowecker ansprang, damit der Radiosprecher von FFH sie mit den Nachrichten um Fünf vor Sieben in den Tag schicken konnte. Und so war es auch passiert. Und als dann der kleine Zeiger die Sieben erreicht hatte und der große Zeiger die Zwölf schon wieder verließ, hatte Stein ihre Beine ziemlich matt aus dem Bett geschwungen.

Brucatis "Aha", als Entgegnung auf Dosskes Schlafbekundung, riss Stein aus ihren Erinnerungen.

"Tja, wer kann, der kann", erklärte Dosske im Brustton der Über-zeugung, wobei seine grünen Augen mit den kleinen braunen Sprenkeln leuchteten.

Brucati erwiderte nichts darauf. Er hatte keine Lust auf einen verbalen Schlagabtausch am frühen Morgen.

Aber Dosske schien dies anders zu sehen und legte nach. "Ich kann nichts dafür wenn *du* nicht kannst", spöttelte er hinüber zu Brucati, worauf von dort ein Bonbon in Dosskes Richtung flog, das er reaktions-schnell auffing.

In diesem Moment betrat Christ, und mit ihm ein eisiger Blick, das Büro der Drei.

Sofort landeten Dosskes Füße wieder auf dem Fußboden.

Obwohl der SoKo-Chef nicht in seinem Rang als Major hier vor ihm stand, hatte Dosske trotzdem immer das Gefühl bei seinem Erscheinen Haltung annehmen zu müssen.

Einmal mehr zog Stein den Vergleich von Christ als strengem Vater, der seine beiden pupertierenden Söhne, Brucati und Dosske, mit einem strafenden Blick zur Räson brachte.

"Gibt's schon was Neues", befleißigte sich Dosske zu fragen.

"Doc Wenright kann weder die Ursache noch den Zeitpunkt des Todes genau bestimmen, eine Woche plus", wusste Christ ernst zu berichten.

"Okay", grummelte Dosske.

Christ reichte Brucati ein paar Blätter. "Hier ist eine Liste der Personen, die seit diesem Zeitpunkt als vermisst gemeldet wurden und deren Aussehen passen könnte."

*Typisch*, dachte Dosske, *der Frühaufsteher Christ war bestimmt schon wieder kurz nach fünf in der SoKo gewesen. Zumindest hat er schon die Infos vom Doc eingeholt und entsprechend in den Vermisstendatenbanken recherchiert. Die Liste, die er Brucati gibt, ist das Resultat dieser Recherche.*

Brucati hatte einen schnellen Blick auf die Liste mit den Fotos, den Namen, den Adressen, den Personenbeschreibungen und den Sachverhalten des Verschwindens überflogen. Bei einem Blatt zog er die linke Augenbraue hoch. "Der Zweite scheint ganz interessant zu sein."

"Meine ich auch", stimmte Christ zu.

Brucati reichte die Liste an Stein weiter.

Auch sie nahm die Blätter in Augenschein. "Dieser Rösler ist nicht dabei", erkannte Stein, ohne den Blick von den Seiten zu nehmen.

"Ja." Auch Brucati hatte dies bemerkt und nickte bedächtig.

"Rösler?", fragte Dosske nach. Er hatte das Gefühl, dass alle außer ihm in diesem Raum den genannten Namen kannten. Und er lag damit richtig, Christ war von Brucati bereits entsprechend unterrichtet worden.

Stein trug zu Dosskes Erhellung bei. "Wir haben gestern, bei der Befragung der Schaulustigen, von einer Frau Schneider die Information erhalten, dass sich bei ihrem Nachbarn, einem gewissen Rösler, schon seit ein paar Tagen die Rollläden nicht mehr bewegt haben", berichtete Stein. "Und sie fand das mehr als nur ungewöhnlich", schob sie noch hinterher.

Dosske erinnerte sich, dass Stein und Brucati, bevor sie sich getrennt hatten, schon einmal die Rollladengeschichte erwähnt hatten, aber der Name Rösler war dabei nicht gefallen. Jetzt konnte Dosske den Namen zuorden. "Ah ja."

Brucati blickte Christ in die Augen und wies mit dem Kopf auf Stein. "Wir würden der Sache gerne mal nachgehen", erklärte der Kriminalist, dem die Schilderung der Nachbarin auch noch in den Ohren klang.

Christ nickte schweigsam zustimmend, er hatte nichts dagegen.

Der SoKo-Chef schickte gerne Brucati und Stein als Team los. Stein war die perfekte Waffe um Brucatis südländisches Temperament im Zaum zu halten.

Christ hatte für die Ermittlung in Richtung Rösler bereits vorgesorgt.

"Ich habe heute Morgen schon mit Staatsanwalt Bach gesprochen, Sie dürfen, wenn es erforderlich erscheint, das Haus von Rösler durchsuchen."

Stein und Brucati nickten, wobei Stein dachte: *Sehr umsichtig!* Laut sagte sie: "Im Gegensatz zu all den Vermissten hier auf der Liste …", Stein hielt die Blätter hoch und reichte sie an Dosske weiter, "… wohnt dieser Nachbar Rösler in der Fahrgasse in Dreieichenhain, gar nicht weit weg von diesem Tunnel.

Auch Dosske überflog die Vermisstenblätter. Was für den zweiten Namen da als Hinweis geschrieben stand, las er laut vor: "Einundfünfzig Jahre, deutsch, vermisst seit dem 14. September, einhundertneunundachtzig Zentimeter groß, blonde Haare." Dosske blickte auf. "Das passt doch wie die Faust auf Auge", erwog er.

"Wie Sie sehen, haben wir die Fingerabdrücke von dem Mann. Er war schon mal polizeilich in Erscheinung getreten. Doc Wenright wird diese mit denen von unserem Toten abgleichen", berichtete Christ.

"Hm", brummte Dosske.

"Gehen Sie der Sache mit diesem Rösler nach", wies der Leiter der SoKo Stein und Brucati an und wandte sich wieder an Dosske. "Sie …", begann Christ.

Doch Dosske fiel ihm ins Wort. "Ich soll doch bei diesem Mordechai von Eschersleben anklopfen", sagte er in Erinnerung des Gesprächs, das er gestern Abend mit Christ geführt hatte.

Christ nickte bestätigend. "Und wenn Sie schon bei ihm sind, fragen Sie ihn doch einmal, ob er vielleicht eine Ahnung hat, was dieses Zeichen hier bedeutet", forderte Christ und hielt Dosske ein Foto hin.

Auch an Stein reichte Christ dieses Foto, zu dem er seinen Auftrag erteilt hatte, damit sie sich dieses ansah.

"Das ist im Tunnel?", fragte Dosske nach, obwohl er sich eigentlich sicher war.

Christ nickte.

Stein reichte das Foto an Brucati weiter.

Auf dem Foto entdeckte er an einer Wand ein Zeichen, das wohl in den Backstein geschlagen worden war. Es ähnelte einem V, lief unten aber nicht spitz sondern rund zu, und das linke Ende des Strichs zeigte eine Verdickung.

"Was ist das?", fragte Dosske, der das Foto so herum hielt, dass die

Rundung des Zeichens nach oben zeigte, und versuchte eine Erklärung: "Ein Dromedar ohne Unterleib?"

"Sieht wie ein U aus", meinte Brucati.

Dosske drehte sein Foto um 90 Grad. "Komisches U", raunte er.

"Vielleicht eine Schlange", meinte wiederum Stein erkannt zu haben.

"Eine U-Schlange", brummelte Dosske vor sich hin.

"Hm", kommentierte Brucati.

Anscheinend traf Dosske in diesem Moment die Erkenntnis. "Ah", entfuhr es ihm, "ein Spermium!"

Brucati verdrehte die Augen. "Vielleicht ist es irgendein Symbol, das in Bezug zu der Burg steht", überlegte er laut.

Christ beobachtete die drei Kriminalisten bei ihren Überlegungen, jeder interpretierte das Zeichen auf seine Art und Weise. Und damit entstand genau diese Vielschichtigkeit, die er in seiner SoKo haben wollte. Er selbst hielt sich mit einer Äußerung zu dem Zeichen jedoch zurück.

"Befragen Sie von Eschersleben dazu", ordnete er hingegen nochmals an.

Dosske nickte, er drehte das Foto abermals um 90 Grad. "Sieht wie eine Mütze aus", fand er nun.

Christ reichte weitere Fotos aus dem Tunnel in die Runde. "Diese Bilder hat Pfeiffer ebenfalls gemacht."

Auch diese wurden in Augenschein genommen. Die drei Kollegen tauschten die ganzen Fotos untereinander, da von jeder Aufnahme nur ein Exemplar existierte.

Die Spheron-Kamera hatte gestochen scharfe Bilder geliefert. Trotz der nicht gerade vorteilhaften Bedingungen im Tunnel, war es mit der Auflösung von fünfzig Millionen Pixeln gelungen feinste Details herauszufiltern.

"Die können wir nachher ja nochmal studieren", äußerte Brucati. "Wir fahren jetzt erst mal zu diesem Rösler!", forderte er ungeduldig.

Stein erhob sich zur Bestätigung und schnappte den Autoschlüssel des Dienst-Opels.

"Ich versuch's mal mit Mordechai", erklärte Dosske und kratzte sich dabei genervt an der Hand.

Christ signalisierte sein Einverständnis und machte auf dem Absatz kehrt, um wieder in sein Büro hinüber zu gehen.

Dosske kratzte immer noch an seiner Hand. "Ich hasse Mücken", knurrte er ärgerlich jedes Wort betonend.

"Hat dich gestern Abend eine erwischt?", fragte Stein, die sich daran erinnerte, wie die kleinen Biester auch um sie herumgeschwirrt waren.

"Ja", seufzte Dosske. "Eine hatte ich erwischt, aber da war wohl noch eine", erzählte er und zeigte Stein Mitleid einfordernd die kleine Beule auf seinem Handrücken, die sich inzwischen, durch das viele Kratzen, zu einem größeren roten Fleck ausgeweitet hatte.

Stein warf einen Blick darauf.

"Dieses blöde Scheissvieh soll von meinem Blut so den Durchfall bekommen!", wünschte Dosske voller Inbrunst.

"Vielleicht bekommt die Schnake ja eine Blutvergiftung und stirbt", feixte Brucati.

"Nein", entgegnete Dosske schnippisch, "das wünsche ich ihr nicht." Er blickte mit einem entzückenden Augenaufschlag zu Stein hin. "Ich bin ja schließlich tierlieb", gab er an, als wenn er kein Wässerchen trüben könnte.

"Du Armer!", bedauerte Stein ihn.

"Ich denke …", begann Brucati, ließ sich aber zum Fortfahren einen Moment zu lange Zeit, und gab somit Dosske die Möglichkeit sich in eine Theaterpose zu stellen und mit "… also bin ich", laut den ersten Grundsatz des Philosophen Descartes zu rezitieren.

"… du wirst es überleben", beendete nun Brucati seinen eigentlichen Satz.

Dosske bewegte darauf seine Hand in einer zweifelnden Geste.

"Bevor du in die ewigen Jagdgründe eingehst", stöhnte Brucati wenig Mitleid zeigend, "könntest du vielleicht mal schauen ob der Doc schon etwas zu den Fingerabdrücken hat."

"Mach' ich", erklärte Dosske sich bereit, und zog die Schublade seines Schreibtisches auf. "Nervennahrung!", entfuhr es ihm freudig, als er die Packung Dominosteine erblickte, die er letzte Woche gekauft, und hier deponiert hatte. Noch während einer der Schokoladenwürfel in seinem Mund verschwand, streckte er Stein und Brucati die Packung auffordernd entgegen.

Während Stein zugriff meinte Brucati: "Wir haben gerade mal September, und du muffelst schon Weihnachtszeug. Das ist doch pervers!"

"Och, in dem Fall bin ich gerne mal ein bisschen pervers!", entgegnete Dosske zufrieden kauend.

Stein wandte sich wieder ihrem Bildschirm zu und tippte ein paar Befehle in die Tastatur. "Ich schau mal schnell, ob der Doc schon ein Foto von unserem Opfer ins Netz gestellt hat."

Doc Wenright hatte.

Stein schoss mit ihrem Handy ein Foto des Mannes vom Schlüsselbein aufwärts.

Der Tote hatte augenscheinlich schon etwas länger in dem Tunnel gelegen und bot keinen schönen Anblick.

Danach zeigte Stein sich abmarschbereit.

Unterdessen hatte Brucati das Foto mit dem Zeichen aus dem Tunnel ein Mal gefaltet und es in seine Jackentasche gesteckt. Er holte seine 9mm Sig Sauer P2 aus dem Bürotisch und ließ sie in das angelegte Schulterholster gleiten.

"Bis nachher", sagte er zu Dosske und warf sich die Jacke über.

Dosske hob als Antwort nur die Hand und führte eine bestätigende Geste mit seinem Zeigefinger aus. Kurz danach verschwand die Hand wieder in der Packung mit den Dominosteinen und der nächste musste dran glauben.

# Kapitel 11
Montagmorgen, acht Uhr dreiundvierzig, 28. September

Nachdem Stein und Brucati das Büro verlassen hatten, suchte Dosske die Telefonnummer von Herrn von Eschersleben heraus. Dabei fiel sein Blick auf das kleine Schränkchen in der Ecke. Seine Kollegen hatten anscheinend heute Morgen schon Kaffee gekocht, zumindest dampfte dort drüben eine braune Flüssigkeit in der Glaskanne unter dem Filter.

*Morgenstund ist aller Laster Anfang,* dachte Dosske, lief hinüber und schenkte sich ein.

Während der Zucker aus dem Portionstütchen in seine Tasse rieselte, wählte er die Telefonnummer des Vorsitzenden des Geschichts- und Heimatvereins.

Der Anruf ging ins Leere.

Dosske trank seinen Kaffee und überlegte wann er das nächste Mal anrufen sollte. Bis dahin wollte er sich im SoKo-internen Infosystem über das, was Doc Wenright und Pfeiffer inzwischen über die Leiche herausgebracht hatten, informieren. Aber dort war noch nichts eingestellt, außer dem Foto des Toten.

Auch der nächste Anruf zu Herrn von Eschersleben schlug fehl.

Mit Dosskes Laune ging es steil bergab.

Im Fünf-Minuten-Takt versuchte er es weiter, bis er kapitulierte und beschloss Doc Wenrights Reich aufzusuchen, um sich selbst dort einmal auf den neusten Stand der forensischen Ermittlungen zu bringen.

Er nahm den letzten Schluck aus seiner Tasse, erhob sich seufzend und fuhr, nicht ohne einen Dominostein als Wegzehrung der Packung entnommen zu haben, mit dem Aufzug in das Kellergeschoss der SoKo.

Hier, unter dem Erdniveau, war es immer alles andere als angenehm temperiert. Dosske mochte diese herrschende sterile Kühle nicht, die einem, sobald man die Türen des Aufzugs verließ, entgegenschlug.

Als Dosske die Forensische Abteilung betrat, trottete ihm ein ziemlich müder Pfeiffer entgegen, der in der Hand einen Träger mit fünf Proben hielt. In seinem Hintergrund werkelte Doc Wenright.

"Sag mal, ihr wart doch nicht etwa die ganze Nacht hier?", fragte Dosske bei seinem Anblick.

"Doch", antworte Pfeiffer sichtlich abgespannt.

"Das nenne ich Arbeitseifer", lobte Dosske.

"Du weisst doch, es gibt Stoffe, die verflüchtigen sich nach einiger Zeit", erklärte Pfeiffer und gähnte herzhaft. "Es kommt auf jede Minute an", fuhr er fort und ging hinüber zu dem Schränkchen auf dem der

Flüssigkeitschromatograph stand.

Dosske fiel einmal mehr die jungenhafte Art des Forensikers auf, obwohl Fynn Pfeiffer die Dreißig schon überschritten hatte.

Dosskes Blick wandte sich Doc Wenright zu, der über dem Massenspektrometer der SoKo hing. Dessen Aufmerksamkeit war ganz auf das ausgerichtet, was das Gerät vor ihm anzeigte.

"Damned", kam ihm dazu unwirsch über seine Lippen.

Dosske hörte die Entäuschung in der Stimme des Arztes und unterließ es tunlichst den Engländer anzusprechen. Dagegen wanderte seine Aufmerksamkeit zu dem Raum nebenan. Er wusste genau, was dort vor ein paar Stunden vor sich gegangen war.

*Ich werde mich nie an Autopsien gewöhnen*, dachte er und schritt zu Pfeiffer hinüber. "Christ hat uns gesagt, dass ihr Fingerabdrücke überprüfen wolltet."

"Ja", bestätigte Pfeiffer, "die haben nicht übereingestimmt", berichtete er. "Und AFIS kennt unseren Toten auch nicht", fügte er seiner Aussage noch hinzu.

"Wäre ja auch zu schön gewesen", seufzte Dosske. "Gibt's sonst noch was Neues?"

"Todesursache war wohl ein Herzinfarkt, aber wir wissen immer noch nicht genau was den Herzinfarkt ausgelöst hat", stöhnte Pfeiffer. "Wir hatten schon so viele Theorien, aber alle haben sich als falsch herausgestellt."

Dosske sah die Müdigkeit im Gesicht des Forensikers. "Hey", meinte er aufmunternd, "Du weisst doch, der einzige Mist auf dem nix wächst in der Pessimist!"

Pfeiffer rang sich ein müdes Lächeln ab. Mit zur Faust geballten Hand äußerte er zuversichtlich: "Wir bleiben dran", nur klang diese Zuversicht sehr angeschlagen.

"Das ist der richtige Kampfgeist", frohlockte Dosske lobend.

Pfeiffer schnappte eine der Blutproben aus dem Träger. "Auf ein Neues", sagte er mit einem Hauch von Elan, rieb sich die müden Augen und versuchte das Brennen in ihnen einfach zu ignorieren.

Seit nunmehr neun Stunden starrte der Forensiker konzentriert auf das, was die Leiche ihm zeigte, und das, was der Computer aus seinen Testreihen herausgearbeitet hatte. Aber nichts ergab die Lösung, geschweigedenn einen Sinn.

"Ich drücke euch die Daumen", sagte Dosske und verließ die beiden erschöpften SoKo-Kollegen ohne auch nur ein Wort an Doc Wenright gerichtet zu haben. Die Art und Weise wie Dosske das 'Damned' über dessen Lippen hatte kommen hören, riet ihm dies eindringlich.

Oben in seinem Büro angelangt, fiel Dosskes Blick wieder auf die Kaffeekanne. *Ach, bis die nachher zurückkommen ist der eh kalt*, überlegte er. *Ich trinke den jetzt. Nur nix umkommen lassen!*

Noch zweimal wählte Dosske ergebnislos die Telefonnummer Herrn von Escherslebens.

Eine viertel Stunde später hatte Dosske den Inhalt der Kaffeekanne restlos geleert und war bereit zum Abflug, denn der Kriminalist hatte sich entschieden einfach bei der Wohnadresse des Vorsitzenden des Geschichts- und Heimatvereins vorbeizufahren. Er schnappte sich das Bild aus dem Tunnel mit dem geheimnisvollen Zeichen und lief über den Flur zu Christ.

"Chef", sprach Dosske den Leiter der SoKo an, der hinter seinem Schreibtisch saß.

Christ blickte auf.

"Ich habe diesen von Eschersleben telefonisch nicht erreicht, ich fahre jetzt mal zu dem raus."

Christ nickte zustimmend.

"Ich war übrigens beim Doc, die Fingerabdrücke aus der Vermisstenliste haben nicht mit unserem Toten übereingestimmt", gab er an.

Christ schnaufte tief und nickte geradezu so, als wenn er dieses Ergebnis erwartet hätte.

Mit einem lockeren "Bis später", verabschiedete sich Dosske.

Und auch dies kommentierte Christ nur mit einem Nicken.

## Kapitel 12
Montagmorgen, acht Uhr achtundvierzig, 28. September

Brucati war mit seiner Kollegin nach Dreieichenhain gefahren. Im abklingenden Berufsverkehr waren sie gut vorangekommen.

Stein unterrichtete ihren Kollegen auf der Fahrt von dem Bild, das sie in der Nacht zuvor in der Wohnung von Frau Meyer entdeckt hatte.

Brucati musste vor einer roten Ampel halten und wandte seine Aufmerksamkeit Stein zu, die gerade von der weißen Gestalt im Bild berichtete.

Brucati war so in Steins Erzählung vertieft, dass ihm an der einst roten Ampel entging, dass diese wieder freie Fahrt gewährte. Erst nach Steins auffordernde "Grüner wird's nicht", legte er flugs den Gang ein.

"Ich schau' mal zu, dass ich heute noch einen Besuch bei Frau Meyer einbauen kann", schloss Stein ihre Schilderung.

Brucati verstand, dass die Kriminalistin Frau Meyer zu dem Bild befragen wollte.

Bald darauf suchten die beiden SoKo-Beamten nach einem Parkplatz.

In der schmucken Fahrgasse, die mit dem mittelalterlichen Ambiente einer historischen Altstadt lockte, lag das Wohnhaus von Herrn Rösler.

Brucati parkte den Dienst-Opel in der Nähe eines Schildes, das darauf hinwies, dass hier die Deutsche Fachwerkstraße entlangführte.

Stein und Brucati liefen über das holprige Kopfsteinpflaster, vorbei an gefälligen Ladengeschäften, zu der gesuchten Adresse. Dort drückte Brucati den Knopf neben dem Namensschild. Nachdem sich nichts regte, klopfte Brucati laut mit den Fingerknöcheln an der Tür.

Da erschien Frau Schneider mit einem Straßenbesen bewaffnet auf der Bildfläche. Sie kam durch das Törchen, welches zu ihrem Haus führte, herüber zu den beiden SoKo-Beamten.

"Ach, Sie kommen bestimmt wegen dem Rösler. War er es?", fragte Frau Schneider sofort neugierig nach. Sie hatte schließlich die Vermutung geäußert, dass der Tote im Tunnel Rösler gewesen sein könnte.

"Das wissen wir noch nicht", gab Brucati zu. "Wir wollten mal sehen ob wir jemanden hier erreichen."

"Da ist niemand", war sich Frau Schneider sicher.

Die Frau mit den sportlich kurz geschnittenen braunen Haaren stützte sich auf dem Stiel ihres Besens ab, den Oberkörper neugierig nach vorne gebeugt.

"Wieso sind Sie sich da so sicher", wollte Stein wissen.

"Sehen Sie doch", sie wies mit der Hand zum Haus hin, "die Rollläden sind immer noch oben. Der Rösler hat die, wenn's dunkel wurde, immer runtergelassen, und wenn er in Urlaub oder auf eine seiner Exkursionen gefahren ist sowieso", verdeutlichte sie.

"Hm", gab Brucati von sich.

"Und sein Auto ...", die Nachbarin wies mit dem Kopf auf einen alten VW Polo, "... das steht auch schon seit ein paar Tagen unbewegt hier herum."

Wie die Frau dies bemerkt hatte, verdeutliche Brucati, dass ihr dieser Wagen, der direkt vor ihrer Haustür parkte, sicherlich ein 'Dorn im Auge' war, denn Rösler ließ seiner alten Karre außer einem Regenschauer wohl keine Pflege angedeihen. Das handschriftliche SAU, das ein 'netter' Zeitgenosse mit dem Finger auf die Heckklappe gekritzelt hatte, schien ein entsprechender Hinweis zu sein.

"Hat Herr Rösler Verwandte, die wir zu seinem Verbleib befragen könnten?", erkundigte sich Brucati.

"Nicht dass ich wüsste. Der Rösler war eigentlich immer alleine." Frau Schneider überlegte. "Da kam nur ab und an mal ein großer Mann, aber wer das war, keine Ahnung."

"Hatte er eine Freundin?", diesmal fragte Stein.

Frau Schneider schnaubte abfällig.

Stein wertete ihre Äußerung als ein nein.

"Seit wann wohnt er denn hier?"

Frau Schneider kramte in ihren Erinnerungen. "So etwa zwei Jahre müssten das sein", ergaben ihre Gedanken.

Brucati bemerkte, dass Frau Schneider dieser Nachbar wohl nicht zu passen schien. Irgendetwas musste vorgefallen sein.

Und die Frau bestätigte seine Annahme. "Der hat der alten Frau Michels das Haus geradezu abgeschwatzt. Er wollte es unbedingt haben. Warum auch immer, groß ist es ja nicht", meinte sie abfällig.

Stein und Brucati schwiegen dazu.

"Aber der Rösler scheint innen ganz schön umgebaut zu haben. Ich glaube, der hat sogar Wände eingerissen. Das war laut, und unser ganzes Haus hat gewackelt", beschwerte Frau Schneider sich.

Auch hierzu schwiegen die beiden Kriminalisten.

Frau Schneider war hingegen immer noch nicht fertig. "Den Garten lässt er dagegen total verkommen. Der war immer das Schmuckstück von der Frau Michels, wenn die das sehen würde. Aber die wohnt ja jetzt im Altersheim, allerdings in einem stinkvornehmen im Spessart. Gut gezahlt hat der Rösler wohl für die Hütte. Wahrscheinlich hat er deswegen kein Geld mehr und muss diese alte Schrottlaube fahren."

Frau Schneiders Blick wanderte wieder zu dem 'Dorn in ihrem Auge'.

*Gute Nachbarschaft sieht anders aus*, überlegte Stein. Sie hielt den Zeitpunkt für gekommen, Frau Schneider mit dem Foto des Toten aus dem Tunnel zu konfrontieren. Sie hatte es auf ihrem Handy aufgerufen.

"Frau Schneider, wenn Sie sich bitte mal dieses Foto hier ansehen könnten", sagte Stein. "Ich muss Sie aber warnen, es ist nicht gerade ein angenehmes Bild", meinte sie und hielt ihr Handy der Angesprochenen hin.

Frau Schneider stützte sich schwer auf ihrem Besen ab. Ihre Augen fielen auf die Aufnahme des Toten. Sie schluckte hart.

"Könnte das Herr Rösler sein?"

Frau Schneider öffnete zwar den Mund, aber es kam keine einzige Silbe heraus. Der Körper der Frau erstarrte und ihre Augen hingen wie festgetackert auf dem Foto.

Frau Schneider war allem Anschein nach durchaus eine gestandene Frau, aber in das Gesicht eines Toten zu schauen, den man vielleicht kannte, fiel ihr verständlicherweise nicht leicht. Erst als Stein das Handy und damit das Foto aus ihrem Gesichtsfeld nahm, erwachte die Nachbarin aus ihrer Starre. Aber es dauerte immer noch einen Moment bis sie antworten konnte.

"Ich weiß es nicht", wisperte sie schließlich unsicher. "Der sieht so anders aus, aber kann schon sein."

Stein hatte vollstes Verständnis für die Reaktion der Frau. Sie und ihre Kollegen sahen des Öfteren solche Bilder. Und sie kannte die Situation noch eine Spur verschärft, nämlich wenn der Tote nicht auf einem Foto zu sehen war, sondern in der Realität vor ihr lag. Auch ihr lief jedes Mal ein gehöriger Schauer über den Rücken. Während Christ, Brucati und Dosske anscheinend keine Probleme damit hatten Doc Wenright im Kellergeschoss der SoKo S aufzusuchen, wenn er gerade eine Autopsie an einer Leiche durchführte, hatte Stein in solchen Momenten immer noch eine beträchtliche Nuss vor sich, die es zu knacken galt. Deswegen wartete sie geduldig, bis Frau Schneider sich wieder gefangen hatte.

Selbst Brucati wartete noch einen Moment bevor er fragte: "Wissen Sie wo Herr Rösler gearbeitet hat?"

"Ich glaube der war ein selbständiger Versicherungsvertreter, oder so. Also zumindest hat er keine geregelte Arbeitszeit gehabt, der ist ganz unterschiedlich aus dem Haus gegangen."

Brucati blickte Stein an. "Also ist niemandem so schnell sein Verschwinden aufgefallen", überlegte er laut.

Stein nickte versonnen.

"Wissen Sie" begann Frau Schneider erneut, "der Rösler war ein leiser zurückhaltender Mann, den man leicht übersehen konnte. Ich habe Ihnen ja gesagt, dass er alleine gelebt hat. Und wenn er nicht da ist, dann ist da sonst niemand."

Brucati wandte sich an Stein. "Dann werden wir wohl den Schlüsseldienst kommen lassen müssen", befürchtete er.

"Das ist, glaube ich, nicht nötig", druckste Frau Schneider.

"Wieso? Haben Sie einen Schlüssel", fragte Stein, obwohl sie nicht davon ausging.

"Nein", bekundete Frau Schneider sofort. "Aber ich habe mal gesehen, wie er einen Ersatzschlüssel aus der Lampe dort herausgeholt hat", gab sie an, und zeigte auf einen Gartenzwerg neben dem Eingang, der mit einer Stalllaterne in der Hand Aufstellung bezogen hatte.

Brucati öffnete den kleinen Riegel an der Laterne und sah hinein. Tatsächlich, da war ein einzelner Schlüssel, und dieser passte in das Türschloss der Haustür.

Als die Tür aufschwang warf Frau Schneider sofort einen neugierigen Blick in den Flur dahinter.

"Vielen Dank für ihre Hilfe", meinte Stein und ging in das Haus.

"Bitte, gerne geschehen", äußerte Frau Schneider, der klar war, dass hier für sie Schluss war. Sie zog sich zurück und begann den Straßenbesen zu schwingen.

Brucati nahm den Schlüssel aus dem Schloss. Er folgte Stein hinein, schloss die Tür hinter sich, und steckte den Schlüssel von innen in das Türschloss.

Nun standen Brucati und Stein im Flur. Es herrschte eine unheimliche Stille, geradezu eine Totenstille.

Brucati durchbrach diese Stille. "Herr Rösler", rief er laut.

Aber es blieb Mucksmäuschenstill.

"Tja, Herr Rösler, nicht verheiratet, alleinlebend, keinerlei kleinen Röslers, wo sind Sie?", fragte Brucati in die Wohnung hinein, und sah zu Stein hin.

Doch die hielt sich mit einem Kommentar zurück.

Rösler wohnte in einem alten Fachwerkhaus, wie sie zu Hauf in der Fahrgasse standen. Im Parterre ging links vom Flur die kleine Küche ab, geradeaus lag das Wohnzimmer und rechts vom Flur eine Treppe die nach oben und unten führte. Direkt neben der Eingangstür befand sich ein Gäste-WC.

Brucati tat einen Schritt in die Küche. Der Raum wirkte sauber und aufgeräumt. In einem Obstkorb lagen zwei Äpfel und eine Banane. Der

Banane sah man an, dass sie da schon länger lag, ihre Schale war schwarz gefärbt.

Durch das Fenster sah Brucati draußen Frau Schneider, die immer noch den Straßenbesen bewegte, aber zu ihm hereinschaute. Da Brucati sich sicher war, dass es dort nichts zu kehren gab, übersah er die Nachbarin einfach.

Stein war bereits Richtung Wohnzimmer vorausgegangen. Sie zeigte sich überwältigt von der Innenausstattung des Hauses. Dieses von außen so unscheinbar wirkende Häuschen war alles andere als unscheinbar.

Stein revidierte ihre Meinung von Röslers Lebensverhältnissen, die sie sich aufgrund des alten, durchaus als ungepflegt zu bezeichnenden Autos und des von außen ramponierten Hauses gemacht hatte.

Auch Brucati schien das so zu empfinden. "Außen pfui und innen hui", raunte er seiner Kollegin zu.

Stein nickte zustimmend, durchlief das Wohnzimmer und guckte sich um.

Alles andere als schnöde Kaufhausmöbel standen hier. Eine Schrankwand aus edlem Echtholz, eine Sitzgarnitur aus feinstem Leder, und ein Glastisch, dessen Platte von der Figur des Atlas gehalten wurde. Der Titan stützte nicht nur das angedeutete Himmelsgewölbe über seinem Kopf, sondern auch die schwere Glasplatte.

Auch Brucati hatte das erlesene Wohnzimmer betreten und sich einen schnellen Überblick verschafft.

"Ganz schön feudal", meinte Stein und deutete auf den Glastisch, der sie faszinierte.

Brucati nickte und blickte durch die Terrassentür in den Garten, der die Bezeichnung Garten offensichtlich eigentlich nicht verdiente. "Im Gegensatz zum Garten", bemerkte er trocken.

Ein Stück brauner Rasen und drumherum Büsche, die schon längst mal wieder geschnitten und in Form gebracht gehörten, das war alles.

Stein warf einen Blick nach draußen. Auch sie nahm wahr, dass dieser Garten eindeutig zu wenig Pflege erfuhr.

"Ich geh' mal nach oben", verständige Brucati seine Kollegin.

"Ich komme mit", beschloss Stein.

Das erste Stockwerk beherbergte ein funktionales Badezimmer, ein spartanisch eingerichtetes Schlafzimmer und ein weiteres Zimmer, das Rösler unverkennbar als Büro nutzte. Ein hohes, mit Ordnern gefülltes Regal, ein Sideboard, und ein Schreibtisch standen darin. Auf dem Schreibtisch fanden die beiden SoKo-Beamten Briefbögen mit dem Zeichen eines Versicherungsunternehmens.

"Da hatte die Schneider wohl Recht", erkannte Brucati.

"Ich glaube fast nicht nur damit", sagte Stein, die auf ein Foto deutete auf dem ein stolzer Mann mit einem Pokal in den Händen zu sehen war, der dem toten Taucher entsprach.

Stein holte ihr Handy zum Vergleich der beiden Fotografien hervor.

Wenn man sich die durch die lange Liegezeit hervorgerufenen Veränderungen wegdachte, bestand durchaus eine gewisse Ähnlichkeit.

Brucati stellte sich neben Stein und warf ebenfalls einen prüfenden Blick auf die beiden Gesichter. Der Kriminalist nickte, sie waren hier richtig.

Stein ließ ihr Handy wieder in der Jackentasche verschwinden.

Brucati schnaufte. "Keine Frau, keine Freundin, keine Freunde, keine Liebschaften", überlegte er laut.

Und Stein ergänzte: "Also keine eifersüchtigen Nebenbuhler."

"Was ist dann das Motiv?"

"Seine Arbeit", mutmaßte Stein die Lippen schürzend, griff nach einem der Ordner und zog ihn aus dem Regal.

Auch Brucati blätterte einen Ordner durch.

Doch die beiden fanden nichts Auffälliges.

Stein stellte den Ordner zurück und durchsuchte die Schublade des Schreibtisches. Sie suchte jedoch vergebens nach irgendwelchen sachdienlichen Hinweisen.

Die Kriminalistin blickte sich um und murmelte: "Hier fehlt etwas."

"Was?", fragte Brucati, und schaute seine Kollegin interessiert an.

Stein ließ einen prüfenden Blick durch den Raum schweifen, gerade so als wenn sie etwas Bestimmtes suchte. "Also, wenn das hier Röslers Büro ist …", betrachtete sie laut.

Brucati war inzwischen gedämmert auf was seine Kollegin hinaus wollte. "… wo ist dann sein Laptop, oder PC", vervollständigte er Steins Satz.

Sie nickte nachdenklich in Richtung des kleinen Sideboards an der Wand unter dem Fenster. "Ein Drucker ist jedenfalls da", wies sie hin.

"Ich glaube nicht, dass Rösler seine Geschäftsbriefe mit der Hand geschrieben hat", äußerte Brucati sich umschauend. "Hast du unten etwas gesehen?"

"Mir ist nichts dergleichen aufgefallen."

"Sehen wir uns mal den Keller an", meinte Brucati und wandte sich der Tür zu.

Stein folgte ihm die Treppe nach unten. "Alles sehr sauber", bemerkte sie. "Wenn er alleine gelebt hat, hatte er vielleicht eine Putzfrau."

"Meinst du nicht, dass der Schneider das aufgefallen wäre?"

"Stimmt auch wieder, aber für einen alleinlebenden Mann ...", begann Stein mit Anerkennung in der Stimme.

"Hallo", unterbrach Brucati sie. "Seit wann hast du solche Vorurteile?", sagte er überrascht. "Ich lebe schließlich auch alleine, und bei mir ist auch immer alles ordentlich."

"Ja, dank Mamma Maria", wusste Stein und schmunzelte.

Nie würde die italienische Mamma sich nicht um ihren geliebten Sohn kümmern, und dazu gehörte auch, dass sie gerne mal in seiner Wohnung nach dem Rechten sah, und durchaus auch mal putzte.

"Pah", erwiderte Brucati nur und knipste die Lampe an, deren Licht die Treppe zu den Kellerräumen erhellte.

An der Wand des Treppenabganges hing ein Setzkasten, in welchem sich viele Golfbälle tummelten. Jeder mit einem anderen Aufdruck oder Logo eines Golfplatzes.

"Kommt ganz schön 'rum, der Herr Rösler", bemerkte Brucati.

Auch Stein hielt auf der Treppe inne und beäugte die kleinen weißen Kugeln. "Ja", war das Ergebnis ihrer Inaugenscheinnahme.

Einer dieser kleinen weißen Kunststoffbälle, mit den vielen noch kleineren Dellen, war verrutscht und lag nicht mehr genau in der Mitte seines Abteils, sondern war rechts an die wegabsperrende Holzabtrennung herangekullert. Stein sah sich eigentlich veranlasst, das wieder in Ordnung zu bringen, unterließ es aber tunlichst, dem Grundsatz folgend an einem möglichen Tatort nichts zu verändern. Sie folgte Brucati, der schon die letzte Stufe der Treppe erreicht hatte, die in einem Flur endete. Von diesem kleinen Kellerflur gingen zwei Türen ab. Hinter der einen verbarg sich ein kleiner Raum, der, bestückt mit Regalen, als Vorratsraum diente, und mit einem kleinen Kellerfenster zur Vorderseite des Hauses lag. Hinter der anderen Tür eröffnete sich ein großer fensterloser Raum, in dem eine Klimaanlage leise vor sich hinsummte.

Brucati schaltete das Licht für diesen Raum ein. "Wow!", kam ihm über die Lippen.

Stein begab sich auf die Zehenspitzen, um Brucati über die Schulter zu blicken, aber er machte schon Platz, indem er den Raum betrat.

Man sah Antiquitäten soweit das Auge reichte. Alte Bücher und Schriften ruhten in den Regalen an den Wänden und auf einem Tisch, der mitten im Raum platziert war.

Auch Stein setzte den ersten Fuß in den Raum. In diesem Moment schlug die alte Standuhr, die direkt neben der Tür aufgestellt war, unvermittelt zur halben Stunde. Stein erschrak und stieß die Luft aus ihren Lungen. "Meine Güte!"

Brucati grinste. "Schöne Uhr!", sagte er süffisant.

"Ja, aber laut", fauchte Stein, deren Stresshormonwerte nach oben geschnellt waren.

Brucati hatte sich dem Tisch zugewandt und auch Stein trat nun an den Tisch heran. Notenblätter lagen auf ihm verstreut, aber Stein konnte nirgendwo in diesem Raum ein Musikinstrument ausmachen.

Die Sachen, die Marcel Rösler offensichtlich sammelte, und die sich in diesem Raum befanden, waren mehr oder weniger vom Alter gezeichnet aber sauber, blitzten geradezu vor Sauberkeit. Den Kontrast zum Alter der Artefakte bildeten die Möbel, die waren neu, nagelneu.

Während man das alte Fachwerkhaus mit seinen Zimmern im 1. Stock wirklich noch als altes Fachwerkhaus bezeichnen konnte, so war dieser Kellerraum absolut modern. Die Wände waren ordentlich weiß verputzt, der Boden hell gefliest und die Decke mit Paneelen verkleidet, in welche Halogenstrahler eingebaut waren. Die Regale, und der Tisch in der Mitte, gehörten einem modernen hellen Büromöbelprogramm an.

Trotz all dieser blitzenden Sauberkeit fand Stein, dass es in dem Raum nach feuchter Erde roch. Nicht nach der feuchten Erde, die einem Regen folgte, sondern nach dem muffigen Erdgeruch von alten Gemäuern.

Stein blickte sich um, konnte aber keine Quelle für diesen Geruch finden.

"Siehst du irgendwo einen Laptop?", fragte Brucati, der sich auf der Suche nach einem Computer umschaute.

Auch Steins aufmerksame Augen wanderten den Raum ab. "Nein", ergab ihre Suche. Aber etwas anderes fiel ihr auf.

Im ganzen Raum hing nur ein einziges Gemälde an der Wand, und das zeigte einen Mann in mittelalterlicher Kleidung. Die Miene des Mannes drückte etwas Geheimnisvolles aus. Ähnlich dem Reiz des Ausdrucks der Mona Lisa schien dieser Mann irgendetwas zu wissen, was er nicht mit jedem teilte. Auch seine geschlossenen Lippen umspielte ein ähnlich geheimnisvolles Lächeln, wie es Leonardo da Vinci auf das Gesicht der Mona Lisa gezaubert hatte.

Brucati und Stein wurden von diesem Bild wie magisch angezogen, es beherrschte mit seiner Präsenz die ganze Umgebung.

Der Mann auf dem Gemälde stand vor einer Tür und hielt in seinen Händen eine Harfe. Auf der Harfensäule, quasi dem Rückgrat des Instrumentes, hatte ein Künstler deren Kopf formvollendet mit einem Wolfsschädel verziert. Irgendetwas stimmte an dieser Darstellung mit dem Mann, dem Instrument und der Tür nicht, aber Stein und Brucati konnten nicht ergründen was es war. Jedenfalls hatte das ganze Bild etwas Außergewöhnliches.

"Ein faszinierendes Gemälde", brach Stein die Stille.

"Ja", stimmte Brucati zu, dem es fast peinlich war, wie dieses Bild ihn faszinierte. Er wandte sich ab und lenkte seine Aufmerksamkeit auf ein Regal, in welchem diverse Statuen standen. Alle waren fein säuberlich aufgereiht. Es wirkte als wenn jede Einzelne einen bestimmten, auf den Zentimeter ausgemessenen, Platz hätte.

Brucati sah sich die Statuen genauestens an, brachte seine Nase ganz nahe an sie heran, hatte allerdings Skrupel eine davon zu berühren und die Ordnung damit zu zerstören.

Stein war unterdessen ein Schrank aufgefallen, der zwar ein Schloss hatte, aber unverschlossen war, denn der Schlüssel steckte in ihm.

Die Kriminalistin lief zu ihm hin und entdeckte auf dem sonst so sauberen Fußboden die Hinterlassenschaften von schmutzigen Schuhen, deren Ausgangspunkt eben dieser Schrank darstellte.

Diese Schuhabdrücke, die Erde mit sich gebracht hatten, verloren in Richtung Flur immer mehr an Intensität.

Stein wunderte sich darüber, eigentlich hätte sie das genau anders herum vermutet, schließlich konnte man sich schmutzige Schuhe nicht in einem Schrank holen, es sei denn, jemand wäre mit schmutzigen Schuhen zum Schrank gelaufen, hätte diese Schuhe in diesen Schrank gestellt, danach wäre der Boden geputzt worden und danach wären wiederum die Schuhe aus dem Schrank herausgeholt, angezogen, und mit ihnen nach oben gelaufen worden.

Jedenfalls passten diese Schlieren und Erdkrümelchen so gar nicht in diesen picobello gepflegten Raum, der fast steril wirkte. Und für den erdigen Geruch, den Stein immer noch wahrnahm, konnte dieses bisschen Erde auch nicht verantwortlich sein, obwohl Stein schon das Gefühl hatte, dass der Geruch sich in deren Nähe verstärkte.

Während Stein die Spuren auf dem Boden musterte, erinnerte sie sich an den Moment, als Dosske mit Doc Wenright und Pfeiffer die Leiche aus dem Loch im Weiher befördert hatten. Dabei hatte sie einen kurzen Blick auf die Füße Röslers werfen können, die in den Tauchfüßlingen steckten. Er hatte kleine Füße, diese Abdrücke hier gehörten zu viel größeren Schuhen und damit Füßen.

Steins Blick wanderte von den ungeklärten Spuren auf dem Boden nach oben, dorthin wo Brucati sich aufhielt.

Auf einem Stuhl lagen wie abgelegt, um sie später wieder anzuziehen, eine Jeanshose, ein Hemd, ein paar Socken, eine Unterhose und obenauf ein Handy. Stein hatte das Gefühl, dass die Wäsche schon getragen worden war.

Brucati schnappte das Handy und fingerte daran herum. "Gesperrt!", klagte er und legte es zurück.

Der Kriminalist tastete die abgelegten Kleidungsstücke ab. Er stieß in einer der Hosentaschen auf einen Gegenstand und zog ihn heraus. Es handelte sich um eine Geldbörse. Brucati schlug diese auf und lunzte hinein. Ein paar Scheine, Münzgeld, Einkaufsausweise, Krankenkarte, Führerschein und Personalausweis. Diesen zog Brucati aus dem ihm zugedachten Fach und sah auf das Bild.

"Rösler ist unser Taucher", ahnte er und hielt Stein den Ausweis hin.

Nach einem kurzen Blick nickte sie bestätigend, zog zum Vergleich nochmals das in ihrem Handy gespeicherte Foto heran. Sie hielt es neben das Foto des Mannes auf dem Personalausweis, der dem toten Taucher mehr als nur ähnelte.

"Der Doc oder Pfeiffer wird über die DNA die letzte Gewissheit bringen", meinte Brucati.

Stein verstaute wieder ihr Handy und wandte sich dem Schrank zu.

Sie drehte den Schlüssel und öffnete den Schrank, der durchaus ein Schuhschrank hätte sein können, um darin nach einer Bestätigung ihrer Vermutung zu suchen, dass dort vielleicht ein paar schmutzige Schuhe abgestellt worden waren, aber sie wurde enttäuscht.

In diesem Schrank waren ganz sicher keine schmutzigen Schuhe abgestellt worden. Da war absolut kein Platz mehr für irgendetwas, denn der Schrank war vom oberen bis unteren Einlegeboden angefüllt mit vielen kleinen Schachteln, alle in ein und derselben Größe, die nebeneinander auf den Böden standen. Und in jedem dieser Schächtelchen befand sich eine Einlage aus Schaumstoff, die in der Mitte eine Vertiefung hatte, um dort eine Münze aufzunehmen.

"Uii", entfuhr es Stein.

Mindestens fünfzig Mal war der Schaumstoff so bearbeitet worden, dass eine Münze passgenau hineingelegt werden konnte. Die Münzen machten den Eindruck liebevoll gepflegt worden zu sein.

Brucati, der wieder mit der Nase am Regal mit den Statuen hing, fragte ohne den Blick von den Statuen abzuwenden: "Hm?"

"Das hier solltest du dir mal ansehen", forderte Stein.

"Was ist?"

"Hier sind Abdrücke von schmutzigen Schuhen."

Brucati seufzte. "Ist das jetzt so ein Frauending? Äh", äffte er mit hoher Tonlage, "du hast deine Füße nicht abgeputzt."

"Nein", widersprach Stein, "die kommen aus dem Schrank."

"Wie, aus dem Schrank?", fragte Brucati, sich nun doch von den Statuen abwendend, und kam zu Stein herüber.

Stein hielt ihn mit der Hand auf, deutete nach unten auf die Fußspuren und meinte: "Vorsichtig, die sollten wir vielleicht nicht unbedingt zerstören."

Jetzt erkannte Brucati was Stein meinte. "Fußspuren, ja und?"

"Kannst du mir mal sagen wo die herkommen?", fragte Stein und zeigte mit der Hand den Verlauf der Spuren an.

Brucati verstand augenblicklich worauf seine Kollegin hinauswollte.

Die Absätze konnte man deutlich erkennen, die Spitzen der Schuhe wiesen klar zum Flur hin, die Laufrichtung führte vom Schrank fort. Es sah gerade so aus als wäre jemand aus dem Schrank gekommen.

"Kannst du dich noch erinnern, wie der Doc und Pfeiffer gestern wieder aus dem Loch aufgetaucht sind und wie ihre Schutzanzüge mit dem Schlamm verschmiert waren?", fragte Stein ihren Kollegen.

Brucati nickte.

"Irgendwie erinnern mich diese Abdrücke an diesen Schlamm, den die an sich hatten."

"Hm."

"Ich glaube nicht, dass sich jemand hierher beamen lassen hat, um in den Flur zu laufen."

Brucati begann zu verstehen worauf Stein hinauswollte. Er beäugte den Schrank von der Seite her. Dieser stand pressgenau an der Wand.

Während Brucatis Augen den Schrank entlangfuhren, entdeckte er ungefähr in Höhe seiner Brust den schemenhaften Abdruck einer schmutzigen Hand am rechten Seitenteil. Brucati stieg mit einem großen Schritt über die Schuhabdrücke auf dem Boden und besah sich das linke Seitenteil des Schrankes. Auch dort war ein solcher schemenhafter Abdruck zu erkennen, etwa auf gleicher Höhe wie der andere. Es wirkte als wenn jemand den Schrank mit beiden Händen von vorne angefasst hätte, um ihn zu bewegen.

"Vielleicht sollten wir diese Spuren dann auch besser nicht ver-wischen", raunte Brucati und zeigte Stein was er damit meinte.

Stein nickte nur.

Brucati sah in den von Stein geöffneten Schrank, Münzen soweit das Auge reichte.

Stein war seinem Blick gefolgt und mutmaßte: "Die sind bestimmt einiges Wert."

84

"Die Statuen da drüben auch. Ich glaube das sind Originale", meinte Brucati und schloss die Tür des Schrankes.

"Dieser Rösler wird immer interessanter", äußerte Stein.

"Da gebe ich dir recht", raunte Brucati und besah sich die Griffspuren am Schrank. Auch er legte nun seine beiden Hände etwas unterhalb der sichtbaren Handabdrücke an den Schrank und versuchte ob er ihn zu sich ziehen konnte. Und es ging einfacher als er gedacht hatte. Der Schrank war auf Rollen gelagert und ließ sich ohne Schwierigkeiten von seinem Standort wegziehen.

"Uups!", rief Brucati überrascht aus, und Stein fiel die Kinnlade nach unten, als sie erkannten was sich hinter dem Schrank auftat.

**Kapitel 13**
Montagmorgen, neun Uhr vierundzwanzig, 28. September

Dosske war zu Herrn von Escherslebens Privatadresse gefahren. Der Vorsitzende des Geschichts- und Heimatvereins wohnte in einem Mehrfamilienhaus an der Hainer Chaussee in Dreieich.

Als Dosske nun vor diesem stand, gerieten acht beschriftete Klingelschilder in das Blickfeld des Kriminalisten. *M. von Eschersleben* stand ganz oben.

*3. Stock. Hoffentlich gibt's einen Aufzug,* dachte Dosske während er den Klingelknopf drückte.

Nichts tat sich auf Dosskes Klingeln, und er drückte noch einmal, etwas länger auf den Knopf.

In diesem Moment wurde die Haustür geöffnet. Eine junge Frau trat heraus, mit den Zähnen einen grünen Apfel haltend, suchte sie in ihrer Handtasche nach etwas, und stürmte an Dosske vorbei. Dieser nutze die sich langsam schließende Tür und schlüpfte ins Haus. Ein zufriedenes Lächeln huschte über Dosskes Miene, als er den Zugang zu einem Aufzug erspähte. Er bediente sich der Aufstiegshilfe.

Im 3. Stock versuchte Dosske an der Wohnungtür von Escherlebens erneut sein Glück und klingelte, diesmal etwas energischer als er es unten an der Haustür getan hatte.

Doch an der Tür vor ihm rührte sich nichts. Dafür öffnete sich die Tür hinter ihm, und zwar genau in dem Moment als Dosske rief: "Herr von Eschersleben, hier ist die Polizei, ich müsste dringend mit Ihnen sprechen."

"Der muss da sein", sagte plötzlich eine raue Stimme hinter Dosske.

Er fuhr herum und sah einen grauhaarigen Mann mit vielen Falten im Gesicht. Die Gesichtszüge hatten fast etwas Greisenhaftes und die Stimme hörte sich ebenfalls so an.

Dosske zückte seinen Dienstausweis und hielt ihn dem Mann hin.

Dieser musterte ihn genauestens, und zwar mit dem Blick, der Dosske verdeutlichte, dass sein Gegenüber so einen Ausweis noch nie zu sehen bekommen hatte.

Als Dosske diesen Mann so in dem Türrahmen stehen sah, musste er unwillkürlich an seinen Großvater denken, der öffnete auch stets schon leicht nach vorne gebeugt die Tür zu seiner Wohnung, wenn Dosske ihn besuchte. Opa Friedrich hörte schwer, und so sah sich Dosske veranlasst nun auch assoziiert laut zu fragen: "Wieso meinen Sie, dass Herr von Eschersleben da sein muss?"

"Junger Mann", antwortete der Greis und straffte energisch seinen Körper, "ich höre noch sehr gut!"

Dosske musste erkennen, dass der alte Mann doch noch wesentlich resoluter war, als er ihn einschätzte. Hatte er auf den ersten Blick greisenhaft gewirkt, so bemerkte Dosske nun, dass er nicht nur geistig noch topfit war. Mit einem festen Schritt trat der Mann auf Dosske zu.

"Der hat die halbe Nacht den Fernseher laufen gehabt, und gegen Morgen erst ausgemacht", klagte der Nachbar. "Seit dem war alles still. Ich habe nicht gehört, dass er fortgegangen ist."

"Und das hören Sie sonst immer", fragte Dosske nach.

"Ja", bestätigte der Mann und beschwerte sich: "der schlägt seine Wohnungstür immer so zu, dass die Wände wackeln!"

Dosske registrierte diese Antwort.

"Was hat er denn verbrochen", wollte der Nachbar wissen, der bei dieser Frage eine gewisse Häme nicht verbergen konnte. Anscheinend wirkte die gestörte Nachtruhe noch nach.

"Nichts", antwortete Dosske. "Ich müsste ihn nur dringend sprechen." Als er auf dem Gesicht des Nachbarn fast so etwas wie Enttäuschung zu lesen vermochte, dachte Dosske: *Ja, ja, die lieben Nachbarn.*

"Wie gesagt, er ist bestimmt da", beharrte der Greis.

"Danke", sagte Dosske, der aufgrund der Beharrlichkeit des Nachbarn es nochmal mit Klingeln versuchte.

Der alte Mann verschwand genau so unauffällig wieder in seiner Wohnung wie er gekommen war.

Als sich auf das erneute Klingeln wieder nichts rührte, klopfte Dosske mit der flachen Hand laut an die Tür, worauf er hörte wie sich der Schlüssel im Schloss drehte.

Ein Mann erschien in einem weißen flauschigen Bademantel und Unterhose an der Tür, in seinem Gesicht stand der Ausdruck eines Menschen geschrieben, der gerade wach geworden war. Sein Kinn zierte ein Stoppelbart und seine Augen waren gerötet.

"Ja", stammelte der aus dem Schlaf gerissene und doch blitzte in seinen braunen Augen eine wache Intelligenz. Die Lachfältchen um seine Augen kündeten von einem ausgeprägten Sinn für Humor, welcher dem Mann im Moment aber noch abging, doch das sollte ich schnell ändern.

"Sind Sie Herr von Eschersleben, der Vorsitzende des Geschichts- und Heimatvereins?", wollte Dosske wissen.

"Der Vorsitzende der Models für Bademäntel bin ich jedenfalls nicht", zickte von Eschersleben verschlafen, während er den Gürtel seines eilig übergeworfenen Badesmantels zuzog und einen Knoten fabrizierte.

Dosske grinste, *der* hätte auch von ihm sein können. Er stellte sich und sein Anliegen kurz vor

Von Eschersleben blinzelte. "Äh." Er versuchte zu begreifen was er eben gehört hatte. "Kommen Sie herein", stammelte er schließlich, wandte sich um und lief vorweg in das Wohnzimmer, wo er Dosske mit einer Handbewegung bat sich zu setzen.

Dosske warf einen schnellen Blick durch das Zimmer. Herr von Eschersleben schien etwas chaotisch zu sein.

"Wissen Sie, ich habe die ganze Nacht kaum ein Auge zugetan. Nach dem was gestern passiert ist, habe ich keine Ruhe gefunden", gab der müde wirkende Mann an. "Ich bin erst heute gegen Morgen eingeschlafen."

*Stimmt, das hat mir dein Nachbar schon erzählt*, dachte Dosske und ließ sich auf dem Sofa nieder, wobei sein Blick lustvoll auf die in einer Glasschale auf dem Tisch ruhenden Plätzchen fiel.

Anscheinend war sein Blick so auffällig gewesen, dass Herr von Eschersleben ihm die Schale hinschob und sagte: "Greifen Sie ruhig zu. Ich werde mir mal schnell etwas anziehen. Und ich brauche einen Kaffee!", erkannte von Eschersleben. "Wollen Sie auch einen?"

Dosske hatte zwar die ganze Kanne in der SoKo geleert, aber ein Kaffee ging bei ihm immer, und zu den Plätzchen bildete er sicher die perfekte Ergänzung. "Ja", sagte er daher ohne lange zu überlegen.

Von Eschersleben schlüpfte über den Flur in ein Zimmer, aus dem er kurz darauf in Jeans und Poloshirt zurückkehrte. Er begab sich in die Küche, die man vom Wohnzimmer her gut einsehen konnte, da keine Wand die beiden Räume trennte. Vor dem Kaffeeautomaten stehend fragte er in Dosskes Richtung: "Schwarz?"

"Mit Zucker bitte!"

Als von Eschersleben Dosske seine Tasse mit dampfenden Kaffee vor die Nase stellte, schien er hellwach zu sein.

"Danke."

Von Eschersleben ließ sich Dosske gegenüber auf den Sessel fallen. "So, was kann ich jetzt für Sie tun? Außer dem Kaffee", raunte er und lächelte.

"Nun, Sie waren gestern mit in diesem Tunnel …"

"Ja", antwortete von Eschersleben sofort und seufzte, sichtlich immer noch unter dem Eindruck dessen was er gesehen hatte. "Erinnern Sie mich bloß nicht daran."

"Kannten Sie den Toten?"

"Nein", antwortete von Eschersleben sofort, schob dann aber verhalten hinterher: "das heißt, so genau habe ich ihn mir nicht angesehen, aber das, was ich gesehen habe, das hat gereicht, dass ich mein Mittagessen rückwärts gegessen habe. Ich werde diesen Anblick bestimmt nie mehr vergessen!"

Dosske nickte verständnisvoll.

"Wissen Sie schon wer …?", stellte von Eschersleben die Frage, deren Antwort er eigentlich so gar nicht wirklich hören wollte, falls es ein Bekannter von ihm sein sollte.

Dosske schüttelte den Kopf.

"Ich habe die Bilder die ganze Nacht nicht aus dem Kopf bekommen", erklärte von Eschersleben.

Das Bild des Neoprenanzugs, in welchem ein toter Mann steckte, hatte sich unauslöschlich in sein Gehirn eingebrannt.

Dosske und von Eschersleben tranken beide einen Schluck Kaffee, eine kurze Pause entstand.

"Und dann hat natürlich die Frage an mir genagt", durchbrach von Eschersleben das Schweigen, "was das für ein Tunnel ist, in dem wir da waren."

"Dass da so ein Tunnel existiert war Ihnen nicht bekannt?"

"Nein", entfuhr es von Eschersleben entsetzt überrascht.

Dosske kramte die Fotografie des rätselhaften Zeichens, das sich an der Tunnelwand befand, aus seiner Jackentasche hervor und reichte sie dem Mann gegenüber. "Dieses Foto haben wir in dem Tunnel aufgenommen", erklärte er dazu. "Sagt Ihnen das Zeichen etwas?"

Von Eschersleben schnappte sich das Foto und betrachtete es stirnrunzelnd. Er konnte seine Neugier nicht verbergen, wobei er das faszinierende Foto in unterschiedlichen Abständen vor seine Augen hielt und diese fokussierend zusammenkniff.

"Hm", äußerte er schließlich, stand auf und lief die zwei Schritte zu dem kleinen, mit vielen Papierstapeln und Krimskrams belagerten Schreibtisch vor dem Fenster hinüber, der offensichtlich nach einem System geordnet war, bei dem wohl nur von Eschersleben selbst den Überblick hatte, denn mit einem Griff fand er in all der Unordnung seine Brille. Mit dieser auf der Nase drehte er die Abbildung in seinen Händen, bis er sie so vor sich hatte, dass das Zeichen durchaus als der Buchstabe V oder ein U hätte gelesen werden können.

"Sagt Ihnen das irgendetwas, Herr von Eschersleben?", fragte Dosske nochmals.

Der Vorsitzende des Geschichts- und Heimatvereins war so in den

Anblick des Fotos vertieft, dass er erst, als Dosske seinen Namen das zweite Mal nannte, "Herr von Eschersleben?!", aufblickte. Die Augen hinter den Brillengläsern bewegten sich unruhig.

Man sah von Eschersleben deutlich an, dass es gewaltig hinter seiner Stirn arbeitete. Er schürzte die Lippen. "Hm", äußerte er zum wiederholten Male und atmete tief ein. "Ich habe das schon mal gesehen, also so etwas Ähnliches", äußerte er in Gedanken versunken, womit er Dosskes ungeteilte Aufmerksamkeit auf sich zog.

Man hätte eine Stecknadel fallen hören, während der Vorsitzende des Geschichts- und Heimatvereins das Foto in seiner rechten Hand hielt. Er presste mit Daumen und Zeigefinger der linken Hand seine Oberlippe zusammen, ganz gefangen von dem was er sah.

Wieder entfuhr von Eschersleben ein "Hm! Das ist in dem Tunnel aufgenommen worden, wo …", ließ er sich nochmals bestätigen.

"Ja", antwortete Dosske und fragte: "Wissen Sie was das ist?"

Von Eschersleben sah zwar die Backsteinwand, zumindest so eine wie er sie aus dem Tunnel kannte, doch das, was noch auf dem Foto zu sehen war, war ihm damals, als er mit Schüllermann unten in dem Tunnel gewesen war, nicht aufgefallen. Es war viel zu dunkel da unten gewesen. Doch der Spheron-Kamera war es eben mit ihrer hohen Auflösung gelungen dieses Zeichen herauszufiltern.

"Irgendeine Ahnung?", hakte Dosske nochmals nach.

Von Eschersleben schien Dosskes Fragen überhaupt nicht gehört zu haben. "Wo genau ist das aufgenommen worden?", erkundigte er sich.

"In der Nähe von der Stelle wo man den toten Taucher gefunden hat."

Von Eschersleben wirkte vollkommen gefesselt.

Dosske schwieg und beobachtete den Mann, der ihm fast so vorkam wie ein Huhn, dass gleich ein Ei legte.

Und plötzlich gackerte von Eschersleben los. "Ich habe das schon mal gesehen", jetzt lag Überzeugung in seiner Stimme, "auf einem alten Text", fuhr er fort.

Dosske beobachtete die Reaktion von Escherslebens. Man konnte gerade meinen, dieses Zeichen hätte eine magische Wirkung auf den Mann. In seine weit aufgerissenen Augen schlich sich ein feuriges Glitzern, als er wie in Trance hauchte: "Der gibt in Verbindung mit dem Tunnel einen ganz anderen Sinn." Überrascht schaute er zu Dosske hin.

Dosske musterte ihn und beugte sich vor, auf jedes der gesprochenen Worte fixiert.

"Es wird da von einem verheißungsvollen Weg gesprochen", gab von Eschersleben an. "Da man diesen Text mit der Burgkirche in Verbindung brachte, nahm man einen christlichen Bezug an."

"Und Sie gehen nun davon aus, dass dem nicht so ist."

"Das kann sein, muss aber nicht. Aber egal wie, ich glaube, ich weiß wo ich das schon mal gesehen habe", stammelte er aufgeregt auf das Zeichen zeigend, und ebenso aufgeregt auf Dosske zukommend. "Es gibt da ein altes Dokument ..., ach, ...", der Mann vom Geschichts- und Heimatverein wurde geradezu hektisch, "können wir nicht einfach ins Museum fahren?", fragte er. "Da kann ich es ihnen zeigen", meinte von Eschersleben, in dessen Augen immer noch die Faszination des Unglaublichen glitzerte.

Eigentlich ließen Dosske seine Ermittlungen keine Zeit für die Muse eines Museumsbesuches, aber in diesem Fall. "Ja klar, warum nicht", willigte er ein.

**Kapitel 14**
Montagmorgen, neun Uhr fünfundfünfzig, 28. September

Dosske hatte von Eschersleben zum Parkplatz am Untertor chauffiert, wo er nun seinen Wagen abstellte. Der Kriminalist erinnerte sich daran unter welchen Vorzeichen er am gestrigen Tag hier geparkt hatte.

Nun gab von Eschersleben das Tempo vor, mit dem sie zu ihrem Ziel wollten. Er hatte es offensichtlich eilig, kaum dass er die Beifahrertür geschlossen hatte, stürmte er schon los.

Dosske blieb nur ihm ebenfalls schnellen Schrittes zu folgen.

Sie liefen durch den Torbogen des Untertors, bogen gleich darauf rechts ab, überwanden mühelos die paar Stufen, die zum Palas der Burg hinauf führten, durchliefen das nur noch als Ruine erhaltene und daher nicht mehr sehr repräsentative Wohngebäude, in welchem einst die Herren von Hagen gehaust hatten. Der Atem der Geschichte hing in der Luft, als sie die kahlen Wände mit den großen Fensterdurchbrüchen passierten. Auf der anderen Seite ging es wieder ein paar ausgetretene Stufen aus Sandstein hinunter, bevor sie direkt nach dem Bergfried wieder nach rechts in Richtung Dreieich Museum abbogen.

Der Marschtritt Mordechai von Escherslebens zeugte von der Eile, mit welcher er zu dem kommen wollte, was er Dosske unbedingt zeigen musste.

Nach nur ein paar weiteren Schritten standen sie vor dem, in altrosa gestrichenen, Gebäude mit den weißen Klappläden, in welchem sich das Museum befand.

Als Vorsitzender des Geschichts- und Heimatvereins, der Eigentümer der Burganlage und des Dreieich-Museums war, besaß Mordechai von Eschersleben natürlich einen Schlüssel zu der Einrichtung, den er aus seiner Hosentasche herauskramte, während er das Treppchen zum Eingang hinaufstieg.

Auf der kurzen Fahrt hierher hatte von Eschersleben dem Mann von der SoKo erklärt, dass er sich daran zu erinnern glaubte, dass er aus dem Nachlass eines Dreieichenhainers ein Schriftstück bekommen hatte, das eben ein solches Zeichen zeigte, wie es im Tunnel angebracht worden war. Der Sohn des Mannes hatte erzählt, dass der Vater bei Renovierungsarbeiten in der Nähe der Burgkirche einen Behälter mit diesem Schriftstück gefunden hatte, und über den Sohn war es dann in das Museum gelangt.

Und als Dosske nun darauf wartete, dass die Tür zum Museum sich ihnen öffnete, erinnerte sich der Kriminalist an von Escherlebens Worte:

*Wissen Sie*, hatte er gesagt, *wir bekommen viele Sachen, wenn mal ein Keller oder ein Dachboden entrümpelt wurde. Oder nach dem Tod eines Menschen, wenn die Kinder damit nichts anfangen können oder sich nicht für die geschichtlichen Zusammenhänge interessieren. Wir sind da immer sehr dankbar dafür. Es wäre schrecklich, wenn solche Schätze sonst vielleicht im Müll verschwinden würden.*

Und auch Dosske würde dankbar sein, wenn dieses Schriftstück sich als Schatz erweisen würde, und bei der Lösung des aktuellen Falles weiterhelfen konnte.

"Sagen Sie, Herr von Eschersleben", begann Dosske nachdenklich, "Sie bekommen ja sicherlich viele Dokumente, können Sie sich an alle erinnern, oder warum erinnern Sie sich gerade an dieses eine so gut?"

"Naja, wir haben nicht immer ein Schriftstück, das verschlüsselt auf einen Schatz hinweisen soll. Das sieht man sich dann schon mal etwas genauer an", erläuterte von Eschersleben.

Dosske dämmerte worum es ging. "Aha."

Von Eschersleben hatte den Schlüssel im Schloss gedreht und öffnete die Tür zum Museum. Er ließ Dosske passieren und schloss sogleich wieder hinter ihm zu. Nur ein paar Schritte entfernt öffnete der Mann eine weitere Tür, knipste Licht in dem Raum dahinter an, und orientierte sich kurz, bevor er eine Schublade mit vielen Karteikärtchen aufzog und darin blätterte.

"U, V, W", sprach von Eschersleben leise vor sich hin. "Wa, Wi, Wl, Wo."

Schließlich fand er die Karte, welche auf den Verbleib des von ihm gesuchten Textes hinwies, wobei ein triumphales "Wolfslegende" über seine Lippen kam. Er notierte sich den Ort im Geiste.

Dosske beobachtete wie die Schublade mit den Karteikärtchen wieder von dem Vorsitzenden des Geschichts- und Heimatvereins geschlossen wurde.

"Kommen Sie ruhig mit", lud er Dosske ein, der nicht ablehnte.

Sie stapften in Richtung des Kellergeschosses.

"Wir müssen ins Archiv", sagte von Eschersleben und lief vorne weg.

Dosske folgte ihm, erhaschte dabei den einen oder anderen Blick auf eines der Exponate, an denen er hier vorbeilief.

"Und Sie sind also der Herr über all dies hier?", begann Dosske ein Gespräch, während sie eine Treppe nach unten stiegen.

Von Eschersleben schmunzelte. "Nein, so kann man das nicht sagen, ich bin nur der Vorsitzende des Geschichts- und Heimatvereins, und dieser ist ...", er vollführte eine kreisende Bewegung mit seiner rechten

Hand.

Dosske verstand. "Und den Verein gibt es schon lange?"

"Jawohl. Unseren Verein gibt es schon seit 1881. Wir sind einer der ältesten und größten Geschichtsvereine."

"Und Sie sind zuständig für die Burg?"

"Ja, für den Erhalt und die weitere Ausgestaltung der Burganlage."

"Ist bestimmt keine einfache Aufgabe."

"Ach wissen Sie, es ist nicht nur eine Herausforderung, sondern auch eine sehr reizvolle Aufgabe", schwärmte von Eschersleben.

"Das glaube ich."

"Wir lieben unsere Burg, sie ist ein wahres hochmittelalterliches Kleinod, das sich aus einer kleinen Jagdhütte aus dem neunten Jahrhundert entwickelt hat."

"Aus einer Jagdhütte?", fragte Dosske nach.

"Ja, Karl der Große soll den Grundstein zu ihr gelegt haben."

"Karl der Große", begann Dosske, "von dem habe ich schon mal gehört. Viermal verheiratet und weit über zehn Kinder, einige davon unehelich", kramte er aus seinen Erinnerungen hervor. "Der hat wohl gerne gejagt."

Von Erschersleben schmunzelte. Dieser Mann von der SoKo schien die gleiche Art von Humor zu besitzen wie er.

"Naja, wie auch immer, jedenfalls wurde seine Jagdhütte so um 950 zu einem königlichen Jagdhof und bis 1180 zur Reichsburg ausgebaut. Heute stehen leider nur noch die Reste des damals fünfundzwanzig Meter hohen fünfstöckigen Wohnturms, des Bergfrieds, des Palas, und der Burgmauer. Unsere Burg zählt übrigens zu den bedeutendsten Deutschlands", sagte von Eschersleben und es klang absolut nicht geprahlt. "Und unsere Turmhügelburg ist sogar die älteste Steinburg Deutschlands."

"Das alles zu pflegen kostet doch bestimmt einiges."

"Allerdings", seufzte von Escherlsleben. "Fünfstellige Summen im Jahr sind keine Seltenheit."

Wieder standen die beiden Männer vor einer Tür, zu der von Eschersleben einen Schlüssel hatte. Hinter ihr tat sich ein Flur mit weiteren Türen auf.

"Und das Museum?", fragte Dosske weiter wissbegierig.

"Das gehört uns auch, seit dem Frühjahr 2011. Es wird fast ausschließlich von ehrenamtlichen Helferinnen und Helfern betrieben. Wir haben immer eine Dauerausstellung in unseren Räumen und bis zu vier Mal im Jahr eine Wechselausstellung", erklärte von Eschersleben.

Dosske meinte fast so etwas wie Stolz aus seinen Worten herausfiltern zu können.

"Und wir sind Mitglied im Hessischen Museumsverband", zählte von Eschersleben weiter auf.

"Wie viele Mitglieder hat denn ihr Verein?"

"Circa Vierhundert."

"Ne ganze Menge", erkannte Dosske an.

"Das können nie genug sein", erkärte von Eschersleben im Brustton der Überzeugung. "Schauen Sie, wir kümmern uns ja nicht nur um unsere Burg und das Museum, sondern auch um die Vermietung unserer einzigartigen Veranstaltungsräume."

Dosske nickte. Er hatte selbst schon unten, in dem großen Gewölbe unter der Burg, gefeiert. *Ein wirklich besonderer Ort,* dachte er sich zurückerinnernd.

Von Eschersleben war mit seiner Aufzählung noch nicht zu Ende. "Und die Freilichtbühne, und die Grünanlagen, und und und."

"Und alles ehrenamtlich", wollte Dosske wissen.

"Und alles ehrenamtlich!", wiederholte von Eschersleben bejahend.

Dosske hörte genau zu, was von Eschersleben ihm erzählte. Vielleicht lag ja innerhalb der Vereinsstruktur der Grund für einen Mord, sofern das Opfer etwas mit dem Verein zu tun hatte.

"Es ist uns wichtig die Geschichte zu bewahren und die Zukunft zu gestalten", sagte von Eschersleben ganz Vorsitzender und drehte erneut den Schlüssel in einem Schloss, um die nächste Tür zu öffnen. "Hier sind wir richtig", ließ er verlauten, nachdem die Deckenlampen Licht spendeten.

Mit ausgestrecktem Zeigefinger lief er zu einem halbhohen Schank mit vielen Schubladen hinüber. Er zog eine auf, warf einen Blick hinein und schloss sie wieder. Erst bei der vierten Schublade kam ihm ein: "Da ist es", über die Lippen. Doch er schloss die Schublade, in der er fündig geworden zu sein schien, wieder.

Dosske beobachtete dies verwundert, erkannte aber sofort warum von Eschersleben so vorging.

Dieser schnappte sich das Paar weiße Handschuhe, das oben auf dem Schrank ruhte und dem man ansah, dass es schon viele Male übergestreift worden war, so wie von Eschersleben dies nun auch gespannt tat. Dann zog er eine Ablage, die sich ebenfalls in diesem Schrank befand, heraus und darauf wieder die Schublade, der er vorsichtig ein altes vergilbtes Blatt entnahm um es auf der Ablage niederzulegen.

Dosske kam einen Schritt näher.

"Da", schrie von Eschersleben geradezu heraus und fuhr mit der behandschuhten Hand der Form des Zeichens nach. "Ich wusste, dass ich es schon einmal gesehen habe", bestätigte er aufgekratzt.

Auch Dosske erkannte das Zeichen aus dem Tunnel auf dem Schriftstück. Allerdings war es hier wesentlich größer dargestellt, als das kleine Zeichen auf einem Backstein im Tunnel.

Das U wand sich, auf dem circa DIN-A3 Format entsprechenden Schriftstück, blattfüllend um ein paar Zeilen Schrift. Dosske erinnerte sich an den Vergleich, den Stein zu einer Schlange gezogen hatte. Es wirkte fast so, als wenn eine Schlange sich um die Zeilen wand. Doch am Ende des Us war kein Schlangenkopf zu sehen, sondern ein schön gestalteter Wolfskopf.

"Was ist das?", fragte Dosske.

"Das ist die Wolfslegende!"

"Wolfslegende", sprach Dosske nach, der sehr wohl den aufgemalten Wolfskopf, der neben den paar Zeilen auf dem Blatt prangte, bemerkt hatte. Dosske betrachtete interessiert die schwungvoll wirkende Schrift, deren Worte er im ersten Moment nur schwer entziffern konnte.

Auch von Escherslebens Augen klebten an den Schriftzeichen.

Der erste Buchstabe der bräunlich gefärbten Schrift stellte ein äußerst kunstvoll geschwungenes D dar, das alle anderen Buchstaben auf dem Blatt an Größe übertraf.

Das, was Dosske aus der verblichenen Schrift entziffern konnte, war in einem merkwürdigen Deutsch geschrieben. Er wies mit der Hand auf die Zeilen. "Das ist …?"

"Mittelhochdeutsch", gab von Eschersleben versiert an. "Man weiß nicht so genau wer diese Handschrift verfasst hat. Aber es muss so um Zwölfhundert gewesen sein."

"Diese Schrift …?"

"Das ist eine feinsäuberliche Karolingische Minuskel."

"Karowas?", hakte Dosske nach.

"Karolingische Minuskel", wiederholte von Eschersleben. "So bezeichnet man die unter Karl dem Großen eingeführte Schrift. Sie zeichnet sich durch ihre Klarheit und Einfachheit des Schriftbildes aus. Sie verbreitete sich von der Hofschule Karl des Großen, und aus ihr entwickelten sich unsere heutigen Kleinbuchstaben."

"Interessant", raunte Dosske, der es wirklich so empfand.

Von Eschersleben glaubte ihm sein Interesse.

Dosske wandte seinen Blick von dem Text ab, und dem diesen umrundenden Zeichen zu, an dessen Ende der Tierkopf zu sehen war. "Und dieser Wolf?", fragte er.

"Solche Illustrationen wurden im Mittelalter gerne einem Text erläuternd als Bild beigegeben", erklärte von Eschersleben, als sei es das natürlichste der Welt einen solchen Aufwand für ein Schriftstück zu betreiben.

"Diese Farben sind selbst verblasst noch faszinierend", murmelte Dosske.

"Ja, es gab im Mittelalter verschiedene Tinten. Der Text hier dürfte mit Dornrindentinte geschrieben worden sein. Sie war eine der am häufigsten verwendeten Tinten und hatte diese rotbräunliche Färbung", erklärte von Eschersleben mit Fingerzeig auf die Schrift vor ihnen.

"Dornrindentinte", stammelte Dosske unsicher.

"Ja, aus den Dornenzweigen von Schlehen."

"Und die anderen Farben?", erkundigte sich Dosske, der Gefallen an dem Thema gefunden hatte.

"Farben wurden aus Mineralien wie Lapislazuli und Malachit gewonnen, oder aus Erden wie Umbra und Ocker, oder aus Pflanzen wie Schlehe, Safran, und auch Petersilie kam zum Einsatz."

*Lecker*, dachte Dosske.

"Auch Tiere wie Läuse und Purpurschnecken wurden verwandt", fiel von Eschersleben noch ein. Sein Vortrag war von einer ansteckenden Begeisterung durchzogen.

"Hört sich abenteuerlich an, was die da so zusammengemischt haben."

"Durchaus", bestätigte von Eschersleben nickend. "Ochsengalle, Ruß, Zinnober, Essig, Gummi arabicum, Eisen- oder Kupfersulfate hat man als Grundstoffe benutzt. Meist wurde ein aus diesen Grundstoffen hergestellter pulverisierter Farbstoff mit einem Bindemittel wie Eiweiß vermischt, und für das Malen mit der Feder mit Wasser oder Wein verdünnt."

"Dieses D", begann Dosske erneut, und fuhr mit der Hand über die Stelle wo das erste Schriftzeichen des Textes aufgebracht war, "was für ein Aufwand für einen einzelnen Buchstaben."

"Das Gestalten von Anfangsbuchstaben als ganzes Kunstwerk war beliebt im Mittelalter."

Dosske beugte sich hinunter und besah sich genaustens das Zeichen, wegen welchem sie gekommen waren. Dabei fiel ihm die eigenartige Beschaffenheit des Blattes auf. "Ist das Papier?", fragte er.

"Nein, Pergament."

"Tierhaut?"

Von Eschersleben nickte bejahend. "Man hatte die Vermutung, dass es

Wolfshaut sei, aber Untersuchungen haben gezeigt, dass es sich um Lamm handelt."

"Wolfslegende, dann wegen diesem Bild?", sinnierte Dosske.

"Nicht nur, auch wegen der Zeilen", wusste von Eschersleben.

"Es geht in diesem Text um einen Wolf", wollte Dosske nun genau wissen.

Von Eschersleben nickte, und während er die Zeilen theatralisch rezitierte, stierte Dosske gebannt auf die faszinierende Schrift:

*Das Heulen des Wolfes, nimm es nur wahr,*
*kannst Du es ergründen, bringt Gaben es dar.*
*Fünf Mal musst Du mit ihm richtig jaulen,*
*dann lässt er sich das Köpflein kraulen.*
*Der Ton gibt Dir den Schlüssel zum rechten Ort,*
*und der trägt mit Dir all deine Sorgen fort.*

"Und was bedeutet das?"

"Das Heulen des Wolfes, nimm es nur wahr ...", wiederholte von Eschersleben die erste Zeile des Gedichtes in seiner normalen Stimmlage, und hob dabei die Schultern in der 'Keine-Ahnung-Geste'.

Dosske sah ihn skeptisch mit zusammengezogenen Augenbrauen an. "Und das soll auf einen Schatz hinweisen?"

Wieder hob von Eschersleben seine Schultern.

Dosskes Blick wanderte zu dem Pergament zurück. "Dann hat diese Legende vielleicht mit einem Wolf zu tun, der hier einmal gelebt hat?", versuchte er einen Ansatz zur Lösung des Rätsels.

Von Eschersleben wiegte seinen Kopf hin und her. "Was dieser Text genau bedeutet, ist bis heute ungeklärt", musste er zugeben.

"Bis wann gab es denn Wölfe in dieser Gegend?"

"1784 wurde der letzte Wolf hier im Wald erschossen", wusste von Eschersleben. "Aber der Text ist es ja nicht, was mich jetzt so aus dem Häuschen gebracht hat, sondern die Tatsache, dass das Zeichen ...", von Eschersleben fuhr mit der Hand nochmals den gemalten Rahmen entlang, der die Zeilen umgab, "... sehr mit dem aus dem Tunnel übereinstimmt."

"Bis auf die Größe", entgegnete Dosske. "Und die Genauigkeit, was die Darstellung des Wolfskopfes anbelangt."

Aber natürlich erkannte auch Dosske was von Eschersleben meinte.

Dosske zückte abermals das bestimmte Foto aus seiner Jackentasche, und verglich mit von Eschersleben die Zeichen.

"Keine Frage", stammelte von Eschersleben feierlich, dessen Mund vollkommen trocken war. "Ich brauche ein Glas Wasser", gab er Dosske zu verstehen.

"Kann ich ein Foto davon machen?", erkundigte sich Dosske mit Fingerzeig auf das vergilbte Blatt.

"Ja, natürlich", gewährte von Eschersleben.

Dosske kramte sein Handy heraus und schoss ein Foto der Wolfslegende. "Vielleicht führt der Tunnel zu einem Schatz", mutmaßte er dabei.

Von Eschersleben reagierte überhaupt nicht auf Dosskes Äußerung. "Lassen Sie uns wieder nach oben gehen, dort können wir ein Wasser trinken", bat er hingegen und brachte das Pergament zurück an seinen Platz.

Oben wieder angekommen zog von Eschersleben eine Flasche Wasser aus dem dort aufgestellten Getränkeautomaten. "Möchten Sie auch ein Wasser?", fragte er Dosske.

"Nein, danke", antwortete der und dachte, einen gewaltigen Druck auf seine Blase verspürend: *Wenn der jetzt noch einmal Wasser sagt!*

Dosske bereute vorhin die Kaffeekanne in der SoKo bis auf den letzten Tropfen geleert und bei von Eschersleben nachgetankt zu haben.

Während von Eschersleben den dringend benötigten Schluck direkt aus der Wasserflasche nahm, versuchte Dosske sich abzulenken, indem er den Blick über die Ausstellung schweifen ließ. Seine Augen fingen ein Modell der Burganlage ein. "Eigentlich gehört Dreieich zu den jüngeren Städten Deutschlands, und ist doch so alt", sinnierte er.

Mordechai von Eschersleben sprang sofort auf dieses Thema an. "Nur weil im Jahre 1977 fünf bis dahin selbständige Orte von der Gebietsreform unter dem Namen Dreieich zwangsvereint wurden, heißt das ja nicht, dass unser Dreieichenhain vorher nicht gelebt hat", erwiderte er mit einer gewissen Brisanz in seiner Stimme.

"Ja, ja, ich weiß. Fünfmal Heimat, ein Dreieich", raunte Dosske einen Slogan der Stadt, ohne zu erahnen welcher Anruf ihn gleich ereilen würde.

# Kapitel 15
Montagmorgen, neun Uhr neunundfünfzig, 28. September

Brucati hatte den auf Rollen gelagerten Schrank im Keller Röslers, mit seinen Abmessungen von achtzig Zentimetern Breite, zweihundertundzwei Zentimetern Höhe und achtundzwanzig Zentimetern Tiefe, ganz einfach aus seiner Lücke herausziehen können. Nun tat sich zwischen den beiden halbhohen Schränken, die noch an der Wand standen, ein Durchgang auf.

Jetzt konnte sich Stein erklären warum sie das Gefühl hatte, dass es nach feuchter Erde roch, denn hinter dem Durchgang sah man die bearbeitete Wand eines Tunnels, der durch Erdreich führte. Und seit Brucati den Schrank von der Wand weggeschoben hatte, steigerte sich die Intensität des Geruchs von feuchter Erde.

"Was ist *das* denn", entfuhr es Stein, die fassungslos zu der aufgetanen Pforte starrte.

"Ein Geheimgang", meinte Brucati für Stein einen Tick zu lapidar.

Die alte Standuhr meldete sich wieder, und deren erster Schlag jagte Stein erneut eine Gänsehaut über. Beim zehnten und letzten Schlag der Uhr hingen die beiden Kriminalisten mit den Köpfen im Durchgang und blickten auf die oberste Sprosse einer Holzleiter, die vom Bodenniveau des Kellers nochmals ein Stück nach unten führte.

"Wohin führt die?", fragte Stein und blickte die Leiter hinunter.

Alte abgestandene Luft schlug ihr entgegen.

"Das ist hier die Frage", raunte Brucati, der ebenfalls nach unten schaute und dabei den Eindruck erweckte, als würde er am liebsten sofort die Leiter hinuntersteigen.

"Wenn dieser Gang zu dem Auffindeort unseres Toten Tauchers führt, und *der* Rösler ist, ...", überlegte Stein laut mit zusammengekniffenen Augen, "... dann ist der hier nicht mehr hochgekommen", lautete ihre Schlussfolgerung. Sie wandte ihr Augenmerk vom Tunnel wieder dem Kellerraum zu. "Aber von wem sind dann diese Fußspuren?", fragte sie mit Blick auf die Erdkrümmel auf dem Boden.

"*Wenn* dieser Tunnel eine Verbindung zu dem am Weiher hat, dürfte diese Frage echt interessant sein", erkannte Brucati. "Es gibt nur eine Möglichkeit das herauszufinden", folgerte er.

Stein blickte ihn aufmerksam und Unheil ahnend an.

"Wir sollten da mal reinschauen", befand Brucati mit einer Entschlossenheit in seiner Stimme, die Stein überhaupt nicht gefiel.

Stein spürte Unsicherheit in sich aufsteigen. Auf die Ankündigung ihres Kollegen trat sie unwillkürlich einen Schritt zurück und blickte Brucati in seine ernsten dunklen Augen. Er hatte schon viel mit ihnen gesehen, aber eben noch nicht alles, und genau das strahlten sie in diesem Moment aus.

Stein schaute wiederholt unsicher zu dem Durchbruch hin.

"Samira?!", sagte Brucati auf jene behutsame Art, die Stein so an ihm mochte.

Stein gab sich redlich Mühe, so locker wie möglich vor ihm zu stehen, doch wenn er sie mit diesem Blick ansah, wusste sie sofort, dass er in ihr las wie in einem offenen Buch.

Immer noch zögernd lugte Stein in den Tunnel. "Meinst du?", fragte sie nicht gerade euphorisch.

"Ja", beharrte Brucati knapp und suchte nach einer Lampe. Er fand auch eine Stablampe mit einer langen Schnur daran, die sicher gute Helligkeit gespendet hätte, aber die LEDs nahmen ihren Dienst nicht auf, nachdem er die Lampe in eine Steckdose gesteckt hatte.

"Scheint defekt zu sein", lautete sein Urteil.

Während Brucati sich weiter umsah, verhielt sich Stein passiv. Sie wollte immer noch nicht in diesen Tunnel hinabsteigen.

"Ah", kam es über Brucatis Lippen, als er eine Taschenlampe erspähte. Er knipste sie an, aber sie spendete nicht gerade ein sehr helles Licht.

"Besser wie nix", meinte er.

"Da ist ja 'ne Kerze heller", befürchtete Stein skeptisch und starrte abwechselnd auf die Taschenlampe und in das Loch, welches hinunter ins Unbekannte führte.

Brucati tätschelte die Taschenlampe liebevoll. "Aber im Gegensatz zu einer Kerze flackert sie nicht", versuchte er die Stimmung zu heben und wandte sich dem Tunnel zu.

Stein gab ein unzufriedenes Murren von sich.

Brucati leuchtete in die Tiefe, und drückte Stein darauf die Taschenlampe in die Hand. "Leuchte mir mal", befahl er mit entschlossener Miene.

Samira Stein wagte nicht Brucati in die Augen zu schauen. Sie hatte Bedenken, dass er hinter ihre zur Schau getragene Leichtigkeit blicken würde, doch sein Blick begegnete dem ihrem. Nach diesem kurzen unbehaglichen Blickkontakt signalisierte Stein ihre Zustimmung und leuchtete in die Tiefe, während Brucati mit geschmeidiger Eleganz nach unten kletterte. Es waren nur fünf Stufen, die Brucati zu überwinden hatte, bis er wieder auf festem Boden stand.

"Wirf runter", wies er Stein an und hielt die Hand nach oben.

Stein ließ die Taschenlampe zielgenau in Brucatis Hand fallen.

Brucati leuchtete rundherum und rief nach oben: "Geht ganz schön tief rein!" Und nach einer Weile forderte er: "Komm runter!"

"Nein", erwiderte Stein sogleich mit fester Stimme. Diese Entscheidung war offenkundig nicht eben erst bei ihr gefallen. Sie wollte auf keinen Fall in diesen Tunnel steigen.

Nach einer kurzen Pause erwiderte Brucatis Stimme ebenso fest: "Ich schau mich mal um."

"Ich glaube, das solltest du nicht tun! Denk' an den Einsturz am Weiher", warnte Stein eindringlich.

"Mach' ich", gab Brucati zurück, und verschwand links im Gang, und mit ihm der Lichtschein.

"Pass' auf dich auf!", rief Stein ihm hinterher.

Auf alles gefasst wartete die Kriminalistin schweigend aufmerksam auf Brucatis Rückkehr. Sie beobachtete das von Brucatis Taschenlampe ausgehende Licht, das immer spärlicher zu ihr herschien, bis Stein nur noch Schwärze sah. Hatte sie zuerst wenigstens noch die tastenden Schritte und den Atem Brucatis vernommen, so kam bald der Zeitpunkt an dem sie nichts mehr von unten hörte, geschweige denn sah.

Es herrschte eine unheimliche Stille, die hier oben nur durch das leise Summen der Klimaanlage und das Ticken der alten Standuhr gestört wurde.

Nun bekam die Stille auch noch von Stein etwas Leben eingehaucht, indem sie in die Dunkelheit hineinfragte: "Toni?"

Keine Antwort.

Stein fröstelte, und das lag nicht an der Umgebungstemperatur.

*Hey,* hätte Stein beinahe laut gerufen, doch sie tat es nicht und beschränkte sich auf das Lauschen.

Immer noch keine Antwort.

Steins Atemrhytmus beschleunigte sich.

Seit gut zehn Minuten fragte sie sich nun schon, wie lange sie es hier oben noch so untätig aushalten würde.

*Mensch, mach hin,* flehte Stein in Gedanken und beugte sich noch ein Stückchen tiefer in den Tunnel hinein, um zu lauschen.

Nichts.

Stein richtete sich wieder auf, drehte sich um und suchte den Raum nach einer weiteren Lampe ab.

Fehlanzeige.

Weit und breit erblickte sie nichts Passendes. Der Kriminalistin fiel allerdings die Lampenfunktion ihres Handys ein, welches in ihrer Jackentasche ruhte.

Stein kehrte zurück zu der Öffnung, wandte ihr den Rücken zu und legte ihre beiden Hände links und rechts an den Durchbruch. Offensichtlich schien sie ihre Meinung, was das Begehen des Tunnels betraf, geändert zu haben.

Die feinfühlige Frau musste etwas gegen das sich verstärkende Unbehagen tun. Stein kämpfte es nieder, war nicht ängstlich, eher auf der Hut, wappnete sich für das was da kommen möge, atmete tief durch, schwang ihren Fuß über den Abgrund und tastete nach der ersten Sprosse der Leiter.

Augenblicklich spürte Stein den Griff einer Hand an ihrem Knöchel. Mit dieser Hand griff ein eisiges Grausen aus der Finsternis nach ihr. Stein lief es eiskalt den Rücken hinunter, ihr stockte der Atem.

Mit einem festen Griff setzte jemand ihren Fuß auf die oberste Sprosse.

"Das musst du dir ansehen", kam die Stimme Brucatis von unten.

"Man, Toni", fauchte Stein, "kannst du dich nicht melden, wenn ich nach dir rufe?"

In einem lässigen "Komm schon runter", bestand seine Antwort.

Stein stieg die Leiter hinunter.

Unten angekommen, wies Brucati ihr den Weg. "Da entlang", sagte er und leuchtete in den Gang hinein, dessen Ende Stein nicht erblicken konnte.

Man sah den Wänden des Ganges allerdings an, dass er noch nicht sehr alt sein konnte. Die Wände waren einigermaßen glatt aus der Erde herausgearbeitet.

Brucati lief los und Stein begann zögernd ihm zu folgen. "Lauf' nicht so schnell", rief sie hinter ihm her.

Sie entfernten sich von der Leiter und liefen den Gang entlang.

Stein hatte das Gefühl, dass er eine stetig abfallende Neigung aufwies. Und sie war nach einiger Zeit der festen Meinung, dass der Gang einen leichten Bogen nach rechts beschrieb, was ihr bestätigt wurde, denn als sie sich umdrehte um dorthin zu sehen wo sie hergekommen waren, sah sie das Licht nicht mehr, das eigentlich hätte durch den Ausstieg in den Tunnel fallen müssen.

Der schmale Gang wirkte klamm und bedrückend eng. Brucati musste beim Laufen den Kopf einziehen, während Stein mit ihren einhundertsiebzig Zentimetern Köpergröße gerade noch so durchpasste.

Die beiden schienen für Stein schon mehr als fünfzig gefühlte Meter zurückgelegt zu haben, als die Taschenlampe plötzlich anfing ihr Licht nicht mehr kontinuierlich, sondern nur noch mit Aussetzern, zu spenden. "Hast du nicht gesagt die flackert nicht?", raunte Stein missmutig. Dass sie dieser Umstand beunruhigte, zeigte ihre Stimme deutlich. Hätte Stein gewusst, was hier unten noch auf sie wartete, hätten ihr die Beine sicherlich den Dienst verweigert.

Samira Stein war gerne mit Antonio Brucati bei einem Gläschen Wein und schummrigem Kerzenschein alleine, doch im Moment sehnte sie sich nach mehr menschlicher Gesellschaft und einem helleren Licht, als diese Funzel es bot. Das Unbehagen Steins steigerte sich zusehends. Am liebsten hätte sie ihre Waffe gezogen, hielt sich aber mit dieser Reaktion zurück.

Augenblicklich war es stockdunkel im Gang. Die Taschenlampe hatte ihren Geist aufgegeben.

"Dio mio!", stieß Brucati hervor, die Anspannung war seiner Stimme anzuhören.

Stein riss ihre Augen weit auf um vielleicht doch irgendetwas ausmachen zu können, aber alles was sie sah war diese furchterregende Finsternis. Sie streckte die Hände aus, tat einen Schritt nach vorne und hörte wie Brucati vergebens an der Lampe rüttelte, was Stein ihrerseits veranlasste nach ihrem Handy zu fingern, um die Lampenfunktion zu benutzen.

Als Brucati mit der Hand fest auf das Gehäuse schlug, gab die Lampe schließlich doch nach und flammte nach einem schier endlosen Moment wieder auf.

Brucati stand direkt vor Stein, hatte die Lampe nach oben gehalten und der Strahl fiel von unten her genau in sein Gesicht, das vielleicht gerade mal dreißig Zentimeter von Steins Nase entfernt war. Sie erschrak. "Man", fauchte sie, "ich bekomme heute noch einen Herzinfarkt!"

Stein hatte direkt ins aufflammende Licht der Taschenlampe geschaut und blinzelte unangenehm berührt, um diese fiesen Schattenbilder zu vertreiben.

Brucati lächelte sie an. Und wie er lächelte trug wesentlich mehr zu Steins Beruhigung bei, als alles was er jetzt hätte beruhigend sagen können.

"Angst?", fragte Brucati geradezu fürsorglich.

"Ich habe keine Angst", erwiderte Stein mit einem Schnauben, denn sie spürte sehr wohl wie unbehaglich sie sich hier unten fühlte.

Trotzig hielt Stein die Maske der Unerschütterlichkeit aufrecht.

"Brauchst du auch nicht", gab Brucati beruhigend zurück, "ich bin doch bei dir!"

"Du hörst dich an wie Dosske", mahnte Stein verärgert, auch wenn sie zugeben musste, dass seine bloße Anwesenheit wirklich eine gewisse Sicherheit ausstrahlte.

Brucati schwieg zu ihrer Aussage. Er musterte aber sehr wohl Steins Miene und Körperhaltung, aus der er alles ablas was er wissen musste.

Während Stein mit einer schnellen Handbewegung viermal auf das Display ihres Handys drückte um den Entriegelungscode einzugeben, fragte sie ungeduldig: "Was wolltest du mir denn nun zeigen?"

Bevor Steins Augen wieder zu Brucati blickten, wandte er sich schnell ab, damit sie nicht seinen prüfenden Blick auf sich ruhen sah. "Komm' mit", raunte er und stapfte los.

Stein, die entsetzt bemerkte, dass ihr Handyakku nur noch wenige Prozent Ladung aufwies, fragte: "Wie weit ist es denn?"

"Nur noch ein kleines Stück", erklärte Brucati und lief weiter.

Stein entschied sich, wegen des niedrigen Akkustandes, die Lampenfunktion ihres Handys für den Notfall aufzusparen.

Keine fünf Schritte später blieb Brucati stehen. "Das hier habe ich gemeint."

Sie standen an einer Stelle wo der Tunnel, aus dem sie kamen, anscheinend auf einen anderen Tunnel traf. Dieser war gemauert, und wirkte beunruhigend vertraut auf Brucati und Stein. Ähnliche, mit einem blühenden Überzug aus Salpeter bedeckte Backsteine hatten sie vor etwa zwölf Stunden schon einmal gesehen.

Brucati und Stein hatten zwar darauf verzichtet gehabt gestern mit in den Tunnel am Weiher zu gehen, aber trotzdem erkannten sie, dass dieser Tunnel mit seinen roten Backsteinen, dem Salpeter und den eingedrungenen Wurzeln, dem dortigen sehr ähnlich war. Und diese Wände hier führten in zwei Richtungen.

"Rechts oder links?", fragte Brucati und leuchtete kurz in beide Richtungen.

"Meinst du nicht wir sollten erst einmal eine Lampe besorgen, auf die wir uns verlassen können? Oder besser zwei! Wenn wir jetzt auch noch verschiedene Richtungen und Abzweige haben, und falls dieses Ding", sie deutete auf die Lampe in Brucatis Hand, "vielleicht gar nicht mehr angeht", unkte sie. "Wir haben vorne an der Leiter auch vergessen einen Ariadnefaden anzubringen, der uns, im Falle eines Falles, hier wieder herausführt."

"Glaub mir, hier gibt es weit und breit keinen Minotaurus", meinte

Brucati trocken.

"Aber vielleicht ein Labyrinth, und ich habe keine Lust in dem herum-zustolpern!", protestierte Stein ernst.

"Du bist doch sonst so abenteuerlustig", forderte Brucati sie heraus.

"Da ist nur ein kleiner Unterschied zwischen Abenteuerlust und Wahnsinn", entgegnete sie spitz.

"Komm schon, nur noch ein Stück in eine der beiden Richtungen", drängte er neugierig und lief nach links, und genau mit dem Gesicht in das Netz einer Spinne hinein. Brucati fuhr sich hektisch über den Mund und spuckte.

"Vielleicht doch lieber nach rechts", entschied Stein, obwohl beide Richtungen für sie gleich uneinladend aussahen.

Brucati änderte seine Richtung und wandte sich nach rechts.

Nach nur drei Schritten fragte Stein ungeduldig: "Wie weit willst du denn noch gehen!?"

"Nur noch ein *kleines* Stück", entgegnete er und lief in die von Stein vorgegebene Richtung weiter.

"Ich halte das für keine gute Idee, wenn die Lampe ausfällt, und hier mehrere Abzweigungen sind, verlaufen wir uns womöglich", warnte Stein ein weiteres Mal.

Brucati ignorierte Steins Warnung und konzentrierte sich auf den Weg vor sich.

Obwohl in diesem Gang die Wände und Decke von alten Steinen gebildet wurden, hatte Stein mehr Vertrauen zu ihrer Stabilität als zu den ungestützten, aus dem Erdreich herausgegrabenen Wänden aus Röslers Tunnel.

Die Wurzelkultur, die aus den Fugen der Steine herauswucherte, faszinierte Stein. Einmal war sie dicht, einmal hingen nur ganz feine Würzelchen von der Decke herab. Ein anderes Mal kamen aus der Seite fingerdicke Wurzeln. Und einmal riss das Pflanzwerk vollkommen ab. Stein vermutete, dass sie sich direkt unter einem Haus befanden. Bei der Vorstellung des Gewichtes über sich, fühlte die Kriminalistin sich nicht wohl. Auch widerstrebte es ihr die muffige und abgestandene Luft ein-zuatmen, in der Stein einen Hauch von Schimmel schnupperte.

Brucati schien keinen Gedanken an die Gefahren eines einstürzenden Tunnels zu verschwenden. Unbeirrt schritt er voran. Plötzlich blieb er jedoch stehen.

Stein, die ihm dichtauf gefolgt war, trat ihm in die Hacken. "Sorry", entschuldigte sie sich.

"Da war was", flüsterte Brucati seiner Kollegin zu, und spürte, wie sich sein Pulsschlag beschleunigte.

Selbst ihn überkam nun jäh eine ungute Ahnung. Seine Erwartungshaltung war immens und das nahende Unheil geradezu mit Händen greifbar.

Stein erstarrte, der eiskalte Schauer, der die Frau überlaufen hatte, als etwas ihren Knöchel umfasste, überkam sie erneut. Jetzt zückte die Kriminalistin ihre Waffe gegen dieses beklemmende Gefühl. Sie hielt die Luft an, alle Sinne nach vorne ausgerichtet.

In der absoluten Stille hier unten empfand Stein jedes Geräusch überlaut, und so hörte sich Brucatis Atemgeräusch für sie an wie das Präfinale Rasseln eines Todgeweihten.

"Hey, immer mit der Ruhe", sagte Brucati auf die gezogene Waffe in Steins Hand. Seine leise weiche Stimme betörte Stein einmal mehr.

"Mit unserer Verteidigungsministerin von der Leyen im Rücken, dürfen wir so etwas", witzelte Stein, obwohl ihr eigentlich nicht nach Witzen zumute war. Ihr Lächeln zeigte sich nur um die Mundwinkel, die Augen blieben hingegen ernst.

Seit sie dieses Haus betreten hatten, war Stein mulmig, so als wenn irgendwo eine Gefahr auf sie lauerte. Und ihr siebter Sinn hatte sie eigentlich schon immer gut beraten.

Brucati leuchtete den Gang entlang. Voraus reflektierte irgendetwas das Licht der Lampe. Es wirkte wie ein Augenpaar.

"Hast du das gesehen?", fragte er und leuchtete nochmals über die Stelle.

Die Lichtreflektion befand sich erschreckend nahe, aber sie veränderte nicht ihren Standort.

"Ja", hauchte Stein entgeistert. "Da ist etwas."

Das Ganze hatte etwas Gespenstisches.

Sonst konnte man Stein durchaus als taffe Frau bezeichnen, die es mit jedem Ganoven aufnahm, aber die Situation hier unten in diesem muffigen Tunnel hatte etwas Surreales, in dem Stein sich nicht wohl fühlte.

"Ich glaube wir sind hier nicht alleine", kam leise über ihre bebenden Lippen.

"Lass' uns das mal näher anschauen", eiferte sich Brucati und lief, die Taschenlampe auf die Reflektion ausgerichtet, los.

Stein ergab sich in ihr Schicksal und lief hinterher. Allerdings ruhte ihre rechte Hand fest um den Griff ihrer Waffe.

Wachsam tasteten sie sich durch den Gang, zu der Stelle der Lichtreflektion, und erreichten sie schließlich.

An der Wand hing an einem Metallbügel eine Art Stalllaterne mit etwa der Höhe eines DIN A4 Blattes. Sie war rundherum aus Metall gearbeitet und zeigte vier aus dem Metall herausgeschnittene Kreuze, durch die im Normalfall das Licht fiel. Eines dieser Kreuze befand sich in einem Scharniertürchen, das man öffnen konnte. Die Lampe wirkte sehr alt. Eine graugrüne Patina hatte sie überzogen, die jedoch an der Vorderseite an zwei Stellen abgekratzt worden war, und genau diese blanken Stellen hatten das Licht von Brucatis Taschenlampe reflektiert. Zum Beweis dafür, ließ er die Taschenlampe über die Stellen gleiten.

"Oh man", seufzte Brucati mit einer hörbaren Ernüchterung in seiner Stimme.

Auch von Stein fiel die Anspannung ab. Sie tauschte ihre Waffe gegen ihr Handy, und schoss von der Laterne ein Foto.

"Lass' uns weitergehen", brummte Brucati.

Der Gang, der hier nun weiterführte, sah etwas anders aus.

Auch von ihm fertigte Stein ein Foto.

Ein deutlicher Riss zog sich durch die linke Wand und die darüberliegende Decke. Einige Backsteine waren lose, andere schon vor langer Zeit aus der Wand herausgebrochen und achtlos zur Seite geschoben worden, um auf einer Länge von circa fünf Metern im Tunnel Stützbalken aus Holz anzubringen. In etwa alle dreißig Zentimeter standen diese runden unbehandelten Stützbalken links und rechts an der Wand und wurden unterhalb der Decke und auf dem Boden quer abgestützt. Die Balken sahen alles andere als stabil aus.

"Ganz schön morsch", erkannte Brucati.

Stein nickte unbehaglich.

Brucati tat einen Schritt weiter in den Gang hinein und prüfte vorsichtig die Stabilität des ersten Balkens unter seinen Füßen, der als Abstandhalter zwischen die beiden Wandbalken gestemmt worden war. Er gab unter dem Druck von Brucatis Fuß nicht nach, worauf Brucati zu Stein hinsah und mit der flachen Hand auf das Holz des Wandbalkens schlug. "Scheint doch noch ganz gut erhalten, da können wir weiter gehen", sagte er mit gespielter Lässigkeit.

Doch diese Lässigkeit war nur Fassade, und bröckelte sofort, als ein leises Knacken aus Richtung der Balken zu vernehmen war, dem ein lauteres, berechendes Geräusch folgte.

Der von Brucati getätschelte Balken, und mit ihm im Dominoeffekt vier weitere, krachten mit einem schaurigen Laut zusammen.

Brucati blieb keine Zeit seine Entscheidung, eine Entscheidung, die sich mit einem Mal sehr ungut anfühlte, zu überdenken. Er musste handeln. In der hastigen Bewegung, mit der Brucati von den Balken weghechtete, verlor er die Taschenlampe, die scheppernd auf den Boden krachte und abermals erlosch.

Stein gefror das Blut in den Adern. Ein entsetzes "Toni" entfuhr ihr, und wie sie seinen Namen ausrief sagte alles. In diesen vier Buchstaben schwang so viel Verzweiflung, Leidenschaft und Angst mit. Stein fühlte, wie diese Angst ihr das Herz abschnürte. Entsetzliche Bilder stiegen vor ihrem geistigen Auge auf. Die momentane Machtlosigkeit gegenüber der dunklen Stille brachte Stein schier um den Verstand.

Hektisch trat sie in Aktion. Und nach einem atemlosen Augenblick flammte die Taschenlampenfunktion an Steins Handy auf. Der Licht-strahl erfasste Brucati, der in eine Staubwolke gehüllt auf dem Boden lag.

Panik stieg in Stein auf. Sie beugte sich mit besorgter Miene hinunter zu ihm und langte mit ihrer feingliedrigen Hand nach seinem Arm. Zärtlich und zugleich fest war der Griff, mit dem sie ihrem Kollegen auf die Beine half.

Ächzend streckte sich Brucati.

Steins Züge hellten sich ein wenig auf, als der Mann, der ihr so viel bedeutete, aufrecht stand.

Antonio Brucati fluchte laut und hustete. "Porca miseria!", platze es aus ihm heraus.

Offensichtlich war ihm außer einer Staubdusche nichts passiert.

Vor Erleichterung hätte Stein beinahe aufgeschluchzt.

"Hunderte von Jahren hatte dieser Schimmel nun Zeit den Balken zu vernichten, und ausgerechnet jetzt, wo ich da ganz harmlos vorbei will, muss es ihm gelingen!", krächzte Brucati mit jenem verschmitzten Lächeln, dass Stein so an ihm mochte.

Obwohl der Schreck ihr immer noch in den Knochen steckte, schaffte es Brucati trotzdem auch auf Steins Antlitz ein kurz aufflackerndes Lächeln zu zaubern.

Brucati bückte sich und hob die Taschenlampe auf, die er hatte fallen lassen. Wütend schlug er auf die Taschenlampe in seiner Hand, und sie flammte tatsächlich wieder auf. Allerdings war das Licht nun noch diffuser als es vorher schon gewesen war. Tausende von Staubpartikeln tanzten im Lichtkegel.

Brucati leuchtete zu seiner Kollegin hinüber. Die Erleichterung, die Stein ins Gesicht geschrieben stand, bemerkte Brucati sehr wohl.

Obwohl es offensichtlich war, fragte Stein trotzdem besorgt: "Bist du okay?"

Er antwortete nicht sogleich. Unsicher blickte Brucati an sich herab.
"Ja", lautete schließlich seine mürrische Antwort. Danach wurde seine Stimme ruhig, fast sanft, als er fragte: "Und du?"
Stein anwortete mit einem Nicken.
"Ein Dank an unseren Schleifer, der ...", begann Brucati, wurde allerdings in seinen Ausführungen gestoppt, als seine Lungen abermals versuchten den eingeatmeten Staub los zu werden, "... der immer unsere Reflexe so gut trainiert", presste er zwischen den Zähnen hervor.
*Wenn er das jetzt gehört hätte*, dachte Stein.
Keiner der Kollegen konnte von sich behaupten, dass er Sympathien für Trainer Lutz Gatzki verspürte, wenn dieser sie durch den von ihm erdachten Parcours hetzte, wo er sich zum Test der Kondition, Kraft, Beweglichkeit, Koordination und auch der Geschicklichkeit der SoKo Frauen und Männer die gemeinsten Hindernisse ausdachte, um sie bis an ihre Grenzen heran- und darüber hinauszuführen. Und wenn der, wegen seiner Härte von den Kollegen nur als 'der Schleifer' bezeichnete, ihnen danach auch noch uncharmant im Klartext sagte, was sie hätten besser machen können, und nur manchmal was gut war, wurde Gatzki natürlich keine große Zuneigung entgegen gebracht.
Brucati hatte heute aber anscheinend kapiert, wie sinnvoll die ungeliebten Trainingseinheiten mit dem SoKo-Coach waren, damit sie stets bestens durchtrainiert waren und eine, wie eben geforderte, Reaktionsschnelle zeigten.
"Du kannst dich ja persönlich bei Gatzki bedanken, wenn wir hier wieder raus sind. Und das sollten wir jetzt sofort tun", sagte Stein mit eiserner Überzeugung in ihrer Stimme. Und als Brucati nicht sofort reagierte forderte sie mit einem noch eindringlicheren Tonfall: "Wir gehen jetzt hier raus!"
"Ich glaube, du fühlst dich hier nicht wohl", bemerkte Brucati mit belegter Stimme.
"Ja, stimmt", gab Stein zu.
"Wir könnten ja ...", setzte Brucati an.
"Nein", unterbrach Stein den Kollegen und bedachte ihn mit einem vernichtenden Augenfunkeln voller Tatendrang. "Wir gehen jetzt sofort hier raus!", sagte sie mit ausgestrecktem Zeigefinger in die entsprechende Richtung.
Stein schien es mit ihrem 'sofort' ernst zu meinen, denn sie wandte sich bereits um, und tat den ersten Schritt.
Nach einem Blick Brucatis auf die Funzel in seiner Hand, hob er die Arme zum Zeichen seiner Kapitulation. "Also gehen wir", willigte er

ein.

Diesmal lief Stein, geführt von dem Licht ihres Handys, vorneweg, und sie tat dies wesentlich schneller als sie den Hinweg absolviert hatten.

Stein war froh, als sie die paar Stufen der Leiter zum Keller hinter sich gelassen hatte, und wieder auf den Fliesen des Raumes stand. Die Luft hier oben war fast eine Wohltat.

*Endlich*, dachte Stein und schnaufte erleichtert durch.

Brucati folgte ihr nach oben.

Als Stein zu ihm hinblickte erkannte sie auf dem Fußboden, dass ihre Schuhe genau solche Spuren hinterlassen hatten, wie diese die ihr vorhin vor dem Schrank aufgefallen waren.

"Wie gehen wir jetzt am besten vor?", fragte Stein.

"Ich informiere Christ, der soll uns Pfeiffer mit seinem Köfferchen hier herschicken."

"Sagst du ihm, dass unser Toter mit ziemlicher Wahrscheinlichkeit der Rösler ist?"

Brucati schürzte einen Moment die Lippen. "Ja. Und ich werde ihm sagen, was wir hier noch entdeckt haben", meinte er mit Blick auf die Regale des Kellerraumes.

"Dosske hat doch wahrscheinlich inzwischen mit diesem Vorsitzenden des Geschichts- und Heimatvereins Kontakt aufgenommen", vermutete Stein.

Sie erntete dafür von Brucati ein Nicken.

"Der wird doch sicherlich wissen was das hier alles ist. Und vor allem wo dieser Gang hinführt", mutmaßte Stein.

"Ruf' du Dosske an, er soll mit ihm herkommen."

Kopfnicken und eine verbale Bestätigung folgten von Stein. "Ja."

Die beiden griffen zu ihren Handys.

**Kapitel 16**
Montagmorgen, zehn Uhr einundvierzig, 28. September

Dosskes Handy klingelte als er sich mitten im Gespräch mit Herrn von Eschersleben befand.

"Kleinen Moment", äußerte Dosske mit Blick auf sein Display, wo ihm die Anruferin angekündigt wurde. Er entsperrte sein Handy und meldete sich. "Hi Sammy."

Das vertraut klingende "Hi", am anderen Ende der Leitung, zeigte Dosske, dass auch wirklich Stein ihn anrief.

"Was kann ich für dich tun", säuselte Dosske ganz charmant.

"Sag' mal, hast du schon Kontakt zu diesem Vorsitzenden?"

"Ja, bin gerade bei ihm."

"Das passt", meinte Stein und fuhr fort: "Wir sind immer noch hier in der Fahrgasse."

"Beim Rösler?"

"In seinem Haus", gab Stein an, denn den Hausbesitzer selbst hatten die beiden SoKo-Beamten ja nicht angetroffen.

"Aha", sagte Dosske, der die drei Worte Steins sofort einzuschätzen wusste.

"Du müsstest mal mit Herrn von Eschersleben hier herkommen, weil es …," Stein stockte kurz, "… es hat sich da etwas ergeben, wo wir, glauben wir zumindest", fügte sie ein, "seine Hilfe brauchen könnten."

Steins Mitteilung klang für Dosske sehr geheimnisvoll. "Äh …!?", reagierte er, doch bevor er weitersprechen konnte, redete Stein wieder.

"Das müsst ihr euch einfach anschauen, komm' her mit ihm", sagte sie und nannte ihm die genaue Adresse von Röslers Haus.

Offensichtlich war seine Kollegin nicht bereit am Telefon nähere Angaben zu dem zu machen, was sie entdeckt hatten. Der Tonfall ihrer Stimme vermittelte Dosske allerdings nicht den Eindruck, dass Stein und Brucati in irgendwelchen Schwierigkeiten steckten oder gar Eile geboten war, zeigte aber trotzdem eine gewisse Brisanz.

"Okay", raunte Dosske und schaute zu von Eschersleben hinüber. "Wir sind gar nicht weit weg von euch. Wir sind nämlich hier im Dreieich Museum."

Jetzt hatte Dosske seine Kollegin verblüfft.

Ein "Aha", kam nun über ihre Lippen, denn sie wähnte Dosske irgendwo, aber nicht so in ihrer Nähe.

"Wir kommen 'rüber", erklärte Dosske feierlich.

"Dann bis gleich", war alles was Stein noch von sich gab.

Dosske unterrichtete von Eschersleben über das Telefonat und die Bitte seiner Kollegin. Anschließend benutzte der Kriminalist noch die Toilette des Museums, um endlich seinen Kaffee loszuwerden.

Kurz darauf liefen sie vom Museum aus über die Brücke, die den einst mit Wasser gefüllten Burggraben überspannte, zur Fahrgasse hin.

Gerade mal zehn Minuten nach Steins Anruf kam Dosske mit Herrn von Eschersleben bei Röslers Adresse an und klingelte an der Tür.

Natürlich war Mordechai von Eschersleben bewusst, wo der Mann der SoKo S ihn hingeführt hatte, und als Brucati ihnen nun die Tür öffnete, und nicht Marcel Rösler, zeichnete sich in von Escherslebens Augen eine Mischung aus Überraschung und Erkenntnis ab.

Dosske hingegen konnte sich ein breites Grinsen nicht verkneifen, als er Brucati über und über mit Staub bedeckt vor sich stehen sah. "Uups, warst du im Staubarium?", neckte er.

"Nee, im Keller", antwortete Brucati trocken, und bat die beiden Herren herein.

"Und in dem Keller staubt's?", resümierte Dosske amüsiert, wobei seine Augenbrauen in die Höhe wanderten.

"Nein, aber in der Nähe", gab Brucati mit ernster Miene an.

Dosskes Augenbrauen wanderten wieder nach unten, überrascht zog er seine Augenbrauen nun zusammen.

Von Erschersleben stand fassungslos mit geöffnetem Mund im Flur, bis er hart schluckte und heißer flüsterte: "Ist der Rösler …?", weiter kam er nicht, seine Stimme versagte.

"... der tote Taucher?", half Brucati daher nach.

Von Eschersleben nickte aufmerksam.

Brucati war mit seiner Aussage vorsichtig. Es sprach zwar viel dafür, dass es sich bei dem Toten um Rösler handelte, aber der letztendliche Beweis war noch nicht geführt worden. "Das können wir noch nicht mit Sicherheit sagen", antwortete er daher bedächtig.

Augenscheinlich konnte oder wollte von Eschersleben das Mögliche nicht akzeptieren. "Aber wieso?", überkam seine erblassenden Lippen. Er blickte sich im Haus um, als könnte er dort eine Erklärung finden.

"Im Moment wird Herr Rösler nur vermisst", sagte Brucati und seine Stimmte hatte etwas Beruhigendes.

Und doch war sich von Eschersleben plötzlich sicher, dass Rösler der Tote aus dem Tunnel war. Das Entsetzen der schrecklichen Erkenntnis überrollte ihn wie eine Dampfwalze und raubte von Eschersleben die Luft zum atmen.

"Möchten Sie sich setzen?", fragte Brucati, der bemerkte wie sehr das

Ganze den Mann bewegte.

Von Eschersleben lehnte dankend ab.

"Herr von Eschersleben, wir würden Ihnen gerne etwas im Keller zeigen, wobei Sie uns vielleicht weiterhelfen können", erläuterte Brucati nun, warum sie ihn hergebeten hatten, und wies mit der Hand den Weg.

Von Eschersleben folgte dem stattlichen SoKo-Mann auf den Fersen. Vollkommen willenlos trottete er ihm, in seiner eigenen Überlegungswelt gefangen, hinterher. Er erwachte erst wieder aus diesem Zustand, als sie im Keller anlangten und Stein ihn kurz begrüßte.

Auch Dosske erhielt von Stein ein begrüßendes Nicken.

Dem Kollegen fiel dabei natürlich auf, dass auch Stein mit diesem grauen Staub überzogen war, wenn auch nicht ganz so stark wie Brucati. *Wo sind die nur so staubig geworden?*, fragte er sich.

Von Eschersleben wusste unterdessen gar nicht wo er zuerst hinsehen sollte.

"Ich ahnte ja, dass Herr Rösler besessen von Geschichte war, er hat auch mit sehr viel Fantasie von seinen Funden geredet, aber …, aber was er hier zusammengetragen hat …", stammelte er kopfschüttelnd.

Dosske ließ seinen Lippen ein fasziniertes Pfeifen entweichen. *Da hat aber einer fleissig gesammelt*, dachte er.

Stein zückte wieder ihr Handy und konfrontierte auch Herrn von Eschersleben mit dem Foto des Toten Tauchers. "Könnte das Herr Rösler sein?"

Von Eschersleben konnte sich nur schwerlich von all den beeindruckenden Dingen um ihn herum losreißen, um sich auf das zu konzentrieren was die Kriminalistin von ihm wollte. Er sah nun zum ersten Mal das Gesicht des Toten, welches ihm im Tunnel, als er ihn mit Schüllermann gefunden hatte, verborgen geblieben war. Er reagierte ähnlich wie Frau Schneider, war sich aber etwas sicherer was die Übereinstimmung der Identität des Toten mit der von Rösler anbelangte.

Von Eschersleben hielt den Anblick allerdings nicht lange aus, wandte sich lieber wieder dem zu was hier angehäuft worden war.

Stein steckte ihr Handy wieder weg und trat in kurzen Blickkontakt mit Brucati. *Es wird wohl der Rösler sein.*

Brucati nickte und schaute zu von Eschersleben hin.

"Das hier ist …", dem Vorsitzenden des Geschichs- und Heimatvereins fehlten die Worte.

Dosske fehlten natürlich mal wieder nicht die Worte. "Schick!"

"Da musst du dir erst mal das Wohnzimmer ansehen, und den Tisch der dort steht", raunte Stein, der dieser phänomenale Tisch immer noch

114

nicht aus dem Kopf ging, leise ihrem Kollegen zu.

Dosske nickte kurz, das würde er später sicher tun, denn Stein schien ihm wirklich begeistert von dem, was sie da anscheinend gesehen hatte. Doch jetzt blickte er sich erst einmal hier gründlich um.

Die alte Uhr neben der Tür schlug erneut und verkündete, dass es fünfzehn Minuten nach Elf war.

Von Eschersleben wurde dadurch auf sie aufmerksam. Er empfand, dass dieser Zeitanzeiger nicht zu diesem Raum passte. Diese Uhr war zwar alt, aber das, was in den Regalen und auf dem Tisch stand, war noch älter, viel älter. Er datierte die Uhr auf das achtzehnte Jahrhundert, während alle anderen, von Rösler wohl mit Leidenschaft zusammen-getragenen Statuen und Artefakte einer wesentlich früheren Epoche entstammten.

"Das ist ein Paradies für jeden Hobbyarchäologen!", raunte Dosske aufgekratzt während er umherblickte.

"Nicht nur für Hobbyarchäologen", meinte von Eschersleben immer noch fassungslos.

Brucati nickte. "Und das hier erst", sagte er und zog den Schrank, den er wieder in seine Ausgangsposition geschoben hatte, ein weiteres Mal heraus, um den Geheimgang freizulegen.

Stein behielt von Eschersleben dabei im Auge. Die Reaktion des Vorsitzenden des Geschichts- und Heimatvereins zeigte ihr, dass er nichts von diesem geheimen Gang gewusst hatte. Über einen kurzen Blickkontakt verständigte sie sich mit Brucati. Auch er signalisierte, dass von Escherslebens Überraschung echt herübergekommen war.

Dosske wollte an den Durchgang herantreten. Brucati wies auf die Fußspuren hin, und bat ihn diese nicht zu zerstören.

Dosske handelte entsprechend, umging diese Abdrücke. "Wow!", kam ihm über die Lippen, als er einen Blick die Leiter hinunter in den Gang warf.

Brucati sah Dosske mit großen Augen an. "Doppel Wow, sage ich dir!"

"Und ihr wart da schon drin!?", vergewisserte sich Dosske, dem die Worte, die Brucati bei seiner Ankunft gesprochen hatte, noch bestens in Erinnerung waren.

Brucati nickte. "Ist nur stockdunkel da drin", sagte er und wies auf die Taschenlampe hin, die er nach seiner Rückkehr aus dem Tunnel auf dem linken Schrank neben dem Durchbruch abgestellt hatte, "und die hier tut's nicht mehr."

Dosske nickte verstehend, und für etwas, dass ihn beschäftigte, wollte er eine abschließende Erklärung. "Und staubig, ist es da auch?"

"Ja", bestätigte Brucati und unterrichtete ihn kurz was passiert war.

"Habt ihr außer dem Staub noch etwas da drin gefunden?", erkundigte sich Dosske.

Brucati schüttelte den Kopf.

"Wohin führt der Tunnel?", wandte sich von Eschersleben fragend an Brucati.

"Das wissen wir nicht. Wir waren nicht so weit gegangen."

Dosske hing am Zugang zu dem entdeckten Tunnel als wenn er direkt hinunterspringen wollte.

Brucati hielt ihn zurück. "Bevor man da wieder reingeht sollte man für ein bisschen Licht sorgen."

"Kein Problem, ich geh' mal schnell nach hinten und mach' eine Elektrikerlehre", brummte Dosske.

Von Escherslebens Augen weiteten sich auf diese Äußerung Dosskes.

"Ich hab' im Auto 'ne Maglite", gab Dosske an. "Ich hole die mal schnell."

Brucati hatte nichts dagegen.

Während Dosske flugs nach oben verschwand, kam Brucati auf von Escherslebens Äußerung zurück. "Woher wissen Sie, dass Rösler sich für Geschichte begeistert?", wollte er wissen.

"Na Rösler ist …", begann von Eschersleben und stockte kurz, er überlegte ob dieses *ist* noch der Wirklichkeit entsprach oder er schon von *war* sprechen sollte. Er entschied sich für Ersteres. "… ist bei uns im Geschichts- und Heimatverein."

"Dann kennen Sie ihn also gut."

"Was heißt gut?", wehrte von Eschersleben ab. "Rösler ist eher ein zahlendes Mitglied, hat sich nicht so sehr am Vereinsleben beteiligt", verdeutlichte er. "An den Jahreshauptversammlungen war er da, auch an der einen oder anderen Weihnachtsfeier, aber sonst ..." Er schürzte die Lippen.

Brucati warf einen Blick zu Stein hinüber, die der Unterhaltung gefolgt war.

Auf ihrer Kleidung lag immer noch der graue Staub der eingestürzten Balken. Das sonst glänzende blonde Haar hatte einen matten Überzug erhalten. Brucati fand, dass seine Kollegin fast etwas verwegen in dieser Aufmachung herüber kam.

Von Eschersleben zog Brucatis Aufmerksamkeit wieder auf sich. "Das hier ist unglaublich", bemerkte er mit einem Unterton, als würde er an seinem eigenen Verstand zweifeln. "Und der Rösler hat diesen Tunnel gebaut?", fragte er kopfschüttelnd.

"Was meinen Sie?", fragte Brucati zurück.

Von Eschersleben überlegte kurz, und das Ergebnis seiner Überlegungen brachte ihn zum Nicken. "Ich glaube schon. Er hat so ein bisschen nach dem Motto gelebt: Träume nicht dein Leben, sondern lebe deinen Traum! Das würde schon passen", meinte er und wandte seinen Blick vom Durchbruch zu dem verborgenen Tunnel ab.

Brucati und Stein tauschten wieder einen Blick.

Von Eschersleben schritt zu dem Regal mit den Statuen hin. Er langte auf einen der Regalböden und nahm ein seltsames Gebilde heraus. Er drehte ein Artefakt, das aussah wie ein Lehmklumpen, in der Hand.

Im Gegensatz zu Brucati, der vorhin Skrupel gehabt hatte etwas zu berühren, griff von Eschersleben beherzt zu.

"Das ist etwas, das seine Form durch menschliche Einwirkung erhielt, also keine Naturalie", erkannte er.

Auch Stein betrachtete das eigenartige Gebilde in seinen Händen. "Was ist das?", wollte sie wissen.

"Keine Ahnung", gab von Eschersleben zu. "So etwas habe ich noch nie gesehen." Er legte das Artefakt zurück, wobei seine Augen sich an ein anderes Gebilde hefteten. "Das …, das ist unglaublich", stammelte er erneut und griff nach einem anderen Gegenstand.

Hatte von Eschersleben vorhin bei dem Artefakt noch beherzt zugegriffen, so nahm er diesmal das Kunstwerk mit einer Behutsamkeit an sich, wie eine Mutter ihr Neugeborenes.

"Ich habe zwar schon oft davon gehört, aber noch nie eines live gesehen, geschweigedenn real in den Händen gehalten", hauchte von Eschersleben ehrfürchtig.

Brucati sah auf das metallische Objekt in von Escherslebens Händen, an dem der Zahn der Zeit genagt hatte. Buchstaben waren dort miteinander verbunden worden.

Brucati glaubte die Großbuchstaben L, A, N, C, R und den Kleinbuchstaben n herausfiltern zu können.

"Was ist das?", fragte Stein.

"Ich glaube, das ist eine Schriftschablone", flüsterte von Eschersleben vollkommen fasziniert.

Brucati wunderte sich, für ihn sollte eine Schriftschablone alle Buchstaben des Alphabets umfassen und nicht nur diese sechs, die er zu erkennen glaubte. "Eine Schriftschablone?", hakte er daher nach.

Von Eschersleben hatte Brucatis zweifelnden Unterton herausgehört. "Ja, Sie müssen sich das als eine Art Monogramm vorstellen. Ein Monogramm, das alle Buchstaben eines Namens einbezieht. Also nicht nur die Anfangsbuchstaben des Vor- und Nachnamens. Seit Karl dem Großen wurden solche graphischen Symbole auf mittelalterlichen Urkunden verwandt."

"Karl der Große", brummte Brucati.

Von Eschersleben blickte dem Kriminalisten in die Augen, wo er ein dickes, aber durchaus durch Interesse gekennzeichnetes, Fragezeichen erkennen konnte, deswegen führte er weiter aus: "Karl der Große ließ seine Urkunden schreiben und sein Signum aufbringen. Er selbst hat eigenhändig nur den Vollziehungsstrich hinzugefügt."

"Vollziehungsstrich?", hakte Brucati wieder nach.

Von Eschersleben überlegte, wie er dem Mann von der SoKo am bestern erklären könnte was er meinte.

"Auf Karls Schriftschablone waren die Buchstaben seines Namens, Karolus, in einer Kreuzform angebracht. K, O und S in der horizontalen, und R und L in der vertikalen Linie, wobei dieses R und L ebenfalls durch das O in der Mitte verbunden waren."

"Da fehlen aber noch A und U", raunte Brucati, dem als aufmerksamer Zuhörer das Fehlen der beiden Buchstaben zur Vervollständigung des Namens des großen Herrschers aufgefallen war."

Von Eschersleben nickte. "Dieses O in der Mitte des Kreuzes hatte es in sich. Sie müssen sich das als auf die Spitze gestelltes Quadrat vorstellen, etwa so", erklärte der Mann vom Geschichts- und Heimatverein und bildete dabei mit seinen Zeigefingern und Daumen ein solches von ihm angesprochenes Gebilde. "Erst wenn man nun in die obere Spitze ein kleines V einbringt, ist das Signum komplett. Denn dann kann man dieses rautenförmige Gebilde sowohl als O, die obere Hälfte als A und die untere als U lesen. Und dieses kleine V nennt man Vollziehungsstrich, denn er war das einzige was Karl der Große auf den Urkunden selbst aufgebracht hat. Bis auf dieses v-förmige Strichchen hat er sein Karlsmonogramm von Schreibern anfertigen lassen."

"Ganz schön tricky", erkannte Brucati.

"Ja", äußerte auch von Eschersleben und blickte wieder zu dem Gegenstand in seinen Händen. "Das hier könnte auch eine solche Schriftschablone sein. H, A, C, R, L, N", buchstabierte er konzentriert.

"H?" fragte Brucati. Er konnte diesen Buchstaben nicht ausmachen. "Ich sehe da ein L, A, ein großes N, ein kleines n, ein C und ein R", sagte er und deutete jeweils auf die Buchstaben.

"Nein", sagte von Eschersleben definitiv und erklärte: "Das was Sie als kleines n bezeichnen ist ein H. Das hier sind Buchstaben der Karolingischen Minuskel, einer Schriftart die so um das 8. Jahrhundert entstanden ist.

"Und wessen Schriftschablone ist das", fragte Brucati.

Von Eschersleben zuckte mit den Schultern. "H, A, C, R, L, N", buchstabierte er erneut, schüttelte den Kopf und begann von neuem. "L, A, N …", zählte er auf, den Rest ließ er unausgesprochen.

Brucati sah wie von Eschersleben achselzuckend seufzte. Ihm war klar was dies bedeutete.

"Dazu müsste man halt wissen, in welcher Reihenfolge die Schriftschablone gelesen werden muss", verdeutliche von Eschersleben. "Hier befinden sich L, A und N auf der horizontalen Linie, und H, verbunden durch das A mit dem C und R auf der senkrechten."

"Fällt Ihnen ein Name dazu ein?", wollte Stein wissen.

"Nein, auf die Schnelle nicht", gab von Eschersleben zu.

Stein wirkte enttäuscht.

"Aber wenn es eine Schriftschablone ist, und ich bin mir fast sicher", meinte von Eschersleben, "dann ist das ein unglaublicher Fund."

Der Vorsitzende des Geschichts- und Heimatvereins drehte das Buchstabengebilde in seinen Händen, offensichtlich nicht bereit, dieses Teil jemals wieder herzugeben.

Brucati erinnerte sich an das was von Eschersleben zu der Schriftschablone Karls des Großen erklärt hatte. "Vielleicht kann man da ja auch einen Buchstaben doppelt lesen", argwöhnte er.

Alle stierten auf die Schriftzeichen, bis Stein meinte: "Könnte das C denn nicht auch ein T sein?"

Brucati nickte bedächtig. "Ich glaube ich weiß was du meinst", sagte er langsam. "Der Mittelstrich des As könnte auch der obere Strich eines Ts sein, dann wäre das nicht ein C sondern ein T."

"Oder beides", ahnte Stein. "Im O von Karl, waren ja auch drei Buchstaben versteckt."

"L, A, N, H, T, C, R", ergaben nun von Escherslebens Überlegungen.

"Lantrch", versuchte Brucati.

"Tran...", versuchte sich Stein.

"Hart", fiel ihr von Eschersleben ins Wort, "es könnte ein Name mit 'hart' sein. Das war im Mittelalter durchaus gebräuchlich. Burkhart, Engelhart, Leonhart, Kunhart, Reinhart, Bernhart", zählte er auf.

"Die passen aber nicht", bemerkte Stein frustiert, wandte sich ab und stelle sich wieder vor das Gemälde an der Wand. Nach wie vor hatte es eine magische Wirkung auf die Kriminalistin.

Auch von Eschersleben erblickte dieses faszinierende Bild und kam herüber. Er war ebenfalls sofort ganz gefangen von dem Gemälde und dem Mann darauf. Regungslos starrte er ihn an.

Bezauberte Stille herrschte zwischen den beiden Eindringlingen.

Von Eschersleben blieb ziemlich lange stumm, bis Steins Stimme ihn aus seiner Gedankenwelt riss.

"Das ist ein tolles Bild", befand Stein mit deutlicher Bewunderung in der Stimme.

"Ja."

"Diese Augen ziehen einen wie magisch in den Bann", brachte sie es auf den Punkt.

Von Eschersleben besah sich die Signatur in der rechten unteren Ecke des Bildes. Er konnte sie keinem Maler zuordnen den er kannte.

"Man hat das Gefühl als würde dieser Mann einen anblicken", meinte Stein, die sich von diesen Augen wie fixiert fühlte.

"Als würde er einen belächeln", entgegnete von Eschersleben.

Stein nickte. Auch sie hatte das Gefühl, dass dieser Mann ein einzigartiges Geheimnis bewahrte, dass er nicht zu teilen bereit war. Für alles Bitten, das an ihn herangetragen wurde, hatte er nur ein verächtliches Lächeln, das vor allem in seinen Augen Ausdruck fand.

"Wissen Sie wer das ist?", fragte Stein als Dosske mit der Maglite in der Hand zurückkam, und sich den Bildbetrachtern hinzugesellte.

"Das ist bestimmt Soundso der Schreckliche!", raunte Dosske.

"Wer?", fragte von Eschersleben ernsthaft nach, der noch nicht ganz den Humor Dosskes einzuschätzen wusste. "Und wieso der Schreckliche?"

Dosske wies auf das Musikinstrument in der Hand des Mannes. "Na, der Schreckliche, weil er so schrecklich Harfe spielte."

Von Eschersleben riss die Augen auf, er war sich nicht sicher, ob diese Äußerung ernst gemeint war, oder er lachen sollte.

Brucatis Seufzer "Oh man!", als er sich den Bildbetrachtern hinzugesellte, ließ von Eschersleben die Äußerung Dosskes schließlich richtig einschätzen.

"Apropos Schreckliche", raunte Dosske leise Stein zu, "da draußen", er wies mit dem Kopf nach oben, "patrouilliert ein Besen."

Stein verdrehte die Augen. Die Nachbarin schien immer noch zu kehren. "Frau Schneider", flüsterte sie zurück.

Dosske schmunzelte wissend. Er hatte sich schon gedacht um welche Person es sich da handelte, und fragte sich, was wohl das schlimmere Übel darstellte, dieser 'Besen' oder ein Schwarm Aasgeier.

Von Eschersleben rieb sich, immer noch vor dem Gemälde stehend, mit der Hand das Kinn. "Ich habe dieses Bild", er deutete mit seinem Zeigefinger auf das Gemälde, "zwar noch niemals gesehen, aber dieser Kleidung nach, könnte es jemand aus dem elften Jahrhundert sein."

"Dann wäre es ja eintausend Jahre alt", hatte Stein errechnet.

"Ja, wenn es ein Originalporträt ist", sagte von Eschersleben den Kopf zustimmend bewegend.

"Könnte es denn eines sein?", wollte Stein wissen.

Von Eschersleben schürzte erneut die Lippen und wiegte seinen Kopf nachdenklich.

"Können Sie sagen, wie alt das Bild ist?", fragte Brucati, während von Eschersleben sich immer noch auf das Bild konzentrierte.

"Nein, das kann nur jemand mit einem geschulten Auge, der den Stil, die Rissbildungen und andere Alterserscheinungen der Farbschicht deuten kann", wehrte von Eschersleben ab und schob hinterher: "Oder ein Labor für chemische und physikalische Analysen."

Und trotzdem konnte auch von Eschersleben den Blick nicht von dem Gemälde lassen. Er fixierte es mit seinen Augen als stehe dort etwas geschrieben. Und plötzlich war es für ihn, als würde eine Legende durch dieses Bild vor seinen Augen zu neuem Leben erweckt. Wie elektrisiert ging sein Blick hinunter, zu dem Gegenstand in seiner Hand.

Brucati und Stein bemerkten, wie den Mann Erkenntnis überkam. Seinen Körper schien geradezu ein Beben zu durchfahren. Ungläubig wanderte sein Blick zwischen dem Gemälde an der Wand und der Schriftschablone in seinen Händen hin und her. Von Eschersleben öffnete seinen Mund, brachte aber vorerst keinen Ton heraus.

**Kapitel 17**
Montagmorgen, zehn Uhr achtundfünfzig, 28. September

Doc Wenright hatte Pfeiffer, auf die Nachricht Brucatis hin, zu den Kollegen in Röslers Haus geschickt. Er selbst hing immer noch in den Kellerräumen der SoKo-Zentrale fest und suchte mit einer Mischung aus aufkeimender Frustration und unermüdlichem Forscherwillen nach dem was den Herzinfarkt des Toten verursacht hatte. So viele Testreihen hatte der Kopf der Forensischen Abteilung in den letzten Stunden schon hinter sich gebracht, aber eben diese eine entscheidende war nicht dabei gewesen.

Um nicht tatenlos auf das Ergebnis seiner letzten Testreihe zu warten, lief Doc Wenright nochmals aus dem Labor hinüber zu dem Raum in welchem die Obduktion stattgefunden hatte.

Der Tauchanzug des Opfers lag beiseitegelegt auf dem Sideboard an der Wand. Aus irgendeinem Grund heraus nahm sich Doc Wenright nochmals die Innenseite des Tauchanzugs vor. Bei einem bestimmten Lichteinfall erschien ein schemenhaftes Schillern auf der Rückenpartie. In einem kleinen Bereich schimmerte etwas, das entfernt an Flüssigkleber erinnerte.

Doc Wenright stakste, nach mehr Helligkeit suchend, mit dem Tauchanzug unter die große OP-Lampe. Jetzt konnte er das kleine Areal, auf dem sich ein Hauch dieser Substanz befand, besser ausmachen. Er streifte mit einem Tupfer über die rätelhafte Masse und sicherte sie. Das so gewonnen Material zog Doc Wenright auf einen Teststreifen um es zu analysieren.

Zurück im Labor begann für Doc Wenright erneut das Warten, bis das von ihm mit der Analyse betraute Gerät diesen positiven Ton von sich gab, auf den er die letzten Stunden vergeblich gewartet hatte.

Doc Wenright blickte auf den Bildschirm und sah etwas völlig Unerwartetes. "Marvelous", kam ihm fasziniert und auch erleichtert über die Lippen.

Nochmals checkte er die Daten, rief zur Bestätigung dessen, was er gefunden hatte, eine Internetseite auf und verglich sein Ergebnis.

Mit seinen neuen Erkenntnissen im Gepäck eilte er nochmals hinüber zu dem Toten Taucher, holte ihn aus der Leichenkammer und besah sich erneut seinen Rücken, und zwar an der Stelle, an welcher er die rätselhafte Subtanz im Tauchanzug gefunden hatte.

Und Doc Wenright fand dort Hautveränderungen, die nun einen ganz anderen Sinn ergaben.

Die Ausbildung der Totenflecken war typisch für eine Leiche, die man auf dem Rücken liegend gefunden hatte. Allerdings waren die von Pfeiffer als Vibices identifizierten intrakutanen Berstungsblutungen eben nicht nur solche. Für ein paar der kleinen roten Pünktchen war etwas ganz anderes verantwortlich.

Doc Wenright verbrachte den Toten wieder in seine Kammer und nahm sich nochmals die Innenseite des Tauchanzuges vor. Er setzte seine ZEISS-Lupenbrille auf, um nichts von dem Gegenstand seiner Begierde zu übersehen. Ganz in die Rolle eines Forensikers geschlüpft, sicherte er weiteres, sich auf dem Neoprem befindliches, Material.

Anschließend flitzte er zurück in sein Labor. Dort holte er eine weitere Seite aus dem World Wide Web auf seinen Bildschirm und betrachtete das Foto, das dort zu dem aufgerufenen Artikel abgebildet war.

Wie in Trance griff Doc Wenright zu seinem Telefonhörer und wählte die Nummer von Christ, der auch schon zwei Minuten nach seinem Anruf bei ihm erschien.

"Auf was bist du gestoßen, Doc", fragte Christ bereits als er die Schwelle zu Doc Wenrights Reich überschritt.

"Marvelous!", stammelte der Arzt immer noch perplex. Er erhob sich, schritt auf den Tauchanzug des Opfers zu, den er mit in das forensische Labor genommen hatte, klopfte mit der Hand auf das Neopren und meinte: "Das ist sozusagen des Pudels Kern, oder besser des Toten Hülle", sinnierte er.

"Was?", ächzte Christ verständnislos.

"Der Tote hat diesen Neoprenanzug, also einen Overall mit langen Hosenbeinen, langen Ärmeln und Füßlingen getragen", begann Doc Wenright mit seinen Ausführungen. "Es handelt sich hierbei um einen sogenannten Nassanzug. Das heißt, das Neopren ist ansich wasserdicht, aber das Wasser kann beim Tauchen an der Halsöffnung, den Hand- und Fußbünden oder auch am Reißverschluss eindringen. Es kann dann alle Zwischenräume zwischen dem Körper des Tauchers und dem Anzug ausfüllen, und wenn der Taucher sich bewegt, dann zirkuliert es im Anzug. Wenn der Anzug so wenig gut passt, wie er dem Toten gepasst hat, dann hat das Wasser viel Platz", bemerkte Doc Wenright, der sich der absoluten Aufmerksamkeit Christs gewiss sein konnte.

"Ja!?", raunte der SoKo-Chef, gespannt darauf wo Doc Wenrights Ausführungen hinführen würden.

"So einen Neoprenanzug trägt man zum Beispiel, mit Füßlingen, Kapuze und Handschuhen, weil man sich in tropischen Gewässern vor Nesseltieren schützen will. Er bringt natürlich nichts, wenn die Nesseltiere schon in dem Anzug sind."

Christ blickte hilfesuchend zu seinem langjährigen Freund. Er wusste immer noch nicht was Doc Wenright ihm sagen wollte und schüttelte nach Verständnis suchend seinen Kopf.

"*In* dem Anzug", wiederholte Doc Wenright mit Betonung auf dem 'in' und deutete auf den Nassanzug, der geradezu wie eine leere schwarze Leichenhülle auf dem Tisch lag.

"Tropische Nesseltiere, *in* dem Anzug", wiederholte nun auch Christ die gehörten Worte, deren Sinn ihm aber immer noch nicht aufgegangen war. "Aber der Herrnweiher ist kein tropisches Gewässer", gab er mit Bestimmtheit von sich.

"Das ist es ja eben", rief Doc Wenright aus. "Aber ich habe auf der Innenseite des Tauchanzugs Teile von zwei Irukandji gefunden."

"Von was bitte?"

"Irukandji, eine Art der Klasse der Würfelquallen."

Christ versuchte das zu verstehen, was er da gehört hatte. Konzentriert runzelte er die Stirn und kniff die Augen zu, was seinem Gesicht eine gewisse Härte verlieh.

"Thomas", sagte Doc Wenright mit seinem englischen Zungenschlag, "dieser Mann wurde durch das Nesselgift der Irukandji getötet."

Seine Erleichterung darüber, dass er endlich gefunden hatte woran dieser Mensch gestorben war, konnte Doc Wenright nicht verbergen. Dunkle, deutlich seine Erschöpfung zeigende Ringe hingen zwar unter Wenrights Augen, aber diese strahlten trotzdem.

Mit einem dicken Fragezeichen im Gesicht, blickte Christ den Rechtsmediziner an. "Wo war diese Qualle?"

Doc Wenright blieb ihm die Erklärung nicht schuldig. "Wir hatten die, für einen in Rückenlage Verstorbenen, typischen Livores, also Totenflecken entdeckt. Bei sehr ausgeprägten Totenflecken, wie in diesem Fall, sind intrakutane Berstungsblutungen sehr oft zu sehen. Deshalb hat Pfeiffer auch diese reiskorngroßen Hautveränderungen als Vibices eingestuft. Da das für mich nichts Außergewöhnliches war, habe ich die Vibices auch nicht angezweifelt und nicht noch einmal überprüft. Sie waren ja auch vorhanden. Nur waren da aber auch noch andere …", er setzte das folgende Wort mit seinen Zeige- und Mittelfingern in Anführungsstriche, "Punkte!"

*Punkte*, überlegte Christ, war sich aber sicher, dass Doc Wenright ihm diese 'Punkte' gleich erklären würde.

"Vorhin musste ich wegen einer Testreihe warten, und habe mir nochmal den Tauchanzug angesehen. Dabei bin ich auf Material gestoßen, das mich veranlasste, mir die Hautveränderungen auf dem Rücken des Opfers nochmal näher anzusehen. Ich erkannte einen Nesselausschlag. Und dann war alles klar. Die Irukandji war der Auslöser für den tödlichen Infarkt."

Christ formte mit seinen beiden Händen eine Rundung, etwa so groß wie eine Grapefruit, zog die Augenbrauen hoch und wiederholte irritiert: "Eine Qualle!?"

"Yes", begann Doc Wenright, "aber nicht in der Größe, die du da gerade aufzeigst, und nicht rund. Wie gesagt, die Irukandji ist eine Würfelqualle. Das heißt, sie besitzt einen annähernd quadratischen Schirm, und sie hat auch nicht die von dir gezeigte Größe, sondern ist nur circa zwei Zentimeter im Durchmesser, was ihren Schirm anbelangt."

"Zwei Zentimeter!?", musste Christ nachfragen.

Doc Wenright nickte und formte zur Verdeutlichung zwischen Zeigefinger und Daumen seiner rechten Hand einen Raum von circa zwei Zentimetern.

Christ starrte auf die Hand seines Kollegen.

"Allerdings", fuhr Doc Wenright fort, "hängen an diesem Schirmchen vier dünne Tentakel, die eine Länge von bis zu einhundert Zentimetern erreichen können, und die sind schön mit Nesselzellen besetzt."

Er drehte den Bildschirm seines PCs, der das Foto einer Irukandji zeigte, in Richtung Christ, und schob nach: "Der Schirm der Qualle verfügt übrigens auch über diese Nesselzellen."

Christ schaute auf den Bildschirm. Dieses kleine durchsichtige Wesen mit zwei Zentimetern Durchmesser sollte einen Mann getötet haben. Der SoKo-Chef verspürte fast so etwas wie Respekt.

"Diese Qualle kann wirklich einen Menschen töten?", fragte Christ, den eigentlich nichts mehr überraschen konnte, überrascht.

Doc Wenright nickte bestätigend. "Wie man sieht", raunte er.

"Gibt es im Herrnweiher solche Quallen?", fragte Christ entsetzt nach, obwohl er sich eigentlich sicher war, dass dem nicht so war.

"Nein", erwiderte Doc Wenright. "Thank goodness!", entfuhr seinen Lippen. "Diese Irukandji kommt hauptsächlich in den australischen Küstengewässern vor."

"Sie lebt in Australien?!"

"Naja, genau genommen alle Exemplare jetzt nicht mehr", sagte Doc Wenright geradezu lapidar. "Ich habe ja welche auf der Innenseite des Tauchanzuges gefunden, und zwar nicht nur eine, sondern zwei, also zumindest das, was von ihnen übrig war."

Christ schnaubte durch die Nase.

"War übrigens eine ganz schöne Fummelarbeit", berichtete Doc Wenright, "denn, wie Du siehst, sind diese Quallen fast durchsichtig."

"Und dieses *Nichts* hat den Taucher auf dem Gewissen", sagte Christ mehr zu sich selbst.

"Ja", bestätige Doc Wenright, dem ein tiefer Seufzer über die Lippen kam.

Thomas Christ sah seinem Freund in das Gesicht. Er war im Stande das Drama, das sich in den letzten Stunden hier im Kellergeschoss der SoKo abgespielt hatte, dort abzulesen.

"Ich hatte so viele Möglichkeiten wie es zu diesem Herzinfarkt gekommen sein konnte, die alle wesentlich näherliegend waren als eine Würfelqualle, und diese Möglichkeiten habe ich erst einmal alle nacheinander ausschließen müssen", gab Doc Wenright an. "Und wenn ich diese Quallen nicht im Anzug entdeckt hätte, wären sie wahrscheinlich das Letzte gewesen an das ich gedacht hätte", erklärte Doc Wenright kopfschüttelnd.

"Verständlich", meinte Christ.

"Du musst wissen, dass es bisher noch nicht gelungen ist die Gifte der Irukandji endgültig zu analysieren, geschweigedenn deren Strukturen aufzuklären. Die Nesselzellen-Gifte der Qualle unterscheiden sich im Schirm und den Tentakeln, und sogar in den Entwicklungsstadien der Qualle. Sicher ist nur, dass das Gift eine cardiotoxische Komponente enthält", berichtete Doc Wenright und schaute Christ dabei tief in die Augen. "Deswegen war mein toxikologischer Befund auch so außergewöhnlich."

Christ atmete geräuschvoll aus. "Wahnsinn, dass so eine kleine Qualle einen so stattlichen Menschen töten kann", wiederholte Christ immer noch ungläubig fasziniert.

"In bestimmten Fällen schon", erwiderte Doc Wenright. "Der Stich der Qualle selbst ist zwar kaum schmerzhaft, und wird häufig nicht mal bemerkt. Er soll, sofern er überhaupt wahrgenommen wird, in etwa die Intensität eines Mückenstiches haben. Allerdings tritt nach circa dreißig Minuten das sogenannte Irukandji-Syndrom auf."

"Irukandji-Syndrom?"

"Eine Vergiftung des menschlichen Oranismus durch die Nesselgifte. Diese Vergiftung kann bei gesundheitlich vorgeschädigten Personen ohne medizinische Betreuung lebensgefährlich verlaufen. Und bei zwei in die Enge getriebenen Quallen, die ihr Nesselgift abschießen, gegen das es kein Gegengift gibt, alle mal. Kein schöner Tod", sinnierte Doc

Wenright.

"Und wie ...?", fragte Christ, obwohl er es gar nicht so genau wissen wollte, interessierte es ihn doch.

"Die Vergiftung ist gekennzeichnet durch starke, oft zyklisch auftretende Schmerzen in den Extremitäten, dem Rücken, dem Bauch, der Brust, bis hin zu einem Gefühl des nahenden Todes. Diese Schmerzen lassen sich selbst mit Opioiden nicht unterdrücken. Übelkeit, Erbrechen, Schweißausbrüche, Hypertonie, Dysphorie überfällt die Betroffenen. Und es kann zu lebensbedrohlichen Komplikationen kommen, wie Lungenödeme, oder Hirnblutung als Folge einer unkontrollierten Blutdruckerhöhung, oder wie bei unserem Toten hier Kardiomyopathie und ein kardiogener Schock."

Christ hatte aufmerksam gelauscht. *Hoffentlich kann so ein Gift niemand synthetisch herstellen*, dachte er. Sich entsprechendes auszumalen ließ ihm Doc Wenright allerdings keine Zeit, denn er fuhr in seinen Ausführungen fort.

"Diesen kardiogenen Schock und die verschiedenen Symptome, die das Resultat einer Reaktion des menschlichen Organismus auf ein Nesselgift sein mussten, hatte ich auch schnell bei der Obduktion entdeckt, aber den Verursacher habe ich jetzt erst bestätigen können."

Christ nickte. "Diese Iru..."

"...kandji. Irukandji, der Name leitet sich von einem Aborigines-Stamm ab, der an der Nordostküste von Queensland ansässig war. Diese kleinen Biester sind übrigens erst in den 1960er Jahren entdeckt worden, da sie in offenen Gewässern natürlich nur schwer auszumachen sind."

Christ nickte verständnisvoll. "Eine Schlange übersieht man doch weniger."

"Schlangen, oder auch Spinnen, lähmen mit ihrem Gift Muskeln und Nerven, das Toxin der Irukandji wirkt auf das Herz. Das Zeug hier ist hundertmal stärker als das Gift einer Kobra und tausendmal so stark wie das einer Tarantel." Doc Wenright schüttelte sich merklich und stieß laut den Atem aus.

"Und die waren *in* dem Tauchanzug, nicht außen?", fragte Christ noch einmal nach.

"Ja."

"Also war der Anzug in Australien."

"Keine Ahnung, aber das ist auch egal, denn die müssen hier in den Anzug gekommen sein."

"Hier?"

"Ja. Australien ist ziemlich weit weg. Die hätten in dem Anzug nicht überlebt ohne Wasser. Man nimmt so einen Anzug ja nicht in einem Feuchtbiotop mit nachhause. Ich habe auch auf der Außenseite des Anzuges nicht die geringsten Spuren von Salzwasser gefunden, und auf der Innenseite nur in einer verschwindend geringen, kaum messbaren Größe. Die sind da nicht reingeschwommen, die wurden reingepackt. Und da ich nicht annehme, dass der Tote das selbst oder gar freiwillig getan hat ..."

"... war es Mord."

"Ja. Und wer immer es auch getan hat, er wollte auf Nummer Sicher gehen, denn eine Irukandji hätte schon gereicht. Ein so in die Enge getriebenes Tierchen sticht nicht nur einmal zu. Und hier waren gleich zwei Irukandji am Werk."

"Aber wo bekommt man diese Quallen *hier* her?"

"In einer normalen Zoohandlung jedenfalls nicht", war sich Doc Wenright sicher.

Christ nickte zustimmend und wollte etwas sagen, wurde jedoch vom Klingeln seines Handys daran gehindert. "Entschuldigung", sagte er und schnappte sein Mobiltelefon.

"Christ", meldete er sich.

"Spreche ich mit Herrn Christ", fragte eine Stimme am anderen Ende.

"Ja."

"Schön, dass ich Sie dran habe", säuselte eine Stimme. "Wir führen eine Umfrage zu Verbraucherrechten durch", sagte die Stimme weiter und holte Luft um fortzufahren.

Christ nutzte diesen Moment. "Schön", sagte er, "und eines meiner Verbraucherrechte besteht darin, dass ich nicht am Telefon irgendwelche Fragen zu beantworten brauche. Dankeschön", sagte Christ und legte, ohne der Dame noch irgendeinen Ansatz für ein weiteres Wort zu lassen, auf. Er hasste diese ungebetenen Anrufe.

Christ wandte sich wieder Doc Wenright zu. "Also jetzt kennen wir den Verursacher des Todes."

"Ja, auch wenn es etwas gedauert hat", seufzte Doc Wenright, der es nun zuließ die Müdigkeit an sich heranzulassen, der er sich schon seit Stunden gewiss war.

Der SoKo-Chef hatte beim ersten Blick auf den Rechtsmediziner und Forensiker schon bemerkt, dass eine schwere Last von seinen Schultern gepurzelt war, und doch haderte Doc Wenright mit sich, weil er nicht schneller auf die Lösung gekommen war. Christ sah sich veranlasst seinen Freund aus diesem Dilemma herauszureißen. "Hey, das hier ist die Realität, nur im Fernsehen braucht man vierzig Minuten zur Lösung eines Falles."

Doc Wenright lächelte. Er hatte verstanden. "Jetzt müsst Ihr nur noch herausfinden, wer der Tote ist und wer ihm die Quallen in den Tauchanzug gepackt hat."

"Es deutet wohl vieles auf diesen Rösler", sagte Christ vor sich hin.

"Erst wenn die Fingerabdrücke und die DNA übereinstimmen, können wir da sicher sein", mahnte Doc Wenright. "Pfeiffer wird aus seinem Haus die entsprechenden Beweise mitbringen."

Christs Blick hing wieder auf dem Tauchanzug. Er nickte versonnen, bis er sich vom Neopren losriss und Doc Wenright freundschaftlich auf die rechte Schulter hieb. "Dann schlaf' dich jetzt erst mal aus", sagte er.

"Das kannst du glauben!"

**Kapitel 18**
Montagmorgen, elf Uhr dreiundvierzig, 28. September

"Herr von Eschersleben?", sprach Brucati den vollkommen entrückten Mann an.

"L, N, H, A, R, T", stammelte von Eschersleben, und starrte dabei auf die Schriftschablone in seinen Händen.

Antonio Brucati stierte ebenfalls auf das Gebilde in den Händen des Vorsitzenden vom Geschichts- und Heimatverein.

"H, A, R, T, L, N", zählte von Eschersleben nochmals auf, wobei sein Zeigefinger über dem jeweiligen Buchstaben schwebte. Über dem N hielt er inne. Von Escherslebens Augen fixierten den Buchstaben, und dann entfuhr kaum hörbar ein Name seinen Lippen. "Linhart!"

Die Kriminalisten hatten die Befürchtung, dass von Eschersleben gleich der Schlag treffen würde.

"I!", platzte aus von Eschersleben schließlich heraus, als wenn im Lotto außer den sechs Richtigen auch noch die Zusatzzahl gefallen wäre. "I, da ist ein I!", japste er nochmals und wies mit dem Finger auf einen Buchstaben der Schriftschablone.

"Was, Wo?", fragte Dosske.

"Im N!" wusste von Eschersleben.

Dosske rückte von Eschersleben auf die Pelle. Stellte sich Seite an Seite mit ihm. Und auch Stein und Brucati kamen noch ein Stückchen näher.

Ein kehliges Lachen entfuhr von Escherslebens Mund. "So wie das A und das T ineinander verschnörkelt sind. So hat man es auch mit dem N und dem I gemacht. Der letzte Strich vom N sieht bei der karolingischen Minuskel wie ein I aus." Er fuhr mit dem Zeigefinger über die Stelle des Buchstabens. "Das ist ein I!"

Von Eschersleben hörte sich immer noch an, als wenn er soeben den jemals größten Pott der Lottogeschichte gewonnen hätte.

"Ich weiß jetzt wie man es lesen muss", sagte er voller Begeisterung. "Zuerst das L, dann von rechts zwei Buchstaben zur Mitte: I, N, dann von oben zwei Buchstaben zur Mitte: H, A, dann von unten zwei Buchstaben zur Mitte: R, T. Linhart!"

Die drei Kriminalisten folgten von Escherslebens Ausführungen. Das war der Name den die einzelnen Buchstaben ergaben. Auch sie erkannten dies nun.

Von Eschersleben wies mit seiner linken bebenden Hand auf das Bild an der Wand, während er seine rechte um die Schriftschablone gekrallt hatte. "Das könnte ein Porträt des Linhart von Hagen sein", stammelte er, als wenn ein Schleier sich gelüftet hätte.

"Linhart", wiederholte Stein, deren Blick wieder von der Schablone zu dem Gemälde zurückgewandert war.

"Einer der Nachkommen von Eberhard von Hagen. Er war um 1075 der erste Vogt der Dreieich. Seine Erben wurden Reichskämmerer, also auch Linhart. Die Herren von Hagen verwalteten als kaiserliche Dienstmannen und Vögte im Hochmittelalter von der Burg Hayn aus den Reichsforst und Wildbann Dreieich", sprudelten die Fakten aus von Eschersleben heraus.

"Linhart", wiederholte nun auch Brucati leicht amüsiert über den Namen.

"Ja. Das wäre zumindest eine Erklärung für diese Harfe. Wissen Sie", begann von Eschersleben, "die Geschichtsbücher sagen, dass Linhart ganz vernarrt war in das Harfenspiel. Und dass er eine Harfe hatte, die er überall mithinnahm. Er nannte sie, glaube ich, 'sein Schätzelein'."

"Schätzelein?", fragte Stein nach, der keine Erklärung einfiel warum man eine Harfe als Schätzelein bezeichnen sollte.

"Ja, Schätzelein", bestätigte von Eschersleben und lachte kurz auf, mit einem in Gedanken versunkenen Blick. "Wissen Sie, es gibt da so eine Theorie, die besagt, wenn man eine ganz bestimmte Tonfolge auf dieser Harfe spielt, dann öffnet sich die Tür zu dem Schatz derer von Hagen."

"Geht so etwas denn?", fragte Dosske skeptisch.

"Nun, ich würde bei so etwas nie *nie* sagen", raunte von Eschersleben. "Allerdings würde ich das schon eher in den Bereich der Legenden eingliedern", schränkte er ein.

"Das ist eine schöne Harfe", meinte Stein, und besah sich nochmals den mit Schnitzereien verzierten Korpus. "Toll, dass man die damals schon so fein gearbeitet herstellen konnte."

"Harfen sind eines der ältesten Musikinstrumente der Menschheit überhaupt", sagte von Eschersleben und wirkte dabei sehr belesen. "Es gibt Belege, dass bereits um etwa dreitausend vor Christus in Ägypten schon welche gebaut wurden. In Europa hat man um etwa achthundert nach Christus die dreiseitig geschlossene Rahmenharfe erfunden." Er wies mit der Hand auf das Gemälde. "Also so etwas wie *er* es hier in den Händen hält."

Während von Eschersleben sprach, konnte auch er die Augen nicht von dem Gemälde lassen. Jetzt machte er sogar noch einen Schritt auf es zu, und besah sich ganz genau die Saiten des Instrumentes.

Der Mann auf dem Gemälde hatte die Hand, die sich vom Betrachter aus hinter der Harfe befand, an fünf der zwölf Saiten gelegt, gerade so als wenn er an ihnen zupfen wollte. Und an diesen fünf Saiten waren in unterschiedlichen Abständen rundlich-ovale schwarze Punkte aufgemalt.

Von Eschersleben knickte seinen Kopf und den Oberkörper nach links ab, bis er aus dieser Haltung die senkrechten Saiten der Harfe sozusagen aus einem 90-Grad-Winkel heraus betrachten konnte.

"Haben Sie etwas Besonderes an der Harfe entdeckt?", fragte Stein interessiert.

"Die Harfe ist eine ganz normale, wie sie zu damaliger Zeit gebaut wurde", antwortete von Eschersleben, und es hörte sich nach einem Nein für Steins Frage an, und doch lag da ein bedeutender Unterton in seiner Stimme, der Stein aufhorchen ließ.

Der Vorsitzende des Geschichts- und Heimatvereins richtete sich aus seiner verdrehten Haltung wieder auf, wobei er geräuschvoll nach Luft schnappte. "Linhart", begann von Eschersleben, mit Blick auf den Mann auf dem Bild, "sofern er es ist", sagte er mit kurzem Seitenblick auf Stein, "hält seine rechte Hand hinter fünf Saiten."

Stein bewegte ihren Kopf zustimmend.

"Wenn ich mir jetzt vorstelle, dass diese fünf Saiten die fünf Linien eines Notensystems wären ...", von Eschersleben hielt inne, runzelte die Stirn und schnaufte schwer, "... hm."

"Gab es denn soetwas damals schon?", wollte Dosske wissen.

"Ein Notensystem?", fragte von Eschersleben nach, ob Dosskes Frage sich darauf bezogen hatte, und blickte den neben ihm stehenden Mann an.

Er nickte.

"Ja, Notenlinien sind in der Notation der Musik seit dem 10. Jahrhundert gebräuchlich. Zunächst waren nur eine oder zwei Linien üblich, dann erfolgte eine Erweiterung auf drei und vier Linien, und um 1025 setzte sich das heute alltägliche System mit fünf Linien durch, was auch von der Zeitschiene her wieder zu Linhart von Hagen passen würde", überlegte Mordechai von Eschersleben. "Im frühen Mittelalter waren die Melodien allerdings so einfach, dass sie meistens überhaupt nicht aufgeschrieben wurden", wusste der anscheinend fast alles Wissende weiter zu berichten.

Stein zeigte sich begeistert von dem was dieser Mann so einfach an geschichtlichen Informationen aus dem Ärmel schütteln konnte.

Von Eschersleben kam wieder auf das zurück was er sah. "Und wenn ich nun von diesen fünf Notenlinien ausgehe, dann könnten diese schwarzen Punkte da tatsächlich Noten sein."

"Das heißt, wir haben Noten und mit denen können wir eine Tür aufschließen?", raunte Brucati zweifelnd.

"Ganz so einfach ist es sicher nicht", ahnte von Eschersleben schwer atmend. "Wenn wir jetzt noch den Notenschlüssel hätten, könnten wir die Bedeutung der Notenlinien erschließen. Ein Notenschlüssel dient ja gerade dazu im Notensystem festzulegen welche Tonhöhe die fünf Notenlinien repräsentieren. So ein Schlüssel gibt einen Referenzton an, aus dessen Position sich wiederum die Lage der anderen Töne ableitet. Für jedes Instrument und jede Stimmlage gibt es Schlüssel die unterschiedliche Tonlagen repräsentieren."

"Man müsste halt die verschiedenen Schlüssel ausprobieren", meinte Brucati.

Von Eschersleben schüttelte langsam den Kopf. "Man bräuchte einen Notenschlüssel", befürchtete er gedankenversunken.

"Das ist interessant", raunte Stein.

Von Eschersleben sah zu der SoKo-Beamtin hin. Deutlich war zu erkennen, dass sie gedanklich in irgendwelchen Erinnerungen kramte.

Stein, sich dieses Blickes bewusst werdend, erklärte: "Als ich mir das Bild vorhin angesehen habe, ist mir aufgefallen, dass der Schlüssel, der in der Tür steckt die Form eines Notenschlüssels hat."

Das war das, was Stein die ganze Zeit über an dem Bild gestört hatte, ein Notenschlüssel im Türschloss. Aufgrund der Diskussion war ihr dies nun bewusst geworden.

Von Eschersleben sah auf das Türschloss im Gemälde. "Stimmt", sagte er überrascht, das war ihm noch nicht aufgefallen gewesen.

Dosske sagte, nachdem er das Türschloss ins Auge gefasst hatte: "Das ist doch kein Notenschlüssel. Ein Notenschlüssel sieht doch so aus." Er malte mit dem Zeigefinger die Schnörkel eines heute gebräuchlichen Violinschlüssels in die Luft.

Von Escherleben nickte. "Das was Sie da zeichnen ist ein G-Schlüssel, der das G auf der von unten gezählten zweiten Notenlinie festlegt. Was da im Türschloss steckt", er wies mit der Hand auf den Schlüssel im Schloss, dessen Griff aus drei schwarzen Vierecken bestand, die mit unten zwei und oben einem angeordnet waren, wobei das obere Viereck nicht auf den beiden unteren ruhte, sondern nur mit den unteren beiden Ecken mit ihnen verbunden war, "ist ein F-Schlüssel, wie ihn Guido von Arezzo, ein Benediktinermönch und Musiktheoretiker, der um das Jahr 1000 lebte, entwickelt hat."

Stein nickte zustimmend.

Dosske sah seine Kollegin entgeistert an, sie war für ihn ein Quell sprudelnder Überraschungen. Obwohl er sie nun schon eine ganze Zeit kannte, war er doch immer wieder überrascht, was in dem Köpfchen hinter den ozeanblauen Augen so alles steckte. "Woher weißt du denn wie ein F-Schlüssel aussieht?", fragte Dosske überrascht in Steins Richtung, denn er hatte keinen Plan von so etwas. Sein Respekt vor Stein bekam neuen Anschub.

Stein zuckte nur mit den Schultern und äußerte: "Tante Luise."

Dosske wusste, dass Steins Tante und Onkel sie nach dem frühen Tod der Eltern bei sich aufgenommen hatten. Und er konnte sich auch noch schemenhaft daran erinnern, dass Stein einmal von dieser Zeit berichtet hatte, genauergesagt von langen Musikabenden im Hause der beiden Verwandten.

"Also das heißt, wir haben jetzt alles was wir benötigen um die Tür zu öffnen", meinte Dosske.

"Bis auf die Tür", entgegnete Brucati. Da unten haben wir jedenfalls keine gesehen, oder?", fragte er zu Stein hin.

Die schüttelte verneinend den Kopf und schien immer noch ganz gefangen von dem Gemälde, an welchem ihre Augen festhingen. Mit einem Schritt nach vorne trat sie noch näher heran.

"Was ist?", fragte Dosske, dem auffiel, dass Stein eine bestimmte Stelle des Gemäldes mit den Augen fixierte.

Die Augen der Kriminalistin verengten sich. "Diese Tür", begann Stein, die nun fast mit der Nase an dem Gemälde hing, "diese Tür hat fünf Riegelschlösser." Sie zeigte auf eine Stelle oberhalb der Klinke, wo sich zwischen Türrahmen und Tür fünf Riegel abzeichneten und zählte: "Eins, zwei, drei, vier, fünf."

Stein blickte zu Brucati, ihre Blicke kreuzten sich.

"Fünf Noten, fünf Riegel, vielleicht muss man gar nicht Noten spielen, also richtig spielen, sondern nur in der Reihenfolge der angeordneten Töne die Riegel öffnen."

Brucati versuchte zu verstehen was Stein meinte.

Auf seinen fragenden Blick hin verdeutlichte die Kollegin: "Ihr seid der Meinung, die Töne, wenn sie gespielt werden, öffnen die Tür", begann sie, "das heißt, ihr geht davon aus, dass die Harfe ihrer Funktion nachkommt und gespielt wird."

"Ja", antwortete Brucati selbstverständlich.

"Aber nehmt sie doch mal so wie sie da abgebildet ist." Stein wies mit der Hand auf die Harfe. "Lasst die Saiten vertikal stehen und sozusagen die Noten an ihren Stellen als Höhenunterschied, dann habt ihr fünf unterschiedliche Höhen. Und wir haben fünf Riegel untereinander angeordnet. Von links nach rechts *gelesen*", Stein setzte das zuletzt gesprochene Wort 'gelesen' mit ihren Fingern in der Luft in imaginäre Anführungszeichen, "zeigen die Noten in welcher Reihenfolge die Riegel aufgeschoben werden müssen, um dann mit dem letzten Riegel die Tür zu öffnen."

Dosske runzelte die Stirn. "Das wäre möglich."

Stein zuckte mit den Schultern und nickte. "Die Note auf der ersten Saite steht ganz oben, also wäre der erste Riegel als erster aufzuschieben. Die nächste Höhe wäre die letzte Saite, also wäre Riegel fünf der nächste, der aufgeschoben werden müsste."

"Und dann käme der dritte", wusste Brucati, der die Idee seiner Kollegin verstanden hatte.

"Ja", bestätigte sie.

"Du meinst die fünf Riegel betätigen richtig gezogen einen Mechanismus, der das Schloss freischaltet, um die Tür öffnen zu können."

"Ja. Das erscheint mir zumindest logischer als irgendwelche Noten zu *spielen*. Ich glaube nicht, dass es damals schon solche Möglichkeiten gab."

Brucati nickte nachdenklich zustimmend.

Von Eschersleben riss fasziniert die Augen auf und bewegte seinen Kopf ebenfalls zustimmend. Er spürte wie seine die Schriftschablone immer noch haltende Hand zu schwitzen anfing. Behutsam legte er sie zurück an den Platz von wo er sie genommen hatte.

"Aber wie gesagt", bemerkte Brucati trocken, "uns fehlt immer noch die Tür."

Schließlich seufzte von Eschersleben. "Ohne den Ort zu kennen, an dem sich diese Tür befindet, nutzt auch der beste Schlüssel nichts", sagte er mit Gewissheit in der Stimme.

"Dann wird's wohl nix mit dem Schatz", erkannte Dosske geknickt. Doch ihn schien eine Idee zu überkommen. "Fragt doch mal den Wolf", raunte er plötzlich verschwörerisch.

"Wen?", kam synchron aber verständnislos von Brucati und Stein.

Dosske wies mit der Hand auf den Harfenkopf, der von dem Wolfsschädel geziert wurde. "Vielleicht kann man das Rätsel ja mit dieser Wolfslegende lösen", ahnte Dosske.

"Wolfslegende?", fragte Stein irritiert.

"Was für eine Wolfslegende?", erkundigte sich auch Brucati.

Während von Eschersleben sofort wusste worauf Dosske hinauswollte. Der Vorsitzende des Geschichts- und Heimatvereins taumelte einen Schritt nach vorne, schlug sich die Hand vor den Mund, und stierte auf den Wolfsschädel, der den Harfenkopf zierte.

Dosske fischte sein Handy aus der Hosentasche, öffnete das Foto, das er im Museum geschossen hatte, und zitierte:

"Das Heulen des Wolfes, nimm es nur wahr,
kannst Du es ergründen, bringt Gaben es dar.
Fünf Mal musst Du mit ihm richtig jaulen,
dann lässt er sich das Köpflein kraulen.
Der Ton gibt Dir den Schlüssel zum rechten Ort,
und der trägt mit Dir all deine Sorgen fort."

Einen Augenblick herrschte Stille, dann brach Brucati den Bann. "Was?", fragte er nach einem Sinn für Dosskes Äußerung suchend.

Dosske reichte Brucati sein Handy mit dem Foto und erzählte von seinem Besuch mit von Eschersleben im Museum. "Das heißt übersetzt: Wenn der Wolf fünf Mal heult, sich alsbald der Geldsäckel beult", dichtete Dosske.

"Interessant", bemerkte Brucati, der seinen Blick zwischen dem Foto auf Dosskes Handy und dem Gemälde hin- und herschweifen ließ. Dabei schien dem Kriminalisten etwas aufgefallen zu sein. Er stakste, das Bild nicht aus den Augen lassend, darauf zu.

Er, Stein, Dosske und von Eschersleben standen nun davor und versuchten das Gehörte, das Gemälde und die mystische Wolfslegende miteinander in Einklang zu bringen.

Dosske fiel der stiere Blick auf, den Brucati auf eine bestimmte Stelle des Gemäldes richtete. "Is' was?", fragte er.

Doch Brucati antwortete nicht ihm, sondern wandte sich an den Mann vom Geschichts- und Heimatverein. "Herr von Eschersleben", sagte er, und als er die Aufmerksamkeit von ihm hatte, fuhr er fort: "Dieses Zeichen aus dem Tunnel, das Sie dazu veranlasst hat meinem Kollegen diese Wolfslegende zu zeigen, könnte das eine stilisierte Harfe sein?"

Von Eschersleben, und auch die beiden anderen, verstanden auf was Brucati hinaus wollte. Die U-Form des Zeichens, mit dem dicken Ende auf der einen Seite, ähnelte schon der Harfe mit dem Wolfskopf in den Händen dieses Mannes auf dem Gemälde.

Von Eschersleben nickte beeindruckt und murmelte: "Das könnte durchaus sein."

# Kapitel 19
Montagmorgen, zwölf Uhr acht, 28. September

SoKo-Chef Thomas Christ saß an seinem Schreibtisch und betrachtete auf YouTube das, was die Schaulustigen von dem Vorfall am Burgweiher inzwischen eingestellt hatten. Einige der kleinen Filmchen, und die Kommentare dazu, konnte er auf dem Internet-Videoportal ansehen. Die meisten Klicks hatten die Aufnahmen, die den Abtransport der Leiche zeigten. Aber auch der leergelaufene Herrnweiher war ein Hit.

Christ hatte die Nase gerade vor dem Bildschirm, und sah sich die Stelle des Einsturzes nochmals genau an, als ein kurzer Brummton ihn aus seinen Gedanken riss. Sein darauf folgender Blick auf das Display seines Festnetzanschlusses zeigte ihm an, dass seine Sekretärin etwas von ihm wollte.

"Ja", meldete sich Christ.

"Herr Christ, da ist jemand, der Sie wegen der Sache an der Burg in Dreieichenhain sprechen möchte, am Telefon", flötete Anke Diepolder.

"Name?"

"Hat er nicht genannt."

"Stellen Sie durch!"

Nach dem üblichen Klicken sagte der SoKo-Chef mit fester Stimme: "Christ."

"Ja", hauchte die Stimme eines Mannes am anderen Ende der Leitung. "Herr Christ, ich habe von Herrn Jeske erfahren, dass Sie nun für den Fall des Toten im Tunnel zuständig sind."

Es entstand eine Pause, offensichtlich wartete der Anrufer auf eine Bestätigung Christs, die dieser ihm nicht schuldig blieb.

"Ja."

"Ich müsste mit Ihnen deswegen einmal sprechen."

"Das tun Sie doch schon", gab Christ neutral von sich.

"Ich meine nicht am Telefon", drugste der Anrufer. "Das, was ich Ihnen zu sagen habe, würde ich Ihnen gerne unter vier Augen sagen."

"Sie können mir doch sicher sagen um was es geht."

"Nicht am Telefon."

Diese Antwort ließ Misstrauen in Christ aufsteigen, aber er hatte nicht das Gefühl, dass ihn da irgendein Spinner anrief, daher fragte er: "Wie ist denn Ihr Name?"

"Entschuldigung", kam sofort von dem Anrufer, "ich habe mich gar nicht vorgestellt. Mein Name ist Riedel, ich bin der Pfarrer der Burgkirchengemeinde hier in Dreieichenhain."

Christs Augenbrauen wanderten in die Höhe. *Ein Geistlicher*, dachte er überrascht.

"Sofern Ihre Zeit es zulässt, würde ich mich gerne bald mit Ihnen treffen", bat Riedel.

"Sie können zu mir in die Flughafenstraße kommen", bot Christ an.

"In die SoKo-Zentrale?", vergewisserte sich der Anrufer.

"Ja."

"Ich könnte in zwanzig Minuten da sein", drängte Riedel.

Dass diesem Menschen etwas auf der Seele brannte, erkannte Christ sofort. "Ja, in Ordnung", antwortete er daher.

"Ich danke Ihnen", sagte Riedel, und man hörte seiner Stimme an, dass er es ernst meinte. "Bis gleich!", drang noch durch den Hörer und schon wurde aufgelegt.

Christ, den so schnell nichts aus der Ruhe bringen konnte, musste sich eingestehen, dass er schon gespannt auf das war, was ihm Pfarrer Riedel zu berichten hatte.

**Kapitel 20**
Montagmittag, zwölf Uhr neununddreißig, 28. September

Gebanntes Schweigen war von Escherslebens fasziniertem Worten, *Das könnte durchaus sein*, gefolgt.

Stein und Dosske zeigten sich genauso fasziniert von Brucatis Idee.

"Das ist es", frohlockte Dosske, während Stein grinsend nickte.

"Nur, bringt uns das zu der Tür?", zweifelte Brucati mit skeptisch nach unten gezogenen Mundwinkeln.

"Naja, der Tunnel könnte ja dahin führen, wo diese Tür ist", meinte Stein.

"Genau! Das Zeichen ist bestimmt nicht umsonst aus dem Backstein herausgemeiselt worden", war sich Dosske sicher.

"Aber bisher hat niemand diese Tür gefunden", gab Brucati zu bedenken. "Wir auch nicht", erinnerte er Stein an ihren Ausflug in die Unterwelt.

Dosske seufzte. "Ich sag's ja, es wird nix mit dem Schatz", brummte er geknickt vor dem Gemälde in Röslers Keller stehend.

Doch Brucati konnte ihm darin nur insoweit zustimmen was den Schatz von Linhart von Hagen anbelangte. "Ich glaube was der Rösler hier angehäuft hat ist an sich schon ein Schatz, vor allem die Münzen in dem Schrank."

Von Eschersleben nickte nachdenklich zustimmend, wandte sich dem angesprochenen Schrank zu und begutachtete die Münzen.

Sie waren anscheinend von Rösler nach ihrem Material geordnet. Da gab es einen Einlegeboden auf dem nur Kupfermünzen ruhten, auf einem anderen häuften sich Bronzemünzen, aber auch Messing-, Silber- und Goldmünzen konnte von Eschersleben ausmachen. Und auf einem der Einlegeböden waren die Münzen kunterbunt gemischt.

Auch Dosske warf einen Blick auf die Münzen. "Meinst du da sind welche für SECURIUS dabei?", raunte er seinem Kollegen zu.

Vor Brucatis innerem Auge erschien das einen geschliffenen Edelstein zeigende Logo der vom BKA und den Landeskriminalämtern eingerichteten Internetdatenbank für sichergestellte Kunst- und Wertgegenstände. In SECURIUS konnte jeder Bürger nach gestohlenen Gegenständen recherchieren.

"Hast du den Verdacht, dass welche von denen aus einer Straftat stammen?", fragte Brucati zurück.

Von Eschersleben, der die Fragen mitgehört hatte, entgegnete: "So einer war Herr Rösler nicht."

"Aber das hier ist schon 'ne ganze Menge", brummte Dosske mit Kopfzeigen auf die Sammlung.

Von Eschersleben nickte. "Er hat anscheinend alles gesammelt was er bekommen konnte. Ich sehe da einen Römischen Denar", sagte der Vorsitzende des Geschichts- und Heimatvereins und wies mit dem Finger auf die entsprechende Münze. "Das könnte Marcus Aurelius sein", meinte er zu dem Mann auf dem Geldstück, "der hat um 170 nach Christus regiert." Von Escherslebens Augenmerk richtete sich auf weitere Münzen. "Das hier ist ein Brakteat von circa 1200. Hier haben wir eine Münze aus dem Römischen Deutschen Reich", zählte er auf. "Aber da sind auch Münzen neueren Datums."

Dosske hatte aufmerksam zugehört. "Und was ist so etwas wert?", fragte er nun.

"Ganz unterschiedlich, von ein paar Euro bis zu tausenden von Euro", wusste von Eschersleben und besah sich weiter die Münzsammlung.

Auch Dosskes Nase hing über den Geldstücken.

"Ui!", rief von Eschersleben plötzlich erstaunt aus, und deutete auf eine der Münzen. "Das ist auch eine Römische Münze, von Marcus Antonius, ein Denar", die Worte kamen ihm fast stotternd über die Lippen.

Dosske starrte auf die Münze, von der von Erschersleben gar zu begeistert wirkte. Er fand nichts Besonderes an diesem unscheinbaren Geldstück, welches recht abgegriffen wirkte und die Seitenansicht eines pausbackigen Mannes mit großer Nase zeigte. "Und?", fragte er lapidar, "was ist so besonders an der?"

"Die ist besonders alt", gab von Eschersleben an. "Noch vor Christus geprägt."

"Das ist Silber?", fragte Dosske.

"Ja."

Dosske sah sich die Münze etwas näher an. Er konnte die ersten zehn Buchstaben, die um den Rand der Münze gelegt waren, zwar entziffern, aber nicht ihren Sinn. "Was steht da geschrieben? Man...tim...paug", begann er vorzulesen, hielt inne und fragte mit großen Augen in von Escherslebens Richtung: "Was?"

Der konnte mit seinem fast unendlich erscheinenden Wissen helfen. "Das M steht für Marcus, das ANT für Antonius, das IM für Imperator und das AUG für Augur. Also Name, Titel und Amt des Herrschers."

"War das der, der was mit Kleopatra hatte?", erkundigte sich Dosske.

Von Eschersleben schmunzelte und sah Dosske in die Augen. "Ja, so kann man das durchaus sagen."

140

"Okay, dann ist sie alt", schien nun auch Dosske verstanden zu haben. Von Escherleben nickte, konnte seine Begeisterung nicht verbergen als er sagte: "Wenn ich mich nicht irre, dann wird so eine Münze schon für einen dreistelligen Preis gehandelt."

Jetzt verstand Dosske die Begeisterung des Mannes vom Geschichts- und Heimatverein.

"Und das hier", krächzte von Eschersleben heißer, anscheinend hatte er noch eine weitere Kostbarkeit entdeckt, "das hier ist eine Griechische Münze aus etwa der Zeit um Christi Geburt." Ruckartig deutete sein Zeigefinger auf eine weitere Münze. "Und die hier, die könnte aus Ägypten stammen, aus der Zeit des Königreichs der Ptolemäer, so etwa 200 vor Christus."

"Nicht schlecht", raunte Dosske.

Während alle Schächtelchen in diesem Schrank mit Münzen gefüllt waren, zeigte sich auf dem dritten Einlegeboden von oben bei einer dieser Aufbewahrungsbehälter im Schaumstoff nur eine leere Ausbuchtung. "Da fehlt eine Münze", befürchtete von Eschersleben.

Brucati bemerkte dies nun auch. "Könnte sein", äußerte er zu der fünften Schachtel von links.

"Bei der Ordnung hier, ist das bestimmt so", meinte Dosske und fragte von Eschersleben: "Haben Sie eine Ahnung was da fehlen könnte?"

"Nein", schnaubte der Gefrage, "das weiß ich beim besten Willen nicht."

Brucati besah sich die leere Schaumstoffhülle. "Können Sie anhand des Durchmessers der fehlenden Münze vermuten was für eine Münze da herausgenommen wurde? Ich meine, der Schaumstoff scheint für jede Münze einzeln zugeschnitten zu sein, so passgenau wie die da drinliegen."

Von Eschersleben lachte kurz auf. "Nein", wiederholte er.

"Können Sie vielleicht aus den Münzen, die neben der fehlenden liegen etwas herausfiltern?", erkundigte sich Dosske, und trat selbst noch näher an die Münzen heran, um sie besser sehen zu können.

Man merkte von Escherslebens Haltung an, dass er dies bezweifelte, trotzdem nahm er die Münzen in Augenschein. Bei der links von der fehlenden liegenden, handelte es sich um eine unscheinbare Münze in deren Mitte sich ein Kreuz befand und drumherum ein paar Buchstaben.

"Dieses Kreuz", überlegte von Eschersleben und schürzte die Lippen, "das könnte ein Karolinger sein, von Ludwig dem Frommen." Sein Blick wanderte zu der Münze rechts vom leeren Schaumstoff.

"Karl König von Württemberg", las Dosske vor, was er auf dieser

Münze entziffern konnte.

"Karl Friedrich Alexander von Württemberg, der dritte König von Württemberg, das war so ungefähr in der Zeit von 1860 bis 1890. Also das ist eine neuere Münze."

"Und", sagte Dosske und fuchtelte mit beiden Händen vor dem Mann des Geschichts- und Heimatvereins, als wollte er die Aussage auffangen, die dieser gleich von sich geben würde.

Aber es kam zuerst nichts, bis von Eschersleben meinte: "Bei diesem Karolinger fällt mir nur ein, weil wir ja vorhin schon mal von Karl dem Großen gesprochen hatten, dass Ludwig der Fromme sein Sohn war. Und Karl der Große so um 792 eine Münzreform durchgeführt hat, die von der Gold- und Silberwährung hin zur einheitlichen Silberwährung führte. Es wurde der Denar oder Pfennig als die nahezu ausschließlich geprägte Münze neu eingeführt. Karl der Große hob die Goldbindung des Geldes auf, da das Gold fast nur durch den Fernhandel zu beziehen war, während Silber in Europa, nördlich der Alpen, reichlich vorhanden zu sein schien. Karl führte den Silberdenar als reichsweit geltende verbindliche Währung ein."

"Karolinger, Karl", wiederholte Dosske, "kann da eine Münze von Karl dem Großen fehlen?"

"Möglich, die gibt es. Aber von dem Namen Karl von Württemberg auszugehen um eine weitere Münze von Karl dem Großen davon abzuleiten, ist ...", von Eschersleben legte zweifelnd den Kopf schief.

*Zu sehr an den Haaren herbeigezogen*, dachte Dosske, sprach es aber nicht laut aus, wollte hingegen wissen: "Diese Münze von diesem von Württemberg, ist das auch Silber?"

"Ja."

"Und liegt die auch im dreistelligen Bereich?"

Von Escherslebens Antwort bestand in einem Schulterzucken.

"Gibt es denn hier noch teurere Münzen als diesen Denar?", fragte Dosske, dessen Augen über die vielen Münzen wanderten. "Ich meine, wenn da einer schon etwas mitnimmt, dann hätte er doch sicher eine ganz besondere genommen."

"Naja, sicher, aber ich bin absolut kein Fachmann in so etwas. Es gibt aber mit Sicherheit noch viel teurere Münzen als diesen Denar", meinte von Eschersleben.

"Noch teurer?", sagte Dosske mit interessiert geweiteten Augen.

"Ja, allemal. Es gibt Goldmünzen mit unglaublichen Werten, der Double Eagle von Saint-Gaudens aus dem Jahr 1933 zum Beispiel. Der hat einen Marktwert von siebeneinhalb Millionen Dollar."

Dosske staunte nicht schlecht. "Hatte der Rösler solch teure Münzen?"
Von Eschersleben zuckte mit den Schultern. "Woher soll ich das
wissen?" Dann schien ihm doch etwas einzufallen. "Aber ...", begann er
und zog nachdenklich die Augenbrauen zusammen. "... der Appelt, der
war, glaube ich, befreundet mit dem Rösler, zumindest sammelt der
auch Münzen, vielleicht weiß der das ja."

"Appelt", fragte Dosske nach.

"Ja, sein Vorname ist Arno."

"Der ist also ein Freund von Rösler."

"Ich denke schon. Zumindest haben die bei den Hauptversammlungen
oder auch der letzten Weihnachtsfeier zusammen gesessen", erinnerte er
sich.

"Also ist Appelt auch ein zahlendes Mitglied", flachste Dosske.

"Ja", antwortete von Eschersleben ohne lange zu überlegen.

"Und was ist dieser Appelt für ein Mensch?", erkundigte sich Dosske.

"Der? Naja!" Von Eschersleben zögerte und dann sagte er doch: "Er
wollte Faschingsprinz werden, und er wurde es. Er wollte als erster das
neue Modell eines Mercedes haben, und er fährt es. Er wollte in die
Chefetage seiner Firma befördert werden, ..."

"... und er wurde es", ergänzte Dosske, der verstanden hatte. "Arno
Appelt also", wiederholte Dosske interessiert, und seine Stimme hatte
dabei einen Unterton, der sich nach 'Ich hab' dich' anhörte.

"Aber der hat bestimmt nichts mit dem Tod von dem Rösler zu tun",
befleissigte sich von Eschersleben zu sagen. "Dafür lege ich meine
Hand ins Feuer!"

*Nach so einer Aussage musste sich schon so mancher eine Brandsalbe
besorgen*, dachte Dosske, sprach es aber nicht aus.

Es klingelte wieder an der Tür. Brucati vermutete sofort: "Pfeiffer",
und ließ die anderen alleine, um zu öffnen.

Bald darauf erschien Brucati wieder, mit dem jungen Forensiker im
Schlepptau, und beendete für ihn den informierenden Abriss dessen was
passiert war.

Pfeiffer hatte Brucati zugehört. "Okay", sagte er zu ihm und grüßte in
die Runde. "Hallo."

Dunkle Ringe zeichneten sich unter den Augen des jungen Mannes ab,
die durch seine Gesichtsblässe noch mehr hervortraten. Mit hängenden
Schultern seufzte er schwer.

"Alles klar?", fragte Stein aufmerksam in Pfeiffers Richtung.

"Ach, ich habe eben ewig auf der Hainer Chaussee in so einem blöden
Stau gestanden. Da war wohl ein Wasserrohrbruch oder irgend so etwas.

Ausgerechnet heute!", haderte er.

"Dir kann man aber auch nix recht machen", feixte Dosske und erntete dafür einen müden Blick von Pfeiffer.

Stein kam ohne Umschweife auf das, was für Pfeiffer zu tun war, und wies auf die Schuhspuren auf dem Boden, und auf die schemenhaften Fingerabdrücke auf den Schankseiten hin.

Pfeiffer sah auf die Schuhe Steins und Brucatis und dann auf die Spuren auf dem Boden. "Da sind ja wohl auch welche von Euch dabei", raunte er missmutig.

"Ja", gestand Stein ein und erklärte ihm kurz wie welche Spuren zustandegekommen waren.

"Okay, ich mach' mich ans Werk", erklärte Pfeiffer, gähnte dabei aber herzzerreissend und öffnete seinen Spurensicherungskoffer.

Kurz darauf schoss er schon die ersten Fotos der Fußspuren. "Ich hätte Fotograf werden sollen, da hätte ich geregelte Arbeitszeiten", grummelte Pfeiffer vor sich hin.

Brucati hieb ihm freundschaftlich auf die Schulter. "Ach, komm' schon, bei uns ist es doch viel schöner wie sonst irgendwo", meinte er aufmunternd und wies Pfeiffer auf das Mobiltelefon Röslers hin. "Kannst du das bitte mit in die SoKo nehmen, wenn du zurückfährst?", fragte er. "Es ist gesperrt. Kuhnert soll sich gleich mal dran machen."

Bei dem Kollegen Kuhnert handelte es sich um den Informatik-spezialisten der SoKo S, der durchaus die Fähigkeit besaß ein solches Mobiltelefon zu knacken.

"Ich gebe es weiter", erklärte Pfeiffer, legte die Kamera weg, tütete das Mobiltelefon ein, und beschriftete die Plastikfolie.

"Dann werden wir diesen Appelt mal befragen", kündigte Brucati an Stein gewandt an und drehte sich zu von Eschersleben. "Sie haben nicht zufällig eine Telefonnummer von Herrn Appelt."

Als Brucati ein "Ja" als Antwort bekam, huschte ein ganz zufriedenes Lächeln über seine Lippen.

Von Eschersleben scrollte im Display seines Handys die Nummern, bis er bei der gewünschten anlangte. "Ich nehme mal an er wird jetzt bei der Arbeit sein, ich gebe Ihnen die Firmennummer."

Brucati notierte sie. Und während er auf einem weißen Blatt seines Notizblockes mit dem Kugelschreiber die schwarze Tinte aufbrachte, staubte Pfeiffer die beiden Seiten des Münzschrankes per Fehhaarpinsel mit schwarzem Rußpulver ein, um die Fingerabdrücke sichtbarer zu machen.

Dosske erinnerte sich daran, dass Pfeiffer ihm einmal während einer

Ermittlung erklärt hatte, dass er zum Erzeugen des optischen Kontrastes zur Spurenträgeroberfläche am liebsten Fehhaarpinsel benutzte, und dieses Fehhaar aus den Schweifen verschiedener Eichhörnchen gewonnen wurde. Als Dosske, bei seinem nächsten Aufeinandertreffen mit Pfeiffer, im Spaß zu ihm gesagt hatte, "da kommt ja unser Eichhörnchen mit seinem Schweif", war das bei Pfeiffer gar nicht gut angekommen.

Deswegen enthielt er sich heute jeglichen Kommentars zur Spurensicherung in Richtung des jungen Forensikers und wandte sich Brucati zu. "Toni", sprach er ihn an.

"Hm?", brummte Brucati und sah zu Dosske hin.

"Sollten wir vielleicht diesen Typ von der Denkmalschutzbehörde informieren?", lag Dosske auf dem Herzen.

Brucati überlegte kurz. Nach dem was Frau Schneider gesagt hatte, musste irgendjemand sich dieser vielen Gegenstände hier annehmen. Und auch der Tunnel, auf den der von Rösler gegrabene stieß, fiel sicherlich in die Zuständigkeit dieses Mannes.

"Ich denke, das kann nicht schaden", ergaben Brucatis Überlegungen.

"Weisst du wo du ihn erreichen kannst?"

Dosske zog die Visitenkarte von Tretin aus seiner Gesäßtasche. "Ja!"

"Dann mach!"

Während Dosske bei Herrn Tretin anrief, zog Pfeiffer die am Münzschrank sichtbar gemachte Fingerspur mittels einer durchsichtigen Klebefolie ab und klebte diese auf eine Tatortspurenkarte.

Brucati wählte unterdessen die Nummer von Appelt und vereinbarte einen Termin.

"Wir fahren dann mal", verabschiedete sich Brucati darauf bei seinem Kollegen, als dieser sein Telefonat beendet hatte.

"Ja, macht das", entgegnete Dosske, "und wir", er deutete auf von Eschersleben und sich, "werden uns jetzt mal diesem Tunnel hier zuwenden. Vielleicht finden *wir* ja diese Tür", hoffte er, die Maglite in die Höhe reckend.

Der Mann vom Geschichts- und Heimatverein zeigte sich äußerst erfreut über diese Möglichkeit.

Pfeiffer hinderte Dosske und von Eschersleben allerdings in ihrem Vorhaben. "Lass' mich erst noch die Fußspuren hier sichern, bevor ihr mir da auch noch durchlauft", sagte er in einem für ihn ungewohnt barschen Tonfall zu Dosske.

Dosske sah ihm diesen jedoch nach. Er wusste wie lange dieser Mann inzwischen auf den Beinen war.

Pfeiffer konnte seine Arbeit in Ruhe verrichten.

Dosske bemerkte, wie sich Pfeiffers Stirn dabei in Runzeln legte. "Hast du was entdeckt?", fragte er.

"Rösler hatte Schuhgröße 41", raunte Pfeiffer ohne zu Dosske aufzusehen. "Die hier stammen von Schuhen mit Größe 45."

Über Dosskes Lippen kam nur ein Wort. "Okay."

Pfeiffer erhob sich. "So, freie Bahn", gab er den Weg in den Tunnel frei und drückte Dosske dabei seine Kamera in die Hand. "Hier, mach' da unten ein paar Fotos. Ich erspare es mir da auch noch reinzuklettern. Nach dem was Brucati gesagt hat, ist das nicht unbedingt erforderlich."

Dosske nickte und trat mit einer Bitte an Pfeiffer heran. "Kannst du vielleicht noch fünf Minuten warten? Der Tretin wollte gleich kommen. Nicht dass wir den nicht hören, wenn wir da unten sind", befürchtete er.

Pfeiffer nickte nur. Er war hier sowieso noch einen Moment beschäftigt, denn er wollte für einen DNA-Vergleich noch Haare aus einem Kamm oder einer Haarbürste Röslers sichern.

Während Dosske mit von Eschersleben in der Unterwelt verschwand, versah Pfeiffer die gesicherten Fußabdrücke, wie er es vorhin schon mit den Fingerabdrücken getan hatte, mit Ort, Datum und Uhrzeit. Der Forensiker verpackte alles und blickte sich um, wo er vielleicht noch etwas an Spuren sichern konnte. Pfeiffer entschied sich dazu, für die weitere Spurensuche, Röslers Badezimmer aufzusuchen.

Dosske und von Eschersleben sahen sich für einen ersten Überblick kurz in dem von Rösler angelegten und dann in dem alten Tunnel um. Der Gang im alten Tunnel endete jeweils an Stellen, an denen ein Einsturz jegliches Weiterkommen verhinderte. Die eine Stelle davon hatte erst heute ihre Stabilität aufgegeben. Dosske hielt alles fotografisch fest, bevor sie sich auf den Rückweg begaben.

Kurz bevor sie wieder die Leiter erreichten, vernahmen sie Stimmen aus Richtung des Röslerschen Kellerraumes. Diese veranlassten die beiden Tunnelgänger etwas schneller in die Oberwelt aufzutauchen.

Tretin war eingetroffen. Er trug einen Koffer bei sich und hatte nur den einen Wunsch, nämlich Proben der Balken im Tunnel zu nehmen. Der Herr von der Unteren Denkmalschutzbehörde stand sichtlich unter Zeitdruck. "Herr Dosske, ich habe nicht gerade viel Zeit, aber nach dem was Sie mir am Telefon erzählten, möchte ich gerne für eine Altersbestimmung Proben in diesem Tunnel ziehen und mir einen schnellen Überblick verschaffen."

"Ja, natürlich", erwiderte Dosske und gab Pfeiffer die Kamera zurück.

Auch von Eschersleben musste anscheinend zu einem Termin. Er blickte auf seine Armbanduhr. "Ach herrjeh", entfuhr es ihm hektisch, "ich muss auch los. Ich habe ein geschäftliches Mittagessen."

Dieser Termin schien Herrn von Eschersleben mehr als ungelegen zu kommen. Sichtlich nicht erfreut darüber, dass er jetzt das Feld räumen musste, gab er Tretin gegenüber seiner Begeisterung, zu dem was er hier alles gesehen hatte, Ausdruck. "Dieser Keller ist wirklich eine unfassbare Sensation!"

Tretin schien dies auf den ersten Blick bereits bestätigen zu können, denn er nickte, die Augen interessiert auf das mit den Artefakten überfrachtete Regal gerichtet.

"Das alles genaustens zu sichten, einzustufen und aufzulisten wird eine Heidenarbeit", meinte von Eschersleben. "Ich würde Ihnen gerne bei der Inventarisierung helfen", bot er sich für die Listung all der faszinierenden Artefakte an.

Tretins Augen wanderten immer noch durch den Kellerraum. Nach dem was Dosske ihm am Telefon erzählt hatte, gab es wohl keinen Verwandten, was faktisch bedeutete, dass der Staat zum Erben all dieser Gegenstände wurde, falls kein Testament etwas Gegenteiliges beinhalten würde. Somit mussten all diese ganzen Gegenstände in einem beschreibenden Verzeichnis zusammengestellt werden. Tretin überlegte bereits jetzt wie er an die vor ihm liegende Mammutaufgabe herangehen würde.

Von Eschersleben riss ihn aus seinen Gedanken. "Das alles unterzubringen wird eine diffizile Sache. Auch dabei kann ich Ihnen sehr gerne behilflich sein", packte von Eschersleben seine Hoffnung, dass er vielleicht etwas für sein Museum abstauben könnte, in Worte.

"Ich muss mir selbst erst einmal einen Überblick verschaffen" erklärte Tretin.

Irgendwie hatte diese Äußerung für von Eschersleben wie eine Abfuhr geklungen.

Doch Tretin gab von Eschersleben wieder Hoffnung. "Wie gesagt, ich bin im Zeitdruck. Ich werde mich mit Ihnen aber nochmal in Verbindung setzen."

Das hörte sich schon anders an. Anscheinend schien von Eschersleben diese Aussage zu reichen, denn er verabschiedete sich beglückt und verließ mit Pfeiffer, der inzwischen seine Sachen zusammengepackt hatte, das Haus Röslers.

# Kapitel 21
Montagmittag, zwölf Uhr siebenunddreißig, 28. September

Die zwanzig Minuten waren kaum verstrichen, als Anke Diepolder ihrem Chef auch schon Pfarrer Riedel als Besucher ankündigte.

Christ empfing ihn in seinem Büro, im fünften Stockwerk der SoKo S-Zentrale.

Pfarrer Riedel war in Zivil erschienen, das Revers seines Anzuges zierte inzwischen ein Besucherausweis der SoKo.

Christ erhob sich und reichte über seinen Tisch hinweg dem Mann, den er auf Ende fünfzig schätzte, begrüßend die Hand. "Pfarrer Riedel."

Die Hand, die Christ drückte, war feucht.

"Herr Christ, vielen Dank nochmal dafür, dass Sie mich so kurzfristig empfangen." Riedel schien wirklich erleichtert darüber.

"Was kann ich für Sie tun?" fragte Christ und bot seinem Gegenüber den Stuhl vor seinem Schreibtisch an.

Pfarrer Riedel ließ sich auf dem Stuhl nieder und atmete geräuschvoll aus. In seinen Augen steckte eine quälende Frage. "Nun …", begann er, und man merkte ihm an, dass er unbedingt etwas loswerden musste, aber verzweifelt nach dem richtigen 'Fahrplan' suchte, wie er sein Problem dem SoKo-Chef näherbringen konnte.

Der schwieg in seiner Manier.

Pfarrer Riedel schien sich ein Herz gefasst zu haben, denn mit fester Stimme fragte er: "Kann es sein, dass es sich bei dem bemitleidenswerten Menschen, den man in diesem mysteriösen Tunnel gefunden hat, um Marcel Rösler handelt?"

Doch anstatt einer Antwort bekam er von Christ eine Gegenfrage gestellt: "Wieso meinen Sie, dass er es ist?"

"Frau Schneider", der Name sagte Christ natürlich etwas, "hat gemeint, er könnte es sein. Sie waren ja auch schon in seiner Wohnung."

"Ich nicht, aber meine Kollegen", erklärte Christ, und dachte, *die Buschtrommeln in Dreieichenhain funktionieren aber gut.*

Pfarrer Riedel hing an den Lippen des SoKo-Chefs. Er wartete immer noch auf eine Antwort.

"Es besteht durchaus eine gewisse Wahrscheinlichkeit", erlöste Christ ihn schließlich. "Aber der endgültige Beweis steht noch aus."

Christ bezweifelte, dass der Mann, der ihm da gegenübersaß, ihn aus rein seelsorgerischen Gründen aufgesucht hatte. Dazu zeigte er sich viel zu nervös. Christ hingegen wartete ruhig ab, was der Kern des Besuchs des Pfarrers sein würde.

"Sie wissen womit Herr Rösler sich beschäftigt hat?", fragte Riedel mit einem gewissen Unterton, der Christ aufhören ließ.

"Auf was wollen Sie hinaus?"

Wieder atmete Pfarrer Riedel geräuschvoll aus, er räusperte sich und straffte seinen Rücken. "Herr Rösler war ein Hobbyarchäologe, dem Fortuna durchaus hold zu sein schien. Er hat das eine oder andere Finderglück gehabt."

Christ musterte den Mann ihm gegenüber. Er war immer noch nervös, tat sich offensichtlich arg schwer damit, das zu sagen was er eigentlich wollte. Seine Finger spielten miteinander, und er blickte auf sie hinab. Riedels Blick wich dem von Thomas Christ aus. In den grünen Augen des Pfarrers lag eine unausgesprochene Besorgnis, deren Grund Christ immer noch nicht erklärlich war.

"Herr Rösler hat etwas besessen, das sehr wertvoll ist", druckste Pfarrer Riedel.

Christ überlegte kurz ob er diesen nervösen Mann mit Samthandschuhen anfassen sollte, entschied sich aber dafür diese in der Schublade zu belassen. "So wertvoll, dass man ihn dafür töten würde?", warf Christ geradezu lapidar und doch provokativ ein.

Pfarrer Riedel schoss eine ungute Röte ins Gesicht, er blickte Christ mit weit aufgerissenen Augen fragend an. "Ist er denn …", Riedel schluckte hart, "… ermordet worden?"

"Die Untersuchungen sind noch nicht abgeschlossen", gab Christ wahrheitsgemäß an, denn der DNA-Abgleich, mit dem was Pfeiffer aus Röslers Haus mitbringen würde, fehlte noch.

Riedel war zu einer Salzsäule erstarrt. Nur seine Augen bewegten sich unstet.

"Pfarrer Riedel, um was geht es Ihnen?", forderte Christ mit einem gezielt genervten Unterton eine Aufklärung darüber, warum dieser Mann ihn aufgesucht hatte.

Pfarrer Riedel zögerte immer noch.

Christ wartete mit der ihm innewohnenden stoischen Ruhe ab.

"Herr Rösler hat das Fragment einer apokryphen Schrift besessen", rückte er nun endlich mit der Sprache heraus.

Christs Augen verengten sich. "Einer originalen Apokryphe?", hakte er nach.

Pfarrer Riedel öffnete den Mund, aber er benötigte einen Moment, bevor er das "Ja" über seine Lippen bringen konnte. Er hielt inne, um seinen nächsten Worten Nachdruck zu verleihen. "So etwas ist sehr wertvoll."

Christ wusste, dass Apokryphen frühchristliche Schriften waren, die nicht in den biblischen Kanon aufgenommen wurden, weil sie zum Beispiel religionspolitisch nicht in das Bild passten, oder zum Zeitpunkt der Erstellung des Kanons nicht bekannt waren, oder erst nach Abschluss des Kanons entstanden waren. Und dass es einige gab, über die sich Historiker vortrefflich streiten konnten.

"Was ist an diesem Fragment so interessant für *Sie*? Soviel ich weiß wurden, oder werden, diese ausgegrenzten Schriften doch von christlichen Theologen als Fälschungen oder Irrlehren bezeichnet", versuchte er Pfarrer Riedel aus der Reserve zu locken.

"Ja, das sind sie auch, aber jede erneut aufkommende Diskussion ...", Pfarrer Riedel suchte nach den richtigen Worten.

"... schadet", erledigte das Christ für ihn.

Ein verweifelt klingendes Lachen kam als kehliges Geräusch aus Pfarrer Riedels Mund.

"Was soll denn in diesem Fragment so beunruhigendes stehen?", wollte Christ wissen.

"Das weiß ich nicht so genau ...", druckste der Mann, der zunehmend einen nervöseren Eindruck auf Christ machte.

"Pfarrer Riedel", unterbrach ihn Christ, als er merkte, dass er seine Antwort hinauszögerte. "*Sie* sind hier damit ich *Ihnen* helfe."

Wiederholt musste der Mann tief Atem schöpfen, damit er weitersprechen konnte. "Ich bin da nur auf das angewiesen, was Herr Rösler erzählt hat. Er war sich da wohl selbst nicht so schlüssig."

Christ sagte kein Wort und wartete.

"Einmal hat er behauptet es würde darin erklärt, dass Jesus Christus nicht wesenhaft Gott sei, sondern nur ein als Gottessohn adoptierter Mensch."

"Adoptianismus?!"

"Ja."

*Und der Text auf einer originalen Apogryphe pro Adoptianismus beunruhigt Sie natürlich*, dachte Christ.

"Aber Herr Rösler hat prinzipiell Dinge zu lesen gemeint, mit denen er hanebüchene Thesen entwickeln konnte", versuchte Pfarrer Riedel die Aussagen Röslers ins Unglaubwürdige zu ziehen. "Ein anderes Mal hat er eine Verbindung des Fragments mit Außerirdischen hergestellt, was natürlich Quatsch ist", tat Pfarrer Riedel kategorisch ab.

"Mit Außerirdischen?"

"Ja, Herr Rösler hatte eine blühende Fantasie. So behauptete er, Jesus Christus sei das Endergebnis eines außerirdischen Experiments, damit meinte er die unbefleckte Empfängnis. Oder die Zeile 'aufgefahren in den Himmel' interpretierte Herr Rösler mit einem Beamstrahl, der Jesus in ein Raumschiff transportierte."

Während Pfarrer Riedel sich unverkennbar richtiggehend in Rage redete, blieb Christ gelassen aber aufmerksam.

"Oder noch besser, die Speisung der Fünftausend, mit den fünf Broten und zwei Fischen; da behauptete Herr Rösler allen Ernstes, dass die Körbe, keine Körbe gewesen seien, sondern eine Art von 3D-Druckern, mit denen Jesus so viele Fische und Brote fabriziert hätte, dass es für alle gereicht hat."

Gestik und Mimik, alles an Pfarrer Riedel verdeutlichte wie er zu diesen Ideen von Rösler stand.

"Herr Rösler suchte geradezu nach Schriften oder Bibelstellen, die er für seine Fantastereien hernehmen konnte", schnaubte Pfarrer Riedel abwertend.

Christ enthielt sich jeglichen Kommentars.

"Alles Hirngespinste", meinte hingegen Pfarrer Riedel. "Abwegige Interpretationen, die Herr Rösler aus Texten entwickelte. Trotzdem wäre eine solche Apogryphe, wie Herr Rösler sie wohl besitzt ...", Pfarrer Riedel stockte, "... besessen hat", verbesserte er sich, "ansehenswert."

"Von wem soll diese Schrift stammen?"

"Darüber hat Herrr Rösler sich nicht ausgelassen. Er hat behauptet, bei der Synode von Frankfurt, im Jahre 794, sei diese Schrift aufgetaucht und irgendjemand hätte sie vor der Vernichtung gerettet."

"Die Synode von Frankfurt?", fragte Christ. "Helfen Sie mir, was war da nochmal?"

"Die Synode von Frankfurt wurde von Karl dem Großen, damals faktisch der Lenker der Papstpolitik und der mächtigste Herrscher des Westens, einberufen. Sie stellte eine Versammlung wichtiger Kirchenvertreter dar, in der zentrale geistliche und politische Fragen erörtert wurden. Sechsundfünfzig Tagesordnungspunkte gab es damals, und der erste befasste sich mit der Lehre des Adoptianismus, was wohl die Wichtigkeit dieses Themas verdeutlicht."

Christ hörte wieder nur aufmerksam zu.

Pfarrer Riedel schien sich dadurch wohl veranlasst etwas weiter auszuholen. "Es war so, dass von Spanien die Lehre des Adoptianismus ausging. Elipandus von Toledo verteidigte die Menschheit Jesu neben seiner Göttlichkeit. In seiner adoptianischen Lehre vertrat er die Ansicht von zwei Naturen Jesus Christus, also Christus im Hinblick auf seine Menschheit 'filius adoptivus' und seine Gottheit 'filius proprius'. Und widersprach damit dem Bekenntnis der einen Person Jesus Christus."

Christ gab weiter den aufmerksamen Zuhörer.

"Die Synode von Frankfurt verurteilte daher den Adoptianismus als Häresie."

Christ gab seine Zuhörerrolle auf. "Weil sie nicht ins Bild passte."

"Der frühmittelalterliche Adoptianismus passte nicht zur römisch-karolingischen Überbetonung des Göttlichen in Christus", gab Pfarrer Riedel zu.

"Und dieses Fragment von Herrn Rösler bezieht sich nun auf was?", fragte Christ nochmals.

"Wie gesagt, ich weiß es nicht. Aber was auch immer Herr Rösler aus diesem Text herausgelesen hat, oder herauszulesen versuchte, wenn es dieses Fragment gibt, und wenn es echt ist, so ist es dennoch von großer Wertigkeit."

"Was sagten Sie, wer hat ein spezielles Interesse an diesem Fragment?", erkundigte sich Christ geschickt, obwohl er genau wusste, dass Riedel noch nichts in dieser Richtung geäußert hatte.

"Das kann ich Ihnen nicht sagen", gab Pfarrer Riedel an.

Doch sein Gesicht hatte schneller reagiert als sein Gehirn. Er schien einen Verdacht zu haben, den er aber nicht äußern wollte.

"Die ganze Menschheit", kam hingegen über Riedels Lippen.

"Nun Herr Riedel, die Sachen von Herrn Rösler werden bestimmt gesichtet werden. Und wenn mir bekannt werden sollte, dass ein derartiges Fragment gefunden wird, werde ich dafür sorgen, dass Sie informiert werden."

Das war wohl nicht die Antwort auf die Pfarrer Riedel gehofft hatte. "Danke", ließ er trotzdem vernehmen und erhob sich nach einem kurzen Zögern.

Christ reichte ihm wieder die Hand und sie verabschiedeten sich.

Für den Leiter der SoKo S stand sofort außer Frage, dass er sich um die Sicherstellung dieses Fragmentes kümmern musste. Sollte es nicht gefunden werden, konnte das ein Motiv für den Mord bedeuten. Sollte man es finden, so war es eine sehr interessante Fundsache.

Christ beschloss, sich selbst zum Haus von Rösler zu begeben und nach dem Fragment zu suchen. Allerdings gedachte er dies nicht alleine zu tun, er hatte da so eine Idee.

# Kapitel 22
Montagmittag, dreizehn Uhr zwölf, 28. September

Nachdem Pfeiffer und von Eschersleben das Haus Röslers verlassen hatten, begleitete Dosske, bewaffnet mit seiner Maglite, den Herren von der Unteren Denkmalschutzbehörde in den Untergrund.

Dosske kam sich dabei langsam vor wie ein Maulwurf, so oft wie er die letzten Stunden in irgendwelchen unterirdischen Gängen verbracht hatte. Trotzdem verließ ihn die Faszination dieser geheimnisvollen Tunnel nicht.

"Herr Tretin, hätten Sie gedacht, dass es gleich so viele Tunnel unter Dreieichenhain gibt?", fragte Dosske, während er vor dem Mann in Richtung des frischen, von Brucati verursachten, Einsturzes herlief. "Und dass dieses Mysterium überhaupt jemals zu Tage tritt?"

"Ach wissen Sie, es mögen viele Mysterien zwar reichlich fantastisch wirken, aber hier haben Sie ein Beispiel, dass es immer wichtig und auch lohnend sein kann, gemeinsam mit Historikern, Sprachwissenschaftlern und Symbolforschern herauszufiltern, was sich an brauchbaren Informationen in einem Mysterium verbirgt."

"Warum hat man denn vorher nie einen von diesen unglaublichen Tunneln gefunden?"

"Nun, Überlieferungen sind immer für eine Überraschung gut, und aus ihnen die richtigen Schlüsse zu ziehen ist keine leichte Aufgabe. Das Schwierigste ist die Interpretation, die seriös nur interdisziplinäre Wissenschaftlerteams leisten können", meinte Tretin.

"Oder jemand wie Herr Rösler", entgegnete Dosske anerkennend.

Der Mann der hinter ihm herlief schwieg eine ganze Weile zu seiner Äußerung, bis sie zu der Stelle kamen, wo der von Röslers Haus aus angelegte Tunnel auf den alten Gang stieß.

"Es ist unbegreiflich", kam wispernd über Tretins Lippen.

Er hatte auf dem Weg hier her keinen anderen Abzweig gesehen. Rösler hatte anscheinend nur diesen einen Tunnel gegraben, und sein Tunnel traf zielgenau den alten Gang.

"Wie konnte Rösler das nur wissen?", stammelte Tretin fassungslos. "Was für Quellen hatte dieser Mann?"

Dosske bemerkte einen Anflug von Neid in der Stimme des Mannes der Unteren Denkmalschutzbehörde. Die vielen Schriftstücke, die in dem faszinierenden Kellerraum oben lagen, kamen Dosske in den Sinn. Darin würde wohl irgendwo des Rästels Lösung stecken.

Sie waren weiter gelaufen und trafen schließlich an der Stelle ein, wo

Brucatis und Steins erste Erkundung jäh geendet hatte.

Tretin stellte seinen Koffer auf dem Boden ab und öffnete ihn.

"Was haben Sie nun vor", wollte Dosske interessiert wissen.

"Ich nehme Proben um das Alter des Holzes zu bestimmen", sagte Tretin lapidar.

"Proben."

"Ja. Mit Hilfe der Jahrringanalyse von diesen verbauten Hölzern kann man die Bauzeit des Tunnels bestimmen. Von Vorteil ist, dass die Hölzer hier noch eine Waldkante zeigen. Damit lässt sich das Alter sehr gut datieren."

"Waldkante?"

Tretin zeigte mit dem Finger auf die noch vorhandene Rundung des Stammes. "Wenn diese Waldkante fehlt, fehlen Jahresringe, somit wären nur Annäherungswerte möglich."

Dosske verstand.

"In der Regel ist das Fälljahr eines Baumes identisch mit dem Jahr des Einbaus", gab Tretin an.

Dosske tauchte mit diesem mysteriösen Fall der SoKo in vollkommen neue Wissensgebiete ein. Und er fand sie alle spannend.

Tretin zückte eine Akkubohrmaschine aus dem, in den Tunnel geschleiften, Koffer. Er steckte auf die Vorrichtung einen Hohlborer auf und bohrte vorsichtig in den alten Balken. Danach versah er den Bohrkern mit einer selbstklebenden Nummer, bevor er ihn vorsichtig in einem Plaktikbehälter, der mit Schaumstoff ausgekleidet war, verstaute. Nun klebte er dieselbe Nummer nochmals neben das Bohrloch und schoss mit seinem Handy ein Foto der Situation im Tunnel und von der Bohrstelle. Zum Abschluss notierte er noch etwas auf einem Block. Dieses Vorgehen wiederholte er mehrmals an anderen Stellen. "Um ein gesichertes Ergebnis zu erhalten, sind mehrere Proben zu entnehmen", erklärte er dazu.

"Und mit diesen Bohrkernen können Sie sagen wie alt dieser Baum beim Fällen war."

"Definitiv!", sagte Tretin mit Gewissheit in der Stimme.

"Das heißt Sie stellen sich hin und zählen die Jahresringe", tat Dosske seine Vorstellung, wie es weiter gehen würde, kund.

Tretin lachte kurz auf. Er erinnerte sich nur zu gut daran, wie er in der Ausbildung einmal einen Bohrkern geglättet, und danach mit einem Kontrastmittel präpariert hatte. Mit Schrecken dachte er zurück, wie er mit der Lupe jeden einzelnen Jahresring vermessen und danach die gesamten Messwerte als Zeitreihe auf Transparentfolie gezeichnet hatte.

154

Er erinnerte sich aber auch daran, wie gut er sich gefühlt hatte, als er seine Zeitreihe auf dem Leuchttisch jahrweise solange gegeneinander verschoben hatte, bis er eine optische Übereinstimmung fand und das Fälldatum nennen konnte.

Dosske hatte diese Erinnerungen wiedergebracht, worauf Tretin nun entgegnete: "Das war früher mal so. Gott sei dank, ist es heute wesentlich einfacher und nicht mehr so zeitraubend. Durch die elektronische Datenverarbeitung geht es heute wesentlich schneller."

"Bis zu welchem Jahr kann man denn das Alter eines Baumes zurückdatieren?", fragte Dosske, der die offensichtlich schon viele Male von Tretin ausgeführten Handlungen genaustens studierte.

"Wenn die Ringmuster vieler Bäume überlagert werden, entsteht eine Baumringabfolge, die sogegannte Jahrringchronologie", erklärte Tretin, ohne seine Arbeit zu unterbrechen. "Die kann viele Jahrtausende abdecken."

"Jahrtausende!?", vergewisserte sich Dosske mit erstaunt hochgezogenen Augenbrauen.

"Ja, in einigen Gebieten gibt es lückenlose Jahresringtabellen für die letzten zehntausend Jahre."

"Naja", raunte Dosske, und wies mit dem Kopf auf die beprobten Stämme, "so alt werden die hier ja wohl nicht sein."

Tretin ließ sich zu keiner Zeitäußerung hinreißen. "Mal sehen."

Der Mann der Unteren Denkmalschutzbehörde freute sich darauf das Alter dieser genommenen Proben zu enträtseln. Auch wenn eigentlich nicht er, sondern die Maschine das für ihn erledigen würde. Er konnte aber auch nicht behaupten, dass er es sehr vermisste mit der Lupe Jahresringe mit guten Wachstumsbedingungen gegen die schlechten zu unterscheiden. Er war ganz froh, dass die Datenverarbeitung nach einer charakteristischen Abfolge von schmalen und breiten Jahresringen suchen würde.

"Ich bin mal gespannt auf welches Alter wir den Tunnel datieren können", sagte Tretin. "Wir haben auch schon Proben an dem Teilstück des Tunnels am Weiher gesichert, und die Proben von hier ergänzen unser Bild."

"Sicher eine interessante Aufgabe."

"Dendrochronologische Datierungen gehören mittlerweile bei uns zum Standardrepertoire bei bauhistorischen Untersuchungen." Tretins Antwort hörte sich nach Routine an.

"Aber kann man denn so einfach den einen Baum mit dem anderen vergleichen", zweifelte Dosske.

"Ganz so einfach ist es natürlich nicht", gab Tretin zu. "Beim Wachstum von Bäumen spielen selbstverständlich auch die Lage, Nährstoffzufuhr, Konkurrenz durch Nachbarbäume, Krankheiten oder Schädlinge eine Rolle."

"Oder ein Blitzschlag", warf Dosske ein.

Tretin quittierte seinen Einwurf mit einem Schmunzeln.

"Auch die Baumart ist dabei wichtig. Tannen reagieren zum Beispiel empfindlich auf Wassermangel. Fichten sind durchaus Sensibelchen was Temperaturschwankungen angeht", zählte er auf.

Tretin packte die Bohrmaschine zurück in ihren Koffer.

Dosske, der das alles sehr genau beobachtet hatte, sagte schließlich: "Lassen Sie mir die Ergebnisse auch zukommen."

"Kann ich machen", erklärte sich Tretin bereit.

Dosske drückte ihm darauf seine Visitenkarte in die Hand. "Da steht meine E-Mail drauf."

Tretin nahm sie schweigend entgegen, legte sie in den Koffer zu den Proben und verschloss diesen. "Wenn wir hier wieder rein wollen …?"

"Dann wenden Sie sich einfach an mich", bot Dosske an.

"Ich muss leider los", erklärte Tretin und es war nicht zu übersehen, wie gerne er sich hier noch etwas umgeschaut hätte. Er schnappte seinen Koffer und lief diesmal voran.

Nachdem die beiden Männer die Leiterstufen erklommen hatten, warf Tretin einen sondierenden Blick in den Kellerraum. "Es wird Wochen dauern, bis wir das alles gelistet haben", hauchte er. Und obwohl viel Arbeit auf ihn zukommen würde, konnte man seiner Stimme die Vorfreude entnehmen.

"Das glaube ich", meinte Dosske zustimmend und brachte Tretin zur Haustür, wo er sich verabschiedete.

"Ich melde mich bei Ihnen", erklärte Tretin.

"Gut", erwiderte Dosske. Dabei fiel ihm etwas ein. "Ach, Herr Tretin", holte er ihn noch einmal zurück, und zog das Foto mit dem Zeichen auf dem Backstein aus seiner Jackentasche. "Eine Frage noch", hatte Dosske, und hielt das Foto in Tretins Blickfeld. "Sagt Ihnen dieses Zeichen etwas?"

Tretin nahm ihm das Foto aus der Hand, und warf einen Blick darauf. Es dauerte nur kurz, bis der Mann von der Denkmalschutzbehöre die Mundwinkel nach unten zog und verneinend seinen Kopf bewegte.

"Wo ist das?" wollte er wissen.

Dosske erklärte es ihm.

"Nein, das sagt mir nichts."

"Okay, danke", sagte Dosske enttäuscht, und steckte das Foto wieder ein.

"Ich muss dann los", drängte Tretin.

"Ja, natürlich", entließ ihn Dosske.

Tretin setzte sich sofort in Bewegung.

Dosske sah ihm kurz nach, bevor er die Haustüre schloß. Darauf lief der Kriminalist zurück ins Wohnzimmer, vergewisserte sich, dass alle Türen und Fenster verschlossen waren und verließ, nicht ohne einen Blick auf den sensationellen Glastisch geworfen zu haben, mit dem Hausschlüssel in der Hosentasche, als Letzter das interessante Haus in der Fahrgasse.

**Kapitel 23**
Montagmorgen, zwölf Uhr dreiundfünfzig, 28. September

Brucati und Stein waren, nachdem sie sich vor dem Haus Röslers einigermaßen von dem Staub der morschen Balken befreit hatten, zu Herrn Appelt unterwegs, der bei einem großen Pharmaunternehmen als Pharmareferent arbeitete.

Der Weg dorthin führte sie an einer Bushaltestelle vorbei. Dort stand ein Bus geparkt, der in der Zielanzeige über dem Fahrerhaus das Wort 'Pause' stehen hatte.

Brucati seufzte laut: "Man, man, man, die setzen immer so viele Busse zu dem Ort Pause ein, ich muss da auch mal hinfahren, der muss ja etwas ganz besonderes an sich haben, wenn der so beliebt ist."

Stein lachte. "Du bist definitiv in letzter Zeit zu oft mit Dosske unterwegs, der färbt echt auf dich ab."

Brucati schmunzelte, und dieses Schmunzeln blieb auf seiner Miene, bis er auf den Besucherparkplatz des Pharmaunternehmens fuhr.

"Daniel trifft sich übrigens heute Abend mit unserem Superangler", berichtete er.

"Das ist gut, wir müssen uns mal um Schäfer kümmern", meinte Stein, als sie auf das Gebäude zuliefen. "Ich glaube, den hat die Sache am Weiher ganz schön mitgenommen."

Brucati nickte, sagte aber trotzdem: "Ach unsere Frohnatur steckt das schon weg!"

Nachdem die beiden SoKo-Beamten die Hürde des Pförtners überwunden hatten, fuhren sie mit dem Aufzug nach oben. Der Aufzug hielt an und eine sehr feminine Stimme verkündete: "Achter Stock".

Doch die Türen brauchten einen Moment um sich auseinander zu schieben. Und da Brucati immer noch Steins Bemerkung zu Heinz Schäfers Gemütszustand im Sinn hatte, sagte er: "Wie würde unser Schäfer jetzt formulieren:", Brucati hatte Steins volle Aufmerksamkeit, "Schwätz' net, mach' uff!"

Hochdeutsch oder perfektes Italienisch kamen Antonio Brucati leicht über die Lippen, doch dieser Satz in hessisch wirkte etwas holprig, was Samira Stein amüsierte. Sie nickte lachend, musste aber doch mit etwas Wehmut an den leidenden Schäfer denken. Er war das Herz, die Seele der SoKo, und damit der Ausgleich zu Christ, dem strengen Vater.

Schließlich hatten sich die Türen ganz auseinander geschoben und die beiden SoKo-Beamten standen nun vor der telefonierenden Sekretärin Appelts, die mit einem erhobenen Zeigefinger aufzeigte, dass sie gleich

158

Zeit für die beiden hatte, sobald ihr Gespräch beendet war. Das Gesicht der beschäftigten Dame stellte ein geschaffenes Kunstwerk aus Botox und jeder Menge Makeup dar.

Brucati und Stein wandten sich, auf die Geste der Sekretärin hin, höflich ab, musterten dabei aber alles um sich herum mit Argusaugen.

Auf dem Sideboard hinter der Sekretärin stand eine Handtasche, an der Stein ganz klar das Dolce & Gabbana Logo ausmachen konnte. Auch das feine Kostümchen, das die Dame trug, war eindeutig aus der Collection eines Modedesigners und nicht von der Stange.

"Anscheinend bezahlt Appelt gut", flüsterte Stein ihrem Kollegen zu.

"Du meinst das laufende Duftwölkchen?", entgegenete Brucati, dem das indiskrete Parfum der Sekretärin in der Nase stach.

Stein schmunzelte.

Die Sekretärin hatte ihr Gespräch beendet und gab den beiden Ankömmlingen, nachdem sie Begrüßungsfloskeln gewechselt hatten, die Möglichkeit zu erklären was sie wünschten, und dass sie angerufen hatten.

"Nehmen Sie doch bitte Platz", säuselte die Sekretärin, worauf Brucati und Stein im weichen Leder eines Zweiersofas versanken.

"Herr Appelt hat in einer Minute Zeit für Sie", verkündete die Bilderbuchsekretärin und wandte sich wieder ihrem Telefon zu, in das sie kurz darauf sagte: "Die Herrschaften von der SoKo wären da."

Es dauerte dann aber doch etwas länger als eine Minute, bis ein Summen vom Schreibtisch die Sekretärin dazu veranlasste "Sie können jetzt durchgehen" zu verkünden.

Schon am Telefon hatte Arno Appelt sich für Brucati arrogant angehört, aber live kam er noch viel arroganter herüber. Sein Gesicht zeigte die Art von Überheblichkeit, auf die Brucati allergisch reagierte.

Appelt saß hinter seinem Schreibtisch, erhob sich nicht als die beiden hereinkamen, sondern schenkte ihnen nur einen aalglatten Grinsen.

"Was kann ich für Sie tun?", fragte Appelt unter Auslassung jeglicher angebrachter Begrüßungsfloskeln.

Er füllte mit seiner Präsenz den gesamten Raum aus, aber nicht nur mit ihr, Stein nahm den aufdringlichen Duft eines wahrscheinlich sündhaft teuren Aftershaves wahr, der mächtig in der Luft lag.

Schräg hinter Appelt an der Wand hing eine Fotografie, welche ihn in Siegerpose auf einer Yacht zeigte. In der einen Hand hielt er eine Angel, in der anderen Hand einen großen Fisch an der Schnur. Und mit genau so einer geschwellten Brust, wie auf dem Foto, thronte Appelt auf seinem Chefsessel als er mit einer lässigen Handgeste Stein und Brucati die beiden Stühle, die vor seinem Schreibtisch standen, als Sitzgelegenheiten anbot.

Die beiden folgten seiner Aufforderung. Dabei fiel Stein vor allem eines auf, hinter Appelt befand sich an der Wand ein etwa zwei Meter breites Aquarium, in dem sich farbenfrohe Fische tummelten. Einer davon stach Stein besonders ins Auge, so etwas hatte sie bisher nur im Zoo gesehen. Es handelte sich um ein quirliges etwa fünf Zentimeter großes Fischchen. Im Gegensatz zum grün-gelblichen Kopf war der Körper des Leierfischs türkis und blau gefärbt und mit unregelmäßigen orangenen Streifen durchzogen. Die Bauchflossen des Fisches schienen ständig in Bewegung zu sein. Auf dem Rücken hatte der Fisch zwei Flossen, wovon er die erste, eine deutlich verlängerte Rückenflosse, ab und an wie ein Segel nach oben aufrichtete.

Auch Brucati warf einen kurzen Blick auf das Aquarium. Es war ganz klar der Blickfang in diesem Raum, neben der Urkunde des Bachelor of Science in Naturwissenschaften, den Appelt wohl mal erworben hatte.

Dieser Mann war sich seines Auftritts sicher. Mit einer Eleganz, die für Brucati wirkte, als hätte Appelt sie vor dem Spiegel einstudiert, lächelte er die beiden Besucher gewinnend an. Offensichtlich hielt Appelt sich für besser als er es in Wirklichkeit war.

Stein verspürte auf Anhieb eine Abneigung gegen ihn.

"Möchten Sie vielleicht einen Kaffee, ein Wasser?", bot Appelt seinen Besuchern mehr formgewandt als ernst gemeint an.

Die beiden verneinten und Brucati kam gleich zum Kern der Sache.

"Wir hätten nur ein paar Fragen zu der Münzsammlung von Herrn Rösler. Sie sollen diese ja kennen."

Appelt schob seinen Stuhl nach hinten, legte seinen linken Arm lässig über die Lehne und blickte zu Brucati hin. "Das sagten Sie ja schon am Telefon", erwiderte er. "Ja, gerne."

Appelt hatte genau diese Antwort in den letzten Jahren so perfektioniert, dass sie für den durchschnittlichen Menschen durchaus glaubhaft herüberkam. Doch Brucati, mit seiner Ausbildung, erkannte, dass Appelt die beiden Worte nicht so meinte. Er erkannte den Klang dieser Art von Lüge, die Aussage war einstudiert.

"Woher kennen Sie Herrn Rösler?", begann Brucati mit seinen Fragen, während Stein sich zurückhielt und verstohlen das Büro sondierte.

"Wir sind im gleichen Verein."

Brucati unterließ die Nachfrage *Bei welchem Verein?*, die Antwort kannte er bereits. Er fragte hingegen: "Sie sind befreundet?"

"Naja, befreundet würde ich es nicht nennen, wir kennen uns eben."

"Und Sie kennen seine Münzsammlung?"

"Was heißt kennen? Er hat mir mal was gezeigt."

"Könnten Sie feststellen wenn da eine Münze fehlen würde."

"Fehlt denn eine?", fragte Appelt und griff sich an seinen gewaltigen Oberlippenbart um ihn glatt zu streichen.

"Könnte sein", antwortete Brucati ausweichend.

"Ich glaube nicht, dass ich jede seiner Münzen kenne, er hat ja so einige. Ich könnte das nicht sagen", erklärte Appelt in einem Tonfall, der vermuten ließ, dass ihn das Thema überhaupt nicht interssierte.

Stein beobachtete das Gespräch aufmerksam. Brucati quetschte Appelt aus wie eine Zitrone. Doch diese 'Zitrone' ließ sich nicht so leicht ausquetschen, und wenn 'Saft' kam, dann nur in einer Menge die Appelt wollte und die er bestimmte. Viel interessanter war für Stein eigentlich das, was er nicht sagte. Sie hätte erwartet, dass auf die Frage Brucatis, zur fehlenden Münze, von Appelt eine Äußerung wie: *Fragen Sie doch den Rösler, der wird das selbst doch am besten wissen*, gekommen wäre, aber nichts dergleichen erfolgte.

Immer noch die Ohren auf das Gespräch der beiden Männer ausgerichtet, ließ Stein ihre Blicke verstohlen durch den Raum gleiten. Das Büro Arno Appelts war augenscheinlich im papierlosen Zeitalter angekommen. Stein sah keinen einzigen Ordner, in welchem man hätte Papier unterbringen können. Entsprechend fehlte auch ein Regal oder Aktenschrank, wo man einen solchen Ordner hätte deponieren können. Wäre neben dem ausladenden Schreibtisch und den Stühlen nicht noch das schmückende Aquarium, mit seinem Unterschrank, in dem Zimmer gestanden, hätte man es geradezu als spartanisch eingerichtet bezeichnen können.

"Hat Herr Rösler Feinde?", wollte Brucati wissen.

"Was heißt Feinde? Jeder Mensch hat wohl Personen mit denen man sich nicht so gut versteht. Aber so jemanden gleich als einen Feind zu bezeichnen", wehrte Appelt ab.

"Hat er denn jemanden mit dem er sich nicht so gut versteht?", hakte Brucati nach.

"Ja …, ich weiß nicht", druckste Appelt herum.

"Nun?"

"Na ja, mit Herrn Flemming versteht er sich nicht so gut."

"Flemming?"

"Harald Flemming. Wissen Sie, die beiden haben eine ganz unterschiedliche Auffassung von dem was Geschichte bedeutet."

"Wie meinen Sie das?"

"Herr Rösler hat so eine Art von fantastischer Herangehensweise, und Herr Flemming geht immer nach ganz streng wissenschaftlich zu belegenden Tatsachen und Fakten vor. Für Hypothesen ist Herr Flemming absolut nicht zu haben." Appelt hob lapidar beide Hände. "Da geraten die beiden halt gerne mal aneinander."

Appelts Aussage wirkte, als wenn er die Streitigkeiten zwischen den beiden Genannten herunterspielen wollte.

"Weshalb genau geraten Rösler und Flemming aneinander?", hakte Brucati nach.

"Ach, Herr Rösler hat da so eine Theorie, die Herrn Flemming so gar nicht schmeckt."

"Was für eine Theorie?"

Appelt blickte auf seine Fingernägel, als würde ihn dort etwas stören. Ein langgezogenes "Nun", kam dabei über seine Lippen.

Stein bemerkte sehr wohl, dass es an den Fingern dieses Mannes nichts gab, was ihn stören konnte. Diese Fingernägel waren frisch manikürt. Ihr Gegenüber benutzte diese Geste wohl um Zeit zu schinden.

Schließlich rückte Appelt mit der Sprache heraus. "Rösler behauptet, dass Jesus ein Außerirdischer gewesen sei. Und Herr Flemming, als Mitglied der Kirchengemeinde, hat für solche Mätzchen natürlich überhaupt kein Verständnis."

Brucati blickte Appelt fragend an. "Wie kam Rösler auf diese Idee?"

"Er hat bestimmte Bibelstellen oder Texte entprechend ausgelegt", gab Appelt belächelnd an.

"Naja, Gott als E.T.! Ich kann verstehen, dass da nicht jedermann Beifall klatscht", befürchtete Brucati. "Was sollen das denn für Texte sein?"

"Der Herr Rösler besitzt wohl ein Evangelium, aus welchem er unter anderem diese Theorie herausfiltern kann."

"Evangelium?", hakte Brucati nach, "so etwas die Matthäus, Markus, Lukas und ...", er überlegte.

"Johannes", sprang ihm Stein zur Seite.

"*Das* sind die vier Evangelien des Neuen Testaments der christlichen Bibel", bestätigte Appelt. "Aber es gibt ja durchaus noch weitere, später entstandene Evangelien, die nicht zum biblischen Kanon gehören, die apokryphen Evangelien", wusste Appelt vollkommen sachlich zu berichten, bis er wieder dieses abfällige Lächeln aufsetzte und meinte: "Herr Rösler behauptet, er würde das Fragment eines Evangelientextes besitzen, aus dem man herauslesen könnte, dass Jesus von einem

Raumschiff kam."

"Und das hat Herrn Flemming so gar nicht geschmeckt", wiederholte Brucati.

"Naja, wohl nicht nur ihm", meinte Appelt schnaubend.

"Wissen Sie wo dieser Herr Flemming wohnt."

"Nein."

Jetzt übernahm Stein die Gesprächsführung. "Was ist Herr Rösler denn für ein Mensch", fragte sie.

Der Blick einer starken Frau traf Appelt und das konnte er so gar nicht ab. Er war gewöhnt, dass das vermeintlich schwächere Geschlecht zu ihm aufsah.

"Oh, sorry, aber ich spreche nie schlecht über einen Vereinskollegen", antwortete Appelt, wobei seine Miene, und wie er das sagte, alles sagte.

Stein schnaufte schwer.

Appelt musterte sie einen Moment. "Wie ich sehe, stellt Sie das nicht zufrieden", sagte er überheblich.

"Nein, weil wir hier einen Todesfall aufzuklären haben", entgegnete Stein scharf.

"Sie ermitteln in einem Mordfall?!", sagte Appelt mit überraschter Stimme. "Aber wer wurde denn ermordet?"

*Ich habe nichts von Mord gesagt*, dachte Stein, sagte aber laut: "Das wissen wir noch nicht mit Sicherheit. Deswegen ist es für uns wichtig, dass Sie uns alles sagen, was Sie zu unseren Fragen wissen."

Appelt sah sie hochnäsig an. "Naja, also gut", sprang er schließlich offensichtlich über seinen Schatten. "Wissen Sie, wir haben den Rösler immer als den Dreieicher Erich von Däniken bezeichnet", schmunzelte Appelt herablassend.

"Wieso?", fragte Stein und dachte dabei: *Warum fragt er nicht wieso wir uns gerade wegen Rösler erkundigen?*

"Weil er genau so verrückte Ideen hat wie dieser Schweizer. Er hat aus archäologischen Funden und Schriftstücken, genau wie dieser von Däniken, Thesen abgeleitet, die er wissenschaftlich nicht beweisen konnte."

"So wie diese mit dem E.T.-Jesus", erinnerte sich Brucati.

Appelt nickte.

"Sonst noch welche?", wollte Stein wissen.

"Oh, einige", sagte Appelt. "Zum Beispiel behauptet er, dass es einen geheimen Gang unter der Burg in Dreieichenhain gibt, der zu einem mystischen Versteck führt. Diese Hypothese versuchte er mit vieldeutigen Artefakten und Zeichen zu untermauern, die bei einer Ausgrabung an der Burg gefunden wurden. Aber Herr Rösler unterließ es dabei tunlichst wissenschaftlich akzeptierte Methoden anzuwenden."

Brucati und Stein wechselten einen vielsagenden Blick während Arno Appelt fortfuhr. "Und solche Visionen hat er dann auch noch ungeniert in die Welt hinausposaunt."

"Wo soll dieser Tunnel sein?", erkundigte sich Brucati.

"Ach, irgendwo an der Burg, was weiß ich."

"Herr Appelt, haben Sie nicht mitbekommen, dass man einen Tunnel an der Burg Hayn gefunden hat?", fragte Stein, und musterte aufmerksam die Reaktion des Gefragten.

"Was? Wo?", fragte Appelt vollkommen überrascht.

"Direkt an der Burg", gab Stein an.

"Aber, das ist doch vollkommen absurd", äußerte Appelt, auf dessen Gesicht Fassungslosigkeit tanzte, während seine Körperhaltung von einer stoischen Ruhe geprägt schien.

"Doch", sagte Stein, "man hat einen Tunnel gefunden."

"Herr Flemming meinte, Herr Rösler würde den Geschichts- und Heimatverein mit solchen Tunnelgeschichten in Verruf bringen, da der Verein ja doch der wahren Geschichte verpflichtet sei. Aber wenn man da jetzt … Ich weiß gar nicht was ich sagen soll", ließ Appelt verlauten, hielt sich aber nicht an seine Aussage. "Herr Flemming ist in solchen Sachen viel vorsichtiger. Er hat auch schon Artefakte gefunden, aber bis jetzt noch nicht öffentlich darüber berichtet, weil er sich noch nicht ganz sicher war, um was es sich genau handelt."

"Und dieser Herr Flemming wollte auch etwas zu einem seiner Funde veröffentlichen?", wollte Stein wissen.

"Nunja, er selbst hätte es sicher nicht an die große Glocke gehängt, wenn er so weit ist, aber jeder Wissenschaftler kennt doch einen Freund, auf dessen Indiskretion er sich verlassen kann."

*Ja*, dachte Stein, der dieser Mann immer unsympathischer wurde, *du würdest bestimmt so vorgehen.*

Brucati musterte Appelts Haltung. Während seine Kollegin offensichtlich das Frage und Antwort Ritual anwandte, nahm er sich die Ebene der Körpersprache vor. Doch Brucati bemerkte bald, dass Appelt keine unfreiwilligen Signale aussandte, da ließ sich nichts erkennen was dieser Mann nicht wollte. Und trotzdem filterte Brucati etwas heraus, das er analysieren konnte. Dieser Mensch spielte ihnen gerade ein Schauspiel vor, und zwar ein gut einstudiertes, aber Brucati erkannte es trotzdem.

Appelt konnte jederzeit den Charraker aus einer Schublade ziehen den er gerade benötigte. Den des smarten Geschäftsmannes, den des netten

Zuhörers, den der sich staatsmännisch gebenden Größe. Doch jetzt benötigte er den des unauffälligen Vereinskollegens, und der misslang ihm Brucatis Meinung nach gehörig.

Brucatis Gegenüber erinnerte sich nicht an das, was er in Bezug auf Rösler oder Flemming sagen wollte, er sagte es, weil es genau so in seinen Plan passte. Appelt zeigte nicht die geringste natürliche Stressreaktion, die wohl jeder unschuldige Mensch wenigstens andeutungsweise zeigte, wenn ein Polizeibeamter, und noch dazu einer in einem Mordfall, ermittelte.

Appelt blickte bei seinen Antworten Stein lange in die Augen. Dieser unterkühlte Blick war ein deutliches Statement ihr gegenüber. Doch Stein erwiderte lässig seinen stieren Blick.

"Ich glaube Herr Flemming war ein bisschen eifersüchtig auf Herrn Rösler, weil er sich traute seine Hypothesen in die Welt zu schreien, während Herr Flemming sich nicht traute."

"Aber deswegen bringt man ja schließlich keinen Menschen um", meinte Stein, und ließ damit durchblicken, dass es sich bei dem Toten um Rösler handeln könnte.

Doch Appelt ließ diesen Hinweis ungehört. "Nein", sagte er, aber sein Ton verriet, dass da noch mehr war.

Brucati, dem Appelts *Nein* etwas zu schnell über die Lippen gekommen war, beschlich das dumpfe Gefühl, dass dieser Mann ihnen nicht die ganze Wahrheit sagte. Seine dunklen Augen musterten Appelt argwöhnisch, als er mit zusammengekniffenen Augen fragte: "Können Sie uns sonst noch irgendetwas über Herrn Röslers Münzsammlung sagen?"

"Ich wüsste nicht was", antwortete Appelt, der sich absolut hilfsbereit zeigte.

Nun zückte Brucati das Foto mit dem Zeichen aus dem Tunnel. Aus irgendeinem Grund hielt er es für angebracht Appelt dieses zu zeigen. "Sie sprachen Zeichen an. Sagt Ihnen das hier etwas?", fragte er und legte es Appelt vor.

Dieser besah sich das Foto. "Nein", lautete schließlich seine Antwort.

Einmal mehr hatte Brucati dieses unbestimmte Gefühl, dass Appelt auch dieses *Nein* etwas zu schnell über die Lippen gekommen war.

"Können Sie sonst noch etwas zu Herrn Rösler sagen?", fragte Stein nochmals nach.

Die Antwort Appelts bestand in einem Schulterzucken. "Wissen Sie, er sammelt Münzen, und ich sammle Münzen, das ist aber auch das Einzige was uns verbindet."

Brucati reichte Appelt im Austausch mit dem Foto seine Visitenkarte. "Falls Ihnen noch etwas einfällt."

Appelt nahm sie entgegen und nickte eifrig.

Die beiden Kriminalisten verabschiedeten sich.

Auf dem Rückweg in die SoKo meinte Stein mehr zu sich selbst als zu Brucati: "Ein aalglatter Typ." Abscheu spiegelte sich in ihrem Gesicht wider.

"Ist dir aufgefallen, dass er sich nicht dafür interessiert hat warum wir gerade zu ihm gekommen sind, um unsere Fragen zu stellen?"

"Oder wo Rösler ist oder ob ihm etwas passiert ist."

"Ja, zeig' mir den, der nicht gefragt hätte, wo und wann das Tötungsdelikt, der Mord, passiert ist, und was unsere Ermittlungen schon zu Tage gefördert haben."

"Er war vielmehr damit beschäftigt diesen Flemming hinzuhängen."

Stein nickte nachdenklich. "Wenn wir nur den genauen Todeszeitpunkt wüssten, dann könnten wir nach seinem Alibi fragen."

"Bin mal gespannt was der Doc inzwischen herausgefunden hat", sagte Brucati und lenkte seinen Wagen der SoKo-Zentrale entgegen.

# Kapitel 24
Montagnachmittag, vierzehn Uhr drei, 28. September

Zurück in der SoKo trafen Brucati und Stein wieder auf Dosske, dessen Augen fasziniert gebannt an seinem Computerbildschirm hingen und etwas lasen.

"Und", sprach Brucati ihn an, "habt ihr die Tür gefunden?"

"Nee", brummte Dosske und streckte seinen verspannten Rücken. "Nur nackte Wände", klagte er.

"Schade!", seufzte Stein enttäuscht.

"Tja", sagte Dosske, und wirkte dabei gar nicht so sehr enttäuscht, "ich war mit dem von Eschersleben und dem Tretin in dem Tunnel, soweit wir konnten, also bis zu der Stelle von deinem 'Balkenkracher'", raunte er amüsiert zu Brucati hin, der sich gerade auf seinem Bürostuhl ächzend niederlies.

"Und?"

"Der *nette* Herr von der Unteren Denkmalschutzbehörde des Kreises Offenbach", sagte Dosske gestelzt, "wird mit einer dendrochronologischen Untersuchung das Alter der Holzbalken datieren, damit wir wissen, aus welchem Jahr der Balken stammt, den du da zerbröselt hast."

"Ich kann denen auch so sagen wie alt diese Balken sind", murrte Antonio Brucati tief durchschaufend, als er an den Einsturz im Tunnel zurückdachte. "Zu alt", befand er.

"Mit dem Alter der Balken meint der Tretin dann auch das Alter des Tunnels benennen zu können", fuhr Dosske fort.

"Ist jetzt noch jemand in dem Haus vom Rösler?", wollte Brucati wissen.

"Nee, Pfeiffer war nur kurz da, und die beiden anderen mussten auch weiter. Ich habe abgeschlossen, und den Schlüssel mitgenommen. Ach", entfuhr es Dosske. Er fischte den Schlüssel von Röslers Haus aus seiner Hosentasche und verstaute ihn in der Schublade seines Schreibtisches.

"Der von Eschersleben schwebt übrigens auf Wolke sieben und wird mit dem Tretin in Röslers Haus demnächst nochmal forschen."

"Na, da haben die aber einiges zu tun", raunte Brucati.

Dosske wandte sich an Stein. "Ich habe mir den Glastisch im Wohnzimmer angesehen", sagte er mit der Daumen-hoch-Geste.

"Ich hab' so etwas noch nie gesehen", säuselte Stein immer noch ganz gefangen.

"Ich schon", raunte Dosske.

"Ach ja?!", bezweifelte Stein.

"Ja, in 'Schöner Wohnen'", gab Dosske an.

Brucati misstraute seiner Aussage und tippte sich mit dem Zeigefinger an die Stirn. "Weil du so etwas auch liest."

"Ich nicht", gab Dosske zu, "aber Debby", murrte er.

Brucati konnte sich ein höhnisches Grinsen nicht verkneifen.

Deborah, die neue Freundin Dosskes hatte ihn ganz schön unter der Fuchtel, zumindest hatte Brucati diesen Eindruck gewonnen, als er mit Stein und dem Pärchen letzte Woche zusammen im Kino gewesen war.

"Die richtet wohl schon eure neue gemeinsame Wohnung ein", feixte Brucati. "Ist wohl was Ernstes mit Euch?"

Von Dosske kam nur ein Brummen.

Draußen hörte man ein Einsatzfahrzeug mit Signalhorn vorbeirasen. Dosske nutzte dies flugs um das Thema zu wechseln. "Oh, da hat wohl jemand ein Tüt-à-Tête", spaßte er.

"Magst du einen Kaffee?", fragte Stein, die sich zur Kaffeemaschine begeben hatte und Wasser in die Maschine füllte.

Nach dem Druck, den er heute Morgen verspürt hatte, erklärte Dosske entgegen seiner sonstigen Gewohnheit: "Nein danke, ich bin im Dienst."

Auch Brucati schüttelte seinen Kopf verneinend.

Dosske wies mit der Hand auf seinen Bildschirm. "Übrigens ist unser Toter der Rösler", sagte er zu dem was er kurz zuvor gelesen hatte.

Nachdem Pfeiffer aus dem Haus Röslers zurückgekommen war, hatte er die dort genommenen Fingerabdrücke mit denen des Toten verglichen. Sie hatten übereingestimmt. Bevor Pfeiffer dann etwas Schlaf suchte, hatte er noch den DNA-Test mit den gesicherten Hautschuppen und den Haaren aus einem Kamm Röslers in Auftrag gegeben, ebenso wie er Kuhnert das Handy Röslers übergeben hatte.

Diese Ergebnisse standen noch aus. Aber das Ergebnis des Fingerabdruckvergleichs hatte Pfeiffer schon über das Intranet der SoKo mitgeteilt.

"Hm", brummte Brucati, was so viel wie *das hatten wir uns schon gedacht'* bedeuten sollte.

"Aber das hier ist der Knaller", jubilierte Dosske und tippte auf seinen Bildschim.

Er hatte den Bericht Doc Wenrights zu der Todesursache Röslers gelesen und unterrichtete nun Stein und Brucati davon.

"Eine zwei Zentimeter große Qualle", wiederholte Brucati ungläubig, "hat diesen Mann getötet?"

"Ja!", schrie Dosske geradezu.

Brucatis Reaktion bestand in einem überraschten Hochziehen der linken Augenbraue. "Aber wo kam diese Qualle denn her?", fragte er. "Wir haben doch hier weit und breit kein Salzwasser."

"Das ist nicht ganz richtig", mischte Stein sich mit Bedacht ein.

Dosske sah zu ihr hin. "Also der Hengstbach führt jedenfalls kein Salzwasser", meinte er in Bezug auf das örtliche Flüsschen, das sich vom Südosten nach Nordwesten durch fast alle Stadtteile Dreieichs schlängelte.

"Nein", bestätigte Stein und verdrehte die Augen nach oben. "Aber wir beiden", sie sah zu Brucati hin, "haben gerade noch vor ein paar Minuten Salzwasser gesehen."

"Was?", fauchte Brucati ungläubig, "wo?"

"Na bei dem Appelt."

"Bei dem Appelt?"

"Ja, in seinem Büro, weißt du noch, das große Aquarium vor dem er gesessen hat?"

Ein langgezogenes "Ja", kam über Brucatis Lippen und er ergänzte zu Dosske hin: "das war ein Riesending, bestimmt zwei Meter breit."

"Das war ein Meerwasser-Aquarium", sagte Stein.

"Woher willst du das wissen?", fragte Brucati ungläubig.

"Hast du das Wasser etwa gekostet?", fragte Dosske ebenso ungläubig und herausfordernd.

"Nein", fauchte Stein zurück, die es nicht fassen konnte, dass die Kollegen ihre Aussage bezweifelten. "Da waren Anemonen drin, und Anemonenfische, und Doktorfische", zählte sie auf.

Jetzt erinnerte sich auch Brucati an die Fische, vor allem an einen orangegelben mit weißen Streifen. "Findet Nemo!", rief er aus.

"Genau", bestätigte Stein. "Und dieser Nemo und die Doktorfische und der Mandarinfisch, der da auch noch drin war, die leben nun mal im Meer, und im Meer da gibt es …!", Stein forderte die beiden Kollegen mit einer Handbewegung zur Antwort auf.

"Salzwasser", entfuhr es Brucati und Dosske fast im gleichen Atemzug.

Stein nickte. "Ich komme mir vor wie bei My Fair Lady. Mein Gott, jetzt haben sie's!", flachste die Kriminalistin.

"Hallo, ich habe das Becken doch gar nicht gesehen!", verteidigte sich Dosske. "Nur Brucati hätte das erkennen können", warf er seinem Kollegen vor.

Brucati verzog entschuldigend seine Miene.

"Aber vor lauter Salzwasser habe ich jetzt Durst", befand Dosske.

"Ich auch", gab Brucati zu.

Dosske griff neben seinen Bürotisch, aber die Flasche die er hervorholte war leer. "Ohjeh", seufzte er laut vernehmlich, und blickte Brucati bedeutungsvoll in seine wachsamen Augen. "Immer wenn ich dir in deine dunklen Augen schaue, bekomme ich Lust auf 'ne Coke", erklärte Dosske und schob witzelnd hinterher: "mit Rum!"

"Du bist im Dienst", erinnerte Stein ebenso scherzhaft und wandte sich der Kaffeemaschine zu, die artig für sie eine Tasse des koffeinhaltigen Getränks produziert hatte.

"Lass' uns knobeln, wer am Automaten 'ne Cola holt", forderte Dosske unterdessen seinen Kollegen auf und schob schon seine geschlossene Faust in Brucatis Richtung. "Auf Drei!"

Brucati hasste das, weil er seiner Meinung nach, wenn er mit Dosske knobelte, meistens den Kürzeren zog, aber es bestand immerhin die Möglichkeit, dass auch er einmal gewann. Deswegen willigte er doch ein.

Nach zweimal 'Schnick Schnack Schnuck' hatte Dosskes Schere einmal Brucatis Papier zerschnitten und Dosskes Papier einmal Brucatis Stein eingewickelt.

Das hämische Grinsen, welches sich darauf auf Dosskes Miene zeigte erwiderte Brucati mit einem enttäuschten Brummlaut.

Steins Blick wanderte gelassen von Brucati zu Dosske. Sie kannte die Plänkeleien der beiden Kollegen nur zu gut.

"Das nächste Mal gehe ich, freiwillig", erbot sich Dosske, und Brucati wusste genau um die Ernsthaftigkeit dieses Angebots, es würde doch wieder auf's Knobeln hinauslaufen.

"Bring' mir aber eine kalte mit!", ordnete Dosske geradezu an.

"Bin ich dein Lakai?", fauchte Brucati. "Kannst ja wenigstens das Wort mit den zwei T sagen."

"Aber flott", sagte Dosske, obwohl er genau wusste, dass sein Kollege 'bitte' gemeint hatte.

Man konnte auf vielerlei Art und Weise 'Du kannst mich mal' sagen, und Brucati tat dies nun im Hinausgehen in Dosskes Richtung mit einem in die Höhe gestreckten Mittelfinger.

Als Brucati wenig später mit zwei Dosen vom Automaten zurückkam, hatte Stein Dosske schon etwas von ihrem Gespräch mit Appelt, und dem was er zu Rösler gesagt hatte, berichtet.

Brucati überreichte Dosske, der entspannt auf seinem Bürostuhl saß, die Getränkedose.

"Sag mal, dieser Appelt …", begann Dosske, und riss beherzt die

170

Lasche der Dose auf. Doch das war anscheinend ein Fehler, denn die Kohlensäure in der Dose explodierte, und die Cola ergoss sich über Dosskes Hände. Seine Hose konnte Dosske gerade noch dadurch retten, dass er aufsprang, wobei sein Stuhl nach hinten umkippte. Dosske fixierte Brucati augenblicklich mit zusammengekniffenen Augen.

Brucatis "Uups", war nun seinerseits von einem hämischen Grinsen untermalt, als er von seiner Dose genüsslich die Lasche entfernte und einen großen Schluck tat.

Dosske war sich sofort sicher, dass sein Kollege das kohlensäurehaltige Getränk in der Dose wild geschüttelt hatte. "Sag mal, ist das irgend so ein GSG 9-Scheiß!", fluchte Dosske und spielte damit auf Brucatis ehemalige Zugehörigkeit zur Antiterroreinheit der deutschen Bundespolizei an.

*Nee, simple Physik*, dachte Brucati, sagte aber nichts.

"Hast du so was da gelernt!", geiferte Dosske.

"Ich kann nichts dafür", schwindelte Brucati mit gespieltem Entsetzen.

Er kannte Dosske seit etwas mehr als zehn Jahren und vermochte seine Gesten und Blicke zu deuten, und erst recht seinen Tonfall, und dieser Ton war jetzt mehr als nur ärgerlich, Daniel war stinksauer.

"Das tut mir aber leid", sagte Brucati vollkommen ernst.

Während Dosske die Zornesröte ins Gesicht stieg, wurde Stein vor Schreck blass wie die Wand.

Dosske kam als Reaktion das A-Wort über die Lippen.

Als Brucati wieder ansetzen wollte um etwas zu sagen, raunte Dosske bösartig: "Man, sei bloß still, wenn ich wieder was von dir hören will rüttle ich an deinem Käfig!"

Stein war unterdessen in die Küche am Ende des Flurs geeilt und hatte eine Rolle Zewa besorgt, die sie nun Dosske reichte. "Hier", sagte sie, und dachte: *Wie kleine Jungs!*

Dosske nahm erst einmal einen Schluck von dem was noch in der Dose geblieben war, stellte die Dose auf seinen Tisch und trocknete sich ab, bevor er sich seinem Schreibtisch und dem Boden zuwandte.

"Siehst du, so sind Kollegen", lobte Dosske den Einsatz von Stein.

"So sind Frauen", provozierte Stein die Kollegen. "Ach, wo sind sie nur alle, die netten rechtschaffenen Männer?", seufzte sie dramatisch und warf Brucati einen bösen Blick zu. Auch ihr war bewusst, wer dieses Attentat zu verantworten hatte.

"Ausgewandert", raunte Dosske trocken, während er den Boden mit den Papiertüchern trocken rieb, "und zwar ganz weit weg, ich glaub' zu Alpha Centauri, da soll es nämlich nach Berichten schön sein!"

Brucati zog eine Schnute und deutete mit ausgestrecktem Zeigefinger auf Dosske. "Genau!"

"Wirst du jetzt etwa auch zu einem Däniken für Arme?", raunte Stein, die ihm gerade von dem Vergleich Appelts mit diesem Mann und Rösler erzählt hatte.

"Sag nix gegen die Bücher von dem, ich habe auch ein paar davon gelesen", verkündete Dosske. "Und möglich ist alles", sagte er im Brustton der Überzeugung.

Abwertend verdrehte Brucati die Augen. "Dafür bin ich, glaube ich, zu sehr Realist", meinte er.

"Du", spieh Dosske, "du bist kein Realist, dir fehlt nur der Verstand um diese Bücher zu lesen."

Die ungewohnte Boshaftigkeit in Daniel Dosskes Worten zeigte, trotz des Witzes, wie sehr dieses Colaattentat ihn ärgerte. Er trocknete seine Coladose und den Schreibtisch ab und war immer noch 'auf Einhundert'.

"Apropos Realist", ergriff Stein nun das Wort und ging zwischen die beiden Streithähne, "ich werde mal zum 'Beobachter' fahren und versuchen, dass ich über Pfitz in das Archiv von denen sehen kann. Tante Luise und Onkel Paul meinten nämlich, sie hätten vor langer Zeit in einem Zeitungsbericht mal was über einen geheimen Tunnel der Burg gelesen."

"Meinst du die Presse-Sherlockine kann dir helfen?", fragte Dosske, der seinen Wutspiegel wieder nach unten gefahren hatte, und den Berg von benutzten Papiertüchern im Papierkorb verschwinden ließ.

"Ja", antwortete Stein voller Zuversicht. "Auf dem Rückweg fahre ich auch noch bei Frau Meyer vorbei."

Während Brucati wissend nickte, fragte Dosske. "Warum das denn?"

Stein unterrichtete ihn kurz.

"Ja, ja, die Bilder dieser Welt", seufzte Dosske.

"Gib mir mal bitte das Foto von diesem Zeichen aus dem Tunnel", forderte Stein, die sich eine Kopie davon ziehen wollte.

Dosske langte auf seinen Schreibtisch und reichte es ihr.

Stein legte das Abbild des Zeichens vor den Einzugsschacht des Druckers, und der Drucker zog die Fotografie brav ein, aber anstatt des Ausdruckes kam ein Stein nur zu bekanntes Geräusch vom Drucker.

"Oh, wir brauchen Papier", erkannte sie dazu. "Ich geh' schnell in die Materialausgabe und hole welches."

"Lass' mal", sagte Dosske und sprang auf", "das mache ich für dich", erklärte er mit Seitenblick auf Brucati.

"Wie komme ich denn zu der Ehre", fragte Stein.

"Ach", seufzt er, "ich wollte schon immer eine tragende Rolle in deinem Leben spielen."

Konfrontiert mit Dosskes wieder zutage getretener unübertroffener Lebenslust stieß Stein einen tiefen süßen Seufzer aus.

Und Brucati meinte trocken: "Wohl eher eine tragische als tragende Rolle."

Dosske hob die Schultern, verdrehte die Augen und setzte sich in Bewegung.

Doch bevor er die Tür erreichte wollte Brucati von ihm wissen: "Hast du *ihn* schon von dem unterrichtet was bei Rösler und von Eschersleben war?"

Dosske war sofort klar, dass sein Kollege mit *ihn* Christ gemeint hatte.

"Nee, ich hatte mich erst mal selbst auf den neusten Stand gebracht."

„Dann sollten wir ihn informieren", empfahl Brucati.

„Hat Dreieich fünf Stadtteile", gab Dosske schlagfertig zurück, für den das eine wie das andere außer Frage stand.

"Komm' Daniel", schaltete Stein sich ein, "unterrichte du unseren Schweiger, bevor er fragen muss", explizierte sie. "Ich hole mir das Papier selbst. Aber danke für dein Angebot."

"Immer doch gerne", gab Dosske galant an, und übernahm die ihm zugewiesene Aufgabe. Er lief hinüber zu Christs Büro und schritt durch die offene Tür. "Chef."

"Ja", antwortete Christ, ohne von seinem Schreibtisch auf, und Dosske anzusehen. Er notierte gerade etwas auf einem Zettel.

Dosske wartete den Moment.

Als Christ von einem Schriftstück aufblickte, unterrichtete Dosske ihn von den neusten Entwicklungen.

"Herr von Eschersleben und Herr Tretin waren also in dem Haus von Rösler, und dem Tunnel darunter?", fragte Christ nach.

Beunruhigt hatte Dosske den Unterton in Christs Stimme vernommen.

"Nun, das Haus Röslers ist ja kein Tatort im üblichen Sinne. Pfeiffer hatte die Spuren gesichert", rechtfertigte er sein Vorgehen.

Christ bemerkte, dass Dosske sich die Hände rieb. Er war sich aber sicher, dass Dosske dies nicht aus einer Verlegenheit heraus tat. Aufmerksam erkannte er einen kleinen verräterischen Punkt auf Dosskes Handrücken.

"Haben Sie dort irgendein altes Schriftstück gesehen?", wollte Christ wissen, dem die Worte Pfarrer Riedels immer noch im Kopf umherschwirrten.

"Da lagen jede Menge alte Sachen herum", gab Dosske mit einem beeindruckten Schnauben an. Er überlegte, ihm kam wieder der Tisch in der Mitte des Kellerraumes in den Sinn. "Doch, da lagen einige Blätter, aber das waren, glaube ich, Notenblätter. Wir haben denen keine weitere Bedeutung zugemessen, und die Stapel daher nicht durchgesehen."

"Übernimmt Herr Tretin die Inventarisierung von dem was in dem Keller ruht?"

"Ich denke schon, aber heute wohl nicht mehr. Er war im Zeitdruck, hat wohl noch irgendwelche Termine, und hat nur ein paar Proben von einem der Holzbalken genommen", berichtete Dosske.

Als er geendet hatte, meinte Christ: "Haben wir noch Zugang zu dem Haus?"

"Ja", berichtete Dosske, der wusste, dass der Hausschlüssel Röslers drüben in seiner Schreibtischschublade lag.

"Gut."

Dosske kannte Christ lange genug um zu erkennen, dass dieser gerade etwas ausheckte. Er sah seine Vermutung auch sogleich bestätigt.

"Sagen Sie mal, dieser Mordechai von Eschersleben scheint ja ganz gut in der Geschichte bewandert zu sein und sich auszukennen."

Dosske nickte.

"Ist er vertrauenswürdig?"

"Ich denke schon", antwortete Dosske. "Warum?"

"Ich hatte Besuch von dem Pfarrer der Burgkirchengemeinde, und er hat mir von etwas berichtet, wozu ich gerne mal mit diesem Herrn von Eschersleben sprechen würde."

Christ unterrichtete Dosske über das Telefonat und das anschließende Gespräch mit Pfarrer Riedel.

Dosske runzelte die Stirn und schürzte die Lippen. "Wie gesagt, da lag einiges an altem Zeug herum, auch mehrere von solchen Schriftrollen", gab er an und vollführte dabei mit seinem Zeigefinger eine drehende Bewegung. "Da kann durchaus so etwas dabei sein", ahnte er.

"Mehrere?", fragte Christ nach.

Dosske nickte. "Allerdings!"

"Ich glaube wir müssen Herrn von Eschersleben nochmal bemühen", brachte Christ das zum Ausdruck, was er nach dem Besuch von Pfarrer Riedel gedacht hatte, als er beschloss nicht alleine in das Haus Röslers zu gehen.

Christ hatte in seiner SoKo S zwar einen erstklassigen Pool von Fachleuten, aber direkt für solch eine Sache wie Altertumsforschung hätte er keinen seiner Kollegen mit entsprechendem Sachverstand benennen können. Von Eschersleben schien die perfekte Ergänzung zu sein, und

174

Christ scheute sich nicht auf seine Hilfe zuzugreifen.

Christs Sekretärin brachte ihrem Chef einen Tee. "Willst du auch einen?", bot sie Dosske an.

Das *Willst du mich vergiften*, konnte Dosske gerade noch so herunterschlucken als er Christs Augen auf sich ruhen sah. Dosske wusste welches Bohai der Teeliebhaber Christ immer mit seinem Tee hatte. So kam ihm nur ein "Nein danke" über die Lippen.

Frau Diepolder entfernte sich wieder.

"Meinen Sie, er würde sich mit uns heute nochmal bei dem Haus von Rösler treffen?", fragte Christ.

"Er hat sich bisher absolut hilfsbereit gezeigt", meinte Dosske.

"Dann rufen Sie ihn an. Wir beide fahren jetzt nochmal zu dem Haus und er soll da auch hinkommen", ordnete der SoKo-Chef an.

Dosske nickte bestätigend. Ihm war bewusst, dass ein Schriftstück, wie von Christ beschrieben, selbst wenn es sich nur um ein Fragment handeln sollte, immens wertvoll war und gesichert werden musste, sofern es sich in dem Haus befand.

Dosske setzte sich in Bewegung, um hinüber zu seinem Arbeitsplatz zu laufen, dabei sah er auf seine Armbanduhr und blieb stehen. "Aber bis acht sind wir dort fertig?!", insistierte er leise in Christs Richtung.

"Wieso?"

"Ich hab' um acht einen Termin", gab Dosske kleinlaut an.

Aus der Art und Weise wie Dosske gefragt hatte, ergab sich für Christ die Wichtigkeit des Termins. Entweder er traf sich mit Brucati oder einem anderen Kollegen, wahrscheinlich in deren Lieblingskneipe 'Bei Johnny', oder er war mit seiner neuen Freundin verabredet. Christ war nicht entgangen, dass es in Dosskes Leben in Bezug auf den Status mal wieder eine Veränderung gegeben hatte.

"Das sehen wir dann", war alles was Christ entgegnete.

Dosske war sich durchaus bewusst, was diese Äußerung bedeutete. Er kehrte zu seinem Arbeitsplatz zurück, wo er einen mürrischen Brucati vorfand.

Während Dosske bei Christ geweilt hatte und Stein zum 'Beobachter' gefahren war, hatte Brucati versucht Herrn Flemming ausfindig zu machen. Vergebens.

**Kapitel 25**
Montagnachmittag, fünfzehn Uhr neunzehn, 28. September

Stein war zur Redaktion des 'Beobachter' gefahren. Sie hoffte darauf die Fotojournalistin Vivian Pfitz dort anzutreffen, die ihr sicher weiterhelfen würde, was die von Tante Luise und Onkel Paul angesprochene Geschichte anbelangte.

Samira Stein und Vivian Pfitz verband inzwischen eine Freundschaft. Nach ihrem ersten Zusammentreffen, Anfang des Jahres, wo Pfitz in die Ermittlungen der SoKo S bezüglich Professor Dalheimer geraten war, waren sich die beiden Frauen zufällig beim Einkaufen begegnet und hatten beschlossen gemeinsam Kaffee zu trinken. Und das war nicht der letzte gewesen, den die beiden seitdem zusammen geleert hatten.

Sie trafen sich immer mal wieder, und umschifften dabei die Klippe über ihre Berufe zu sprechen, allerdings nur soweit, wie es nicht Pfitzs Kollegen Quaid und Steins Kollegen Brucati und Dosske anbelangte. Ansonsten sprachen Sie über das, über was Frauen halt so sprechen, wenn sie sich treffen.

Auf dem Weg zum 'Beobachter' dachte Stein daran wie Pfitz ihr damals, bei der ersten Begegnung, die Visitenkarte ihres Kollegen Steve Quaid mit der Telefonnummer des 'Beobachter' gegeben hatte, auf deren Rückseite sie später Pfitz Namen und deren Telefonnummer notiert hatte. Heute benötigte sie diese Visitenkarte als Hilfe nicht mehr, die Telefonummer von Vivian Pfitz hatte sie inzwischen in ihrem Handy gespeichert und so verinnerlicht, dass sie diese auswendig wählen konnte, auch wenn sie heute darauf verzichtet hatte.

Stein war auf gut Glück zu Pfitzs Arbeitsplatz beim 'Beobachter' gefahren und hoffte die Freundin dort anzutreffen. Und Stein hatte dieses Glück, denn als sie sich in der Redaktion Pfitzs Schreibtisch näherte, saß sie wirklich hinter diesem.

"Hi", rief Stein.

"Hey, was machst du denn hier!", sagte Pfitz, und sprang auf um Stein zu begrüßen. "Was für 'ne Überraschung!"

"Überraschung kann ich nur zurückgeben", sagte Stein verblüfft, als ihr die neue Haarfarbe auf Pfitzs Kopf auffiel.

Sie hatte von roten Haaren zu schwarzen gewechselt.

"Du verfährst wohl auch nach dem Motto: Auf und im Kopf sollte es nie langweilig werden", meinte Stein.

"Genau!", lachte Pfitz herzlich.

"Ist total ungewohnt", sagte Stein, die ihre Augen gar nicht von der

Veränderung ihrer Freundin lassen konnte. "Was sagt Quaid dazu", wollte Stein wissen.

"Der hat nix dazu zu sagen", antwortete Pfitz mürrisch.

Stein verstand, diese Veränderung gefiel Quaid nicht.

Die Freundin wusste, dass Steve Quaid die langen roten Locken von Pfitz mochte, und nicht nur die. Die beiden Journalisten mochten sich, und es war mehr als nur mögen. Von Pfitz wusste Stein es, und bei Quaid hatte sie oft genug entsprechende Anzeichen gesehen. Aber irgendwie konnte keiner von beiden über seinen Schatten springen und dem anderen seine große Liebe erklären, obwohl es für alle anderen klar auf der Hand lag. Dass einer von beiden mal die Frage nach dem Zusammenziehen und Zusammenleben stellte war längst überfällig.

"Sag' mal, wird das endlich mal was mit Euch?", fragte Stein daher ernüchtert und sich des problematischen Verhältnisses der beiden durchaus bewusst.

"Da kannst du noch so googeln, eine Antwort auf diese Frage wirst du nicht finden", seufzte Pfitz.

Stein schmunzelte.

Pfitz beugte sich näher zu ihr hin und füsterte: "Weisst du, es ist schon komisch, aber ich fetze mich lieber mit ihm, als dass ich mit einem anderen Kollegen in Harmonie zusammenarbeite."

Stein schnaubte. Sie konnte sich immer noch nicht über die plötzliche Farbveränderung auf Pfitzs Kopf beruhigen. "Ich habe dich doch am Sonntag an der Burg gesehen, da ist mir deine neue Farbe gar nicht aufgefallen", sagte Stein mehr zu sich selbst, und versuchte sich an den Moment zurückzuerinnern, wo sie ihrer Freundin kurz zugenickt hatte.

"Da hatte ich eine …", begann Pfitz.

"… Mütze auf", vervollständige Stein ihren Satz, als ihr der Moment wieder in den Sinn kam.

"Aber auch ohne Mütze hättest du sie nicht sehen können, denn da hatte ich sie noch nicht", gab Pfitz zu. "Ich war erst heute Morgen beim Friseur."

"Ah!"

"Ja. Nachdem was da gestern an der Burg passiert ist, musste ich mal recherchieren."

Stein runzelte die Stirn. "Beim Friseur?!"

"Ja", bestätigte Pfitz lächelnd und rezitierte einen Zweizeiler: "Kannst du Klatsch gut leiden, dann lass dir doch die Haare schneiden."

Stein schmunzelte über das ganze Gesicht.

"Ich musste doch mal hören, was an der Burg so los war. Aber seit diesem Friseurbesuch habe ich Kopfschmerzen. Du hast nicht zufällig 'ne Aspirin dabei?"

"Nein, leider nicht."

"Ich muss mal Zinndorf fragen, der hat meistens so etwas bei sich."

"Apropos Burg", begann Stein. "Du, deswegen bin ich hier. Mein Onkel hat mir von einem Zeitungsartikel berichtet, der von mysteriösen Geschehnissen an der Burg berichtet hat. Er wusste nicht mehr genau wo er das gelesen hatte und um was es ging. Und …"

"… da hast du dir gedacht, ich schau mal bei Vivian vorbei, die kann mir da sicher helfen."

Stein war aufgefallen, dass Pfitz bei dem Wort Burg einen schnellen Blick auf ihren Bildschirm geworfen hatte. Die Kriminalistin folgte dem Blick ihrer Freundin und las dort die Headline 'Der Mythos lebt!'. Anscheinend befasste sich Pfitz auch gerade mit dem Thema Burg Hayn.

Stein grinste.

Auch um Pfitzs Augen zeigte sich ein Lächeln, denn es gab eigentlich nichts, was dagegen gesprochen hätte ihre Informationen der SoKo zugänglich zu machen.

Journalist Quaid hatte inzwischen die Besucherin entdeckt und kam zu den beiden Frauen herüber. Er begrüßte Stein freundschaftlich. Und sofort nach der Begrüßung fragte er: "Was sagst du zu Vivians Haaren? Schrecklich oder?!", sagte er herausfordernd.

"Ungewohnt", entgegnete Stein, die sofort merkte, dass sie hier auf keinen Fall noch mehr Öl ins Feuer gießen sollte.

"Ich sag' dir nochmal, dass ich mit meinen Haaren machen kann was ich will", fauchte Pfitz, und funkelte ihn aus ihren grünen Augen an.

"Pha! *Du* musst doch damit rumlaufen. Mach doch was du willst!", keifte Quaid mit einer wegwerfenden Handbewegung zurück.

Eine für Stein unbehagliche Pause entstand.

"Hast du sonst noch etwas?", gab Pfitz spitz von sich.

"Nö. Ich wollte nur Samira *Hallo* sagen", schleuderte er ihr entgegen.

"Na, das hast du ja jetzt getan. Ich muss ihr jetzt jedenfalls bei ihren Ermittlungen helfen", gab Pfitz an, sprang auf und versuchte Quaid mit ihren Händen wie eine lästige Taube zu verscheuchen.

"Nur weil du einmal im Wald herumgestolpert bist, und zweimal Cluedo gespielt hast, bist du noch lange keine Kriminalistin", raunte Quaid garstig, während Pfitz ihm mit ihren Händen vor dem Gesicht herumwedelte.

Quaid wandte sich, ohne auf Pfitz Handlung zu achten, wieder Stein zu und setzte eine verträglichere Miene auf. "Stimmts!?"

Nun konnte Stein sich trotz des heftigen Streitgesprächs der beiden ein leichtes Schmunzeln nicht verkneifen. Sie wusste, die beiden liebten sich auf innige Art und Weise, auch wenn sie noch so wie Feuer und Wasser waren. Stein sagte keinen Ton, nur ihre Mundwinkel.

Und Pfitz, die Quaids Blick gefolgt war, und auch an Steins Miene hing, begann nun ebenfalls zu Lächeln, genau wie Quaid.

"Hm", brummte Quaid, schnappte Pfitz und legte ihr seinen Arm um die Taillie.

Stein dachte einmal mehr, dass dieser Arm da einfach hingehörte, sagte aber nichts.

"Glaub' mir, mit so einer Blitzlichtgranate hat man es nicht einfach!", sagte Quaid in Steins Richtung, und drückte Pfitz einen dicken Kuss auf die Wange.

Wenn er Pfitz im Arm hatte, fühlte sich das einfach so richtig für ihn an. Quaid konnte ihr nie lange böse sein. Er schenkte Pfitz noch einen heißen Kuss auf den Mund, und die Gedanken, die in ihm aufstiegen unterdrücke er schnellstens, und ließ sie nicht weiter aufkommen.

Nachdem ihre Lippen sich wieder gelöst hatten, schnappte Pfitz nach Luft und ihre Wangen mit den vielen Sommersprossen erröteten.

"Ihr beiden steht euch in nichts nach", befand Stein trocken. "Ihr passt einfach perfekt zusammen!"

Quaid strahlte über das ganze Gesicht.

"Ihr hört euch an wie ein altes Ehepaar, und seid doch mal ehrlich, ihr könnt doch gar nicht ohne den anderen!", brachte Stein es auf den Punkt. "Ihr befindet euch einfach in einer schwierigen Phase."

Stein war bewusst, dass die beiden das gleiche Schicksal teilten und bereits einmal geschieden waren. Sich nach so einem einschneidenden Erlebnis erneut in das Abenteuer einer festen Beziehung zu begeben war sicher nicht einfach.

"Schwierige Phase, was denn für eine schwierige Phase?", raunte Pfitz immer noch aufgebracht.

"Na, ihr wisst doch, was die drei am schwierigsten auszusprechenden Dinge sind", begann Stein und hatte die Aufmerksamkeit der beiden Streithähne auf sich vereint. "Ich liebe dich, es tut mir leid, und bitte hilf mir", zählte sie an drei Fingern ihrer Hand auf.

"Findest du?! Pah! Ich finde das nicht!", gab Pfitz immer noch die Verschnupfte, während Quaid sich ihr näherte und ihr kleinlaut ins Ohr flüsterte: "Dir steht jede Haarfarbe."

Quaid zog Pfitz an sich und ihr mürrischer Gesichtsausdruck schmolz buchstäblich dahin. "Ich liebe dich", hauchte sie.

"Ich dich auch", gab Quaid mit einem breitem Grinsen im Gesicht zurück, und schob doch noch aufmüpfig hinterher: "Manchmal."

Pfitz hieb ihm mit dem Ellenbogen in die Seite.

"So gefällt ihr mir schon besser", schmunzelte Stein. "Dann wäre das ja endlich mal geklärt!"

Mit keinem Geld der Welt konnte man sich das erkaufen, was Pfitz und Quaid für einander empfanden. Auf dem Gesicht der beiden lag wieder ein Strahlen.

"Es tut gut Euch *beide* lächeln zu sehen", sagte Stein mit unumwundener Zufriedenheit in der Stimme.

Quaids Telefon klingelte. "Man sieht sich", warf er Stein zu und entfernte sich.

"Und jetzt zu dir", sagte Pfitz, und zog Stein den verwaisten Stuhl des Kollegen vom Nachbartisch heran, "was willst du wissen?"

Stein setzte sich und berichtete was Tante Luise und Onkel Paul erzählt hatten.

"Das war bestimmt vor meiner Zeit", erkannte Pfitz. "Ich frage mal ZZ", kündigte Pfitz an und lief hinüber zu Chefredakteur Zacharias Zinndorf. *Vielleicht hat der auch was gegen meine Kopfschmerzen*, dachte sie hoffnungsvoll.

Stein sah Zinndorf durch die große Glasscheibe, die sein Büro von dem Gemeinschaftsbüro, in dem Stein nun wartete, abtrennte. Der Mann mit den ergrauten Schläfen saß an seinem, wie immer mit Papieren überladenen, Schreibtisch. Stein hatte das Gefühl, dass, seit sie ihn das letzte Mal gesehen hatte, auch das Grau in seinem einst gewaltigen schwarzen Vollbart einen erheblichen Schlachterfolg gegen die dunkle Farbe errungen hatte.

Der Chef des 'Beobachter' warf gerade schlecht gelaunt das Telefon auf die Ladestation, als Pfitz den Kopf zur Tür hereinsteckte.

"Boss, hast du etwas für Kopfschmerzen da?", fragte sie zuckersüß.

"Nein, hier nicht, aber zuhause, drei Kinder!", sagte er unwirsch.

"Aha." Pfitz wusste sofort, dass es zuhause bei Zinndorf mal wieder Stress gab und deswegen seine Frau angerufen hatte. So war das Beste, was sie machen konnte, wieder zu verschwinden, sofort trat sie den Rückzug an.

"Vivian!", hielt Zinndorf sie zurück.

"Ja."

"Was ist los? Warum hast du Kopfschmerzen?", fragte Zinndorf geradezu fürsorglich. Und als Pfitz nicht gleich antwortete hakte er nach: "Quaid oder Stein?" Er winkte begrüßend durch die Scheibe nach draußen zu der Kriminalistin. Er hatte ihr Kommen sehr wohl registriert.

"Du bist immer so aufmerksam", lobte Pfitz ihren Chef.

"Sag' das mal meiner Frau!", raunte Zinndorf mürrisch und musste darum ringen, sich auf das Gespräch mit Pfitz zu konzentrieren. "Nun", forderte er Antwort auf seine Frage.

"Nein, die beiden können nichts für meine Kopfschmerzen", erklärte Pfitz. "Stein hat von ihrem Onkel eine Geschichte gehört, die dieser aus der Zeitung erfahren hatte, und wollte Infos dazu. Aber das war wohl vor meiner Zeit, mir sagte das nichts. Ich dachte, dass du vielleicht ..."

"Schick' sie rein", sagte er kurzerhand.

Zinndorf war stets darum bemüht, es sich mit niemandem zu verscherzen, schon gar nicht mit der Polizei, man wusste ja nie!

Pfitz wandte sich um, doch Zinndorf hielt sie erneut zurück. "Vivian."

Sie blickte ihn an, und seine Miene wirkte sehr ernst.

"Ich will nicht, dass du oder Steve euch nochmal so in Gefahr begebt wie das letzte Mal, als ihr mit Stein zusammengearbeitet habt!", sagte er eindringlich.

Pfitz sah ihm in die Augen. "Keine Angst, wir haben dazugelernt und passen schon auf!", erklärte sie.

Seine Züge verhärteten sich. "Ich meine das ernst!"

Sie brach den Blickkontakt ab und signalisierte mit einem Seufzer ihre Kapitulation. "Ich hole dann mal Stein."

Pfitz Handzeichen genügte und schon erschien Stein in Zinndorfs Tür.

Ein Lächeln umspielte ihren Mund. Niemand vermochte sich Steins Charme zu entziehen, wenn sie dieses Lächeln aufsetzte.

Auch Zinndorf setzte eine strahlende Miene auf. "Nun Frau Stein, da müssen Sie wohl heute mal mit mir vorlieb nehmen", säuselte er.

"Aber immer doch gerne", erwiderte Stein höflich.

"Ja", begann Zinndorf optimistisch, "dann sehen wir mal was ich für Sie tun kann."

Stein unterrichtete ihn auf die Schnelle von der erzählten Geschichte der Verwandten.

Zinndorf legte den Zeigefinger über seinen Mund und seine Nase und blickte gen Himmel. Als er den Zeigefinger wieder wegnahm, sah er Stein an und sagte: "Ja, ich kann mich noch erinnern. Oh Gott, das ist aber schon 'ne ganze Zeit her, das war noch vor der Zeit wo wir alles digitalisiert haben. Da müssen wir ins Archiv." Zinndorf erhob sich. "Auf in den Keller", meinte er. "Kommen Sie ruhig mit."

"Gerne."

Im Kellergeschoss angekommen ließ Zinndorf die Neonröhren an der Decke des Flures aufflackern.

Stein fielen die vielen Rauchmelder auf, die an der Decke hingen. Jeweils dort wo eine Tür vom Flur abging war einer der Alarmgeber angebracht. *Bei dem vielen Papier, das hier wohl lagert, ist diese Vorsichtmaßnahme sicher sinnvoll*, überlegte Stein.

Zinndorf schloss den ersten Kellerraum auf und wandte sich einem Karteikartensystem zu, in welchem er blätterte. "Dann lassen Sie uns mal schauen, ob wir was finden", raunte er. Und als es etwas dauerte, sagte er: "Ich muss da unbedingt mal jemanden dransetzen, der auch die ganz alten Karteikarten digitalisiert. Wissen Sie, ich wollte das die ganze Zeit schon mal jemanden tun lassen, aber irgendwie ist da nie die Zeit dazu."

*Und keiner wird sich um diese Arbeit reißen*, dachte Stein, sprach es aber nicht laut aus.

"*Das* sieht gut aus", brummelte Zinndorf in seinen Bart, und ließ die Karteikarte, zu der er dies gebrummt hatte, zurück in den Kasten gleiten. "Mai 1987. Da weiß ich doch wo wir hinmüssen", gab er an, und wies mit der Hand zurück in den Flur. Dort öffnete er eine weitere Tür und betrat mit Stein den Raum.

Der Geruch von altem Zeitungspapier und abgestandener Luft schlug ihnen entgegen. Lange Regalreihen standen in dem Raum. Auf jedem Regalbrett standen Kisten in der Größe von Umzugskartons. Vorne auf den Kisten standen Monats- und Jahreszahlen.

Zinndorf orientierte sich, zog eine dieser Kisten heraus und stellte sie auf den Boden. Er hob den Deckel ab und durchstöberte die Zeitungsausgaben, wobei er jeweils einen Blick auf das Erscheinungsdatum in der oberen linken Ecke warf.

"Da haben wir sie ja schon", sagte er und zog die bestimmte Ausgabe heraus.

Steins Neugier äußerte sich in einem nervösen Räuspern.

Zinndorf blätterte bis zu der Stelle, die er suchte. "Hier haben wir den Artikel", rief er aus, und breitete die Zeitung zwischen seinen Händen aus. "Das müsste ihr Onkel gemeint haben."

Stein stellte sich neben Zinndorf und las ebenfalls was dort unter der Headline 'Überraschender Fund bei Sanierungsarbeiten am Bergfried' zu lesen war.

Der Artikel begann damit, dass er kurz in die Geschichte zurückblickte und davon berichtete, dass der Runde Turm gegen Ende des 12. Jahrhunderts von den Herren von Hagen-Münzenberg nicht nur als

182

Machtsymbol sondern auch als letzter Zufluchtsort der Burgbewohner errichtet worden war. Von der beeindruckenden Größe des Bergfrieds, als einer der größten, der jemals in Deutschland erbaut worden war, wurde berichtet.

Und dann kam der Artikel zum Kern der Sache, dass man nämlich bei Sanierungsarbeiten an dem sechzehneckigen Gewölbe des ehemaligen Verlieses auf einen unterirdischen Abgang gestoßen sei, der aber leider verschüttet war. Man war der Sache deswegen nicht weiter nachgegangen.

"Das ist dort gewesen, wo man heute standesamtlich heiraten kann", vergewisserte sich Stein, dass sie den richtigen Ort zu dem Artikel im Sinn hatte."

"Ja, glaube schon."

Stein zeigte sich leicht enttäuscht, das war nicht das was sie erhofft hatte.

Zinndorf verstaute die Zeitung wieder an ihrem Platz und wuchtete die Kiste zurück auf das Regal.

"Kennen Sie vielleicht noch einen anderen Artikel, der sich mit der Burg und unterirdischen Gängen in der Altstadt beschäftigt."

Zinndorf schüttelte verneinend den Kopf. "Ich habe eben beim Durchsuchen der Kartei nichts weiter entdeckt."

Stein schnaufte. "Na gut, dann danke ich Ihnen für ihre Hilfe."

"Sie hatten sich Hinweise für ihren aktuellen Fall erhofft", hakte Zinndorf nach.

"Ja. Irgendeinen Hinweis auf diesen Tunnel am Weiher."

"Vielleicht hat dieser verschüttete Abgang ja dahin geführt", überlegte Zinndorf.

"Möglich", meinte Stein entmutigt.

"Aber das", Zinndorf deutete mit dem Kopf auf die zurückgestellte Kiste, "hilft Ihnen nicht weiter", erkannte er fast mitleidig.

Nun schüttelte Stein den Kopf.

Mit diesem Nein verließen die beiden das Archiv des 'Beobachter' und liefen die Treppen hinauf in die Redaktion.

"Man wird doch jetzt sicherlich diese blockierende Einsturzstelle im Tunnel beseitigen und weiterforschen", erkundigte sich Zinndorf.

"Ich nehme es an."

"Gibt es denn schon etwas Neues zu dem Toten?", versuchte Zinndorf sein Glück. Ihm war klar, dass Stein sich bedeckt halten würde, aber der Versuch war ja nicht strafbar.

"Das ist alles noch sehr unkonkret", gab Stein an.

Zinndorf musste sich damit zufrieden geben, zumal sie wieder bei Vivian Pfitz angelangt waren, und er aus seinem Büro das Telefon klingeln hörte.

"Danke nochmal", rief ihm Stein hinterher, als er sich in Richtung seines Telefons davon machte.

Zinndorf hob nur die Hand und setzte seinen Weg fort.

"Und, seid ihr fündig geworden?", erkundigte sich Pfitz.

"Nein."

"Schade", sagte Pfitz mit aufrichtiger Enttäuschung in der Stimme. "Das hätte ich vielleicht für meine Story brauchen können."

"Leider kann ich dir da nicht weiterhelfen."

"Ach, macht nichts", erklärte Pfitz und zwinkerte Stein zu. "Ich lass' mir eine schöne Story doch nicht durch die Wahrheit verderben!"

Genau wissend wie Pfitz es gemeint hatte, sagte Stein grinsend mit entsetzt geweiteten Augen: "Du bist gut!"

"Das weiß ich!", gab Pfitz ebenso grinsend zurück.

"Du, ich muss wieder los", äußerte Stein.

"Wir müssen uns bald mal wieder treffen!"

"Versprochen."

Die beiden drückten sich zum Abschied.

Während Pfitz wieder auf ihrem Stuhl Platz nahm, um weiter an dem Artikel über die Burg Hayn zu arbeiten, verließ Stein mit hängenden Schultern die Redaktion des 'Beobachter', sie hatte sich von dem Besuch hier mehr erhofft.

# Kapitel 26
Montagmittag, fünfzehn Uhr sechsunddreißig, 28. September

Dosske hatte Herrn von Eschersleben erreicht. Er hatte zugesagt auch zum Haus von Rösler zu kommen, worauf Christ mit Dosske dort hingefahren war.

Nach dem was Pfarrer Riedel dem SoKo-Chef erzählt hatte, wollte Christ unbedingt selbst nachschauen, ob in diesem unglaublichen Keller etwas Derartiges wie das Fragment einer Apogryphe zu finden war.

*Vielleicht finden wir das Tatmotiv in dem Nichtvorhandensein des Fragments einer Apogryphe*, dachte Christ, als er mit Dosske auf das Haus des Ermordeten zulief.

Und nicht nur sie liefen auf das Haus zu, von Eschersleben kam zeitgleich mit den beiden SoKo-Beamten an.

Dosske stellte Christ dem Mann vom Geschichts- und Heimatverein vor. Das Händeschütteln der beiden fiel durchaus freundlich aus.

Dosske öffnete, mit dem in Verwahrung genommenen Schlüssel, die Tür zu Röslers Haus, ließ die beiden Männer passieren, um dann selbst die Schwelle des ehemaligen Lebensbereichs des Toten zu übertreten.

Kurz bevor er die Tür wieder schloss, bemerkte Dosske, wie sich am Fenster des gegenüberliegenden Hauses die Gardine bewegte. *Frau Schneider*, dachte er.

Christ und von Eschersleben standen neugierig im Flur und warteten auf Dosske.

"Wir müssen in den Keller", erklärte dieser und lief voraus.

Die beiden Männer folgten ihm.

Kurz darauf bekam der SoKo-Chef den unglaublichen Kellerraum das erste Mal zu Gesicht, und selbst jemandem wie ihm merkte man an, welche Faszination von diesem Raum ausging. Obwohl alles hier sauber und gepflegt wirkte, atmete dieser Raum doch das Alter der von ihm beherbergten Gegenstände aus.

Der von Brucati herausgezogene Schrank stand immer noch abseits und ließ den freien Blick in den Tunnel zu.

Christ blickte hinein, er und von Eschersleben sprachen über den Tunnel allgemein und das, was von Eschersleben vermutete, was er darstellte. Allerdings verzichteten beide darauf sich in den Tunnel zu begeben.

Als Christ seinen Blick auf das Gemälde an der Wand heftete, erklärte von Eschersleben: "Das ist wahrscheinlich Linhart von Hagen."

Christ nickte, das war ihm aus Dosskes Schilderung bekannt.

"Er ist allerdings nicht der Grund, warum ich Sie nochmal bat hier herzukommen", sagte Christ, worauf von Eschersleben an seinen Lippen hing.

Dosske trat an den Stapel von Blättern auf dem Tisch in der Mittes des Raumes heran und schnappte sich ein obenauf liegendes Blatt, um einen Blick darauf zu werfen.

"Es soll hier, im Haus von Herrn Rösler, ein Schriftstück geben, das sehr wertvoll sein soll. Und ich wollte Sie bitten, uns bei der Suche und Identifizierung dieses Schriftstückes behilflich zu sein", rückte Christ nun mit der Sprache heraus.

Mit allem hatte von Eschersleben nach Dosskes Anruf gerechnet, aber nicht mit so etwas. "Aha", war alles was er sagen konnte, wobei seine nach unten geklappte Kinnlade unten blieb.

"Es soll sich dabei um das Fragment einer sogenannten Apogryphe handeln", erklärte Christ ohne Umschweife.

Ein Lächeln huschte über das Gesicht des Mannes vom Geschichts- und Heimatverein. "Oh ja, Rösler und seine geheimnisvollen Hinweise", gab von Eschersleben von sich.

Christ und Dosske lasen sofort an dem Gesichtsausdruck ihres Gegen- übers ab, dass das Thema, um welches es hier zu gehen schien, von ihm belächelt wurde.

"Sie wissen schon, dass man Herrn Rösler gerne als den Dreieicher von Däniken bezeichnete."

"Jetzt ja", gab Christ an.

"Nun, wenn ich offen sprechen darf ...", begann von Eschersleben.

"Ich bitte darum", forderte Christ höflich.

Der SoKo-Chef beäugte Herrn von Eschersleben und schätzte ihn ab. Er hatte sich erhofft, dass dieser Mann noch ein paar Informationen zu Herrn Rösler von sich geben würde, denn unter dem, was es bisher an Auskünften zu dem Toten gab, hatte Christ noch kein eindeutiges Tatmotiv herausfiltern können.

Der Mann, der dem SoKo-Chef gegenüberstand, wirkte auf den ersten Moment etwas fahrig, mit seinen zerzausten, in die Stirn gekämmten, braunen Haaren. Die Augen darunter kündeten von Humor, und sein strahlend weißes Lächeln machte ihn sympathisch. Spätestens wenn von Eschersleben den Mund aufmachte, kam noch eine weitere Fassette dieses Menschen hinzu, sein unglaubliches Wissen um nicht zu sagen seine Weisheit. Von Eschersleben schien jedes seiner Worte nur gut überlegt von sich zu geben.

"Man hat Marcel Rösler schon manchmal so ein bisschen als Spinner abgetan", sagte von Eschersleben abgeklärt.

Christ wollte natürlich wissen, worauf dieses 'bisschen' sich bezog. "Warum?", fragte er.

Von Eschersleben atmete tief ein. "Anders als die Teilnehmer, die damals, bei dem vom römischen Kaiser Konstantin einberufenen ersten Konzil von Nicäa, ein Bekenntnis zur Wesenseinheit Christi und des Vaters abgaben. Also: *Wir glauben an den einen Gott, den Vater, den Allmächtigen, den Schöpfer alles Sichtbaren und Unsichtbaren. Und an den einen Herrn Jesus Christus, den Sohn Gottes, der als Einzigge-borener aus dem Vater gezeugt ist, das heißt: aus dem Wesen des Vaters, Gott aus Gott, Licht aus Licht, wahrer Gott aus wahrem Gott*", zitierte von Eschersleben und fuhr fort: "glaubte Rösler eben nicht an diesen Einen. Er hatte die Hypothese, dass Jesus ein Außerirdischer war."

Von Escherslebens Ausführungen veranlassten Christ augenblicklich zu einer weiteren Frage. "Und was berechtigte ihn zu dieser Annahme?"

"Nun, er argumentierte, die in den Schriften beschriebenen Stimmen aus dem Himmel, Lichter aus dem Nichts, ohne Kerze oder Lampe, wären von außerirdischen Raumfahrern erzeugt worden."

"Wer's glaubt", zweifelte Dosske mit schräggelegtem Kopf.

"So etwas schien den bodenständigen Menschen von damals schon als zu phantastisch als wahr zu sein", meinte von Eschersleben, "und des-wegen verwarf das Konzil von Nicäa die Richtigkeit solcher Schriften, in denen so etwas behauptet wurde. Aber einige Menschen überlieferten eben doch das Unglaubliche", berichtete von Eschersleben, und blickte zu Christ und ihm direkt in die Augen.

Thomas Christ hatte sich mal wieder mit seiner Aura des stoisch Schweigsamen umgeben.

"Die Apogryphen ändern die gesamte Sicht auf die Geschichte des Christentums", fuhr von Eschersleben ernst fort. "Ja, man kann sogar soweit gehen zu sagen, dass diese *vergessenen* Evangelien das gesamte Fundament des christlichen Glaubens in Frage stellen."

"Hm", gab Christ von sich. Er grübelte, ob Rösler so eine Schrift besessen haben könnte, und wie viele es davon gab.

Als wenn von Eschersleben seine Gedanken erraten hätte, sagte er: "Bis zum Jahr 200 nach Christus sollen circa fünfzig Evangelien entstanden sein."

"Und Herr Rösler könnte eines dieser Evangelien besessen haben?" fragte Christ.

Von Eschersleben hob als Antwort die Schultern.

"Haben diese Schriften etwas mit diesem Gnostizismus zu tun?", fragte Dosske, der in seinen Erinnerungen einen Zusammenhang zu erkennen sah.

"Gnostiker suchten, oder suchen, eine direkte Beziehung zu Gott und somit sind für sie Priester und Bischöfe überflüssig, und deren Autorität nichtig. Seit dem Konzil von Nicäa gelten die vier Evangelien nach Matthäus, Markus, Lukas und Johannes als genehm, und die gnostischen Evangelien als unerwünscht", ließ von Eschersleben sein immenses Wissen weiter sprudeln, "auch wenn sie damals gelesen wurden und beliebt waren", schob er hinterher.

Dosske nickte versonnen.

"Der Druck der offizielen Kirche war zu groß und die einmal gefällte Entscheidung definitiv. Was heute für die Kirche vielleicht den Verlust von mehr Mystik bedeutet", meinte Mordechai von Eschersleben geradezu grüblerisch.

"Geschichte wird nun mal von den Siegern geschrieben, und die wollten ihre Lehre wohl auf Vernunft und Schrift aufbauen", raunte Dosske.

"Ja, aber diese Apogryphen tauchen immer wieder auf", wusste von Eschersleben. "1896 das Evangelium der Maria Magdalena, das mit der Radiokarbonmethode auf das fünfte Jahrhundert datiert wurde. *Engel und Dämonen begegnen einem bei der Reise der Seelen*, sagte Maria Magdalena, was wieder Futter für Röslers 'es gibt Außerirdische' war."

"Aber im fünften Jahrhundert hat *die* Maria Magdalena doch gar nicht mehr gelebt!?", raunte Christ.

"Richtig, man vermutet, dass es eine gnostische Christin war, die diese Schrift erstellte."

"Hm", brummte Christ. *Geschichte wird durch Geschichten überliefert. Wenn sich eine andere durchgesetzt hätte, wäre vielleicht sie heute die Richtige*, dachte er.

"Schauen Sie, Herr Christ, die Bibel, wie wir sie heute kennen, entstand ja auch erst etwa dreihundert Jahre nach Christus Tod, und der Mann der sie festlegte, Kaiser Konstantin, verfolgte damit ein Ziel", von Eschersleben unterstrich seine nächsten Worte mit einer harten Handbewegung, "kontrovere Darstellungen waren nicht erwünscht."

"Hm."

"Rösler hingegen suchte geradezu nach solchen Schriften, die er entsprechend auslegen konnte. Das Petrusevangelium, zum Beispiel, schildert die Auferstehung, alle anderen verlieren übrigens kein Wort über die Auferstehung selbst, und bei Petrus heißt es: *Drei Menschen*

*kamen aus dem Grab, zwei stützten den dritten. Sie fuhren gen Himmel.*
Das soll ein Augenzeugenbericht von Petrus sein, und für Rösler sind die Drei, die gen Himmel fuhren, natürlich per Beamstrahl oder im Raumschiff in den Himmel gefahren."

"Beam me up, Scotty", warf Dosske in Anlehnung an eine beliebte Science Fiction Serie, in welcher man mittels eines Beamstrahls reiste, ein.

Von Eschersleben nickte, "Ja, in etwa so", und fuhr fort: "Wissen Sie, wollte man damals etwas mitteilen, was man als wichtig erachtete, so schrieb man es unter dem Namen einer bekannten Autorität, um der Schrift Gewicht zu verleihen."

"Sie meinen, selbst die klassischen Evangelien könnten eventuell nicht von den großen Namen geschrieben worden sein", fragte Christ mit nachdenklich verengten Augen.

Von Eschersleben nickte bedächtig. "Eher von ihren Schülern", lautete sein Resümee. "Aber wie auch immer, ich denke, in so manchem niedergeschriebenen biblischen Wunder steckt ein realistischer Kern."

"Und Rösler sammelte solche Werke?"

"Ich glaube ja, zumindest war er begeistert von philosophischen, alchemistischen oder astrologischen Schriften, aus denen er etwas Mystisches herausfiltern konnte", antwortete von Eschersleben. "Aber die liegen ja nicht so einfach auf der Straße", gab er zu bedenken.

"Das heißt, wenn er so ein Original besessen hätte …", begann Christ vorsichtig.

"… dann wäre alleine das schon eine kleine Sensation gewesen", gab von Eschersleben zu.

"Aber warum hätte er mit so etwas hinter dem Berg halten sollen?", fragte sich Dosske und legte das Blatt, das er immer noch in den Händen hielt, auf den Tisch zurück.

"Ich bin mir sicher, wenn er eine originale Apogryphe besessen hätte, dann hätte er das an die große Glocke gehängt und sie allen gezeigt", antwortete von Eschersleben mit einer Selbstsicherheit in der Stimme, die seine Aussage unterstrich.

"War denn Herr Rösler ein Gnostiker?", fragte Christ schließlich.

Von Eschersleben überlegte einen Moment. "Möglich", räumte er ein. "Gnostiker verstehen sich als Wissende, und gewusst hat Rösler so einiges. Nach seinem Verständnis verfügte er über ein Geheimwissen, das ihn von den übrigen Menschen abhob. Dazu würde schon passen, dass er das Fragment einer Schrift besaß, die wohl nicht ganz auf der Linie des Konzils von Nicäa lag."

"Konzil von Nicäa?", sagte Dosske fragend.

"Man muss sich das so vorstellen, in einer kleinen Stadt in der Nähe von Istanbul lässt Kaiser Konstantin der Erste, der das Christentum als stabilisierenden Faktor seines Kaisertums benutzen möchte, so etwa dreihundert Bischöfe mit ihrem Gefolge zusammenkommen, um den Streit um das Wesen Jesu zu beenden. Und heraus kommt als Ergebnis das Nicänische Glaubensbekenntnis, das durchaus unter dem Einfluss Konstantins stand, der sich als 'Bischof der Bischöfe' verstand. Dieses Konzil legte eine Einheit auf religiösem und politischem Gebiet fest. Die Bischöfe sagten, du musst die Bibel lesen und nicht die anderen Schriften. Das Evangelium Magdalenas, Judas oder Petrus zeigten eine andere Gläubigkeit, ein anderes Christentum, das als gefährlich galt", erklärte von Eschersleben.

Dosske nickte mit geschürzten Lippen. Man sah wie es hinter seiner Stirn arbeitete. Seine Kinnpartie wirkte angespannt, als er den weiteren Ausführungen des Mannes vom Geschichts- und Heimatverein lauschte.

"Diese Schriften waren sozusagen im Untergrund verschollen, bis sie wieder gefunden wurden. Mit der von Petrus fing es im Jahre 1868 an, und es sollten viele weitere Schriften folgen."

"Man hat diese unterdrückten Evangelien also sozusagen wieder ans Licht gebracht", raunte Dosske.

"Ja. Man hielt diese Schriften schon für Legenden, weil es Konstantin zufolge diese nicht geduldeten Evangelien nicht mehr gab", erzählte von Eschersleben und wandte sich Christ zu. "Das Thomasevangelium ist übrigens ein faszinierendes Dokument für Gnostiker."

Christ nahm das was der Mann ihm erzählte nickend zur Kenntnis.

"Aber ob man den Rösler als Gnostiker bezeichnen kann? Ich weiß es nicht", kam von Eschersleben auf Christs Frage zurück. "Auf jeden Fall würde ich ihn aber als Anhänger der Prä-Astronautik bezeichnen", behauptete er. "Diese Pseudowissenschaft, die als glühende Verfechterin der Theorie gilt, dass außerirdische Intelligenzen die Erde besucht und die menschliche Zivilisation beeinflusst haben, war ja genau Röslers Ding."

Christ verarbeitete das Gehörte und meinte dazu: "Aber der Prä-Astronautik wird von seiten der Natur- und Geisteswissenschaften unterstellt, dass deren Verfechter historische Texte oder auch religiöse Überlieferungen nur auszugsweise lesen, dabei diese für sich interpretieren und vor allem den kulturellen Kontext außer Acht lassen."

Von Eschersleben schmunzelte. "Ja, sonst funktioniert es ja nicht."

"Ich bin der Meinung, dass dabei einfach die kulturelle oder auch geistige Schaffenskraft der frühen Menschen unterschätzt wird", erwog Dosske. "Man greift einfach zu hochtechnisierten Außerirdischen, die alles anstoßen und voranbringen, wenn man nicht gleich eine plausible Erklärung für eine kulturelle oder technologische Entwicklung findet."

"Aber ist denn die Schöpfungsgeschichte nicht genau dasselbe?", warf Christ ein. "Auch da hat das Eingreifen einer höheren Macht den Aufstieg des Menschen erst ermöglicht", gab er zu bedenken.

"Wie auch immer", seufzte von Eschersleben nachdenklich. "Rösler hat jedenfalls solche Ideen, wie die, dass Fabelwesen oder Götter, die Menschen begegnet sind, Außerirdische waren, befürwortet. Seine Beweise zog er aus Felszeichnungen oder überlieferten Texten. Er hat seine archäologischen Arbeiten, die er in dieser Richtung durchführte, wirklich als ernstzunehmende Wissenschaft angesehen."

"Er hat gezielt in diese Richtung gearbeitet?", fragte Christ nach.

"Ja, durchaus."

"Wie muss ich mir das vorstellen?"

"Nun, er suchte zum Beispiel nach archäologischen Objekten, die ihren Ursprung dem direkten oder indirekten Einwirken außerirdischer Wesen verdanken könnten."

"Was vielleicht gar nicht so schwer sein dürfte, weil bei manchen Artefakten ja auch etablierte Natur- und Geisteswissenschaftler unterschiedliche Interpretationsvarianten anbieten", überlegte Christ.

"Nicht nur unterschiedliche, manchmal auch gegensätzliche", ergänzte von Eschersleben. "Aber die Frage ist doch für jede Behauptung, wo ist der Beweis? Handelt es sich um eine Fehldeutung, oder ist es ganz und gar eine schöne Lügengeschichte, was da aufgetischt werden soll?"

Dosske seufzte nickend. "Damals gab es halt noch keinen Fotoapparat, kein Handy, mit dem man hätte etwas dokumentieren können."

"Eben", stimmte von Eschersleben sofort zu. "Es bleiben nur Felszeichnungen oder überlieferte Texte, um die Frage, wo unsere Wurzeln liegen, zu klären."

"Ein Thema, das wohl niemanden kalt lässt", meinte Christ.

"Genau wie diese Frage nach dem wohin wir gehen", warf von Eschersleben ein.

"Na, irgendwann auf den Mars", brummte Dosske. "Wenn ich mir vorstelle, dass der erste Mensch, der irgendwann mal den Mars betreten wird, heute wahrscheinlich schon geboren ist, dann ist das …", ihm fehlten momentan die Worte.

"Unglaublich", ergänzte von Eschersleben. "Genau so unglaublich, wie der Außerirdische, der vielleicht vor vielen Jahren bei uns war.

Aber das ist alles eine Frage der Interpretation."

"Und der Beweise", raunte Dosske. "Für den ersten menschlichen Marsspaziergang wird es sicherlich unwiderlegbare Aufzeichnungen geben."

Von Eschersleben wiegte seinen Kopf. "Denken Sie nur an die erste Mondlandung und deren Ungläubige", wandte er ein.

"Verschwörungstheoretiker wird es immer geben", meinte Christ für ihn fast ungewöhnlich nachdenklich.

"Auch bei einer Marslandung wird sich sicherlich wieder etwas finden lassen", zeigte sich Dosske gewiss.

"Im Prinzip lassen sich ja jetzt schon menschliche Spuren auf dem Mars finden", berichtete von Eschersleben.

Darüber wollte Daniel Dosske mehr wissen, und von Eschersleben befriedigte sein "Wie?"

"Nach einer Berechnung, die ich vor kurzem gesehen habe, haben wir bereits insgesamt achttausendvierhundertunddrei Kilogramm Material von der Erde auf den Mars geschickt", sagte er.

"Was?", fragte Dosske ungläubig.

"Zum Beispiel die russischen Lander Mars 2 und Mars 3 mit jeweils tausendzweihundertundzehn Kilogramm Gewicht, was auf dem Mars übrigens nur vierhundertsiebenundfünfzig Kilogramm sind, wegen der geringeren Anziehungskraft, und vieles mehr", gab von Eschersleben an.

Jetzt verstand Dosske was der Mann gemeint hatte. "Futter für die Verschwörungstheoretiker", brummte er.

"Das wird sich wohl nie ändern, egal ob neue Aufzeichnungen oder alte", stimme von Eschersleben nickend zu.

"Und alte Aufzeichnungen oder Fragmente gibt es genug, in denen sich Mysterien verbergen", wusste Christ.

"Mir fällt da spontan das Voynich Manuskript ein", sagte Dosske.

"Zum Beispiel", antwortete von Eschersleben, und sein Blick ging dabei in die Ferne.

"Mich beschäftigt durchaus die Frage, was denn schon gefunden wurde, und was man davon der Allgemeinheit gar nicht zugänglich macht", raunte Dosske.

"Das ist wieder ein anderes Thema", sagte von Eschersleben, der plötzlich sehr schweigsam erschien.

"Aber kommen wir auf das Fragment von Herrn Rösler zurück", sagte Christ. "Wissen Sie um welches Fragment es sich dabei handeln könnte?"

"Nein, beim besten Willen nicht. Er hat immer aus allem ein großes Geheimnis gemacht. Sehen Sie sich nur diesen Kellerraum und seine Schränke an." Von Eschersleben hielt inne. "Was eigentlich wieder zu einem Gnostiker passen würde", sinnierte er.

"Warum?"

"Gnostiker schätzen die Mystik, suchen ihr Heil im Geheimwissen", verdeutlichte er.

"Hm", überlegte Christ.

"Auf der anderen Seite ging Rösler aber mit seinen Thesen über die gelandeten Außerirdischen wiederum geradezu verschwenderisch um." Von Eschersleben schüttelte den Kopf und meinte beklagend: "Jetzt im Nachhinein muss ich gestehen, dass Rösler ein faszinierender Mensch war. Nach dem was ich in diesem Keller gesehen habe, wusste er Dinge und besaß er wohl Dinge, die unglaublich sind."

"Und Herr Rösler hat nie etwas verlauten lassen von welcher Schrift dieses Fragment stammt, auf das er sich für seine These bezog?"

"Bei mir jedenfalls nicht", sagte von Eschersleben kopfschüttelnd. Dabei schien ihm etwas einzufallen. "Aber wissen Sie wen Sie dazu auch mal befragen könnten", sagte er. "Den Michael Hanke, der ist auch immer ganz begeistert gewesen von Röslers Theorien."

"Michael Hanke", fragte Christ nach, der sich den Namen in sein Notizbüchelchen notierte.

"Ja. Der Rösler hat manchmal mit dem, und dem Appelt, zusammen gesessen", erinnerte sich von Eschersleben. Er schnaubte durch die Nase, als ihm offensichtlich etwas durch den Kopf ging.

Christ richtete einen fragenden Blick auf von Eschersleben.

"Der Hanke und der Appelt sind wie eineiige Zwillinge", bemerkte er darauf. "Aber ich glaube der Hanke ist zurzeit in Urlaub. Ich habe ihn in den letzten Tagen schon ein paarmal angerufen, aber leider nie erreicht. Wissen Sie, wir hatten doch vor vierzehn Tagen unser Hayner Burgfest, und er hat immer noch den Schlüssel für das Kämmerchen", beschwerte sich von Eschersleben.

"Dann werden *wir* mal versuchen mit Herrn Hanke Kontakt aufzunehmen", äußerte Christ und blickte zu Dosske hin.

Der nickte nur, er hatte verstanden. "Sie haben nicht zufällig die Telefonnummer von Herrn Hanke?", fragte er von Eschersleben.

"Nein, die habe ich leider nicht in meinem Handy gespeichert."

"Kennt Herr Hanke sich denn mit solchen alten Schriften aus?", erkundigte sich Christ.

"Das weiß ich nicht, aber vielleicht weiß er was Rösler da besessen hat."

"Und ob es ein Original ist", raunte Dosske.

"Das ist einfach nachzuweisen. Mit der Radiokarbonmethode kann man das Fragment jederzeit testen. Anhand des Papyrus, der Tinte und auch der Schrift selbst, kann man das Alter feststellen", merkte von Eschersleben an.

"Vielleicht hat Herr Rösler genau das ja gescheut", ahnte Christ.

"Falls wir dieses Teil hier finden, können wir das ja veranlassen", sagte Dosske, der erneut ein Blatt Papier nahm und es zu lesen versuchte.

Auch Christ trat an den Tisch mit den Schriftstücken heran. "Ja, Herr von Eschersleben, wie gesagt, das ist der Grund warum ich Sie bat nochmals hier herzukommen", sagte Christ. "Sie werden am ehesten erkennen, wenn es hier so etwas zu finden gibt."

Von Eschersleben blickte sich im Kellerraum um. Sein Blick wanderte von dem überladenen Tisch in der Mitte zu den Regalen, wo sich ebenfalls Blättersammlungen und Schriftrollen befanden. "Das hat ja schon so ein kleines bisschen etwas von der Nadel im Heuhaufen", meinte er und atmete tief ein. Trotzdem schritt er beherzt zu dem Tisch hin, nahm eines der Schriftstücke hoch und überflog die ersten Zeilen.

**Kapitel 27**
Montagnachmittag, sechzehn Uhr siebzehn, 28. September

Nach ihrem Besuch beim 'Beobachter' fuhr Stein, einen kurzen Zwischenstop in einem Blumengeschäft einlegend, zu ihrer Nachbarin in die Asklepios Klinik nach Langen.

Frau Meyer schien sich wirklich sehr zu freuen, als sie Stein, mit einem Blumenstrauß in der Hand, und ein "Hallo Frau Meyer" von sich gebend, in der Tür ihres Krankenzimmers erblickte.

"Frau Stein! Das ist aber schön, dass Sie mich besuchen", sagte Frau Meyer sichtlich aufrichtig.

Die Frau mit den grauen Haaren hatte das Krankenzimmer für sich alleine, das Bett neben ihr zeigte sich mit einer dünnen Klarsichtfolie bedeckt und verwaist. Ein bisschen Unterhaltung kam in einer solchen Situation natürlich gelegen.

"Ach, und die schönen Blumen", nahm Frau Meyer den Strauß in Empfang. "Danke."

"Wie geht es Ihnen?", erkundigte sich Stein, während sie zum Waschbecken lief um die Vase, die sie draußen im Flur bereits besorgt hatte, mit Wasser zu füllen.

"Ganz gut!"

"Ihren Usambaraveilchen auch. Die blühen und gedeihen."

"Ach, wie schön. Danke, dass Sie sich darum kümmern."

"Mache ich doch gerne", erklärte Stein.

Frau Meyer strahlte über das ganze Gesicht.

Stein kam mit der gefüllten Vase zurück. "Wo möchten Sie die denn stehen haben?"

"Hier auf meinem Nachttisch", erklärte Frau Meyer und ließ die Zeitung, die obenauf ruhte, in dem Fach darunter verschwinden.

Stein stellte die Vase am gewünschten Platz ab und steckte den Strauß hinein.

"So schöne Blumen", säuselte Frau Meyer nochmals.

Stein zog sich einen Stuhl an das Bett der Patientin heran.

Frau Meyer rückte sich in ihrem Bett zurecht, damit sie bequem mit Stein sprechen konnte.

"Sie haben wohl das ganze Zimmer für sich alleine", meinte die Besucherin mit Blick auf das leere Nachbarbett.

"Ja", seufzte Frau Meyer, "und das ist so langweilig hier."

"Wann kommen Sie denn raus?", erkundigte sich Stein.

"Morgen."

"Das ist ja toll", stellte Stein überrascht fest. Sie hatte gedacht, dass die alte Dame etwas länger zur Beobachtung im Krankenhaus bleiben müsste. "Da sind Sie sicher froh."

Frau Meyer seufzte erleichtert. "Ja, das können Sie mir glauben."

"Und wie kommen Sie nachhause?"

"Mein Neffe holt mich ab."

"Schön", sagte Stein, der gar nicht bewusst gewesen war, dass Frau Meyer einen Neffen besaß.

"Ja, das ist ein starker Kerl, der kann mich stützen", erklärte Frau Meyer mit einem breiten Grinsen im Gesicht.

Stein hatte Frau Meyer noch nie so gelöst und zufrieden erlebt wie in diesem Moment. Die Nachbarin wirkte sonst, in ihrer stets auf Ordnung und Sauberkeit der Hausgemeinschaft bedachten Art, eher verbissen.

Immer noch über diese Veränderung überrascht, sagte Stein zu ihrer Nachbarin: "Wie gut, dass wir einen Aufzug im Haus haben, dann brauchen Sie die Treppen nicht zu laufen."

"Sie können mir glauben, dass ich diesen in Zukunft auch immer benutzen werde!", schwor Frau Meyer, an ihren Treppensturz zurückdenkend. "Mit Treppen habe ich es nicht mehr so", grollte sie.

Stein verstand was die Nachbarin meinte.

"Und der Gips muss noch ein bisschen dranbleiben?", erkundigte sie sich.

"Ja. Was werde ich froh sein, wenn der endlich abkommt", seufzte Frau Meyer.

Stein nickte, und kam auf das zu sprechen, weswegen sie eigentlich hier war. "Sagen Sie Frau Meyer, in ihrem Wohnzimmer hängt ein Bild an der Wand, das die Burg Hayn zeigt."

"Ja, stimmt, das ist die Hayner Burg."

"Das Bild gefällt mir gut."

"Ja, mir auch, mir gefällt die Schlichtheit, dieses schwarz-weiss. Und obwohl es ein durchaus düster wirkendes Bild ist, hat man doch das Gefühl, als wenn die Sonne auf die Burg scheint, und es gut mit ihr meint."

"Schön gesagt", meinte Stein.

"Ja, ich empfinde das so", sagte Frau Meyer behaglich. "Es ist ein hoffnungsvolles Bild."

"Stehen Sie denn in irgendeiner Beziehung zu der Burg, dass Sie ein Bild von ihr aufgehängt haben."

"Nein."

"Wie sind Sie denn zu diesem Bild gekommen?"

"Ach, wissen Sie, ich war mit meiner Freundin im Hessischen Landes-museum in Darmstadt, und da habe ich es gesehen. Das war irgendwie so ein Stückchen Heimat, dass da plötzlich ausgestellt war", erinnerte sich Frau Meyer. "Als wir dann beim Rausgehen am Museums-Shop vorbeigelaufen sind, gab es den Druck dort zu kaufen."

"Was wissen Sie von dem Bild, wer hat es gemalt?"

"Gedruckt", verbesserte Frau Meyer. "Das ist ein Stahlstich von Christian Haldenwang."

"Den Namen habe ich noch nie gehört."

"Das war ein durchaus bedeutender deutscher Kupferstecher", wusste hingegen Frau Meyer. "Er hat einige solcher landschaftlichen Ansichten produziert."

"Wissen Sie aus welchem Jahr das Bild stammt?"

Frau Meyer überlegte kurz. "Wenn ich mich recht erinnere, so hat man gesagt um Achtzehnhundert."

"Warum wollen Sie das wissen? Hat das Bild etwa etwas mit der Sache an der Burg zu tun?", fragte Frau Meyer verwundert, und blickte Stein tief in die Augen. Mit ihrer Bemerkung "Wissen Sie, ich lese auch Zeitung", brachte sie zum Ausdruck, dass sie momentan hier zwar nicht herauskonnte, aber trotzdem mitbekam was draußen vor sich ging.

"Dass das Bild etwas mit dem Fall zu tun hat, glaube ich kaum. Nein, es hat mich nur interessiert."

"Wissen Sie, ich war ganz geschockt von dem was da an der Burg geschehen ist. Ich meine, wie oft bin ich schon mit meinem Auto dort vorbeigefahren, wenn ich zu meiner Freundin gefahren bin", druckste Frau Meyer mit Unbehagen.

Stein nickte verständnisvoll.

"Weiß man denn schon Näheres?"

"Nein, wir ermitteln noch", war alles, was Stein bereit war, auf diese Frage zu antworten.

Das Gespräch mit Frau Meyer brachte Stein bei ihren Ermittlungen nicht gerade weiter. Stein ließ sich ihre Enttäuschung aber natürlich nicht anmerken, sondern hörte geduldig der Nachbarin zu, was sie über ihren Tagesablauf, das Essen in der Klinik, und ihren Heilungsprozess zu berichten hatte.

Frau Meyer schloss mit den Worten: "Ach, das Leben ist schon nicht einfach."

Stein nickte versonnen. Irgendwie hatte sie heute eine ganz andere Frau Meyer kennengelernt. Sie war eben nicht nur dieses bärbeißige Miststück, als das die Wohngemeinschaft im Haus sie immer sah, wenn sie den Feldwebel gab. *Jeder durchlebt mal harte Zeiten und ist dann vielleicht so*, dachte Stein und sinnierte: *Oft sind die, die taff wirken, die Sensibelchen.*

"Sie sind ja bald wieder zuhause", versuchte Stein ihre Nachbarin aufzumuntern.

Frau Meyer seufzte "Ach ja" und rang sich ein Lächeln ab.

Doch Stein blickte hinter ihr Lächeln, sah dort, dass es ihr nicht gut ging, sah die herrschende Not. Frau Meyer war eine einsame Frau. Dass Stein noch nie etwas von ihrem Neffen oder anderen Familienangehörigen mitbekommen hatte, bestätigte ihr dies.

Frau Meyer achtete stets auf die Ordnung im Haus, und Stein hatte plötzlich das Gefühl, dass es Zeit wurde auf sie Acht zu geben.

"Wenn Sie wieder zuhause sind, komme ich bei Ihnen vorbei", sagte Stein spontan. "Falls ich Ihnen etwas einkaufen kann, oder so", bot sie an.

In Frau Meyers Augen schlich sich ein feuchter Glanz. "Das würde mich freuen", sagte sie, und diesmal umspielte ein anderes Lächeln ihre Mundwinkel.

Stein erhob sich und verabschiedete sich. Mit dem Versprechen "Wir sehen uns", schlüpfte sie durch die Tür.

Mit diesem festen Vorsatz, und den Infos im Gepäck, fuhr Stein in ihre Wohnung. Sie wollte endlich duschen, um den restlichen Staub des Vorfalls im Tunnel aus den Haaren zu bekommen, und den Schrecken, den Brucati ihr eingejagt hatte, aus den 'Klamotten'.

# Kapitel 28
Montagnachmittag, sechzehn Uhr fünfundzwanzig, 28. September

Brucati war es inzwischen gelungen Kontakt zu Harald Flemming aufzunehmen und sich mit ihm in seiner Wohnung zu verabreden. Er war dort hingefahren, und klopfte nun an der Tür seines Appartements. Ein Mann mittleren Alters öffnete ihm. Er war eher von kleiner Statur, dafür aber sehr rundlich.

"Herr Flemming? Harald Flemming?", fragte Brucati nach, wen er vor sich hatte.

"Ja", bestätigte der Mann, räusperte sich und musterte Brucati von oben bis unten. "Wer will das wissen?"

Brucati zückte seinen Dienstausweis und hielt ihn dem Mann hin.

Nachdem Flemming den Ausweis studierte hatte sagte er: "Ja?"

"Ich hätte da ein paar Fragen."

Flemmings Blick lief verstohlen zu der über den Flur gelegenen Tür eines anderen Appartements hin. Seinem Gesicht war anzusehen, dass er gar nicht verstand was dieser Mann hier von ihm wollte, aber was immer es auch sein würde, er wollte auf keinen Fall Gesprächsstoff für die Nachbarn liefern. "Kommen Sie rein", holte er daher Brucati aus dem Blickfeld der Nachbarschaft.

Flemming ließ Brucati passieren, schloss hinter ihm flugs die Tür und stapfte vorne weg, durch den kurzen Flur, in eine Art Arbeitszimmer. Zumindest stand dort ein Schreibtisch, auf dem ein Bildschirm, eine Tastatur und ein Drucker standen. Der PC unter dem Tisch surrte leise und auf dem Bildschirm arbeitete ein Schoner, indem der Blubberblasen aufsteigen ließ.

Flemming bot Brucati mit einer Handbewegung den Klappstuhl an, den er aus der Ecke geholt hatte und vor dem Schreibtisch platzierte.

"Hab' ich falsch geparkt?", raunte Flemming. Sein schiefes Grinsen zeugte von einer gehörigen Portion Unsicherheit.

"Nein. Ich möchte Ihnen nur zu einem ihrer Vereinskollegen ein paar Fragen stellen."

Flemming hüstelte. "Welchem?"

"Herrn Rösler."

"Hören Sie mir bloß mit dem auf", zischte Flemming sofort und machte keinen Hehl daraus, dass er Rösler nicht mochte. "Was hat er denn angestellt? Hat er etwa seine Untertasse falsch geparkt", spieh er voller Sarkasmus aus.

"Sie mögen Herrn Rösler wohl nicht sonderlich?"

"Der Typ hat doch 'ne Vollmeise! Der ist genau so abgedreht wie sein großes Vorbild."

"Vorbild?"

"Na dieser Erich von Däniken. Die sind doch Seelenverwandte was diese Prä-Astronautik anbelangt. Ach, was sage ich, Seelenverwandte, ein Arsch und ein Kopp sind die, die haben doch sogar die gleichen Vornamen."

Brucati runzelte die Stirn. "Ich denke Herr Rösler hatte den Vornamen Marcel."

"Ja, Marcel *Anton Paul* Rösler, und der von Däniken heißt vorne Erich *Anton Paul*."

"Aha", sagte Brucati, dem von Dänikens Zweit- und Drittname nicht bekannt gewesen waren.

Flemming hatte die Tastatur seines PCs zur Seite gestellt, um sich mit den Armen auf dem Tisch abstützen zu können. Nun hob er wie in Zeitlupe den Kopf, seine Augen saugten sich plötzlich an denen von Brucati fest, die Augenbrauen über seinen braunen Augäpfeln zogen sich fragend zusammen. Das aufbrausende Temperament, das er eben noch gezeigt hatte, war plötzlich wie weggeblasen. "Äh …", begann Flemming, wieder gefolgt von diesem Räuspern, "wieso *hatte* den Vornamen?", fragte er. "Ich denke doch, dass der Rösler immer noch so heißt?"

"Herr Rösler ist tot."

"Was?", entfuhr es überrascht den Lippen Flemmings, die Augen hatte er weit aufgerissen.

"Wissen Sie das nicht?"

Flemming schien einen Moment wie versteinert. Er war nicht fähig sich zu bewegen, starrte nur Brucati an. Sein Gehirn war zu sehr mit dem beschäftigt, was er eben aus dem Mund des ihm bisher unbekannten Mannes vernommen hatte. Er schluckte hart und räusperte sich ein weiteres Mal. "Nein", kam mit einer Mischung aus Entsetzen und Ungläubigkeit über seine Lippen. "Wie, wann, … wo?"

"Vor ein paar Tagen", war alles was Brucati sagte.

"Ich … ich war auf Geschäftsreise", stammelte Flemming und machte eine Pause um seine Gedanken zu sortieren. "Ich bin gerade vorhin erst zurückgekommen", gab er an.

Das erklärte den Koffer und die Reisetasche, die Brucati beim Hereinkommen im Flur hatte stehen sehen. Er verwarf den möglichen Fluchtgedanken, den er, bei deren Anblick, kurz überdacht hatte.

"Wo waren Sie auf Geschäftsreise", fragte Brucati und zückte seinen

Stift, um die Angaben Flemmings zu notieren.

Der strarrte zuerst auf Brucatis Hände, dann den Stift und den Block, und antwortete wie in Trance: "In München."

"Von wann bis wann?", wollte Brucati wissen.

Zum wiederholten Male hüstelte der Mann und Brucati fragte sich, ob er wirklich ein Problem mit seinem Hals hatte, oder diesen Moment nur nutzte um sich eine Antwort auszudenken.

"Von letzten Montag bis heute."

Flemming hatte lange für diese Anwort gebraucht. Dieses Zögern ließ Zweifel an der Richtigkeit der Aussage in Brucati aufkeimen. Trotzdem notierte er die Angaben.

"Wo haben Sie gewohnt?"

"Entschuldigen Sie bitte, aber wieso fragen Sie das alles? Ist denn der Rösler auf einem nicht natürlichen Weg …", weiterzusprechen verbat Flemming sich offensichtlich.

"Könnte sein", war alles was Brucati gedachte Preis zu geben.

"Sie werden doch nicht denken, dass *ich* etwas mit dem Tod von dem Rösler zu tun habe!", empörte sich der Heimgekommene.

Brucati sagte nichts, sah Flemming nur an. Sein Gesicht war blass geworden.

"Hallo, ich habe den Rösler für einen Spinner gehalten, der allen Ernstes glaubte, dass hier mal kleine grüne Männchen waren. Aber deswegen bringe ich doch niemanden um!"

"Was meinen Sie mit kleinen grünen Männchen?"

"Na, Sie werden doch wohl wissen, was kleine grüne Männchen sind", fauchte Flemming, nahm seinen Tonfall aber gleich wieder zurück. "Rösler ist …", Flemming hielt kurz inne, "… war ein Anhänger der Prä-Astronautik. Er sammelte alles Mögliche an Zeug, um aus diesen Funden oder Befunden Thesen abzuleiten, die ein Indiz dafür sein sollten, dass Außerirdische vor langer Zeit hier auf die Erde kamen und dadurch die Entwicklung der Menschen beeinflusst hätten."

"Wie Nazca-Linien", fiel Brucati spontan ein.

"Zum Beispiel", bestätigte Flemming nickend. "Die Nazca-Linien, Stonehenge, die Steinmonumente der Osterinsel, selbst die Pyramiden, alles kann man so deuten, wenn man es wissenschaftlich nicht beweisen muss", meinte er.

"Hm."

"Aber Rösler hat sein Augenmerk vor allem auf Schriften und Über- lieferungen gerichtet. Wo er zwischen den Zeilen irgendwelche Dinge herausgelesen hat." Flemming vollführte mit seiner rechten Hand eine abwertende wischende Bewegung in Höhe seiner Stirn.

"Es gibt in vielen Kulturen Überlieferungen von Begegnungen mit Fabelwesen oder Göttern", warf Brucati ein.

"Ja, und die waren halt für den Rösler Außerirdische."

"Was die etablierten Natur- und Geisteswissenschaften anzweifeln."

"Mit Recht!", sagte Flemming mit sicherer Stimme. "Man darf nicht Schriften, Gebäude oder auch Artefakte außerhalb eines Kontextes betrachten, sondern immer in einem inhaltlichen Zusammenhang der jeweiligen kulturellen Epoche oder Region. Ich kann nicht hergehen, und von einem Buch nur eine bestimmte Seite nehmen, die mir eben passt, und aus der ich etwas herausfiltern kann, um meine These zu entwickeln, sondern ich muss alle Seiten des Buches lesen, und einbeziehen", versuchte Flemming zu verdeutlichen was er meinte.

Brucati wollte etwas äußern.

Aber Flemming war noch nicht fertig, hatte nur kurz Luft geholt. "Oder, ich kann nicht einfach hergehen und sagen, da, auf diesem Wandrelief aus dem zweiten Jahrhundert vor Christus, haben die Erschaffer dieses Reliefs über Wasser sausende Raumschiffe abgebildet, wenn ich dabei außer Acht lasse, dass dort in der Nähe Vögel leben, die eine ähnliche Form wie die Abbildungen an der Wand aufweisen, oder in den Gewässern um den Auffindeort flugfähige Fische leben, die tragflügelähnliche Flossen besitzen", ereiferte sich Flemming.

"Aber ein 'missing link' lässt sich so doch schön erklären!", kam Brucati nun zum Zug.

Flemming war das störende Kratzen in seinem Hals anscheinend immer noch nicht losgeworden. Da war es wieder, dieses Räuspern, bevor er antwortete. "Nur weil man die fossile Übergangsform zwischen entwicklungsgeschichtlichen Vor- und Nachfahren, die aufgrund von evolutionstheoretischen Überlegungen vorhergesagt worden ist, noch nicht gefunden hat, kann man diese Überlieferungslücke im Fossilbericht nicht damit schließen, dass man behauptet ein Außerirdischer hätte etwas *gepflanzt* damit der Affe zum Mensch und dieser besser, schöner, intelligenter wird", raunte Flemming.

"Aber Herr Rösler hat das so gesehen?"

"Wissen Sie, er war Mitglied bei uns im Geschichts- und Heimatverein, und ich denke doch, dass wir uns einer gewissen Seriosität verschrieben haben. Doch die habe ich bei dem Rösler vermisst. Der hat vollmundig all diesen Quatsch verbreitet, er hat sogar Vortragsabende dazu abgehalten. Leider gut besuchte", schob Flemming widerwillig hinterher.

"Und das fanden Sie nicht gut."

"Nein", gab Flemming mit fester Stimme zu. "Wenn Sie jetzt aber daraus ein Mordmotiv herleiten wollen, muss ich Sie enttäuschen. Ich habe meine Abneigung gegen Röslers Theorien sicher energisch vertreten, aber niemals einen Fanatismus an den Tag gelegt, der mich zu so etwas treiben würde." Er straffte seinen Rücken. "Niemals!"

Flemming hatte seine Worte mit Bedacht gesprochen. Sicher, er war ein durchaus im Ansatz aufbrausender Mensch, schien sich aber immer noch in der Gewalt zu haben.

"Wo haben Sie denn nun in München gewohnt", kam Brucati auf seine vorhin gestellte Frage zurück.

Flemming gab nun ohne weitere Ressentiments Auskunft darüber wo er genächtigt hatte, und was er während seiner Geschäftsreise getan hatte.

Brucati notierte alles.

"Kennen Sie jemanden mit dem Herr Rösler Ärger hatte?"

"Ärger, was heißt Ärger? Nein", sagte Flemming ohne lange zu überlegen. "Ehrlich gesagt hat den, meiner Meinung nach, keiner so recht ernstgenommen. Man kam ja auch nie an ihn heran, er war immer etwas in sich gekehrt."

Brucatis Stift notierte wieder.

"Dann danke ich Ihnen für die offenen Worte, Herr Flemming", sagte Brucati und erhob sich.

Auch Flemming sprang auf. Er räusperte sich wieder. "Ich muss das alles erst einmal verdauen", gab Flemming an.

Brucati nickte einsichtig.

Flemming brachte Brucati noch zur Wohnungstür und verabschiedete sich, sichtlich froh darüber, dass dieser Besucher ihn wieder verließ.

## Kapitel 29
Montagnachmittag, sechzehn Uhr siebenundfünfzig, 28. September

Das war ein neuer Sinnesreiz für ihn, dass einmal etwas nicht nach seinem Plan verlief, und er mochte dieses Gefühl so gar nicht. Die heutige Befragung hatte ihn beunruhigt, es wurde ihm hier definitiv zu heiß. Irgendwie wurde ihm sein Hemdkragen zu eng und er lockerte seine Krawatte.

Sie waren ihm auf der Spur.

*Wie sind die nur auf mich gekommen? Mein Plan ist doch so perfekt gestrickt! Wieso haben die an meiner Tür geklopft? Naja, wegen dem Rösler*, vergegenwärtigte er sich.

*Von dem, was ich seit vielen Jahren auf die Seite geschafft habe, wissen die aber nichts. Können die nichts wissen. Niemand hat je etwas bemerkt und falls die es, wenn ich einmal fort bin, merken sollten, ist es eh zu spät.* Mit einem Lächeln auf den Lippen stellte er dies befriedigt für sich fest.

*Sie können nur eine Verbindung zwischen mir und dem Rösler in Bezug auf den Verein und vielleicht noch auf die Sammelleidenschaft von Münzen herstellen*, redete er sich die Sache schön.

Daran zu denken, dass sein Plan einstürzte wie ein Kartenhaus, verbat er sich.

*Rösler haben sie inzwischen gefunden. Tja, dumm gelaufen, aber den anderen haben sie noch nicht entdeckt. Das wird auch noch dauern, sein Versteck ist gut, richtig gut, auch wenn es aus der Not heraus geboren war.*

Ein hämisches Grinsen spielte um seine Mundwinkel, doch plötzlich wurden seine Gesichtszüge wieder hart.

*Verdammt, diese Hunde haben Witterung aufgenommen.*

Ein bisschen zu früh für ihn. Er hatte zwar schon viel von dem versilbert, was er versilbern konnte, aber eben leider noch nicht alles, denn er würde in sein neues Leben nur Bares mitnehmen. Auf der anderen Seite, das was er schon versilbert hatte würde für eine lange, für eine sehr lange Zeit reichen.

Doch das für ihn wichtigste Silber holte er nun aus seiner Jackettasche. Eingeschlagen in ein unscheinbares Taschentuch legte er es auf den Tisch vor sich und packte es feierlich aus. Ecke für Ecke des weißen gebügelten Seidentaschentuches schlug er zurück, und geriet dabei geradezu in Verzückung.

Und da lag diese Münze dann, und es hatte für ihn fast den Anschein, als wenn eine leuchtende Aura den Porträtdenar mit dem Kopf Karls des Großen umgab. Das war sein persönlicher heiliger Gral, und jetzt gehörte er ihm. Das Glitzern in seinen fokussierten Augen verriet dabei seinen Wahnsinn.

*Rösler war so unsagbar dumm gewesen.* Wieder huschte dieses ungute Lächeln über sein Gesicht, als er darüber nachdachte.

Rösler hatte nichts Besonderes an diesem unscheinbaren Geldstück gefunden, welches das Brustbild eines Mannes zeigte, den dreizehn Buchstaben umrundeten, KAROLUS IMP AUG. Er hingegen hatte sofort die Umschrift deuten können, Karolus Imperator Augustus. Der Vereinskollege hatte nicht das Besondere in dieser Münze gesehen, wie immer Rösler auch zu ihr gekommen war. Rösler hatte nicht erkannt, dass es sich um einen ausgesprochen seltenen karolingischen Denar handelte.

Geradezu liebevoll schaute er auf das Bildnis Karls des Großen mit dem Lorbeerkranz, wie die römischen Herrscher ihn trugen, und um die Schultern hatte der Kaiser den Paludamentum, den Reitermantel der römischen Feldherren. Diese Münze nahm damit deutlich Bezug auf ihre antiken Vorbilder.

Man nahm an, dass es sich bei dieser Münze um eine Festemission handelte, die anlässlich der Kaiserkrönung von Karl dem Großen, die am Weihnachtstag des Jahres 800 stattfand, ausgegeben wurde.

*Vielleicht hatte Karl sie selbst in der Hand,* überlegte er und fuhr mit seinem schweißnassen Daumen fanatisch über das Bildnis.

*Der Rösler war ja so ein Dilettant,* dachte er zum wiederholten Male angewidert von der Unfähigkeit dieses Mannes.

Diese absolute Rarität der Numismatik, von der weltweit nur rund dreißig Stück existierten, hatte Rösler im Gegensatz zu ihm nicht erkannt.

Seine Gedanken liefen zurück, zu dem Zeitpunkt, als er Rösler erzählte, dass er am heutigen Samstag nicht zur Sitzung des Geschichts- und Heimatvereins kommen könne, weil er am Karlsamt im Frankfurter Kaiserdom teilnehmen werde.

Rösler hatte ihm geantwortet: *Ach ja, von dem Karl habe ich, glaube ich, auch eine Münze.*

Und diese Worte hatten ihn geradezu elektrisiert.

Schon seit Jahrhunderten huldigten Frankfurter Katholiken alljährlich am letzten Samstag im Januar ihrem Stadtpatron. Im letzten Jahr lag der Todestag Karl des Großen, der 28. Januar 814, eintausendzweihundert Jahre zurück. Dieser Tatsache geschuldet war der Kaiserdom in der

Mainmetropole besonders gut gefüllt gewesen. Und als er sich mit etwa eintausend anderen Besuchern in den engen Gängen gedrängt hatte, waren ihm die von Rösler belanglos von sich gegebenen Worte nicht mehr aus dem Kopf gegangen, ... *von dem Karl habe ich, glaube ich, auch eine Münze.*

Während er sich sonst rege an solchen Feierlichkeiten beteiligte und laut mitsang, blieben damals seine Lippen geschlossen, er nahm nur in Form eines nach außen hin zuhörenden Mannes teil. Aber drinnen arbeiteten seine Hirnwindungen an den zehn Worten Röslers.

Die Fragestellung hatte damals gelautet: *Um welche Münze handelt es sich?*

In dieser Stunde im Dom hatte er beschlossen alles daran zu setzen um diese Münze zu Gesicht zu bekommen.

Er und Rösler hatten bei einem Gespräch entdeckt, dass sie einer gemeinsamen Leidenschaft frönten, dem Sammeln von Münzen. Doch während Rösler einen absoluten Anfänger auf dem Gebiet darstellte, der einfach alles sammelte, was sich ihm bot, war er ein Sammler mit einem angeeigneten großen Fachwissen über die Münzen. Damit hatte er sich die Gewogenheit Röslers erschlossen.

Er hatte darauf hingearbeitet, ja geradezu akribisch darum gekämpft, Röslers Münzsammlung sehen zu können. Und als Rösler ihm damals den 'Karolus' zeigte, wusste er natürlich sofort, dass genau so eine Münze Anfang 2012 für einen Preis von einhundertsechzigtausend Euro verkauft worden war.

Alles was sich um Karl den Großen drehte faszinierte ihn. Die ganze Geschichte, die diesen Mann umgab. Seit er im Geschichtsunterricht gehört hatte, dass jener Karl eine Jagdhütte hier in seinem Heimatort, in Dreieichenhain, errichtet hatte, aus der die Burg Hayn entstanden war, in der er als Kind mit den anderen Jungen aus seiner Straße so oft gespielt hatte, war er wie entflammt von diesem Mann. Er hatte beim Spielen natürlich Karl verkörpert, hoch zu Ross, dem Wild hinterherjagend.

Dass es sich bei seinem Ross in Wirklichkeit nur um ein hölzernes Steckenpferd gehandelt hatte, konnte der Junge einst schon ausblenden. Schon damals lebte er in seiner eigenen Welt, und zwischen sie und sich ließ er nichts kommen.

Und als er sich später der Numismatik verschrieben hatte, war er wieder auf diesen Karl gestoßen, dessen Silber-Denare und dessen Münzreform.

Und das war nicht Karls einzige Reform. Genauso wie Karl sich der

Währung annahm, belebte der Große auch die antike Gelehrsamkeit und Wissenschaft, indem Karl Texte zu ihrem Erhalt in eine einheitliche Schrift übertragen und vervielfältigen ließ. Und damit man sie auch lesen konnte, gestaltete Karl der Große eine Bildungsreform. Bei jedem Buchstaben, den er heute schrieb, setzte er die Tradition Karls fort, denn Karl der Große hatte mit seiner Karolingischen Minuskel die heutige Schrift geprägt.

*Dieser Mann hatte Visionen und Durchsetzungsvermögen*, dachte er.

Karl der Große hatte die gesamte europäische Zivilisation beeinflusst und beherrschte ein riesiges Reich, das er brutal zusammenhielt, was Karl mit den ethischen Maßstäben seiner Zeit entschuldigte. Dass ihm dies auch Titel wie 'Sachsenschlächter' einbrachte, nahm Karl in Kauf. Hauptsache seine Idee, die staatliche Ordnung einem Gottesreich anzunähern, wurde vorangebracht.

Und so wie den großen Karl, so sah er sich auch. Auch er verfügte über Visionen und Durchsetzungsvermögen.

Wie hatte er die faszinierende Biographie des großen Herrschers, Vita Karoli Magni, geschrieben vom Seligenstädter Abteigründer Einhard, einem Zeitgenossen und Berater Karls, verschlungen.

Einhard hatte seinen Karl als großen stattlichen Mann mit Schnauzbart beschrieben und so ließ auch er sich einen Schnauzbart wachsen.

Wenn manche Historiker Karl heute auch als 'heiligen Barbaren' bezeichneten, für ihn war und ist Karl der Große ein Heiliger.

Er war wie Karl, er ging seinen Weg wie Karl den seinen gegangen war, immer nur das Ziel vor Augen. Das geflügelte Wort, *'der geht über Leichen'*, konnte man bei Karl anwenden und auch er hatte in diesem Sinne vor ein paar Tagen gehandelt.

Er trug den Geist und die Kraft Karls in sich.

Er hatte die Orte des Wirkens Karls aufgesucht und mit jedem war er stärker geworden.

Er hatte in Frankfurt in den Pfalzresten gestanden und vor seiner Statue am Römer.

Er war durch die Bögen der Lorscher Torhalle geschritten.

Und als er damals im Dom zu Aachen voller Verehrung vor dem vergoldeten Karlsschrein gestanden hatte, da war Karls Geist vollends auf ihn übergegangen. Er erinnerte sich noch sehr gut an diesen Moment, als er spürte, dass etwas Wunderbares mit ihm geschah, wie etwas in ihn fuhr und ihn beflügelte. Nur den vielen anderen Besuchern war es geschuldet, dass er damals das starke Bedürfnis unterdrückt hatte, vor seinem Bruder im Geiste niederzuknien, um ihm zu zeigen, dass er sein Vorbild, seinen Lehrherren verstanden hatte.

Mit dieser Gewissheit in jeder Faser seines Körpers hatte er den Dom beseelt mit gestrafften Schultern verlassen.

Auch er fühlte sich nach diesem Besuch als Heiliger mit Visionen, wobei es anscheinend vollkommen an ihm vorbei ging, dass er kein Heiliger sondern ein Scheinheiliger war.

Er war sich sicher, die Götter waren mit ihm.

Genauso wie er das Gespräch mit Rösler, am Morgen vor dem Karlsamt, als eine göttliche Fügung ansah, die ihm diese Münze zugedacht hatte.

Und eben jener geheiligte Segen leitete ihn, begleitete ihn und wachte über ihn. Und mit ihm hatte er viel erreicht in seinem Leben. Aber die Hauptsache war diese Münze, sie hatte ihm noch gefehlt und er wollte sie schon immer haben. Das Verlangen nach ihr war so stark gewesen, dass es ihn fast verzehrt hatte, doch er hatte diesem Dilemma abgeholfen.

Zärtlich strich er über die Oberfläche des Porträtdenars. Allein der Gedanke, dass die Möglichkeit bestand, dass der von ihm so verehrte Mann, diese besondere Münze höchstpersönlich vielleicht in seinen Händen gehalten haben könnte, versetzte ihn in Ekstase.

Aufgrund der Einzigartigkeit dieser Münze würde er diese niemals jemandem zeigen können, aber das wollte er ja auch gar nicht. Es reichte ihm vollkommen wenn er sie ansehen und in seine Hände nehmen konnte. Sie war ihm und niemand anderem.

Er hatte wertvolle Münzen besessen, doch im Vergleich zu dieser Einen waren sie nichts, und so hatte er alle seine Münzen auf einen Schlag verkauft. Dem Händler hatte er etwas von einem Geldengpass erzählt. Inzwischen wartete der Verkaufserlös schon dort auf ihn, wo er in Zukunft zu leben gedachte.

Rösler hatte Münzen gesammelt und dabei nicht auf Klasse geachtet. Für ihn hatte nur Masse gezählt, so wie viele Anfänger es machten.

Ganz anders hatte es sich da bei ihm verhalten, er hatte seine Münzen zu schätzen gewusst, er hatte sie gepflegt und behütet. Es war ihm daher ein Gräuel was er nun mit seinem letzten verbliebenen Schatz vorhatte. Er wollte ihn zur Tarnung im Portemonnaie zwischen ein paar Euros stecken. Dieses Unterfangen stellte seiner Meinung nach die beste Methode zum Verbergen dar.

Seine Geldbörse hatte zwei Fächer für Münzgeld. Er kippte deren Inhalt aus. In das eine Fach steckte er zwei 1 Euro Münzen, in das andere ließ er vorsichtig seinen Schatz gleiten. Geschützt von weichem

Leder ruhte er nun dort. Zufrieden zog er den Reißverschluss seines Portemonnaies wieder zu. Und da holte ihn erneut diese beunruhigende Tatsache ein, sie hatten Rösler zu schnell gefunden.

*Wer konnte aber auch schon ahnen, dass dieser Unfall am Weiher passiert*, dachte er mürrisch.

Wie auch immer, er musste seinen Plan beschleunigen, und das wo er doch so perfekt ausgearbeitet gewesen war. Und doch, das Auffinden Röslers hatte zu ihm geführt.

Er seuzfte und sprach sich Mut zu. *Rösler werden sie als Tauchunfall einstufen. Die finden die kleinen Dinger nie. Und den anderen, werden sie gar nicht finden, und wenn, dann ist er von Maden zerfressen.*

Unwillkürlich kam ihm in den Sinn was vor ein paar Tagen passiert war. Auch heute fand er seinen Plan von damals noch gut, wirklich gut. Schließlich sah er ihm ja wirklich ähnlich, viele hatten das schon gesagt. Und jetzt würde er diesen Umstand für sich nutzen. Und er konnte es, denn seit ein paar Tagen hatte er das, was er dazu benötigte, in seinem Besitz.

Ein zufriedener Glanz schlich sich in seine Augen, als er auf das blickte was er in den Händen hielt, und nun auch noch in seine Geldbörse steckte. Dieses Stück Kunststoff im Scheckkartenformat mit dem Foto, das ihm so verdammt ähnlich sah.

Zufrieden lehnte er sich zurück und ließ alles noch einmal Revue passieren.

Er hatte Rösler diesen Tauchanzug angeboten, da sich dort unten im Tunnel ja diese eine tiefe Stelle befand, wo man doch hüfthoch durch Wasser waten musste. Er hatte die Vorzüge seines Tauchanzuges Rösler wärmstens empfohlen. Sicher, seine Statur war ein ganzes Stück größer als die Röslers, doch für das, was Rösler mit ihm vorhatte, war das egal. Hauptsache Rösler wurde nicht nass, brauchte nicht darauf zu achten sich mit Schlamm zu beschmieren, und konnte sich frei bewegen.

Er hatte Rösler ritterlich in seinen Tauchanzug geholfen und dabei die kleinen süßen Dinger aus dem mitgebrachten Behälter unauffällig in den Anzug gleiten lassen. Er wusste genau um deren Wirkung.

Ein weiteres Mal grinste er hämisch.

Er hatte dem Nichtsahnenden über die paar Stufen der Leiter in seinem Keller hinuntergeholfen und sich verabschiedet. Aber nur um diese Stufen ein paar Minuten später selbst hinunterzusteigen und den Tunnel an einer bestimmten Stelle zum Einsturz, und sich wieder in Sicherheit, zu bringen.

Diese Stelle mit den morschen Balken hatte er, als er mit Rösler das letzte Mal im Tunnel gewesen war, schon ausgesucht gehabt, um Rösler den Rückweg aus seinem Grab zu verwehren. Die altersschwachen Stützbalken würden leicht einbrechen hatte er damals gedacht und sich später bestätigt gesehen.

Zwei solche Stellen gab es in dem Tunnel. Er hatte sich für die weiter vom Haus entfernte entschieden, dass die sich allerdings so nahe am Herrnweiher befand, hatte er nie und nimmer gedacht.

Ihm war klar, dass er Schuld an dem hatte, was da am Sonntagmorgen passiert war. Er hatte die Instabilität des Tunnels durch sein Handeln verursacht, aber diese Tatsache war ihm gerade schnurzegal.

Er hatte den Zugang zum Tunnel in Röslers Keller wieder mit dem Schrank zugestellt, bevor er sich auf und davon gemacht hatte. Damals dachte er, Rösler würde niemand so schnell finden, wenn überhaupt jemals. Der Plan hatte auch perfekt funktioniert, bis gestern.

Mit verkniffenem Mund schenkte er sich ein Glas feinsten Bourbon Whiskey ein und ließ ihn auf der Zunge zerfließen.

Etwas zufriedener dachte er an ein weiteres Teilstück seines Planes zurück. Dieser verlief bis jetzt wie geplant. Der, um den es ging, hatte mitgespielt, auch wenn die Rolle des Mannes vollkommen von ihm bestimmt wurde.

Er war in seine Wohnung gegangen, denn er benötigte etwas von ihm und das hatte er sich geholt. Er hatte seinen Ausweis stibitzt. Er hatte seinen Plan durchgeführt, und ohne mit der Wimper zu zucken zuge-schlagen, dies im wahrsten Sinne des Wortes. Danach hatte er ihn entsorgt, wie ein Stück Müll.

Das Nachbargrundstück, zu der Wohnung des 'Stückes Müll', war schon lange nicht mehr bewohnt. Und auch als er es betreten hatte, waren ihm dort nur ein paar Mäuse begegnet. So schnell würde man das 'Stück Müll' da nicht finden, und bis man es fand, war er schon längst über alle Berge.

In der Dunkelheit hatte er seine blutbesudelte Kleidung damals entsorgt. Das stellte für ihn kein Problem dar. Der Altkleidercontainer um die Ecke war dabei behilflich gewesen. Unauffällig hatte er zuerst die Hose und dann das Hemd darin verschwinden lassen und danach noch zwei Alibi-Flaschen in den Altglascontainer nebenan geworfen. An jenem schönen sommerlichen Abend.

*Summertime*, dachte er und erinnerte sich. Der Mann hatte unter der Dusche gestanden und lauthals *Summertime, and the livin' is easy*, gesungen. Doch das *fish are jumpin'*, war dem Mann abrupt im Hals stecken geblieben, als er gehört hatte, wie draußen im Flur die Dielen knarrten. Der Mann hatte das Wasser abgedreht und gelauscht. *Hallo?* hatte der Mann in die Stille gefragt, sein Badehandtuch vom Halter gezogen und es sich um die Hüfte gewickelt. Der Mann hatte nachsehen wollen ob da jemand war, die Badezimmertür geöffnet und den Kopf heraus gestreckt. Doch der Mann hatte niemanden erspäht, nur einen harten Schlag auf seinem Kopf verspürt und dann nur noch Schwärze gesehen. Das was das letzte was der Mann je in seinem Leben wahrgenommen hatte.

Ein anderer hatte in diesem Moment, für den Mann nicht mehr hörbar, damit begonnen *Summertime* zu summen. *Läuft doch*, hatte dieser andere kaltblütig, damals an diesem Sommerabend, gedacht.

Und dieses Lied kam ihm immer noch summend über die Lippen, als er nach dem Entsorgen des 'Stückes Müll' wieder zuhause angelangt war, und sich mit den Daten der erbeuteten Karte per Internet einen Flug nach Berlin-Tegel gebucht hatte.

Von da aus würde er dann seine Spuren verwischen und untertauchen. Niemand würde ihn mehr finden.

Geld hatte er genug für sein ganzes Leben, ein Leben wie er es sich immer vorgestellt hatte. Er sah sich schon am weißen Strand unter den Palmen liegen und einen Cocktail schlürfen. Hier hielt ihn sowieso nichts. Weder der Verein noch die Vereinskollegen, denn die waren seiner Meinung nach alle unfähig.

*Sie haben nie den Wahrheitsgehalt von Röslers Visionen erkannt. Nie!*

Ganz im Gegensatz zu ihm, und so war er sein Verbündeter geworden.

Das Geheimnis, das er und Rösler gehütet hatten, war von solcher Brisanz, dass sie niemanden sonst eingeweiht hatten.

*Es wären ja doch nur Perlen vor die Säue geworfen worden, hätten wir etwas gesagt.*

So hatten er und Rösler die Perlen selbst verwertet.

Er hatte die Beziehungen und Rösler die Schulden, so war für beide eine lukrative Geschäftsbeziehung entstanden. Bis Rösler diese Gewissensbisse geplagt hatten. Ein Risiko, dass er auszuschalten hatte, und er hatte.

Im Endeffekt hatte er so zwei Fliegen mit einer Klappe geschlagen, weil so auch noch der Weg zu ihm, zu seinem Schatz, zu seinem Karolus, frei geworden war.

Ein kurzer Laut seines PCs riss ihn aus seinen Gedanken, und zeigte ihm an, dass eine Mail für ihn angekommen war. Der Absender verriet ihm gleich, dass es die Mail sein musste, auf die er gewartet hatte. Die Fluggesellschaft teile ihm mit, dass sein persönlicher Flug ab sofort zum

Online-Check-in bereitstand.

Zufrieden lächelnd öffnete er die Anlage, folgte den Hinweisen und ließ sich das Ergebnis des vorletzten Teils seines Planes ausdrucken. Mit den Daten auf dem erbeuteten Stück Plastik hatte er sich einen Platz reserviert.

*Ach, es ist heutzutage alles so einfach*, dachte er, während sich seine Bordkarte aus dem Drucker schob.

Er wusste, dass man auf dem Inlandflug die Passagiere nicht so genau kontrollieren würde. Und selbst wenn, er hatte ja den Ausweis von ihm dabei, und wer würde schon bestreiten, dass er die Person war, die dort auf dem Foto abgebildet war. Die kleinen Unterschiede zwischen dem Mann auf dem Foto und seinem Aussehen würden niemanden auffallen. Im letzten Moment würde er in das Flugzeug steigen, und unter Zeitdruck würde keiner mehr so exakt prüfen ob Pass und Reisender übereinstimmten.

Und für seine weitere Reise, konnte er auf jeden Fall diesen Ausweis weiterbenutzen. Das war auch der Grund dafür, dass er den Ausweis von ihm an sich gebracht hatte. Da würde es nicht reichen, wenn er nur die Nummern seiner Identität entsprechend der Plastikkarte im Internet angeben konnte. Nur zu wissen was darauf stand würde ihm da nicht reichen. Er musste den Nachweis besitzen.

Mit einem fetten breiten Grinsen schnappte er sich die ausgedruckte Bordkarte der Fluggesellschaft, die ihn nach Berlin bringen würde, seine Fahrkarte in sein neues Leben, und es würde grandios werden. In Berlin würde er sich ein Auto mieten und dann war er weg.

*Tja, bald habe ich es geschafft*, frohlockte er.

Sein neues Leben würde beginnen, sein Leben, auf das er so präzise hingearbeitet hatte. Nichts und niemand würde ihn jetzt mehr daran hindern.

Geschickt hatte er die Häscher auf eine andere Fährte gebracht, mit der würden sie erst einmal beschäftigt sein. Er hatte diesen Hunden ein Stöckchen geworfen, weit weg, und in die falsche Richtung. Bis sie es zu ihm zurückbringen würden, war er schon über alle Berge. Er war zufrieden mit seinem Ablenkungsmanöver, es würde ihm die noch benötigte Zeit verschaffen, die er brauchte, um seinen Abgang zu inszenieren.

Glücklich jauchzte er, und sein Jauchzen hätte nicht freudiger sein können, wenn er sechs Richtige mit Zusatzzahl gezogen hätte. Er steckte selbstsicher sein Portemonnaie in seine Jacketttasche und legte sein Jackett über den bereits gepackten Bordkoffer.

Mehr brauchte er nicht, alles andere, wie zum Beispiel eine neue Identität, konnte er sich kaufen, wenn er am Ort seines nächsten Lebens angekommen war.

Keine Sekunde fragte er sich was die nächsten Sekunden, Minuten, Stunden, Monate oder gar Jahre für ihn bringen würden, er wusste es genau, denn er hatte sie schließlich minutiös geplant.

**Kapitel 30**
Montagnachmittag, siebzehn Uhr sieben, 28. September

Mit den spärlichen Informationen aus dem Archiv des 'Beobachter', und Frau Meyers Museumsbesuchserzählung im Gepäck, war Stein in ihre Wohnung gefahren. Sie hatte nur noch das Ziel ihre Dusche aufzusuchen, um den restlichen Staub vom Tunneleinsturz in Röslers Haus aus den Haaren zu bekommen.

Zuhause angelangt wandte sich Stein sofort ihrem Badezimmer zu.

Ihre Kleidung landete flugs im Wäschekorb und sie schlüpfte in die Duschkabine.

Stein drehte das Wasser auf, es war kalt und hatte auf keinen Fall die Temperatur, die sie sich für ein wohltuendes Duschbad vorstellte.

Ungeduldig drehte ihre rechte Hand den Wärmeregler hoch, unterdessen prüfte die linke die Wärme der Wassertropfen.

*Werd' schon warm*, dachte Stein, der es kalt war.

Draußen hatten die Temperaturen gehörig abgekühlt. Ein fast eisiger Wind war in den Nachmittagsstunden aufgekommen.

Endlich spürten Steins Finger angenehm warmes Wasser aus dem in Ehren verkalkten Duschkopf kommen.

Heute würde Nachbarin Meyer sicherlich nichts an der Einstellung der Wassertemperatur ändern, indem sie ein Stockwerk tiefer Wasser zapfte. Stein konnte, ohne dass sie auf plötzlich kommendes heißes oder kaltes Wasser gefasst sein musste, in Ruhe duschen.

Mit dieser Gewissheit im Rücken stellte sie sich unter den Wasserstrahl und ließ das feuchte Nass auf ihre Kopfhaut prasseln. Zwischen ihren Füßen sah sie gräulich eingefärbtes Wasser in Richtung Abfluss strömen. Stein war froh, diesen uralten Staub endlich loszuwerden. Doch irgendwie fehlte Stein heute die Muße zu einer ausgiebigen Dusche, obwohl beste Voraussetzungen herrschten.

Nach nur kurzer Zeit entstieg Stein der Duschkabine, trocknete sich ab, schmiss sich in ihre liebsten Wohlfühlklamotten und begab sich, ihre Haare trocken rubbelnd, in die Küche.

Das war wieder einmal einer von diesen Tagen, an dessen Feierabend es Stein unverzichtbar erschien ihrer Tasse mit heißer Milch eine große Portion Schokopulver hinzuzufügen, und obenauf Sahne aus der Sprühdose zu geben. Die Kriminalistin sah zu, wie sich die Sahne unter den stetig kreisenden Bewegungen des Löffels langsam auflöste, aber der Anblick machte sie weder glücklich noch zufrieden. So wie der Löffel kreiste, kreiste es auch in ihrem Kopf.

Irgendwie war Stein zu erschöpft um einen klaren Gedanken fassen zu können, andererseits aber zu aufgedreht um sich auszuruhen und nicht mehr an den Fall zu denken.

Stein beendete ihr Löffelkreisen und rief voller Tatendrang bei Brucati auf dessen Handy an, um zu erfahren ob er noch in der SoKo verweilte, oder wo der Kollege sich sonst gerade befand.

"Ich war bei dem Flemming, bin gerade zuhause angekommen", kam als Antwort von Brucati. Worauf er vom anderen Ende der Leitung Stein seufzen hörte. Er kannte seine Kollegin durch und durch, um dieses Seufzen richtig zu interpretieren. Sie wollte quatschen.

"Komm doch her", bot Brucati an. "Dann kannst du mir erzählen was beim 'Beobachter' und Frau Meyer los war."

"In einer viertel Stunde", war alles was Stein antwortete.

Brucatis "Bis gleich" hörte Stein schon gar nicht mehr.

Antonio Brucati empfand es nicht als störend, dass Stein ihn nochmal angerufen hatte, im Gegenteil, er freute sich darauf, dass Stein ihn heute noch besuchen kam.

Weder Stein noch Brucati hatten einen Partner oder eine Partnerin. Natürlich hatten beide schon Beziehungen gehabt, aber *der* oder *die* Richtige war einfach noch nicht dabei gewesen. Doch das was die beiden Kriminalisten miteinander verband war für Brucati mehr wert als jede vielleicht noch so harmonisch verlaufende Beziehung.

Brucati hatte schon oft darüber nachgedacht, was eine Beziehung ausmachte. Das miteinander über alles quatschen können, das konnte er mit Stein, und sie mit ihm. Das einander blind verstehen und vertrauen, das taten sie. Brucati merkte wenn es Stein schlecht ging, und umgekehrt fiel auch ihr jede Gemütsregung ihres Kollegen auf. Sie liebten beide ihren Beruf, und verstanden wie der andere ihn ausübte und was dahinter stand. Sie unternahmen viel zusammen, und es war jedes Mal an ihrer Seite toll. Sie hatten den gleichen Geschmack was Filme anbelangte und nicht nur da. Okay, ein Manko hatte die Sache, sie hatten keinen Geschlechtsverkehr miteinander, aber wie hatte Dosske einmal so schön formuliert: *Sex wird total überbewertet.*

Sicher, es hatte einmal in einer Situation einen durchaus feurigen Kuss zwischen den beiden gegeben, aber Brucati und Stein hatten nie wieder über diesen Moment gesprochen. Dieser Kuss hatte sich so richtig und zugleich so falsch für beide angefühlt.

Brucati hatte beschlossen diesen Versuch nicht zu wiederholen, er wollte das, was er hatte, auf keinen Fall zerstören. Auch wenn er im Hinterstübchen durchaus noch ein bisschen Platz für eine andere, ihm vielleicht liebere Vaiante des Zusammenlebens mit Stein offenließ. Sicher war auf jeden Fall, dass Brucati sich alleine durch die bloße Nähe Steins gut fühlte und er wusste, dass es umgekehrt genauso war.

Voller Vorfreude wartete er auf das Klingeln an seiner Tür.

Wenig später nach Steins Anruf empfing Brucati, ebenfalls frisch geduscht, Stein an der Tür seiner Wohnung in Neu Isenburg. "Komm rein!"

Stein trat ein und lief gleich durch zum Wohnzimmer.

Brucati schien erst kurz zuvor seiner Dusche entstiegen zu sein. Auf seinem schwarzen Haar zeigte sich noch ein feuchter Glanz. Als Stein an der geöffneten Tür seines Badezimmers vorbeilief, nebelte der frisch holzige Duft seines Duschgels sie ein. Steins Näschen nahm deutlich kalabrische Bergamotte und italienische Mandarine wahr. Den Duft, den sie an Brucati so mochte.

"Sag' mal, was ist denn bei dir im Haus los?", fragte Stein, die, um in Brucatis Wohnung im ersten Stock zu gelangen, im Treppenhaus an einer Menge von gelagerten Baumaterialien vorbeigelaufen war.

"Die Nachbarn lassen ihr Bad renovieren. Und nix klappt so wie man es ihnen versprochen hatte. *Eine Woche* hätte das Ganze dauern sollen und nun sind die schon seit bald *einem Monat* da unten zugange", sprudelte es aus Brucatis Mund.

"Machen sie es selbst?"

"Nee, *Fachmänner*", spieh Brucati, "werkeln da. Hör' mir bloß auf mit Handwerkern, verlangen ein Schweinegeld, können angeblich alles, bauen dann aber dennoch Scheiße und führen sich trotzdem auf wie die Götter in blau!", schimpfte Brucati, der mehr als nur gereizt wirkte.

In der Handbewegung, mit der Brucati die Tür zum Wohnzimmer hinter sich zuwarf, sah Stein den Ärger ihres Kollegen widergespiegelt. Überrascht darüber runzelte Stein die Stirn.

Auch jetzt flaute Brucatis Ärger über die Nichteinhaltung von getroffenen Verabredungen in dem Stockwerk unter ihm nicht ab, mürrisch fuhr er fort: "Meine Nachbarn könnten ihre Handwerker ungespitzt in den Boden rammen. Bei denen geht gar nix mehr. Im Moment kommen sie immer zu mir hoch, um bei mir zu duschen."

Stein merkte wie sehr ihr Kollege genervt war. Ihre Menschenkenntnis über Brucati befähigte sie dazu zu ahnen, dass dieser Missmut nicht nur der momentanen Situation mit den duschenden Nachbarn geschuldet war, sondern eigenen unschönen Erfahrungen mit Handwerkern zu entspringen schien. Deswegen fiel ihr Tonfall auch sehr zurückhaltend aus, als sie sagte: "Ich kann mich über die Handwerker, mit denen ich bisher zu tun hatte, eigentlich nicht beschweren."

"Dann preise Gott und danke dafür, Hallelujah!", rief Brucati mit gen Himmel gereckten Händen aus.

Antonio Brucati war, was Verabredungen oder Termine anging, stets pingelig. Pünktlichkeit und Gewissenhaftigkeit stellten für ihn unabdingbare Werte dar, deren Erfüllung er stets zu einhundert Prozent anstrebte. Das war einer der Gründe, warum der Fuchs Christ ihn mit Daniel Dosske, der in diesem Punkt nicht ganz so sorgfältig war, in ein Team gesteckt hatte. Brucati sorgte schon für den richtigen Antrieb in der Truppe.

Ein letztes Unmutsschnauben drang aus Brucatis Kehle. Diesem tiefen Ausatmen entnahm Stein, dass Brucati das Thema nun beenden wollte.

"Du Armer", kam Stein voller Mitleid über die Lippen, als sie sich auf Brucatis Ledercouch niederließ.

Stein kannte sich in Brucatis Wohnung bestens aus. Sie kannte den überdimensionalen Plasmafernseher in der Wandhalterung, auf dem sie schon gemeinsam so manchen spannenden Blockbuster verfolgt hatten, die abgeschlossene Glasvitrine mit den gesammelten Schusswaffen in der Ecke, und die traumhafte Markenküche, in der sie beide schon manchmal gemeinsam, oder auch zu dritt mit Dosske, etwas gebruzzelt hatten.

Brucatis gut betuchte Eltern hatten es sich natürlich nicht nehmen lassen, den Sohnemann bei der exklusiven Innenausstattung seiner Wohnung finanziell zu unterstützen, und waren dabei nach dem Motto 'Das Beste vom Besten' verfahren.

Stein hatte, als sie das erste Mal in Brucatis Küche stand, gelästert *'Alleine für diese Küche würde dich doch jede Frau heiraten.'*

Offenbar wollte Antonio Brucati nun diese Küche aufsuchen, denn er erkundigte sich: "Magst du was trinken?"

Steins Blick fiel auf das mit Cola gefüllte Longdrinkglas, das Brucati sich wohl eingeschenkt hatte, und das auf dem Wohnzimmertisch stand. Sie dachte allerdings wehmütig an die von ihr unberührt zurückgelassene Tasse auf ihrem Küchentisch und seufzte eigentlich nicht ernsthaft: "Eine heiße Schokolade."

"Kann ich dir machen."

"Ha", rief Stein überrascht aus, als wenn sie Brucati bei etwas ertappt hätte, "wusste ich doch, dass du zur Müslifraktion gehörst und morgens Milch brauchst."

"Nein", gab Brucati ohne Schärfe in seiner Stimme zurück. "Aber ich kenne dich, und deine Vorlieben." Er sah ihr tief in die Augen. "Und bin immer darauf vorbereitet, dass du vorbeikommst", sagte er mit diesem ihn so unwiderstehlich machenden Lächeln.

Während Brucati in die Küche verschwand, schluckte Stein hart. Irgendwie hatten diese Worte sich angefühlt wie eine Ohrfeige, aber eine angenehme. Ihre Gedanken drehten sich noch um diese Watsche, als sie aus der Küche das Surren einer laufenden Mikrowelle vernahm. Ein Piepsen folgte, und schon kam Brucati mit einer dampfenden Tasse zurück.

"Danke", säuselte Stein und stellte die entgegengenommene, heiße Tasse schnell auf dem Wohnzimmertisch ab. Sie gähnte verstohlen, als Brucati sich neben sie setzte, und überspielte dieses Gähnen, indem sie fröstelnd die Schultern hob und meinte: "Boah, es ist so kalt draußen geworden."

Brucati sah seine Kollegin prüfend an. "Oh, oh, leidest wohl wieder unter deinem Ich-habe-einen-neuen-Fall-Syndrom?", mutmaßte er. "Du hast wohl nicht viel geschlafen letzte Nacht."

"Du hättest echt Kriminalist werden sollen", bestätigte Stein seine Vermutung.

Steins Frösteln lag bestimmt nicht an zu kühlen Temperaturen in diesen Räumen, trotzdem erhob sich Brucati wieder und schloss die Tür zum Wohnzimmer, die er nach seinem Küchengang aufgelassen hatte, nun aber mit einer wesentlich vorsichtigeren Bewegung, als er dies vorhin unter dem Thema der Handwerker getan hatte.

"Wieviel hast du denn geschlafen", hakte er nach und ließ sich wieder neben seiner Kollegin nieder.

"Nicht genug!", brummte Stein.

Er hob den Arm und bot ihr seine Schulter an.

Mit ausgestrecktem Zeigefinger herrschte Stein ihren Kollegen an: "Du sollst mich nicht lesen!"

Brucati war schon immer ein sehr guter Beobachter gewesen, aber seit er einen Profiler-Lehrgang besucht hatte, fühlte Stein sich manchmal von den sondierenden Blicken seiner tiefdunklen Augen geradezu entblößt. Es war ihr unangenehm, dass er sie so durchschaute.

"Komm schon!", forderte Brucati energisch, und unterstrich seine Aufforderung mit einer einladenen Kopfbewegung.

Stein quittierte seine Aufforderung mit einem säuerlichen Lächeln, schmiegte sich aber doch an seinen athletisch durchtrainierten Körper und legte ihren Kopf an seine Schulter. Sein wärmender Arm legte sich um sie und Stein genoss diese Umarmung sichtlich.

"Also, was hast du erfahren", erkundigte sich Brucati.

"Das Bild von der Meyer stammt aus der Zeit um Achtzehnhundert und ist das Werk eines Kupferstechers namens Haldenwang."

"Mein lieber Freund und Kupferstecher", rezitierte Brucati.

"Wer auch immer", seufzte Stein. "Jedenfalls hat sie das Bild aus so einer Art Heimatverbundenheit heraus gekauft, und weil es ihr einfach gefallen hat. Sonst hat sie keinen Bezug zu dem Bild oder der Burg."

"Hat sich da etwa ein Sackgässlein aufgetan", sagte Brucati spitz.

"Und ich bin reingelaufen", raunte Stein mürrisch zugebend.

*Okay*, verstand Brucati, *Samira ist nicht zu Scherzen aufgelegt.* "Und was war beim 'Beobachter'?"

"Ja", sagte Stein ohne Begeisterung, "es gab da mal einen Vorfall. Man hatte an dem Sockel von diesem Turm etwas entdeckt. War aber wohl nicht wichtig, denn sie haben es einfach wieder zugeschüttet."

Brucati enthielt sich jeglichen Kommentars.

Plötzlich schnellte Stein hoch. Ihr Kopf ruckte zu Brucati herum. "Weißt du was!?"

Anscheinend hatte seine Kollegin nicht ein Blitz, sondern eine Eingebung getroffen.

"Hm?", forderte er sie auf weiterzusprechen.

Stein schlug sich mit der Hand vor den Kopf. "Ich kann ja den von Eschersleben mal dazu fragen. Der weiß doch sicher am besten darüber bescheid, was da an seinem Turm los war."

Brucati nickte. "Ja, sicher."

Mit einem tiefen Seufzer begab sich Stein in ihre Ausgangsposition an Brucatis Schulter zurück. "Gleich morgen früh werde ich mit ihm darüber sprechen", nahm sie sich vor.

"Tu' das", sagte er mit sonorer Stimme.

Stein atmete tief durch.

Brucati kannte das. Seiner Kollegin lag etwas schwer auf der Seele. Er schwieg allerdings zu seiner Vermutung, verhielt sich hingegen vollkommen ruhig und ließ nur seinen Daumen auf Steins Oberarm auf- und abgleiten.

Schließlich rückte sie mit der Sprache heraus. "Weißt du was mir echt zu schaffen macht?"

"Hm?"

"Wie pervers muss man denn drauf sein, um sich so etwas wie mit diesen Quallen einfallen zu lassen."

"Echt starke Idee!", erkannte Brucati an.

"Starke Idee", entsetzt wand sich Stein aus Brucatis Umarmung und funkelte ihn mit ihren ozeanblauen Augen an.

"Naja, sind wir doch mal ehrlich, wenn wir mit unserem Doc nicht so einen phantastischen Rechtsmediziner an der Hand hätten, wäre das doch niemandem aufgefallen. Von daher ...", Brucati sprach nicht weiter, als er Steins entsetztes Gesicht sah.

"Das ist doch krank", brummte sie und griff nach ihrer Tasse.

Der Wärme von Brucatis Arm verlustig gegangen, suchte sie nun Halt in dem warmen Getränk und nahm einen großen Schluck. Diese Schokolade schmeckte wirklich gut, war sehr cremig und nicht ein wässriges, aus Instantpulver zusammengerührtes Produkt.

"Hm, die ist echt lecker", sagte Stein und hielt Brucati die Tasse entgegen, damit er erkennen konnte worauf sie Bezug nahm. "Hast du das Rezept von Mamma?"

"Familienrezept", gab Brucati lächelnd an. "Apropos, hast du Lust morgen Abend mitzukommen. Mamma hat mal wieder Sehnsucht und mich zum Essen eingeladen", erklärte er.

"Gerne", sagte Stein sofort.

Sie mochte, unabhängig davon, dass Brucatis Mutter eine begnadete Köchin war, diese Frau sehr gerne. Und da ging es nicht nur ihr so. Auch Dosske nannte diese Frau, genau wie Stein, *Mamma*, denn sie war für alle so etwas wie eine mütterlich fürsorgliche Freundin.

Die Abende bei leckerem italienischem Essen im Hause der Brucatis waren immer lustig, konnten aber auch tiefsinnig sein. Stein hielt sich sehr gerne dort auf. Sie genoss Mamma Marias warme herzliche Art. Und selbst mit Luciano, dem Vater Brucatis, der anfangs auf die junge Frau so reserviert gewirkt hatte, verstand Stein sich blendend.

Stein nahm erneut einen Schluck ihres Getränks.

Brucati griff zu seiner Cola und trank ebenfalls.

Die Kriminalistin stierte in ihre Tasse. "Aber wer, von unseren Verdächtigen kann es gewesen sein?", kam sie grübelnd auf das Thema zurück. "Wer ist ein solcher Psychopath?"

Brucati erinnerte sich an den von ihm absolvierten Profilerlehrgang, an die Worte des Professors: *Ein Psychopath führt nach außen vielleicht ein normales Leben. Aber er hält sich nicht an die gesellschaftlichen Normen. Er ist agressiv, emotionslos und zeigt niemals Reue. Leider fällt er erst auf, wenn er das Leben eines anderen zerstört hat.*

"Tja, das ist hier die Frage", reagierte Brucati nun auf Steins Worte. "Weißt du, Psychopaten werden oft für erfolgreiche, sympathische Zeitgenossen gehalten, die klug, charmant und redegewandt herüberkommen."

"Na toll."

"Zumindest auf den ersten Blick", schob Brucati hinterher.

"Den Appelt würde ich nicht unbedingt als charmant bezeichnen", erinnerte sich Stein.

"Aber durchaus als redegewandt", erinnerte Brucati.

Stein schürzte die Lippen und nickte zustimmend. "Was für einen Pharmareferenten sicherlich von Vorteil ist, denn er muss ja für die Produkte seiner Pharmafirma werben."

"Ja."

Stein schien dazu etwas einzufallen. Immer noch haftete dabei ihr Blick auf der Tasse in ihren Händen, und jetzt wirkte es, als wenn sie durch die Tasse hindurchblicken könnte, als sie laut überlegte: "Dazu muss er sich mit Arzneimitteln auskennen, also über deren Wirkung, oder Nebenwirkungen, Gegenanzeigen und Risiken Bescheid wissen."

"Ja."

Stein schaute von ihrer Tasse auf, sah Brucati an, und zog ihre Augenbrauen gefährlich zusammen. "Das bedeutet", begann sie geradezu verschwörerisch, "er ist dazu fähig biologische, sowie biochemische und molekularbiologische Zusammenhänge zu erklären, wozu er sich letztendlich wiederum mit Krankheitsverläufen und Reaktionen auskennen muss. Er weiß sozusagen wie der Hase läuft!"

Diesmal kam kein 'Ja' von Brucati, sondern er fragte: "Worauf willst du hinaus?"

"Naja, er muss naturwissenschaftliche und medizinische Grundlagen haben."

Brucati dämmerte worauf Stein hinauswollte. "Du meinst, wer so eine Würfelqualle einsetzt, der muss solche Grundlagen haben."

Stein nickte.

"Ja, aber warum? Was soll das Motiv sein? Diese eine fehlende Münze?", fragte Brucati und stieß geräuschvoll seinen Atem aus. "Von der wir noch nicht einmal wissen ob sie überhaupt fehlt!"

Stein nickte gedankenversunken. "Da vielleicht schon eher dieser Schatz."

"Du meinst diese Wolfslegende", erkundigte sich Brucati.

"Ja."

"Aber gibt es *den* wirklich, und ist der heute noch zu finden?!", zweifelte Brucati. "Da sind doch schon viele Jahre ins Land gegangen, seit Linhart seinen Schatz versteckt hat. Vielleicht hat er ja auch nur seine Harfe versteckt und gar nicht einen Schatz aus Gold und Silber."

"Hätte man wegen eines Schatzes oder einer Münze jemandem so einen qualvollen Tod bereitet?", wandte Stein ein.

Brucati überlegte kurz. "Da schon eher wegen des Schatzes", gab er nickend zu. "Obwohl", zweifelte er, "die Frage ist doch bei dieser Münze, warum wollte sie jemand, ging es dabei um ihren realen oder ihren ideellen Wert."

"Oder wir sind völlig auf dem Holzweg", seufzte Stein.

"Du meinst das Motiv liegt vielleicht eher im zwischenmenschlichen Bereich?"

"Ich habe keine Ahnung", gab Stein genervt zu. "Vielleicht hat ja wirklich irgendein Irrer mal was Neues ausprobieren wollen."

Brucati erinnerte sich wieder an die Worte seines Professors: *Dieses psychopathische Charisma hat viel damit zu tun, dass ein solcher Mensch ständig nach Stimulation sucht. Finanzielle oder geschäftliche Risiken einzugehen lieben sie. Drogen, Sex, Rock 'n' Roll, das ist ihr Leben. Wenn es für sie um einen neuen Kick geht, handeln sie rücksichtslos, leider macht sie dies durchaus spannend.*

Brucati nickte nachdenklich. "Weisst du noch was von Eschersleben über Appelt gesagt hat?", fragte er Stein und sah zu ihr hin.

"Was meinst du?"

"Die Sache mit dem Faschingsprinzen, dem neuen Mercedesmodell, der Chefetage."

Stein schien zu verstehen was Brucati meinte. "Er hat Durchsetzungsvermögen", folgerte sie. "Aber ist er deswegen gleich ein Psychopath?"

"Auf der ganzen großen Welt", begann Brucati nun und formte dabei mit seinen Händen einen mächtigen Ball, "mit Ausnahme des Fernen Ostens", schränkte er ein, "sind schätzungsweise drei bis sieben Prozent der Männer und ein bis zwei Prozent der Frauen Psychopathen."

"Hast du das bei deinem Lehrgang aufgeschnappt?"

Brucati nickte.

"Wieso mit Ausnahme des Fernen Ostens?", wollte Stein wissen, die Brucatis Ausführungen aufmerksam gefolgt war.

"In China, Japan und Taiwan sind höchstens null Komma ein Prozent der Bevölkerung von amoralischen Persönlichkeitsstörungen betroffen."

"Wieso?"

"Mein Prof hat damals erklärt, dass kulturelle Faktoren eine Rolle spielen. In diesen Ländern sind gewissenlose Egoisten verpönt. Man stigmatisiert skrupelloses Verhalten. Wer bei seinem Streben nach Macht nicht das Gemeinwohl und die sozialen Konventionen im Auge behält, wird gesellschaftlich geächtet. So lernen potentielle Psychopathen schnell ihre emotionalen Mängel kognitiv zu kompensieren, verhalten sich also angepasst."

Stein seufzte. "Ich glaube, ich weiß was du meinst. Wer in der westlichen Welt eiskalt und ohne Rücksicht auf andere, auf deren Arbeitsplätze, deren Gesundheit oder auch ohne Bedacht auf die geschundene Umwelt den Gewinn maximieren kann, gilt als vorbildliche Führungskraft."

Brucati sah Stein an und bewegte dabei seinen Kopf kaum merklich zustimmend. "Leider wird solch skrupelloses Verhalten oftmals sozial belohnt, zum Beispiel mit einer Beförderung."

Steins Miene zeigte sich verstört. "Das würde ja bedeuten, dass ein Gesellschaftssystem oder Wirtschaftssystem wie unseres, nicht nur den Wert des 'Wachstums um jeden Preis', sondern auch entsprechende Persönlichkeitsstörungen fördert."

Brucati nickte versonnen. "Mit steigender Tendenz", bestätigte er, "zumindest so lange wie Verantwortungslosigkeit, mangelnde Selbstbeherrschung oder Reue zunehmend toleriert oder sogar sozial belohnt werden."

Steins Miene wandte sich zu einem erkennenden Entsetzen hin. "Solange Firmen solche Psychopathen nicht feuern, sondern befördern", stellte sie fest.

Eine Schweigeminute zwischen den beiden Diskutanten entstand. Stein nahm wieder einen Schluck aus ihrer Tasse, Brucati von seinem Getränk.

Das Thema beschäftigte beide SoKo-Beamten nicht minder. In Steins und auch in Brucatis Haltung hatte sich ein unterschwelliges Unbehagen eingeschlichen. Auch wenn sie tagtäglich in solche Abgründe blicken mussten, so gab es doch immer wieder den Fall, den sie trotz aller Vernunft im Gepäck mit nachhause nahmen. Nicht immer gelang es den Kriminalisten abzuschalten.

"Aber wo willst du die Grenze ziehen", begann Stein wieder. "Wo hört der Mensch auf, der sich nach oben arbeitet, um mehr Geld für seine Familie zu verdienen, die Kinder auf die Uni schicken zu können, und wo fängt der Psychopath an, der alles aus dem Weg räumt was ihm diesen verbauen könnte?"

"Das ist eine sehr gute Frage", schnaubte Brucati. "Ich habe mal eine interdisziplinäre Untersuchung gelesen, an der die Polizeihochschule in Münster mitgemischt hat. Darin ging es um Manager die besonders schnell und weit nach oben kommen", verdeutlichte er. "Man hat die in drei Typen eingeteilt. Den Narzissten, der vor allem sich selbst liebt", begann Brucati mit seiner Aufzählung. "Den Macchiavellisten, das ist der mit einem ungezügelten Machtstreben. Und den Psychopathen, gegen dessen Skrupellosigkeit Narzissten und Macchiavellisten wie Amateure wirken."

"Aber nicht jeder Wirtschaftsboss ist gleich ein Psychopath", meinte Stein, schob aber ein "hoffentlich", hinterher.

"Nein. Psychopathie nimmt keine Rücksicht auf soziale Schichten", zitierte Brucati aus seinem erworbenen Wissensschatz. "Es gibt genauso oft den psychopathischen Hartz-IV-Empfänger wie den psychopathischen Reichen. Nur landet der Hartz-IV-Empfänger eher im Gefängnis, im Gegensatz zum Manager, *der* macht die rasante Karriere", stieß er zwischen den Zähnen hervor.

Stein atmete schwer.

"Gott sei Dank ist nicht jeder Psychopath gleich ein Massenmörder oder Serienkiller", meinte Brucati ernst. "Den meisten reicht es, andere seelisch zu zerstören, sie zu mobben, zu demütigen, oder abhängig zu machen."

"Du meinst also, es sind die sozialen Einflüsse, die einen Psychopathen formen?", fragte Stein. "Familie und so weiter."

"Vielleicht." Brucati zuckte mit den Schultern. "Das Verhalten von Menschen wird schon in frühester Kindheit und Jugend geprägt."

"Ich weiß", bekundete Stein, "wenn Bezugspersonen liebevoll mit Kindern umgehen, entwickeln diese eine vertrauensvolle und gesunde Persönlichkeit. Werden sie vernachlässigt, misshandelt oder gar missbraucht, hat das oft die bekannten negativen Auswirkungen wie Jugendkriminalität, Gewalttätigkeit, Drogensucht", zählte Stein auf.

"Ja. Aber bei Psychopathen kann es vollkommen unerheblich sein wie gut oder schlecht die Qualität ihres Familienlebens in der Kindheit war. Das haben Studien gezeigt. Deshalb glauben einige Forscher auch, dass Psychopathie genetisch bedingt oder gar vererbt sein kann. Ihr Gehirn funktioniert ganz anders als bei einem normalen Menschen. Sind diese Gehirnveränderungen vererbt, kann die Psychopathie zum Ausbruch kommen wenn die Umgebung das Fehlverhalten toleriert oder sogar verstärkt."

"Na super!", entfuhr es Stein. "Aber in so ein Gehirn kann man nicht reinschauen", murrte sie.

"Ja, leider!", musste auch Brucati zustimmen.

Stein seufzte. "Und wer ist nun *unser* krankes Hirn? Woran kann man einen Psychopathen erkennen?"

"Mein Prof hat gesagt, es gibt klassische Symptome. Ein Psychopath hält sich nicht an die gesellschaftlichen Normen, er ist risikofreudig, impulsiv, agressiv, er liefert unbeständige Arbeitsergebnisse, missachtet finanzielle Verpflichtungen, er ist niemals monogam und hat keinerlei Reuegefühl. Und er bettelt gerne mal nach Mitleid."

"Und auf wen von unseren Verdächtigen trifft das jetzt zu? Auf den Appelt, den von Eschersleben oder den Flemming? Wer von denen ist ein solcher Psychopath, dass er keine Probleme damit hat über Leichen zu gehen?", fragte Stein und stellte ihre geleerte Tasse auf den Tisch zurück.

"Wie wäre es mit Frau Schneider?", fragte Brucati mit einem spitzbübischen Grinsen, und natürlich nicht ernsthaft.

Von Stein erntete er dafür einen schiefen Blick.

Brucati wurde wieder ernst. "Das ist hier die Frage", raunte er und erhielt dafür von Stein ein fast verzweifelt klingendes Seufzen, worauf er vorschlug: "Komm, lass' uns ein bisschen abschalten. Es ist gleich viertel nach Acht", verriet ihm ein Blick auf seine Armbanduhr. "Lass' uns fernsehen."

"Was war eigentlich bei diesem Flemming", wollte Stein erst noch wissen.

Brucati unterrichtete sie kurz. Als er zum Abschluss kam, stand er auf, schnappte sich die Fernsehzeitung, warf sie neben Stein auf die Chouch. "Schau mal nach was es im Kasten gibt. Ich mache dir noch einen Kakao." Da von Stein kein Widerspruch kam, schnappte er sich die Tasse und stapfte wieder in die Küche.

**Kapitel 31**
Montagabend, neunzehn Uhr siebzehn, 28. September

Fast vier Stunden suchten Christ, Dosske und von Eschersleben nun schon nach dem Fragment der geheimnisvollen Apogryphe. Sie hatten bisher alles Mögliche und Unmögliche an Schriftstücken gefunden, aber nicht dieses eine.

Christ hatte sich die Blättersammlungen in dem Regal der einen Wand vorgenommen. Er hatte Berichte vom Leben im Mittelalter, Gedichte über die Liebe und die Kirchweih in Dreieichenhain, Geschichten über Ritter der Burg Hayn, Bücher über die Herren von Hagen, eine Fabel wie der erste Hainer entstand, und selbst Büttenreden in den Händen gehabt.

Dosske hatte die andere Regalwand übernommen und war auf Verse gestoßen, die sich um Karl den Großen und seine Frau Fastrada drehten. Außerdem auf eine Anleitung zum Verhalten bei der Jagd. Und auf eine Geschichte in der ein altes Gemälde, das ein Portrait der Anna von Falkenstein zeigte, spukte. Und nicht nur das Bild trieb sein Unwesen, in einer anderen Geschichte war es eine weiße Frau an der Burg Hayn. Und er hatte eine originalgetreue Kopie der Vita Karoli Magni, geschrieben von dem Seligenstädter Abteigründer Einhard, durchgeblättert.

In dem ersten Schriftstück das von Eschersleben in die Hände bekam, er war für den Tisch in der Mitte des Raumes zuständig, wurde von der Geschichte des in den Weiher geworfenen Rings von Fastrada berichtet, und dessen Aufleuchten beim Abendschein. Und in von Escherslebens Augen hatte sich genau so ein Leuchten eingeschlichen, dass die Sehorgane während der Sichtung all der vielen faszinierenden Schriftstücke nicht mehr verlassen sollte.

Nicht außer Acht lassen durfte man die Vielzahl von Liedtexten, welche die drei Männer zu Hauf fanden, angefangen beim Hainer Lied bis zu ganz alten Musikstücken. Einige Lieder waren mit ihren Noten niedergeschrieben worden, andere nur textlich. Besonders fiel dabei ein dickes Werk auf, das Dosske aus einem der Regale auf den Tisch schleppte um besser hineinschauen zu können. Als er das schwere Werk auf dem Tisch ablegte, wurden die anderen Papiere unter seiner Last mächtig zusammengedrückt.

"Wow", gab Dosske von sich, nachdem er die in zwei dicke Platten aus Holz eingebundene Blättersammlung auf den Tisch gewuchtet hatte.

Von Eschersleben gesellte sich zu ihm. Es reichte ihm ein kurzer

Blick, um ihm zu verdeutlichen mit was sie es hier zu tun hatten. "Das ist das Rolandslied", erklärte er.

"Das ist mal ein dickes Ding", raunte Dosske.

Von Eschersleben nickte zustimmend. "Über viertausend assonierende zehnsilbige Verse in über zweihundertneunzig Strophen."

"Hm", brummte Dosske, "Wer immer das auch gesungen hat, der war hinterher heißer!"

Von Eschersleben schmunzelte.

"Rolandslied", überlegte Dosske, "ist das *der* Roland, den man oft als Statue mit einen Horn in der Hand sieht?"

"Herr Dosske", raunte von Eschersleben anerkennend und nickte. "Sie haben recht. Roland mit dem Olifant", sagte er.

"Olifant?", fragte Dosske nach.

"Ja, so nannte man dieses Signalhorn, das aus Elfenbein angefertigt wurde."

"Und was war da nochmal, mit diesem Roland und dem Olifant?", wollte Dosske interessiert wissen.

"Roland war Markgraf der Bretagne und Paladin Kaiser Karl des Großen …", begann von Eschersleben, wurde jedoch von Dosske unterbrochen.

"Paladin?"

"Ein Paladin ist ein mit besonderer Würde ausgestatteter Adliger, meist ein Ritter", erklärte von Eschersleben.

"Aha."

"Naja, jedenfalls hat Roland mit diesem Olifant, der Sage nach", verdeutlichte von Eschersleben, "bei einer Schlacht im Jahre 778 das fränkische Heer von Karl dem Großen zu Hilfe gerufen, nachdem er mit seiner Nachhut in den Pyrenäen in einen Hinterhalt geraten war."

"Und dieses Lied handelt davon."

"Ja, das Rolandslied ist eines der ältesten Werke der Gattung Chanson de geste. In diesen Chansons geht es überwiegend um die Kriegszüge der Kaiser und ihrer Heerführer gegen die Heiden. Besonders in den Klöstern wurden sie als Mittel der Unterhaltung und der Erbauung, vor allem für Pilger, vorgetragen", stellte von Eschersleben sachlich fest.

"Himmel, Arsch und Hornsignal", fluchte Dosske, "da hat sich doch nicht allen Ernstes wirklich einer hingestellt und diesen ganzen Sermon vorgetragen?", forschte er ungläubig.

"So ein Chanson", begann von Eschersleben, während ein Lächeln seine Mundwinkel umspielte, "war nicht zur schriftlichen Verbreitung und damit zum Vorlesen oder Lesen bestimmt, sondern es war da, für einen freien Vortrag in einer Art Sing-Sang. Vorgetragen haben ihn professionelle reisende Spielleute, und zu deren Vortrag gehörte die Begleitung durch ein Saiteninstrument."

"Na hoffentlich hatten die in den Klöstern genug Wein, um die Kehlen vor dem Austrocknen zu schützen", japste Dosske.

Christ hatte mit einem Ohr zugehört und meinte nun: "Mir fällt auf, dass, bei allem was Herr Rösler gesammelt hat, ziemlich oft der Name Karls des Großen auftaucht."

"Stimmt auffallend", gab von Eschersleben zu. "Aber gerade was Schriften anbelangt, ist seine Zeit eine faszinierende. Im Hofskriptorium Karl des Großen entstanden einige Prachthandschriften, die bis heute noch teilweise im Original gut erhalten ist."

"Prachthandschriften", sagte Dosske würdevoll, "was war denn daran so prachtvoll?"

Von Eschersleben überlegte kurz. "Nun, da fällt mir als Beispiel das so etwa um das Jahr 810 entstandene Lorscher Evangeliar ein. Das ist eine ganz mit Goldtinte geschriebene Evangelienhandschrift, welche ursprünglich vierhundertvierundsiebzig Seiten aus feinstem Kalbsperga-ment umfasste. Diese Seiten sind außerordentlich aufwendig gestaltet. Bei einigen Schriftzierseiten wurde mit rotem Purpur auf Goldgrund ge-schrieben.

"Wow", gab Dosske von sich.

Doch von Eschersleben war noch nicht fertig mit seiner Erklärung. "Diese karolingische Bilderhandschrift wurde in Elfenbeindeckel einge-bunden. Solche erlesenen Materialien, wie Elfenbein, Gold- und Purpur-tinte zeichnen eine Prachthandschrift aus."

"Und wo ist diese Prachthandschrift heute?", wollte Dosske wissen.

"Ohjeh", stöhnte von Eschersleben, "die hat eine bewegte Geschichte. Irgendwann wurde sie mal in zwei Teilbände getrennt. Der eine Teil galt als verschollen und ist dann wieder aufgetaucht, wo er sich heute be-findet weiß ich nicht. Der zweite Teil ist jedenfalls in der Vatikanischen Bibliothek und deren Elfenbeintafel im Vatikanischen Museum."

"Aha", hauchte Dosske, einmal mehr angetan vom ungeheuren Wissen des Mannes vom Geschichts- und Heimatverein.

Von Eschersleben wandte sich wieder Christ zu. "Aber Sie haben schon Recht, was Karl den Großen anbelangt, irgendwie kann man nicht an diesem Mann vorbei, vor allem wenn man sich mit dem Mittelalter beschäftigt."

"Aber Rösler hat sich ja nicht nur damit beschäftigt", erklärte Dosske und wies mit der Hand auf das Regalbrett, wo er vorhin Bücher zu dem

Thema Prä-Astronautik gefunden hatte. "Ich sage nur Däniken", schob er hinterher.

"Alles interessant", gab von Eschersleben zu.

Dosske wuchtete die Blättersammlung des Rolandsliedes dahin zurück von wo er sie hergeholt hatte. Er wandte sich dem nächsten Regalbrett zu, während von Eschersleben weiter in den Dokumenten auf dem Tisch stöberte.

Christ blätterte das nächste Schriftstück durch, auch hier hatte Rösler wieder mit einem gelben Marker einige Stellen hervorgehoben. Deutlich war zu erkennen, dass dort wo Rösler seinen Marker zum Einsatz gebracht hatte, es sich um Kopien oder billige Drucke handelte. Andere, wertvollere Stücke dagegen, bei denen es sich durchaus um Originale handeln konnte, waren vollkommen unberührt von irgendwelchen farblichen Hervorhebungen.

Dosske hatte noch nie so viele verschiedene Schriftarten auf einem Haufen gesehen. Seine Augen mussten fast bei jedem neuen Schriftstück, das er sich vornahm, auf eine neue Schreibweise blicken. Handschriften, die er kaum entziffern konnte, und alte gedruckte Schriften waren darunter. Es war geradezu eine Wohltat wenn er auf ein Schriftstück mit einer ihm wohl bekannten Schrift wie Arial oder Times New Roman stieß.

Nur das eine, nachdem die drei Männer so dringend suchten, das war nicht dabei.

Während sich so langsam aber sicher ein gewisses Maß an Frustration bei Dosske einschlich, schien der Mann vom Geschichts- und Heimatverein seine Arbeit sichtlich zu genießen.

Dosske schnappte sich das nächste Blatt Papier. Er war sich nicht sicher, ob er das, was er da sah, richtig einschätzte. Ein paar dieser Buchstaben kamen ihm vertraut vor. "Herr von Eschersleben", sprach Dosske den Mann an.

"Ja."

"Schauen Sie mal bitte", rief er von Eschersleben zu sich. Und als er neben ihm stand, fragte er: "Ist das nicht in dieser Karolingischen Minuskel verfasst?"

Von Eschersleben blickte auf das vergilbte Papier in Dosskes Händen.

"Ja", stimmte er ihm zu. "Das haben Sie richtig erkannt."

Dosske konnte die Schrift gut entziffern. "Delphinium Staphisagria", las er etwas holprig die Überschrift vor.

"Das ist sicher nicht das was wir suchen", erklärte von Eschersleben und wandte sich wieder einem anderen Schriftstück zu.

Dosske überflog trotzdem kurz die Zeilen seiner Schrift. Der Text stellte eine Anleitung dar, wie man den Samen des Rittersporns zerrieb, um mit dieser Paste gegen Kopfläuse vorzugehen. Dosske juckte es unwillkürlich am Kopf. Er kratzte sich und legte das Blatt auf dem Stapel ab, wo die von ihm bereits gesichteten Schriftstücke ihren Platz gefunden hatten.

Dosske wandte sich dem letzten und obersten Fach des Regals, dessen er sich angenommen hatte, zu. Dort lag einsam ein zusammengerolltes Blatt Papier, geradeso als wenn es einen Ehrenplatz in der Sammlung Röslers innehätte. Dosske entrollte es vorsichtig. "Ach nee", kam ihm plötzlich über die Lippen.

Auf seinen Unterton hin wandte Christ sofort seinen Kopf in Richtung des Kollegen.

"Herr von Eschersleben", rief Dosske erneut den Mann zu sich, der auch sofort herüberkam.

"Das kennen wir doch!", meinte Dosske und hielt ihm einen großen Papierbogen unter die Nase.

Von Eschersleben Reaktion bestand in sich ungläubig weitenden Augen. Er war nicht in der Lage ein Wort über die Lippen zu bringen.

Christ kam nun auch hinzu.

In Dosskes Händen ruhte eine Kopie des Blattes, welches Herr von Eschersleben dem Kriminalisten im Museum gezeigt hatte.

"Das ist diese Wolfslegende", erklärte Dosske in Christs Richtung.

Von Eschersleben hatte seine Stimme wieder gefunden. "Aber wie kommt der Rösler dazu? Ich dachte wir hätten das einzige Stück."

"Das war wohl ein Irrtum", stellte Dosske fest.

Christ beäugte das Blatt, von dem er schon berichtet bekommen hatte. Es interessierte ihn durchaus, auch wenn er bereits wusste, dass es nicht das war, nach dem sie hier und jetzt suchten.

Dosske reichte die Wolfslegende an Christ weiter.

Christ fiel auf, dass Dosske, während er das Blatt an ihn weitergab, auf die Uhr neben der Tür blickte. Auch Christ warf einen Blick dort hin. Es war bereits nach Acht.

Von Escherslebens genervter Seufzer ließ den SoKo-Chef schließlich die Entscheidung treffen für heute ihre Suche einzustellen. Sie hatten im Prinzip alles überflogen, was an Schriftstücken vorhanden war.

Christ überlegte ernsthaft, ob Rösler ein solch wichtiges Fragment vielleicht in einem Banktresor aufbewahren würde. Eine Sache, der er nachzugehen gedachte.

Dosske streckte seine verspannten Schultern und seufzte. "Ich glaube dieses Apogryphenfragment gibt es gar nicht."

"Ich meine, für heute sollten wir es gut sein lassen", sagte Christ.

Von Dosske kam keinerlei Reaktion, während von Eschersleben schon so etwas wie ein bedauerndes 'Ach nee' ins Gesicht geschrieben war.

Christ reichte die Wolfslegende an Dosske zurück, der sie wieder an ihren Platz verbrachte.

"Herr von Eschersleben, ich danke Ihnen, dass Sie uns geholfen haben", sagte Christ zu ihm.

"Sehr gerne", antwortete er.

"Wenn ich richtig informiert bin", sagte Christ und blickte dabei von Eschersleben in die Augen, "werden Sie zusammen mit Herrn Tretin hier eine Inventarisierung vornehmen."

Herr von Eschersleben nickte. "Das hoffe ich sehr!"

"Falls Ihnen dabei dieses Fragment doch noch in die Hände kommen sollte ...", begann Christ.

Von Eschersleben begriff sofort auf was Christ hinauswollte. "Werde ich Sie natürlich unterrichten", erklärte er feierlich.

"Gut", bemerkte Christ.

Die drei Männer verließen den faszinierenden Kellerraum. Dosske vorneweg.

Christ hatte fast das Gefühl, dass Dosske heute etwas schneller zufuß unterwegs war als normalerweise.

Vor dem Haus verabschiedete man sich von Herrn von Eschersleben.

Und als wenn sie es gerochen hätte, schwang Frau Schneider just in diesem Moment wieder ihren Besen.

Als Dosske abgeschlossen hatte, und sich mit Christ in Richtung Parkplatz davon machte, rief er im Vorbeigehen zu der fleißigen Nachbarhin hin: "Frau Schneider, Sie Arme, hier muss es ja wirklich sehr viel Schmutz so über den Tag verteilt geben, Sie müssen ja schon wieder für Sauberkeit sorgen."

"Ja", entgegnete sie schnippisch.

Christ ließ sich das innere Lächeln nicht anmerken.

Dosske brachte den SoKo-Chef zurück in die Zentrale.

Jeder der beiden Kriminalisten hatte den Kopf noch voll von all dem was sie gesehen und hehört hatten. So wurde während der Fahrt kaum etwas gesprochen. Sie hingen ihren Gedanken nach. Selbst Dosskes Mundwerk stand jetzt einmal still.

In der Flughafenstraße angekommen begleitete Dosske seinen Chef bis zu dessen Büro, wo er sich kurz verabschiedete. Darauf wandte Dosske sich seinem eigenen Schreibtisch zu, wo er den Schlüssel zu

Röslers Haus wieder verstaute und gedachte die Telefonnummer von Herrn Hanke herauszusuchen. Er fand auch einen Eintrag zu diesem Namen, doch sein sofort getätigter Anruf lief ins Leere.

Dosske schrieb den Namen Hankes samt der Telefonnummer auf einen gelben Haftnotizzettel und klebte ihn unübersehbar auf seinen PC-Bildschirm. *Für morgen*, dachte er.

Jetzt stand Dosske nur noch nach einer Sache der Sinn. Er schlug den Weg über die Straße zu seinem Stammlokal ein.

## Kapitel 32
Montagabend, neunzehn Uhr zweiundzwanzig, 28. September

Dieser Tag lief so richtig rund für Elvira Harreshausen. Die Maklerin hatte zwei Abschlüsse getätigt und ihre Nageldesignerin hatte überraschenderweise kurzfristig einen Termin für sie gehabt. Nun hantierte Harreshausen mit ihrem großen Schlüsselbund am Schloss des Hoftores eines der vielen Grundstücke, die sie als Maklerin zu betreuen hatte. Diesen 'Kasten' hier bekam sie einfach nicht los.

Elvira Harreshausen konnte es eigentlich gar nicht verstehen. Die Lage war gut, die Nachbarn okay, links ein alleinstehender netter Nachbar, rechts ein älteres Ehepaar. Okay, nur ein Stück entfernt verlief eine Eisenbahntrasse, aber sonst war es hier absolut ruhig und gediegen.

Eigentlich hatte die Maklerin schon Feierabend, aber das Grundstück lag auf dem Weg von ihrer Nageldesignerin nach Hause, und so hatte sie sich kurzerhand entschlossen schnell mal nach dem Rechten zu sehen.

Elvira Harreshausen absolvierte ihren üblichen Rundgang, den sie alle paar Tage hier durchführte. Heute war es allerdings bereits schon so spät, dass sie das Licht im Haus anknipsen musste.

Im Vorbeigehen warf die schlanke Frau einen Blick in den Spiegel im Flur und richtete ihre schwarze Lockenpracht. Dabei schmunzelte sie zufrieden über die neue Farbe auf ihren Nägeln. *Dieses zarte Rosa hat was*, bemerkte sie und lief weiter Richtung Wohnzimmer.

In dem großen Raum war die Luft stickig, darum riss Harreshausen die große Flügeltür auf, die über die Terrasse zum Garten führte, und lüftete durch.

Ein sehr kühler Abendwind umfing die Maklerin, als sie auf die Terrasse hinaustrat. Auch hier knipste sie ein Licht an, das die Terrasse erleuchtete. Die Helligkeit des Strahlers neben der Terrassentür reichte fast bis zum Ende des großen Gartens, wo zum Nachbargrundstück hin eine Thuja-Hecke, die leider unschöne Lücken zeigte, die nicht zu vermittelnde Immobilie abschloss.

*Vielleicht bekomme ich diese Liegenschaft deswegen nicht los, weil diese Hecke so ungepflegt wirkt. Da muss unbedingt nachgepflanzt werden*, dachte die Maklerin. *Und der Rasen muss dringend nochmal gemäht werden.*

Auch das kleine Gartenhäuschen am Ende des Rasens trat in Elvira Harreshausens Blickfeld. *Hat das eigentlich eine Lampe*, fragte sie sich. Es war wirklich alles andere als ein Schmuckstück, was da einmal zur

Aufbewahrung von Gartengeräten oder Gartenmöbeln gebaut worden war. Vielleicht lag es auch an ihm, dass sie das Anwesen nicht verkauft bekam.

Harreshausen hatte nur bei der Beauftragung einmal einen kurzen Blick in das Häuschen am Ende des Gartens geworfen. *Nachlässig*, dachte sie, *äußerst nachlässig*, haderte sie mit sich selbst.

Wieder erfasste eine kalte Windböe die Maklerin. Sie zog den Kragen ihres Mantels enger, als der Wind ein paar Blätter von dem großen Ahornbaum neben dem besagten Gartenhäuschen fegte.

*Vielleicht kann man aus diesem Häuschen ja etwas machen. Vielleicht hilft ja schon ein bisschen Farbe*, überlegte die Maklerin.

Um einen näheren Blick auf den Schandflleck zu werfen, lief sie die drei Stufen der Terrassentreppe hinunter, über den Rasen zu der Hütte. Die spitzen Absätze ihrer High Heel Pumps bohrten sich dabei in den Boden.

Wenn man Elvira Harreshausen später einmal fragen würde, warum sie ausgerechnet heute zu dieser Gartenhütte gegangen war, um einen Blick hineinzuwerfen, würde sie ihre Entscheidung nicht wirklich begründen können. Schließlich lüftete sie nun schon seit einem viertel Jahr im Haus durch und hatte schon oft vom Wohnzimmer aus in den Garten geschaut. Doch heute hatte sie den Impuls erhalten die Tür zu der Hütte zu öffnen und einen Blick hineinzuwerfen.

Die Maklerin schritt über den Rasen, auf dem bereits erste abgefallene Blätter des alten Ahornbaumes als Vorboten des Herbstes lagen. Sie suchte an ihrem großen Schlüsselbund im Näherkommen nach dem Schlüssel für das Vorhängeschloss der Gartenhütte, doch als sie ihn gefunden hatte, stellte sie überrascht fest, dass es kein Vorhängeschloss mehr an dem Riegel gab. Ihre Hand schwebte mit dem Schlüsselbund zwischen den Fingern in Höhe der Stelle, wo sich einmal dieses Schloss befunden hatte, und wo sie keine Möglichkeit mehr für ein Aufschließen fand. "Huch!", kam ihr verwundert über die Lippen.

Während sie den Schlüsselbund in der rechten Hand hielt, öffnete sie mit ihrer linken den Riegel. Unterdessen fuhr auf den Schienen nebenan ratternd eine S-Bahn vorbei, und dieses Geräusch verhinderte, dass Elvira Harreshausen bemerkte welcher Angriff sich ihr näherte. So spürte sie ihn, bevor sie ihn hören konnte. Eine ganze Horde von in ihrer Tätigkeit gestörten Schmeissfliegen schoss aus der geöffneten Tür an ihr vorbei.

Erschrocken prallte Elvira Harreshausen zurück und wedelte mit ihrer linken Hand den Angriff ab.

*Wie gut, dass mir das nicht mit potenziellen Käufern passiert ist,* dachte sie.

Die S-Bahn kam außer Hörweite und nun vernahm Harreshausen das hektische Summen der Fliegen, die hier wohl etwas gefunden hatten was ihnen schmeckte.

Neugierig steckte die Maklerin ihr Gesicht in die Hütte. "Oh", stöhnte sie, "welchen Müll haben sie denn hier vergessen zu entsorgen?"

Als Antwort kam ihr eine beißende Geruchsattacke entgegen.

Vergeblich suchte sie nach einem Lichtschalter, hielt sich die Nase zu und tat noch einen Schritt ins Innere.

*Ich muss das entsorgen, was immer da auch so stinkt, das ist ja nicht gerade verkaufsfördernd,* dachte sie angewidert und suchte im schemenhaften Licht nach der Quelle des Gestanks.

Der Holzladen war vor das Fenster geklappt und durch die geöffnete Tür fiel nur spärlich Helligkeit in die Gartenhütte, da der mächtige Ahornbaum davor zusätzlich zu der Abenddämmerung auch noch Schatten spendete.

In der Mitte des Raumes lag anscheinend ein zusammengerollter Teppich. Auf ihm tummelten sich die wieder zur Ruhe gekommenen Fliegen.

*Das scheint die Quelle zu sein, der muss raus hier. Wahrscheinlich haben sich da Mäuse eingenistet und ihr Lager angelegt,* mutmaßte sie.

Nur widerwillig nahm sie die linke Hand von ihrer Nase und suchte ein Tempotaschentuch in ihrer Manteltasche. Auf keinen Fall wollte sie diesen übelriechenden Bodenbelag mit ihren bloßen Händen berühren. Mit dem Taschentuch bewaffnet bückte sich die Maklerin tatkräftig hinunter und streckte ihre Hand Richtung Geruchsquelle aus. Durch den surrenden Vorhang aus verärgerten Schmeissfliegen konnte sie aus diesem Blickwinkel etwas in die Teppichrolle hineinsehen und erblickte menschliche Haare an dem dazugehörigen blutbesudelten Kopf.

Schlagartig wurde Elvira Harreshausen bewusst was hier los war, erschrocken entglitt ihr der Schlüsselbund aus ihrer rechten Hand. Das scheppernde Geräusch ging ihr durch Mark und Bein. Entsetzt wich sie zurück und stürmte zurück in den Garten.

"Oh Gott, oh Gott, oh Gott", entfuhr es ihr, während sich die spitzen Absätze ihrer High Heel Pumps wieder in den Boden bohrten.

Die Härchen, die sich an ihrem ganzen Körper aufrichteten, kamen nicht von der Kühle des Abends, obwohl es das erste Mal in diesem Monat heute Nacht richtig kalt zu werden schien.

Eine weitere Windböe brauste heran und ließ die bereits herbstlich gefärbten Blätter der Bäume ein Rauschkonzert anstimmen. Der stürmische Wind riss Laub von dem großen Ahornbaum unter dem Elvira Harreshausen stand. Eines dieser handtellergroßen Blätter landete auf Elvira Harreshausens Schulter. Erschrocken schrie sie markerschütternd auf. Als die Frau erkannte, dass diese Berührung nur von einem Blatt stammte, schlug sie sich taumelnd die Hand vor ihr Herz und atmete einmal tief durch.

Darauf griff sie mit zitternden Händen nach ihrem Handy und wählte die Nummer der Polizei.

**Kapitel 33**
Montagabend, zwanzig Uhr neunundfünfzig, 28. September

'Bei Johnny', der Feierabendkneipe der SoKo-Beamten, die nur einen Katzensprung von der SoKo-Zentrale in der Flughafenstraße entfernt lag, saß Heinz Schäfer vor einem Bier und wartete auf seine Kollegen Pfeiffer und Dosske.

Schäfer stierte auf die Schaumkrone des dunklen Gerstensaftes vor sich und dachte über das nach was ihm am Herrnweiher passiert war. Eigentlich hatte es ein prächtiger Sonntag, mit einem prächtigen Fang, werden sollen, doch dann war alles ganz anders gekommen.

Heinz Schäfer war heute Morgen spät aus dem Bett gekrochen, weil er nach all den Geschehnissen, die sein Angelausflug mit sich gebracht hatte, nicht nachhause gefahren war, sondern in die SoKo-Zentrale, um dort in seiner Werkstatt an einem der Autos herum zu schrauben. Das war seine ganz eigene Art das Erlebte zu verarbeiten.

Erst als seine müden Knochen ihm weit nach Mitternacht signalisiert hatten, dass es nun doch mal langsam Zeit würde nachhause zu gehen, hatte er sich auf den Weg gemacht. Dieser Weg hatte ihn allerdings in seinem Werkstattbüro vorbei an dem dort seit zwei Jahren hängenden Bild geführt, das ihn und einen kapitalen Fisch am Herrnweiher zeigte. Diese Aufnahme hatte all die Erinnerungen an den ungewöhnlichen aktuellen Fang schlagartig wieder an die Oberfläche gespült, und alles, was Schäfer sich mühevoll an Ablenkung erarbeitet hatte, war vergebens gewesen. Einen erholsamen Schlaf hatte er danach nicht mehr zustande gebracht.

Schäfer hatte die letzten beiden Tage und die dazwischenliegende Nacht nicht so einfach weggesteckt, wie er das noch in seinen jungen Jahren getan hatte. Und so hatte er sich heute Morgen erst spät in die SoKo S geschleppt.

Entgegen aller Gewohnheit hatte ihn sein erster Weg nicht in den Fuhrpark, sondern in das unterste Stockwerk der SoKo geführt, das er sonst selten aufsuchte. Aber er suchte Pfeiffer, weil er sich unbedingt für den Abend mit ihm verabreden wollte. Ablenkung hieß sein Ziel.

Auf dem Rückweg von der forensichen Abteilung hatte der Fuhrparkleiter den durch das Treppenhaus wandelnden Dosske getroffen und ihm erzählt, dass er sich mit Pfeiffer heute Abend auf ein Bier treffen würde, und ihn gefragt, ob er nicht auch zu Johnny kommen wollte. Dosske hatte das natürlich nicht verneint.

Als Dosske schließlich gut gelaunt in der Kneipe erschien, hieb er

Schäfer freundschaftlich auf die Schulter. "Na, du Tunnelfinder", sagte er belustigt, aber Schäfer stimmte nicht in sein Lachen ein.

Dosske ließ sich auf einen Stuhl am Tisch von Schäfer plumpsen. "Hast du die ganze Aufregung inzwischen verkraftet?", fragte er.

Schäfer trug zwar Stärke zur Schau, doch drinnen sah es ganz anders aus. "Ach", begann der rüstige große Mann optimistisch, endete aber nach einer kurzen Pause mit einem definitiven "nein!"

Dosske musterte sein Gegenüber.

Schäfer nahm einen mächtigen Schluck aus seinem Glas, stellte es auf dem Tisch ab und lehnte sich bequem auf seinem Stuhl zurück. Doch irgendetwas schien ihn dabei zu stören und ein bequemes Sitzen zu verhindern. Er fingerte an seiner Gesäßtasche. "Man, als mir noch die D-Mark hatte, hatt ich nie so viel Kleingeld im Beutel", murrte er. "Aber mit dene neue Flocke!" Schäfer stand kurz auf, zog sein Portemonnaie aus braunem Leder aus der Hosentasche und knallte es auf den Tisch.

"*Der* kann aber nix dafür", hauchte Dosske mit Fingerzeig auf den geschundenen Geldbeutel und sah Schäfer dabei in seine Augen. Das was Schäfer störte, war nicht wirklich dieser Geldbeutel, stand dort für Dosske zu lesen. Daher unterdrückte er die Bemerkung, dass die 'neue Flocke' nicht mehr unbedingt als neu zu bezeichnen waren. Die D-Mark gab es schon seit über zehn Jahren nicht mehr.

Und der blonde Hüne bestätigte auch sofort Dosskes Einschätzung. "Isch bin immer noch ganz fix und ferddisch!", erklärte er im schönsten Hessisch. "In was bin isch da nur enei gerade!", entfuhr es Schäfer, den ein Gefühl von Unwirklichkeit immer noch nicht verlassen hatte. "Als die den Tote von da unne ruffgeholt hawwe …", er ließ den Rest unausgesprochen, aber seine Augen sprachen weiterhin eine klare Botschaft.

Dosske nickte, wobei sein Blick verständnisvoll wurde.

"Waaste, dass es irschendwo an dere Hayner Burg en Dunnel gewe sollt, dadraus hot ja kaaner e Geheimniss gemacht, aber dass es den werklisch gibt, des ist escht …", wieder fehlten Schäfer die Worte.

"… unglaublich", half Dosske aus.

"Isch bin mer dort vorgekomme, als wenn de Carter grad des Grab von dem Tut geöffnet hätt", erinnerte sich Schäfer.

Dosske lachte.

Stefan Färber, ein weiterer SoKo-Kollege, trat an Schäfers Tisch heran und hieb dem Fuhrparkleiter freundschaftlich auf den Rücken. "Na, hast ja einen tollen Fang gemacht", feixte er im Vorbeigehen.

"Witzisch, sehr witzisch", fauchte Schäfer.

Obwohl heute Johann Freibichler, der Besitzer des 'Bei Johnny', nicht seinen beliebten 'Zweites-auf's-Haus-Mittwoch' veranstaltete, brummte der Laden. Einige der Gäste stammten aus Christs fünfzig Mann starker Truppe. Auch der nächste Gast, der über die Schwelle trat, Andreas Haller, war ein SoKo Kollege. Als er Schäfer sitzen sah, lief er auf ihn zu und holte Luft, um etwas zu sagen.

Doch Schäfer, der den Augenaufschlag des Kollegen wohl zu deuten wusste, kam ihm zuvor. "Loss es!" schmetterte er ihm entgegen.

Haller hob sich ergebend die Hände und trollte sich, wobei auf seinem kantigen Gesicht ein Schmunzeln lag.

"Weiß es eigentlisch aaner noch net?!", haderte Schäfer.

"Tja, unser Treppenhausfunk funktioniert halt", brummte Dosske in Richtung des Gebeutelten.

"Toll", stieß Schäfer zwischen den Zähnen hervor.

"Naja, es ist aber auch wirklich ein Ding, was dir da passiert ist", meinte Dosske versöhnlich.

Schäfer seufzte. "Isch war heut noch emol dort", erzählte er. Es hatte ihn geradezu magisch wieder den Ort des Geschehens gezogen.

"Und?"

"Die sin da immer noch am schaffe, dabbe immer noch im dicke Schlammbes rum", gab Schäfer an.

"Die?"

"Isch nehm mal an, *die* vom Denkmalschutz", verdeutlichte er, wobei sein Blick in die Ferne ging.

Als Schäfer am Nachmittag nach seinem Dienst hinausgefahren war, hatte er am leergelaufenen Herrnweiher immer noch die Flatterbänder zur Absperrung vorgefunden. Mit ein paar anderen Schaulustigen hatte Schäfer sich, soweit er konnte, dem unheilvollen Loch genähert.

Man hatte Steine und Schlamm aus dem Tunnel an die Oberfläche befördert, und nur ein paar Schritte von dem Loch, das den Zugang zur Unterwelt gewährte, abgelegt.

Georg Schüllermann hatte am Einsturz gestanden und sich lebhaft mit jemandem unterhalten, als er auf Schäfer aufmerksam wurde. Darauf war der Vorsitzende des Angelsportvereins zu ihm herübergekommen und hatte berichtet, dass noch vollkommen unklar war wohin der Tunnel führte, und es wohl noch etwas dauern würde, bis man Licht in das Dunkel bringen konnte.

Inzwischen hatte man Schilder, die das unbefugte Betreten verbaten, aufgestellt. Eine ständige Streife verhinderte jeglichen Versuch.

Diese Bilder hatte der Hüne wieder vor sich, als er nun darauf zu sprechen gekommen war. Doch jetzt beendete er seine Erinnerungen und kam ins hier und jetzt zurück. Er hob die Faust vor seinen Mund und stieß verstohlen auf. "Man, sag nochmal einer Fische sind stumm", maulte er, "der, den ich gestern gegesse hab, schwätzt immer noch mit mir."

Dosske schmunzelte, so kannte er seinen Heinz Schäfer. *Zu jeder Gelegenheit einen Spruch auf den Lippen. Die Hoffnung ist also noch nicht verloren!*

Johann Freibichler, seines Zeichens Wirt mit Leib und Seele, trat an den Tisch und fragte Dosske nach seiner Bestellung. "Was willst du trinken?"

"Bier", sagte Dosske sofort.

"Dunkel, hell, alkoholfrei?", zählte Freibichler auf.

"In der Reihenfolge", scherzte Dosske, bestellte aber schließlich: "Ein Dunkles."

"Und zu essen?"

"Wie immer", bestellte Dosske inbrünstig.

Ein wissendes Lächeln huschte über Freibichlers Gesicht. "Ja mei!" Er wandte sich Schäfer zu.

Der sah Freibichler hilfesuchend an.

"Ich hätte heute einen leckeren Bohneneintopf", bot Johnny an.

Worauf Dosske sofort zu Schäfer sagte: "Dann fahre ich morgen nicht mir dir im Streifenwagen", obwohl dazu kaum die Gelegenheit bestehen würde.

Schäfer brachte ein gequält belustigtes Grinsen zustande, er wusste die Äußerung des Spaßvogels Dosske richtig einzuschätzen. Außerdem stand ihm nicht der Sinn nach einem Bohneneintopf. Nach einem erneuten Blick auf die Tageskarte meinte er: "Ich hab's!"

Weiter kam er jedoch nicht, weil Dosske besorgt einwarf: "Oh, ist es ansteckend?"

Diesmal ging Schäfer gar nicht auf Dosskes Äußerung ein. "Mach' mer mal so eine Brotzeit", wünschte er, als Pfeiffer an den Tisch trat und sich mit "mir bitte auch eine" setzte. "Und auch so eines", schob er hinterher und deutete mit der Hand auf Schäfers Bier.

Freibichler entfernte sich mit seinem Bestellungsauftrag.

"Wir müssen doch den aufregenden Fang unseres Meisteranglers be-gießen", scherzte Pfeiffer.

"Ich lach' mich tot", brummte Schäfer.

"Oh, damit wäre ich vorsichtig", riet Pfeiffer, "hab ich dir noch nicht erzählt wie kalt und unangenehm die Tische in der Autopsie sind."

Dosske frohlockte und streckte Pfeiffer seine Hand in 'Gib mir fünf-

Manier entgegen.

Pfeiffer schlug breit grinsend ein.

"Hört blos uff", erwiderte Schäfer ungewohnt gereizt, "mer steckt der Schreck noch in alle Knoche, des war eschd hammerhard!"

Dosske nahm Schäfer aus der Schusslinie und forderte Pfeiffer auf: "Lass' mal was aus deinen grauen Zellen entweichen."

Fynn Pfeiffer wusste worauf Dosskes Aufforderung abzielte, doch der Forensiker hielt sich bedeckt. "Du hast doch bestimmt den Bericht vom Doc gelesen."

"Aber isch net", gab Schäfer zu Protokoll.

Pfeiffer berichtete kurz und schloss seine Ausführungen nachdenklich. "Quallen sind schon merkwürdige Organismen. Sie haben keinen Kopf, kein Herz und kein Gehirn. Seit über sechshundert Millionen Jahren gibt es sie. Schon bevor die ersten Tiere an Land lebten, bevölkerten Quallen die Ozeane."

"Pah", grunzte Schäfer.

"Bis heute weiß man eigentlich recht wenig über diese halbdurchsichtigen Lebenskünstler", meinte Pfeiffer gedankenverloren.

Johnny brachte die Biere.

"Mir sin aach Lebenskünstler, und dadruf trinke mer ein!", forderte Schäfer und hob sein Bierglas den beiden Kollegen zuprostend.

Dosske nahm einen kräftigen Schluck und wischte sich, während er sein Glas wieder auf den Tisch stellte, den entstandenen Schaumbart von den Lippen.

Pfeiffer folgte seinem Beispiel.

"Ich find' Quallen eklig, vor allem, wenn die so am Strand liegen", brummte Dosske.

Pfeiffer nickte nachdenklich. "Und was war bei Euch noch, nachdem ich weg war?", forderte er nun seinerseits Dosske auf zu erzählen, was er heute im Haus von Rösler mit Herrn Tretin erlebt hatte.

Mit einem Augenaufschlag, der gute Laune verdeutlichte, berichtete Dosske wie immer vollmundig von dem was er in dem Haus in der Fahrgasse bei seinen Besuchen vorgefunden hatte.

Schäfer hatte aufmerksam zugehört, allerdings ohne jede wirkliche Begeisterung, er wirkte erschöpft.

Und Dosske, der den sonst vor Kraft strotzenden Hünen gemustert hatte, diagnostizierte: "Bist aber nicht gerade fit!?"

"Hm", brummte Schäfer und nickte abwesend, immer noch damit beschäftigt das zu verarbeiten, was Dosske eben so alles erzählt hatte.

"Ich schon", erklärte Dosske, und man sah es ihm an, er wirkte frisch und zufrieden, und er wirkte noch zufriedener, als Johnny kam und Dosskes Pizza brachte, deren Duft ihm verführerisch in die Nase stieg.

"Ich hab' richtig Hunger!", sagte er nach Messer und Gabel greifend.

"Wann hast du den mal net?!", raunte Schäfer.

Pfeiffer grinste.

"Noch'n Bier", bestellte Schäfer, als Freibichler ihm sein Essen vor die Nase stellte, "mein Arzt hat gesagt, ich soll viel trinken", juxte er in einem astreinen Hochdeutsch.

Freibichler schnaubte lächelnd durch die Nase und blickte auffordernd in die Runde.

"Mir kannst du nachher noch einen Caipi bringen", bestellte Pfeiffer schon mal im Voraus und nahm seinen Teller entgegen.

"Ich hab' noch", erklärte Dosske und schob sich den ersten Bissen in den Mund.

Auch Pfeiffer und Schäfer griffen zu.

Schäfer biss ein Stück von seinem dick mit Leberwurst und Senf bestrichenen Brot ab, wobei er sich bekleckerte.

"Du", sprach Dosske ihn darauf aufmerksam geworden an, "Senf war letztes Jahr die Trendfarbe." Er zwinkerte Schäfer zu und ergänzte: "Du bist zu spät."

"Oh", entdeckte Schäfer und bearbeitete mit seiner Serviette das Malheur. Während er auf seinem Hemd herumwischte und den Senffleck eher verbreiterte als entfernte, sagte er: "Isch will eusch emol was sage, des mit derer Irudingsda ..."

"Irukandji", belehrte Pfeiffer.

"Jou", bestätigte Schäfer, "des iss ja escht e Ding!" Anscheinend beschäftigte ihn dieses Thema immer noch.

"Ja, da hast du Recht", stimmte Pfeiffer zu, blickte dabei unangenehm berührt auf seinen Teller und murmelte vor sich hin: "Ich habe die verblassten Punkte auf Röslers Rücken für Vibices gehalten. Ich war noch so stolz, weil ich mir sicher war, dass ich es mit Vibices und nicht mit Petechien zu tun hatte."

"Hä?", gab Schäfer von sich. "Was für e Zeuch?"

Pfeiffer schaute auf und dem ihm gegenübersitzenden Kollegen ins Gesicht.

Auf Schäfers fragendes Stirnrunzeln hin führte Pfeiffer weiter aus: "Vibices sind reiskorngroße Blutungen im Bereich von Totenflecken, und die sind echt schwierig gegenüber den vitalen Punktblutungen von Petechien zu differenzieren. Aber dass da jetzt Nesselverbrennungen darunter waren ...", er atmete schwer aus.

Fynn Pfeiffer wusste, dass ihm da einen Fehler unterlaufen war. Er hätte bei genauerem Betrachten sehen müssen, dass es sich bei einigen der Hautveränderungen um durch Nesselgift hervorgerufene Hautrötungen handelte.

"Aber dem Doc ist Gott sei Dank noch aufgegangen, dass mit meiner Beurteilung etwas nicht stimmte", gab Pfeiffer mit einer schmerzenden Erkenntnis in der Stimme zu.

Der junge Pfeiffer, hatte ursprünglich Physik studiert, wobei er mit der Ballistik in Berührung kam, und sich über diese letztendlich mit dem Virus Forensik infizierte. Er hatte noch nie bereut seinen Weg in diese Richtung eingeschlagen zu haben. Er liebte es kriminelle Handlungen systematisch zu identifizieren oder auszuschließen, genauso wie sie zu analysieren oder zu rekonstruieren. Und genau das konnte er bei der SoKo S tun. So hatte Pfeiffer nicht gezögert den Job anzunehmen, als der SoKo-Chef ihm damals eröffnete, dass Arbeiten in der Forensischen Abteilung auch bedeutete, dass er direkt an einer Leiche arbeiten, und Doc Wenright assistieren musste.

Doch heute war das erste Mal, dass er seine Entscheidung wehmütig überdachte. Er beruhigte sich damit, dass der rechtsmedizinische Aspekt nicht im Vordergrund seiner Tätigkeit stand, sondern die Kröte war, die er nun mal zu schlucken hatte, um eben das zu tun, was er wirklich an der Forensik liebte.

Dosske riss ihn aus seinen trüben Gedanken. "Ja, unser Doc ist schon klasse", befleissigte er sich zu sagen. "Der verfügt halt auch schon über jahrelange Erfahrung."

"Rischdisch!", raunte Schäfer.

"Ich habe diese Hautreizungen echt nur für Vibices gehalten", haderte Pfeiffer immer noch unglücklich den Kopf schüttelnd.

Das Thema war jetzt wieder bei ihm hochgekommen. Während seiner konzentrierten Arbeit in Röslers Haus und dem anschließenden kurzen Aufenthalt in der SoKo Zentrale, hatte Pfeiffer nicht die Zeit gefunden darüber nachzudenken. Danach war der Forensiker nachhause gefahren, wo er verständlicherweise, nach den Anstrengungen der letzten Stunden, sofort erschöpft in einen tiefen Schlaf gefallen war. Hätte er sich nicht seinen Wecker auf zwanzig Uhr gestellt gehabt, hätte Pfeiffer sicher die Verabredung mit Schäfer, hier in ihrer Lieblingskneipe, verschlafen. Doch jetzt war er hier und mit ihm dieses nagende Ägernis.

"Was soll's", sagte Schäfer und warf Pfeiffer einen aufmunternden Blick zu, "beim nächste Mal weißdes ja."

Irgendwie schien Fynn Pfeiffer liebevolle Vaterinstinke bei Heinz

Schäfer geradezu herauszufordern, obwohl der Hüne sonst eher der grobschlächtigeren Natur war. "Weisst de", sagte er tröstend zu Pfeiffer, "du musst einfach denke: Bevor isch misch uffresch, is mers liebber egal!"

Während Dosske über Schäfers Satz herzhaft lachte, schien Pfeiffer plötzlich ganz weit weg zu sein, sein Blick ging in die unglaublichen Weiten des Unsiversums. Er sah wieder den entstellten roten bis blauvioletten Rücken vor sich, den er letzte Nacht vor sich gehabt hatte. "Die Haut war wie …", begann er und sah unvermittelt Schäfer an, wollte etwas zu ihm sagen, rang aber nach Worten.

Dosske sprang Pfeiffer zur Seite und wandte sich ebenfalls an Schäfer. "Weißt du wie Fingerkuppen aussehen, wenn du zu lange im Wasser warst?", fragte er, weil er glaubte, dass Pfeiffer darauf hinauswollte.

"Schrumbelisch", antwortete Schäfer unbekümmert.

"Nein", grummelte Pfeiffer vor sich hin, "das war es nicht, er war nicht so lange im Wasser, dass sich eine ausgeprägte Waschhaut hätte bilden können", sinnierte er und schwieg wieder.

Dosske unterbrach das Schweigen, und damit Pfeiffers sich immer weiter entfernende Gedanken. "Wie funktioniert das eigentlich mit diesem Nesselgift von der Qualle?", wollte er wissen.

Pfeiffer kam ins Hier und Jetzt zurück. "Das wird in den Nesselkapseln der Nesselzellen hergestellt", erklärte er. "Wenn diese Nesselzellen etwas berühren, wird explosionsartig eine pfeilspitzenähnliche Struktur ausgeschleudert, die in die Haut eindringt und das Gift injiziert. Dieses Gift ist eines der stärksten, das es im Tierreich gibt, und es hat unter anderem kardiotoxische Effekte."

"Und die hat der Rösler zu spüren bekommen", erkannte Dosske.

Pfeiffer spitzte die Lippen und atmete tief ein und aus.

"Wie gut, dass es des Teufelszeusch bei uns normalerweis net gibt!", raunte Schäfer.

"Ja", sagte Pfeiffer. "Und dieses Ding ist so winzig, und hat so eine große Wirkung!", äußerte er kopfschüttelnd.

Dosske bewegte hingegen seinen Kopf bedächtig auf und ab. "Ich hatte schon mal von dieser anderen gefährlichen Qualle", er kramte in seinen Erinnerungen und wurde fündig, "dieser Portugiesischen Galeere, gehört, aber von dieser Irukandji noch nichts."

"Die Galeere ist allerdings größer, wesentlich größer, und gut sichtbar, ganz im Gegensatz zu dem kleinen Mistvieh, mit dem wir es hier zu tun haben."

"Wie guud, dass Australien so weit weg is", seufzte Schäfer.

"In Australien sterben jährlich mehr Menschen durch solche Quallen als durch Haiangriffe", wusste Pfeiffer.

Freibichler brachte den Caipirinha.

Pfeiffer griff nach seinem Getränk und nahm einen kräftigen Zug aus dem Strohhalm.

"Wer immer dem Rösler diese Dinger auch untergejubelt hat, eine gewisse Bösartigkeit muss man dem schon unterstellen", sagte Dosske.

"Ich bin jedenfalls froh, dass unsern Schef den Fall übernomme hat, und der Jeske den so ohne Weiteres abgegewe hat", meinte Schäfer.

"Du weißt doch wie das mit Tabasco und Ketchup light ist", raunte Dosske zu Schäfer hin und fuhr in unbeschwertem Ton fort: "Christ ist Tabasco!"

"Jou!", pflichtete ihm Schäfer aus ganzem Herzen bei und grinste endlich wieder.

Auch Pfeiffer grinste wissend. "Nix mit zartcore, nur hardcore ist hier gefragt."

"Ich kann immer noch nicht glauben, dass du wirklich unseren Sir Thomas in seiner sonntäglichen Ruhe gestört hast", wunderte sich Dosske unverblümt.

"Schuldig", bekannte Schäfer.

"Mutig", verkündete Pfeiffer.

Der junge Forensiker hätte sich das sicherlich nicht getraut.

"Ach, unsern Obermotz is schon ganz in Ordnung!", erklärte Schäfer zufrieden.

Freibichler kam an den Tisch und räumte die Teller ab. Die Kenntnis über seine Stammgäste befähigte Johann Freibichler zu wissen, dass Dosske durchaus noch Lust auf etwas Essbares haben könnte. "Wollt ihr noch einen Nachtisch?" fragte er geschäftstüchtig.

Dosske strahlte. "Ich dachte schon, du würdest heute gar nicht mehr fragen. Hast du noch von deiner leckeren Black Forest Cherry Torte?"

"Ja."

"Ich nehme ein Stück", bekundete Dosske voller Vorfreude.

"Einmal die Schwarzwälder", bestätigte der Wirt Dosskes Bestellung. Auf seinen Blick zu Schäfer bekam Freibichler allerdings nur ein verneinendes Kopfschütteln.

Auch Pfeiffer lehnte ab.

"Kaffee?", wandte Freibichler sich daher wieder an Dosske.

"Ach, lieber einen Kapuzenchino", gab Dosske an.

"Einen Cappuccino", wiederholte Freibichler, der Dosskes verbale Verballhornung für das italienische Kaffeegetränk hinlänglich kannte, und doch entlockte Daniel Dosskes originelle Art der Bestellung ihm immer wieder aufs Neue ein Lächeln.

"Mir kannste aber ruhisch en Kaffee bringe", bestellte Schäfer.

"Mit oder mit ohne?"

"Schwarz, wie die Nacht!", wünschte Schäfer.

Eine Zeit lang herrschte Schweigen am Tisch der drei von der SoKo, jeder hing seinen Gedanken nach.

Doch nun begann Schäfer zu erzählen. "Wisst ihr, als die damals den Stolle in Götzehaa gefunne habbe, dacht ich, des wär des einzische Geheimnis unner der Erd hier in Dreieich. Aber dass mer jetzt nochmal in dere Tief ein Geheimnis entdeckt, ist schon der Hammer."

"Christstollen?!", säuselte Dosske. "Lecker, aber was soll der denn mit dem Tunnel zu tun haben?", fragte er, obwohl er genauestens wusste, welchen Stollen Schäfer meinte.

"Nee, kaan Christstolle, isch maan den Schwerspat-Stollen, den se, isch glaab des war 2001, Im Höchsten, gefunne habbe. Vielleicht endet der Tunnel von der Burg ja in Götzehaa", mutmaßte Heinz Schäfer vollkommen überzeugt von seiner gerade geborenen Idee.

Dosske sah ihn skeptisch an. "Nein!", ergaben seine Überlegungen schließlich. "Der Schacht ist, soviel ich mich erinnere, circa einhundertfünfzig Jahre alt. Der Tunnel an der Burg ist älter, sehr viel älter."

"Nein, die ist frisch", fuhr Freibichler dazwischen und stellte Dosske sein Stück Torte vor die Nase. Der Cappuccino folgte.

"Danke!", sagte Dosske, und rückte sich den Kuchenteller zurecht. "Hmm!"

"Was war da? Was für ein Stollen?", wollte Fynn Pfeiffer nun genauer wissen.

"Kennst du nicht den Schacht, den sie wieder aufgebaut haben, oben auf dem Feld, in Götzenhain?", fragte Dosske zurück.

"Nein."

"Man hat hier wohl vor langer Zeit Schwerspat abgebaut, und diesen Schacht hat man vor ein paar Jahren gesucht, wieder geöffnet, und erforscht ihn", wusste Dosske zu berichten.

"Aha, das wusste ich nicht", gab Pfeiffer zu.

"Ich weiß noch genau, wie se den gefunne ham", begann Schäfer, "des war unglaublich", sagte er und hatte die Aufmerksamkeit der beiden Kollegen auf sich vereint. "Ich war damals mit meinem Hundche gassi", begann er, "und da habbe die da gebuddelt. Und ich hab den eine, von dene, die da gewerkelt habbe, gefraacht was se da mache, und der hat mir erklärt, dass se bei Nachforschunge festgestellt habbe, dass von

1860 bis 1866 in Götzehaa nach Schwerspat gegraben wurd."

"Schwerspat", wiederholte Pfeiffer aufmerksam.

"Jou", bejahte Schäfer. "Sieht so e bissche aus wie ineinannerge-steckte Fensterscheibe", beschrieb er.

Pfeiffer nickte versonnen, er wusste was Schäfer meinte. "Ich kenne Baryt; hat unter anderem die Eigenschaft der Floureszenz", erklärte er, und schob murmelnd "Bariumsulfat" hinterher.

"Was für ein Zeug?", schaltete Dosske sich ein. "Was macht man damit?"

"Bariumsulfat, kann man zum Beispiel als Röntgenkontrastmittel ver-wenden", berichtete Pfeiffer.

"Du sagst zum Beispiel …", hakte Dosske nach, und sah Pfeiffer auf-fordernd an. "Als was denn noch?"

"Bariumsulfat kann auch als weißes, in Wasser praktisch unlösliches Pulver als Laborchemikalie eingesetzt werden."

"Na, da weißt du ja wo du einkaufen gehen musst, wenn der Doc mal wieder so etwas braucht", witzelte Dosske.

Dessen Bemerkung gab Pfeiffers Lachfältchen Arbeit. "Auf's Feld nach Götzenhain", spielte er mit.

"Wie aach immer", begann Schäfer wieder zu erzählen. "Jedenfalls hat mer der Typ uff dem Feld weiter erzählt, dass se jetzt nach dene Stolle suchen. Und die hawwe e ganz schee tiefes Loch gegrabe, saach ich euch."

Schäfer sprach gerne mit seinen großen Händen. Auch diesmal ver-deutlichte er seine Worte mit ausladenden Gesten.

Dosske und Pfeiffer hörten gespannt zu.

"Der Kerl hat mer damals erzählt, dass der Stolle in circa sechs Metern Tiefe lieschd. Und jeden Tag wenn isch vorbeigeguckt hab, war des Loch größer und tiefer. Ach, und einmol musst sogar die Feuerwehr anrücke", erinnerte er sich, "weil Wasser in den Stolle gelaafe war."

Schäfers Erzählung war, je länger sie dauerte, von einer ansteckenden Begeisterung geprägt, der Dosske und Pfeiffer sich kaum entziehen konnten.

Dosske hatte die Gabel, mit einem Stück von der Torte, in den Mund geschoben, und vergaß ganz die Gabel wieder zwischen den Zähnen herauszuziehen.

Irgendwie hatte Schäfer etwas von einem Geschichtenerzähler aus Tausendundeine Nacht, und seine Geschichte war absolut spannend. Die beiden Kollegen hingen an seinen Lippen, als er erzählte, wie er jeden Tag an die Ausgrabungsstelle gepilgert war und zugesehen hatte, was sich dort entwickelte. Er sprach von alten Stützhölzern, die man an das Tageslicht befördert hatte und die er sich angesehen hatte, und davon, dass der Stollen noch viel weiter führen würde, als man ihn damals ausgegraben hatte.

Pfeiffer hörte mit leicht geöffnetem Mund zu, bis er den Strohhalm zwischen seine Zähne nahm und an seinem Cocktail zog.

"Heut steht dort ne Holzüberdachung und e paar Schilder, die druff hinweise was dort is", schloss Schäfer seine Erzählung.

Pfeiffer schluckte schwer an seinem Cocktail, seine Lippen entließen den Strohhalm. "Vielleicht ist der Stollen ja doch mit dem an der Burg verbunden."

Dosske reagierte mit einem Achselzucken.

"Es gibt e mündlich Überlieferung, wo von ner geheimen Verbindung zwischen Burg und Hub bericht werd", wusste Heinz Schäfer.

"Ja, ja, einen mündlich überlieferten Bericht", belächelte Dosske die Aussage Schäfers. Doch plötzlich veränderte sich sein Gesichtsausdruck. "Mir fällt da gerade etwas ein", sagte er aufeinmal nachdenklich geworden.

Schäfer und Pfeiffer konnten der gerunzelten Stirn Dosskes ansehen wie es hinter ihr arbeitete.

"Floureszenz", wiederholte Dosske das von Pfeiffer genannte Wort und fuhr fort: "Sammy hat da so eine Geschichte von einem leuchtenden Ring im Hayner Burgweiher erzählt." Der Kriminalist sah Pfeiffer mit zusammengekniffenen Augen an. "Vielleicht war der ja aus Schwerspat und hat flouresziert!"

"Möglich", bestätigte Pfeiffer.

"Des war der Ring von dere Fastrada", schaltete Schäfer sich ein. "Isch hab des noch im Heimatkundeunterricht gelernt", raunte er wehmütig. Und auf Dosskes argwöhnenden Blick erklärte er: "Ei, isch war richdisch gut in de Schul!"

"Eingebildet bist du gar nicht", sagte Dosske.

"Besser Eibildung wie gar kei Bildung!", gab Schäfer mit stolz in der Stimme zurück. "Damals hat mer in de Schul noch was gelernt!", murrte Schäfer.

Dosske sah Pfeiffer an, der verdrehte die Augen.

"Ach ja, die alde Zeite", gab Schäfer schwärmerisch von sich.

"Komm' uns jetzt bloß nicht mit 'Früher war alles besser!", maulte Dosske. "Ohjeh!"

"Wors abber!" beharrte Schäfer mit einem melancholischen Unterton in der Stimme. Und auf den kritischen Blick Dosskes hin schränke er ein: "Naja, vielleicht net alles."

Dosske grinste. "Werd' jetzt bloß nicht sentimental!", forderte er.

"Ach ja", seufzte Schäfer.

"Fehlt nur noch, dass deine Tränendrüsen anfangen an Inkontinenz zu leiden", flachste Dosske.

Und doch blieb die Haltung Schäfers bestehen. "Ich kann misch noch an die Zeite erinnern, wo des Bällche Eis fünf Pfennig gekost hat. Heut bezahlste en Euro", beschwerte er sich. Versonnen sprach er weiter: "Da musst isch als klaaner Bub, an der Eisdiel hier uff de Hauptstroß, noch uffs Höckersche grabbele um an des Fenster zu komme, wo des Eis durchgebbe worde is."

Dosske musste schmunzeln, als er sich den Hünen als kleinen nach Eis lechzenden Jungen vorstellte.

Schäfer seufzte. "Wenn isch dran denk, dass mei Tochter schwanger is, und demnächst des klaane Würmsche uff die Welt kommt. In was für schleechte Zeite ..."

Dosske fuhr ihm ins Wort. "Nun komm, hör' aber auf!", forderte er, fand aber etwas anderes viel interessanter. "Du wirst Opa?", fragte er mit einer gewissen Brisanz in seiner Stimme. "Das wusste ich ja noch gar nicht."

"Jou."

"Da musst du aber einen ausgeben", raunte Dosske und deutete sehr bestimmend mit dem Zeigefinger auf den werdenden Großvater.

"Nur kaa Angst, mir werde schon die Baacher so richtig begieße!"

Pfeiffer zog es vor sich nicht in diesen Handel einzumischen.

Sie saßen noch eine ganze Weile zusammen und quatschten über Gott und die Welt.

Dosske verspürte, nach der gehaltvollen Schwarzwälder Kirschtorte, Lust auf etwas Hochprozentiges, doch Freibichler war zu beschäftigt um sein Handzeichen zu entdecken. Seufzend blickte Dosske zu Freibichler hin, griff kurzerhand zu seinem Handy und wählte die Nummer von Johnnys Kneipe.

"Bei Johnny", meldete sich Johann Freibichler.

"Hier ist Tisch 4", sagte Dosske, und als Freibichler perplex zu ihm herübersah bestellte er: "Einen Klaren, bitte", und grinste über beide Wangen.

Freibichler bestätigte überrascht, und nach einem kurzen Moment des Erstaunens, huschte ein amüsiertes Lächeln über sein Gesicht. "Ich mag dich trotzdem", säuselte Freibichler durch das Telefon.

"Ich mich auch!", gluckste Dosske.

Kurz darauf brachte Freibichler den Klaren, der den Eichstrich des Glases klar verfehlt hatte und bis zum Rand gefüllt war. "Ein Klarer für Tisch vier", sagte Freibichler breit grinsend.

"Da hastes aber guud gemaant!", raunte Schäfer ob der Füllmenge des Schnapses.

"Danke", sagte Dosske und nahm sehr vorsichtig, damit nichts überschwappte, Freibichler das kleine Glas direkt aus der Hand. Er prostete Schäfer und Pfeiffer zu und kippte die Hälfte der Flüssigkeit hinunter.

"Lebber duck dich!", kommentierte Schäfer.

Dosske schüttelte sich demonstrativ. "Boah eyh, das ist da Kopfweh in Flaschen!", wisperte er heißer.

"Nur wenn man zuviel davon zu sich nimmt", meinte Pfeiffer trotz seiner Jugendlichkeit weise lächelnd.

"Apropos zu viel", begann Dosske, "was macht denn eigentlich euer gemeinsames Projekt? Wieviel Zeit, vom Geld will ich ja gar nicht sprechen, habt ihr denn da schon reingesteckt?", fragte Dosske, der damit auf Pfeiffers alte Honda anspielte.

Schäfer und Pfeiffer versuchten das Zweizylinder-Motorrad aus den späten siebziger Jahren seit einiger Zeit wieder herzurichten.

"Des Prachtstück macht gewaltige Fortschritte", sagte Schäfer mit sich zufrieden.

Pfeiffer nickte dazu.

"Horsch emool", begann Schäfer in Pfeiffers Richtung, "morsche Abend hätt isch wieder e bissje Zeit, um mich deiner Maschin anzunehme. Hättst de aach Zeit?"

"Morgen?", sagte Pfeiffer unschlüssig.

"Ei ja, heut is schon zu spät!", erklärte Schäfer mit Blick auf seine Armbanduhr.

"Hm", brummte Pfeiffer.

Und zögerte dem Fragenden damit eindeutig zu lange. "Ei Bub, wenn Hilf vom Himmel fällt muss mer die Schöpfkell hiehalte", empfahl Schäfer in seinem Dialekt, der ihn so menschlich machte.

Dosske grinste und kippte den Rest seines Klaren hinunter. "Genau!", krächzte er, rang nach Luft, und zwinkerte Pfeiffer zu. "Da musst du fett zugreifen, ganz anders als bei Johnnys Hochprozentigem, den solltest du nur in homöopathischen Dosen genießen", raunte er immer noch mit belegter Stimme.

"Hä?", fragte Pfeiffer nach.

"Na in ganz kleinen Dosen", verdeutliche Dosske. "Und nicht in der Schöpfkelle", nahm er Schäfers Äußerung auf.

Konfrontiert mit Dosskes unübertroffener Lebenslust, stieß Pfeiffer einen entnervten Seufzer aus. "Ich weiß noch nicht", gab er an.

"Babbel net, so wern mer nie ferddisch!", mahnte Schäfer. "Also, was machsde morsche?"

"Ich glaube da treffe ich mich mit dir!", ergab sich Pfeiffer.

"Da kannste Aaner druff lasse!" Schäfer nickte zufrieden, mit dem breitesten Grinsen im Gesicht, das man sich vorstellen konnte. "Kommt, ihr Bube, trinke mer noch einen", beschloss er väterlich und winkte Freibichler herbei. "Awwer kaa Kliggerwasser", verdeutlichte er und wandte sich an Pfeiffer. "Und morsche Abend schraube mer an deinem Oldtimer!"

Pfeiffer ergab sich in sein Schicksal.

# Kapitel 34
Dienstagmorgen, fünf Uhr siebenunddreißig, 29. September

Thomas Christ war wie immer schon weit vor allen anderen in seinem 5. Stockwerk der SoKo S erschienen. Er hatte sich in die schräg gegenüber seinem Büro gelegene Küche begeben, dort eine Tasse schwarzen Tee mit Milch zubereitet, und mit dieser hinter seinem Schreibtisch Platz genommen. In einer schon etliche Male vollzogenen Handlung stellte seine rechte Hand die Tasse auf der Tischplatte ab, und im selben Moment drückte die linke Hand den Knopf um den PC hochzufahren.

Christ genoss diese Ruhe vor dem Sturm, bevor die Kollegen in die SoKo einfielen. Diese Zeitspanne, in der noch nicht ständig sein Telefon klingelte, oder es an seiner Tür klopfte, und er den ersten Schluck seines heißen Darjeelings trank, war ihm geradezu heilig.

Der Bildschirm des SoKo-Chefs signalisierte ihm Arbeitsbereitschaft und Christ wandte sich den Berichten zu, die all seine Untergebenen inzwischen eingestellt hatten, so wie es der Kopf an der Spitze der Truppe immer zügig forderte.

Christ nahm zur Kenntnis, dass der von Pfeiffer in Auftrag gegebene DNA-Abgleich inzwischen Rösler als Toten bestätigte. Mit nicht nur diesem Bericht, sondern auch den anderen der SoKo-Kollegen, sowie der aktuellen Presse, und den Informationen weiterer Polizeidienststellen, war Christ bis gegen acht Uhr beschäftigt.

Jetzt herrschte in der SoKo-Zentrale in der Flughafenstraße bereits die übliche morgendliche Betriebsamkeit. Und auch die Zeitschaltuhr der Lampe über Christs Aquarium verkündete den Fischen, dass ein neuer Tag anbrach, und spendete ihnen dazu Licht.

Christ warf auf das aufflackern der Lampe über dem Becken einen Blick hinüber zu seinen Fischen, die so viel kleiner waren, als jene, die er am Sonntag am Herrnweiher gesehen hatte. Er würde seine kleinen Flossenträger heute jedoch etwas später füttern, denn über seinen Bildschirm flatterte gerade ein mehr als nur sehr interessanter Polizeibericht des Polizeipräsidiums Südosthessen zu einem Tötungsdelikt, das Christ geradezu an seinen Stuhl fesselte.

Der SoKo-Chef starrte auf den Namen, den er dort lesen konnte, als es am Türrahmen, seiner meistens offenstehenden Tür, leise klopfte.

Christ sah auf und seine dunkelbraunen Augen, unter dem militärisch kurzen Haarschnitt, erblickten Lars Kuhnert, den Informatikspezialisten der SoKo.

Der einunddreißig Jährige wedelte mit einem Papierausdruck in seiner linken Hand, während er in der rechten ein Handy hielt, an welchem ein Datenkabel baumelte.

Christ bat ihn herein, und bot ihm einen Platz vor seinem Schreibtisch an.

Der gemütlich rundliche Kuhnert ließ sich ächzend auf dem Stuhl Christ gegenüber nieder, legte das Blatt Papier vor sich auf den Tisch und das Handy, mitsamt dem Kabel, darauf.

"Und?", fragte Christ aufmerksam, der sofort an der Miene seines Informatikspezialisten ablas, dass dieser etwas gefunden hatte.

"Ich hatte doch das Handy von diesem Rösler in der Mache", begann Kuhnert.

Damit erzählte er Thomas Christ nichts Neues, der SoKo-Chef nickte bestätigend.

"Tja, zwei Sachen sind mir aufgefallen", erzählte Kuhnert mit hochgezogenen Augenbrauen.

Christ wartete mit stoischer Ruhe, dass Kuhnert weitersprach.

"Einmal habe ich die vom Provider des Handys uns zur Verfügung gestellte Telefonrechnung mit den im Handy gespeicherten Nummern verglichen. Dabei ist mir eines aufgefallen. Alle Nummern die Rösler angerufen hatte waren in seinem Handy mit den dazugehörenden Namen gespeichert. Er war kein Vieltelefonierer", bemerkte Kuhnert nebenbei. "Nur eine Nummer, die er laut Auskunft des Anbieters durchaus häufiger als alle anderen angerufen hat, die war nicht unter seinen gespeicherten Kontakten zu finden."

"Wenn er sie oft anrief, wird er sie auswendig gekannt und gewählt haben", entgegnete Christ ohne dieser Sache eine Bedeutung beizumessen.

"Das wäre durchaus möglich", sagte Kuhnert, wobei er seinen ganzen Oberkörper vor und zurückbewegte. "Aber wer wählt denn heute noch eine Nummer, wenn er sie einspeichern kann, vor allem wenn er sie öfters anruft", gab Kuhnert zu bedenken. "Höchstens ein Dinosaurier."

"Hm", brummte Christ, dem dies durchaus einleuchtete, aber er fand noch immer nichts Beunruhigendes an dieser Sache.

"Ich habe dann mal ein bisschen in diese Richtung weitergeforscht. Diese Nummer hat bei Rösler ebenfalls ganz gerne mal angerufen."

Christ brachte ein Ja-und-Nicken zustande, und hob kurz auffordernd beide Hände, damit Kuhnert endlich zum Punkt kam.

"Doch komisch wird es in dem Moment, wenn auch in der Anrufliste von Röslers Handy diese Nummer nicht auftaucht", sagte Kuhnert und fabrizierte eine kurze Pause. Er genoss sichtlich seinen bedeutsamen

Augenblick. "Alle anderen Anrufe, die vor oder nach dieser einen Nummer, laut Anrufprotokoll des Anbieters, eingegangen sind, sind aufgelistet, diese eine Nummer aber nicht."

"Sie meinen diese Nummer wurde gezielt aus den Listen des Handys gelöscht", dämmerte es Christ.

"Ich wüsste keine andere Alternative."

"Das ist schon merkwürdig", bemerkte nun auch Christ stirnrunzelnd.

"Mehr als merkwürdig", verdeutlichte Kuhnert mit unaufdringlicher Begeisterung.

"Und diese Nummer gehört?", wollte Christ wissen, der sich sicher war, dass Kuhnert sich darum bereits gekümmert hatte.

"Prepaid", lautete jedoch seine ganze, von einem enttäuschten Seufzer begleitete, Auskunft.

"Sie sagten zwei Sachen sind Ihnen aufgefallen."

"Ja, das ist noch nicht alles", sagte Kuhnert nun mit dem Lächeln auf den Lippen, das ein Mann aufwies, dem etwas gelungen war, was vielleicht nicht jedem gelungen wäre.

Christ bemerkte dieses Lächeln sehr wohl.

"Auf Röslers Handy war eine Spy-App installiert", platzte Kuhnert nun heraus mit der Sprache.

Christs Stirn bekam über der Nasenwurzel zwei tiefe Furchen.

Der SoKo-Chef war jemand, der den technischen Möglichkeiten insoweit aufgeschlossen gegenüberstand, wie er sie selbst in der heutigen Zeit benötigte und auch benutzen konnte. Mit allem was darüber hinausging, beschäftigte er sich nur notgedrungen. Und doch wusste er, dass eine solche App zur Handyüberwachung eingesetzt werden konnte, ohne dass der Besitzer des Handys etwas davon mitzukommen brauchte.

"Wusste Rösler davon?", erkundigte er sich.

"Ich glaube nicht", meinte Kuhnert, den Mund skeptisch verziehend. "Die war gut versteckt. Ich habe sie auch nur deswegen gefunden, weil ich dem nachging was gelöscht worden war. Und diese App war, wie diese eine bestimmte Telefonnummer auch, gelöscht worden. Allerdings dilettantisch", sagte Kuhnert selbstzufrieden, und schenkte Christ damit einmal mehr dieses gute Gefühl, dass der SoKo-Chef sich auf die Fähigkeiten seiner Truppe verlassen konnte.

Aber Thomas Christ hatte noch Fragen. "Spy-App", begann er, "wie funktioniert die nochmal?"

"Das Handy Spionage Tool wird auf dem Handy installiert und dessen Daten werden via Internet an einen Server übermittelt."

"Das heißt jemand muss Zugang zu Röslers Handy gehabt haben."

254

Kuhnert nickte zustimmend. "Ich glaube nicht, dass Rösler die App selbst installiert hat. Wer immer es auch war, derjenige konnte Röslers Handydaten über ein Webinterface abrufen und so sämtliche Informationen des Handys, also eingehende und ausgehende Anrufe, SMS, E-Mails, Aktivitäten im Internet, aufgenommene Fotos oder Videos erhalten, und den Standort des Handys."

"Ist so eine App denn leicht zu erhalten?"

"Im Internet werden die inzwischen zu Hauf angeboten."

"Kosten?"

"Na, so fünf bis zehn Euro pro Monat. Kann aber auch mehr sein, kommt immer auf den Umfang der gewünschten Leistungen an."

"Wozu sollte jemand Rösler überwachen?"

"Naja, ich habe mal im Intranet geschaut gehabt, was die Kollegen bisher so über den Herrn Rösler zusammen getragen haben", berichtete Kuhnert. "Also wenn jemand wissen wollte wo Rösler sich so rumtreibt, zum Beispiel wo er seine Ausgrabungen macht, dann hat er mit der Handyortung jederzeit die Möglichkeit die genaue GPS Position zu lokalisieren, also wo und wie lange Rösler sich dort aufgehalten hat."

"Wäre so eine Ortung auch in diesem öminösen Tunnel möglich gewesen?"

"Eigentlich eher nicht, aber möglich ist es für ganz bestimmte Stellen schon", äußerte Kuhnert mit einer Selbstsicherheit in der Stimme, als wenn er Beweise dafür hätte.

Christ hatte Kuhnerts Selbstsicherheit unterschwellig registriert.

Ganz in seinem Element fuhr der Informatikspezialist fort: "Oder wenn jemand wissen wollte, mit wem der Rösler so telefoniert und vor allem was er telefoniert ..."

Christ unterbrach ihn allerdings an dieser Stelle. "Derjenige konnte mithören?", erkundigte er sich, ob er Kuhnert richtig verstanden hatte.

"Ja, eingehende und ausgehende Gespräche können mitgehört und aufgezeichnet werden, da ist so eine App schon sehr hilfreich. Und sie bietet die Möglichkeit sämtliche Daten von SMS mitzulesen; an wen sie gingen, wer sie geschickt hat, sowie wann sie geschickt wurden, also genaue Zeit und das Datum. Das gleiche gilt für die Emails."

"Und jeder kann sowas im Internet bekommen", sagte Thomas Christ eigentlich mehr zu sich selbst.

"Ja", sagte Kuhnert geradezu lapidar, und dachte: *Und wir machen immer so ein Geschiss mit der richterlichen Genehmigung.*

"Aber man muss diese App auch installieren können", wandte Christ ein.

"Die Anleitung kann man sich ganz leicht runterladen, das bekommt jeder Laie hin. So eine App ist einfach anzuwenden und zu installieren." Der SoKo-Chef nickte versonnen, er dachte an die vielen Anleitungen die man aus dem Internet beziehen konnte. *Vom Bombenbau bis zur Häkelanleitung*, überlegte Christ schwer atmend.

"Das dauert nicht lange", riss ihn Kuhnert aus seinen Überlegungen.

Worauf Christ dem Informatikspezialisten wieder aufmerksam in die Augen schaute.

"Die App zeichnet unsichtbar im Hintergrund alle Informationen auf, protokolliert die URLs, die Rösler im Mobiltelefon-Browser besucht hat, lässt einen Blick auf seinen Terminkalender zu, und sie ermöglicht den Zugriff auf die Videos und …", Kuhnert fabrizierte wieder eine kurze Pause, "… die Fotos des Handys."

Wie Kuhnert die letzten Worte aussprach, ließ Christ aufhören. "Die Fotos", hakte er nach.

"Ja." Kuhnert griff zu dem Handy und dem Datenkabel. Beides hatte er auf dem Tisch abgelegt. "Und genau daran scheint unser Mann nicht gedacht zu haben", frohlockte er. "Denn da wurde nichts gelöscht. Ich glaube, der Rösler hat sowieso noch nie eines seiner vielen Fotos gelöscht", raunte Kuhnert und erhob sich, denn er wollte um den Tisch herumkommen. "Ich darf doch mal?", fragte er mit Hinweis auf Christs PC und dessen USB-Anschluss."

Christ minimierte für einen freien Bildschirm die geöffnete Seite mit dem interessanten Polizeibericht in die Taskleiste, denn diesem Bericht musste er sich später nochmals unbedingt annehmen, und machte Kuhnert Platz.

Der Informatikspezialist hantierte kurz, und auf Christs Bildschirm erschien die entsprechende Maske zum aufrufen der Fotos.

Christ erkannte, dass Rösler Fotos aus den letzten vier Jahren auf seinem Handy gespeichert hatte.

Kuhnert wechselte auf die Alben und Christ erhaschte was Kuhnert gemeint hatte. Über zweitausend Fotos und fast zweihundert Videos waren verzeichnet.

Kuhnert begab sich in das aktuelle Jahr. Die ersten Fotos vom Januar lagen unter der Überschrift Wertheim, Baden-Württemberg, Almosenberg.

Christ kannte die Adresse.

Und auch Kuhnert schien sie zu kennen. "War wohl shoppen, der Herr Rösler", raunte er in Bezug auf die dort liegende Outlet City.

Christ nickte.

Während Kuhnert nach unten scrollte, huschten weitere Ortsangaben und dort geschossene Fotos über den Bildschirm.

Der SoKo-Chef konnte auf die Schnelle erhaschen, dass Rösler Orte in Reinland-Pfalz, im Saarland und an der Bergstraße im Odenwald aufgesucht hatte.

Doch Kuhnerts Gebahren ließ darauf schließen, dass er zu einer ganz bestimmten Stelle scrollte. Die Monate der Auflistung näherten sich diesem Sommer, als Kuhnert den Ablauf verlangsamte.

"Ich möchte Ihnen nochmal ihre Frage von vorhin ins Gedächtnis rufen, ob eine Ortung des Handys auch *in* dem Tunnel möglich gewesen wäre?", erinnerte Kuhnert.

Christ nickte.

Kuhnert wies mit der Hand auf den Bildschirm.

Dort erspähte Christ die Worte *Dreieich, Hessen, Fahrgasse, 26. Juli*, und als Kuhnert diese Worte anklickte, sprang eine Karte auf, und ein Foto aus dem Tunnel erschien als Miniatur auf dem Stadtplan von Dreieich, in etwa dort wo Röslers Haus lag. In der oberen rechten Ecke des Bildes wurde angezeigt, dass einundzwanzig Fotos unter dieser Adresse, an diesem Tag, gemacht worden waren.

Christ beugte sich nun doch sehr interessiert vor, um näher an dem kleinen Bild zu sein.

Und als Kuhnert dieses Miniaturbild anklickte, öffnete sich ein Ordner, und in diesem Ordner lagen nicht nur die einundzwanzig Fotos aus dem Tunnel, sondern noch viele weitere.

Da Christ in seiner Schweigermanier mal wieder keinen Ton von sich gab, forderte Kuhnert ihn zu einer Reaktion heraus. "Interessant nicht?"

"Allerdings."

"Aber es wird noch besser", kündigte Kuhnert an.

Er vergrößerte das erste Foto der Liste und ließ alle anderen danach in der gleichen Größe über den Bildschirm flattern.

Bildschirmfüllend sah man Fotos aus dem Tunnel. Von einem Einsturz, welcher den Tunnel blockierte; von den Wänden und Balken; den mit Salpeter überzogenen Backsteinen; von Wurzeln, die aus der Decke wucherten; von einer Art Stalllaterne, die an einem Metallbügel hing und mit ihren von einer graugrünen Patina umgebenen Kreuzen geradezu christlich wirkte.

Beim nächsten Bild nahm Kuhnert die Hand von der Maus, mit der er sich durch die Bilder geklickt hatte. Anscheinend wollte er dieses eine Foto länger stehen lassen, damit Christ einen genaueren Blick darauf werfen konnte.

"Sieht so aus, als wäre der Rösler nicht alleine in diesem Tunnel gewesen", raunte Kuhnert.

Christ erkannte sofort was der Informatikspezialist ihm sagen wollte.

Rösler hatte ein Foto von genau der Stelle aufgenommen, wo sein gegrabener Tunnel auf den alten, durch die Backsteine gestützten, traf. Anscheinend hatte er ein ganzes Stück hinter sich, in seinem gegrabenen Tunnel, eine starke Lichtquelle angebracht gehabt, die deutlich Röslers Schatten an die Wand des alten Tunnels warf. Aber eben nicht nur seinen, sondern halb von Röslers Schatten verdeckt konnte man deutlich noch einen zweiten Schatten erkennen.

"Das ist kein Schattenwurf vom Schatten", feixte Kuhnert.

Christ nickte. Der zweite Schatten wurde von einer größeren Person erzeugt als der erste.

"Ich würde sagen zwei Männer."

Christ sah dies auch so.

Die Konturen der Statur, des Haarschnittes, alles deutete darauf hin.

Bedächtig bewegte Christ seinen Kopf auf und ab. "Also kannte noch jemand diesen Tunnel."

"Ja."

"Und dieser jemand hat wahrscheinlich diese ganzen Informationen von Röslers Handy abgerufen?"

Nun kam das Nicken von Kuhnerts Seite. "Von einem Webserver mit jedem internetfähigen Gerät, von überall auf der Welt aus", bestätigte er. "Vierundzwanzig Stunden am Tag!", schob er noch gefährlich hinterher.

Christ atmete geräuschvoll durch die Nase aus. *Interessante App*, dachte er.

Und wie als wenn Kuhnert seine Gedanken erraten hätte, sagte er: "Es gibt sogar Apps mit denen man das Mikrofon des Handys aktivieren kann, um so alle Gespräche in der unmittelbaren Umgebung des Handys abzuhören."

Kuhnert berichtete von alledem, als wenn er gerade ganz belanglos jemanden darauf hingewiesen hätte, dass der Heilige Abend jedes Jahr am 24. Dezember stattfand.

Mit einer, allerdings nicht zur Schau gestellten, Zufriedenheit und Faszination nahm Christ all die Auskünfte seines Informatikspezialisten zur Kenntnis.

Die von ihm handverlesenen Mitglieder seiner Truppe funktionierten. Jedes Rädchen, dass der Chefkriminalist in die Maschinerie der SoKo S eingebaut hatte, saß sozusagen am richtigen Platz, war gut geschmiert, einsatzbereit und lief einwandfrei.

"Jemand muss also das Handy Röslers sozusagen zweimal in seinen Händen gehalten haben", überlegte Christ.

"Wieso zweimal?"

"Um diese App aufzuspielen, und um sie wieder zu löschen, und diese ominöse Telefonummer."

Kuhnert antwortete mit einem langgezogenen "Neiiin."

"Wieso nein?"

"Also zum installieren ist das richtig, da muss er, oder sie, das Handy schon in seinen Händen gehalten haben. Aber zum Löschen, das kann man über Fernzugriff getan haben. Durch so eine App erlangt man eine vollständige Kontrolle des Handys. Das heißt man kann, ohne dass man es in die Hand nehmen muss, alle Daten löschen oder sie blockieren."

"Da ist das Trojanische Pferd ja …"

"… ein Scheißdreck dagegen", beendete Kuhnert den Satz seines Chefs, der trotz der verbalen Entgleisung zustimmend nickte.

"Wenn wir wüssten wem dieses Prepaidhandy gehört …"

"… wären wir ein ganzes Stück weiter", fiel Kuhnert seinem Chef erneut ins Wort. "Ich werde mir das Handy nochmal vornehmen", verkündete er. "Ich wollte Ihnen nur gleich berichten was ich schon gefunden habe."

*Und das war gut so*, laut zu sagen, sparte sich der SoKo-Chef, sein befriedigtes Nicken hatte Kuhnert zu reichen.

Der Informatikspezialist nahm das so hin.

Aber Christ hielt diesen zurück, als er wieder auf seinen PC Zugriff nehmen wollte, um die Verbindung zwischen diesem und dem Handy zu unterbrechen. "Warten Sie", sagte er schnell, "ich hätte gerne einen Ausdruck von diesem Foto."

Kuhnert betätigte wieder die Maus.

"Machen Sie gleich zwei!", forderte Christ.

Kuhnert steuerte erneut den PC über die Maus an, und Christs Drucker warf artig die gewünschten Fotos aus, worauf Kuhnert das USB-Kabel, welches das Handy mit Christs PC verbunden hatte, zog.

Ein "Danke", kam Christ nun doch noch über die Lippen.

"Bitte."

Lars Kuhnert schnappte sich die Sachen, die er mitgebracht hatte und wandte sich zum Gehen.

"Stellen Sie diese Informationen ins Netz", raunte Christ.

*Überflüssige Bemerkung*, dachte Kuhnert, sagte aber laut "Natürlich", bevor er Christ verließ.

Christ nahm die Fotos vom Ausgabeschacht seines Druckers und legte sie auf seinem Tisch ab. Ihnen galt nicht seine erste Priorität. Da war noch etwas anderes, was dringend seiner Aufmerksamkeit bedurfte.

Mit einem gezielten Klick auf seine Taskleiste holte er den äußerst interessanten Polizeibericht des Polizeipräsidiums Südosthessen zurück auf seinen Bildschirm.

Dieser Name, der ihn hatte aufmerken lassen, stand immer noch dort geschrieben.

**Kapitel 35**
Dienstagmorgen, acht Uhr eins, 29. September

Die erste 'Amtshandlung' Samira Steins am heutigen Morgen bestand aus dem Drehen des Thermostatventils des Heizkörpers in ihrem SoKo-Büro auf die höchste Stufe.

Es war klar an diesem Morgen, und richtig kalt. Schon gestern am späten Abend, als Stein nach ihrem aufwühlenden Gespräch, und dem sich anschließenden Fernsehen mit Brucati, nachhause gefahren war, hatte eine unangenehme herbstliche Frische die Straßen im Griff gehabt.

Selbst Brucati beschwerte sich jetzt, als er, in seine bis zum Hals geschlossene schwarze Lederjacke gehüllt, das Büro betrat. "Man, ist das kalt heute!"

"Ja", raunte Stein gefrustet, "und an Weihnachten kannst'e wieder im T-Shirt rumlaufen. Ich hab' die Heizung schon hochgedreht", beruhigte sie Brucati, der schnurstracks beim Hereinkommen zur Wärmequelle gelaufen war.

Brucati änderte seine Richtung, und stellte eine mitgebrachte Papiertüte auf seinem Bürotisch ab. Er zog seine Jacke aus und warf sie lässig über seinen Stuhl, bevor er sich setzte. Als der Platz genommen hatte, entnahm er der Papiertüte eine weiße Pappschachtel, in der sich sein Frühstück befand.

Wenig später kam Daniel Dosske als letzter in das Gemeinschaftsbüro der drei Kriminalisten.

"Na, auch schon da", fragte Brucati anzüglich. "Du weisst doch, wie das mit dem frühen Vogel und dem Wurm ist!"

"Der frühe Vogel kann mich mal", raunte Dosske, gähnte herzhaft und warf einen Blick in die Runde.

Seine Kollegin saß am PC und tippte etwas, während sein Kollege eine Eintracht Frankfurt Fantasse gefüllt mit Kaffee vor sich stehen hatte und genüsslich in ein belegtes Weisbrot biss.

"Willst du auch ein Tramezzino?", fragte Brucati und hielt Dosske die geöffnete Pappschachtel vor die Nase, in welcher sich noch zwei der belegten Weisbrotdreiecke befanden.

"Nee, ich mache gerade eine Diät", erklärte Dosske und tauschte mit Brucati einen kurzen Blick aus, wobei er in den Augen seines Kollegen bezüglich der eben gemachten Aussage seine eigene Skepsis reflektiert sah. Dosske wandte sich daher ab. "Ich brauche erst einmal einen Kaffee", brummte er verschlafen, während er auf die Kaffeemaschine und seine OFC Fantasse zusteuerte.

Während Dosske sich den augenscheinlich stark gebrühten Kaffee einschenkte, erkannte er das Firmenlogo auf der Seite der Papiertüte, die auf Brucatis Tisch ruhte.

Offensichtlich war Brucati an diesem Morgen über den Feinkostladen seiner Eltern gefahren und hatte sich von seiner Mutter mit Tramezzini verwöhnen lassen.

"Sind die von Mamma Maria?", fragte Dosske zur Bestätigung seiner Vermutung.

"Ja."

"Ich habe gerade eine Diät hinter mir", kam Dosske wie aus der Pistole geschossen über die Lippen, und er griff beherzt in die offene Schachtel.

Was immer Mamma Maria auch auf diese Brote schmierte, es war einfach lecker, und Dosske konnte nicht widerstehen.

"Du bist doch sonst nicht so zimperlich", raunte Brucati, "hast wohl gestern Abend bei Johnny zugeschlagen", mutmaßte er.

Normalerweise hätte Daniel Dosske vehement widersprochen, doch heute begnügte er sich mit einem stummen Kopfnicken und grinste, während er sich mit dem Tramezzino in der einen Hand setzte, und mit der anderen die Tasse vor sich abstellte.

"Aber das Tüpfelchen auf dem i war wieder mal diese absolut leckere Schwarzwälder Kirschtorte", gab Dosske schließlich schwärmerisch zu, wobei er über beide Wangen strahlte. "Die war wieder ein Genuss!" Er hielt inne und überlegte. "Nein, ich revidiere mich, ein Hochgenuss!"

Brucati kannte Johnnys Torten, und eben auch die genannte, nur zu gut. "Hmm", entfuhr es seinen Lippen.

Dosske biss in seinen Tramezzino. "Findet ihr es auch so kalt heute?", haderte er nuschelnd mit vollem Mund.

"Ja, es fängt bestimmt bald an zu schneien", prophezeite Brucati nicht ernsthaft.

"Ach", seufzte Dosske laut, "mir tut der Schnee jetzt schon leid!"

"Was?", fragte Brucati nach, der glaubte sich verhört zu haben.

"Mir tut der Schnee jetzt schon leid!", wiederholte Dosske lauthals, nachdem er seinen Mund leergegessen hatte.

"Warum tut dir der Schnee leid?", fragte Brucati verständnislos.

"Ach, der Arme, der wird doch wirklich von jedem auf die Schippe genommen", erklärte Dosske mit vor Mitleid triefender Stimme.

Brucati ärgerte sich innerlich, dass er immer wieder auf Dosskes Spielchen ansprang, und doch musste er zusammen mit Stein losprusten.

Dosske fuhr seinen PC hoch und checkte seine E-Mails.

"Hey, die von der Unteren Denkmalschutzbehörde waren aber mal richtig schnell", sagte Dosske anerkennend, als er eine E-Mail mit Herrn Tretin als Absender und dem Betreff 'Ergebnis dendrochronologische Untersuchung' entdeckte.

Er öffnete die E-Mail und fand einen Bericht zur Laborauswertung der entnommenen Proben vor.

"Bin mal gespannt ob der Linhart den Tunnel gebaut hat oder schon der Karl", raunte Dosske und überflog die Zeilen.

Von der Holzart, dem Fällzeitraum, von Vergleichskurven und einer Menge weiterer Angaben war dort zu lesen.

Dosske las vor: "Die Interpretation der Laborergebnisse, der unter fachlicher Leitung der Unteren Denkmalschutzbehörde des Kreises Offenbach genommenen und gesichteten Proben, ergibt eine Datierung der Balken, und damit des Tunnels, auf die Mitte des elften Jahrhunderts."

"Das war ein bisschen nach Karl dem Großen", meinte Stein.

Dosske nickte.

"Ist euch eigentlich schon mal aufgefallen, dass der Name Karl der Große im Zusammenhang mit dem Fall ganz schön oft fällt", sinnierte Stein.

"Ach, ich hab' Linhart von Hagen, glaube ich, genauso oft gehört", raunte Brucati.

"Den kannte ich vorher allerdings noch nicht", gab Stein zu. "Vom Karl hatte ich schon mal was gehört."

"Ja, ja", seufzte Dosske. "Da muss der arme Karl sich auf seine alten Tage nochmal in einen Kriminalfall hineinziehen lassen."

Stein nickte schmunzelnd.

"Wie lautete die Maxime von Karl dem Großen? *Erst kommt das Wissen, dann das Tun!*", rezitierte Dosske, der sich gerne mal als Mime präsentierte.

"Danach solltest du öfter mal handeln", murrte Brucati.

"Ha, Ha", entgegnete Dosske und nahm den gelben Haftnotizzettel, den er gestern Abend auf den Rahmen seines Bildschirms geklebt hatte, um nicht zu vergessen, dass er heute nochmal nach Michael Hanke fahnden wollte. Der Anruf, den Dosske gestern Abend bei ihm zuhause getätigt hatte, war ins Leere gegangen.

Auch jetzt wählte Dosske diese Nummer nochmals vergebens.

"Oh man", stöhnte er entnervt. "Sagt mal, was ist denn da los?! Jetzt ist der Hanke auch noch verschwunden. Erst dieses Fragment einer Apogryphe und jetzt auch noch der", zählte Dosske auf. "Anscheinend haben wir hier seit neustem sowas wie ein Bermuda-Dreieich", gab Dosske scherzhaft von sich. "Alles verschwindet geheimnisvoll auf nimmer wiedersehen!"

"Man könnte es gerade glauben", stimmte Stein zu.

Dosskes Tonfall wurde wieder sachlich. "Vielleich ist der Hanke ja nur in Urlaub", erinnerte er sich an von Escherslebens Vermutung, dass Hanke weggefahren sei.

"Glaubst du?", fragte Brucati.

Dosske schüttelte den Kopf. "Nicht wirklich! Ich gehe der Sache aber trotzdem nach", raunte er und hackte sich in die Passagierlisten der Fluggesellschaften ein, um dort sein Glück zu versuchen und nach Hanke zu fahnden.

"Ich finde diesen Appelt immer verdächtiger", raunte Stein.

"Dieser Flemming ist auch nicht ohne", meinte wiederum Brucati.

Dosske nickte nachdenklich aber zustimmend, während er weiter die Passagierlisten durchsuchte.

"Der Flemming hat doch sehr offen seine Abneigung gegen Rösler gezeigt", äußerte Stein, und wandte ein: "Wäre das wirklich ein sinn-volles Vorgehen wenn er ihn umgebracht hat?"

"Nicht unbedingt", räumte Brucati gedankenvoll ein, "aber wenn er mit allen Wassern gewaschen ist?" gab er zu bedenken und spitzte die Lippen.

Stein wiegte ihren Kopf hin und her. Auch sie wirkte sehr nach-denklich.

"Was für eine unheilige Verbindung oder Beziehung hatte der Appelt mit dem Rösler?", murrte Brucati fragend.

"Die australische Irukandji", stammelte Stein, die anscheinend gerade Erkenntnis überkam.

"Welche Verbindung gibt es da?", fragte Brucati mit gerunzelter Stirn.

"Kannst du dich noch erinnern, als wir in Appelts Büro waren", fragte Stein ihren Kollegen.

Brucati nickte aufmerksam.

"Da war doch dieses Foto, auf dem man den Appelt auf einer Yacht sah."

Wieder nickte Brucati.

"Diese Yacht hatte den Namen Gangurru, und das bedeutet bei den Aborigines Känguru, und die gibt es bekanntlich in Australien."

"Du nimmst an, dass Appelt in Australien war."

"Das liegt doch auf der Hand", meinte Stein. "Und Australien gleich Känguru, Schiff, Meer, Qualle, ergibt Appelt und möglicher Zugang zu eben so einer Qualle."

Eine kurze Stille entstand im Büro der drei SoKo-Beamten.

"Ich denke, wir sollten nochmal überraschend bei ihm vorbeischauen", überlegte Brucati.

Stein sah Dosske an, der nur mit den Schultern zuckte.

"Vielleicht sollten wir erst einmal abklären ob er in seinem Büro ist", bedachte Stein, und zückte die Telefonnummer Appelts.

Diesmal nickte Brucati nachdenklich aber zustimmend. "Schuster?", fragte er in Dosskes Richtung.

"Ja", hatten wir schon lange nicht mehr, gluckste Dosske, griff nach der Telefonnummer Appelts und zum Telefon.

Während es das erste Mal klingelte, schaltete Dosske auf die Lautsprecherfunktion, so dass Brucati und Stein mithören konnten.

Dosske gab sich bei Appelts Sekretärin als Schuhmacher aus, der die kaputten Schuhe von einem Herren in Reparatur hatte und wollte einen Termin ausmachen, wann er die Schuhe anprobieren konnte. "Ist der Herr da?", fragte er nett.

"Nein, Herr Appelt ist heute noch nicht im Büro erschienen", gab die Sekretärin etwas verschnupft an. Es passte ihr wohl so gar nicht, dass sie nicht darüber unterrichtet war, dass ihr Chef heute später kam. Ihr schnippisches "Eigentlich müsste er schon da sein" bestätigte Dosske seine Vermutung.

Dosske legte, unter der Ankündigung, dass er sich nochmal melden würde, auf. Er schaute zu Brucati und Stein hin. "Nix mit Schuhe probieren", sagte er.

"Er ist nicht da", übersetzte Brucati.

"Versuchen wir es später nochmal."

"Unbedingt, wir sollten nochmal mit ihm sprechen!", meinte Stein.

"Seine Sekretärin schien überrascht, dass er nicht da war", bemerkte Dosske grüblerisch. "Vielleicht ist doch was dran an dem Bermuda-Dreieich?!", unkte er.

Brucati überging Dosskes Äußerung.

"Wenn er heute Nachmittag noch nicht in seinem Büro sein sollte, fahren wir zu seiner Wohnung", erklärte Brucati mit fester Stimme.

"Und wenn er da auch nicht ist?", fragte Stein.

"Dann machen wir eine Nacht- und Nebelaktion", raunte Dosske verschwörerisch.

"Das geht heute nicht", nahm Brucati den Spaß auf. "Wir haben keinen Nebel", erklärte er trocken.

"Trockeneis", warf Dosske natürlich nicht ernsthaft für die Erzeugung von Nebel in die Runde.

Brucati musste nun doch lachen, hatte sich aber sofort wieder im Griff, als er Christs Augen auf sich ruhen sah.

Der SoKo-Chef hatte das Büro der drei Kollegen betreten.

Kurz bevor Lars Kuhnert ihn vorhin in seinem Büro besucht hatte, war er die Polizeiberichte der letzten Stunden durchgegangen. Dabei hatte ihn förmlich der Name angesprungen, den er gestern Abend aus dem Mund von Mordechai von Eschersleben vernommen hatte. Michael Hanke. Im Polizeibericht des Polizeipräsidium Südosthessen war nun heute Morgen zu lesen, dass Zeugen für ein Tötungsdelikt an eben diesem Mann gesucht wurden.

Christ reichte Dosske den Ausdruck den er mitgebracht hatte. "Sie brauchen sich nicht mehr mit Herrn Hanke in Verbindung setzen."

Dosske runzelte, auf diese Ansage, verwundert die Stirn, nahm das Blatt Papier, auf dem ein Passfoto zu sehen war und ein paar Zeilen standen, und las. *Mord an Michael Hanke, Tatzeit Nacht vom 25. auf den 26. September; Tatort Bussardweg 40 in Dreieich. Am Montagabend, 28. September, gegen neunzehn Uhr dreißig wurde von einer Hausmaklerin Michael Hanke tot, in einen Teppich eingewickelt, in einem Gartenhaus auf dem Nachbargrundstück zu seinem Haus im Bussardweg 42 aufgefunden. Die durchgeführte Obduktion ergab eine Schlagverletzung am Kopf als Todesursache. Eine Tatwaffe konnte bisher nicht aufgefunden werden. Der 55-jährige Hanke wurde am 25. September gegen siebzehn Uhr letztmalig lebend an seiner Arbeitsstelle gesehen. Die Tatortbearbeitung sowie Befragungen aus dem Opfer-Umfeld dauern an. Die Polizei bittet Zeugen, die in der Zeit zwischen dem 25. und 27. September verdächtige Wahrnehmungen oder Beobachtungen rund um den Tatort gemacht haben, sich zu melden.*

Dosskes Bermuda-Dreieck-Theorie verhielt sich in Bezug auf Hanke wie ein unachtsam behandeltes Kartenhaus und brach in sich zusammen. Der Kriminalist sah verblüfft auf und den SoKo-Chef an, bevor er sich Stein und Brucati zuwandte. "Der Hanke ist tot", sagte er mit überraschter Erkenntnis in Richtung der beiden Kollegen, bevor sein Blick wieder auf das Papier wanderte.

*Wer kannte das Opfer und kann Angaben zu seinem Bekanntenkreis und zu seinen Lebensgewohnheiten machen?* stand da noch geschrieben. Und die Angaben darüber welche Dienststelle die Hinweise entgegennimmt folgten.

"Die Kollegen gehen von Mord im Affekt aus", raunte Christ, der sich inzwischen entsprechend informiert hatte.

266

"Wieso?", fragte Brucati.

"Mit den Händen tötet man im Affekt", wusste Christ. "Diese Tötung war eventuell kein geplanter Mord, sondern Totschlag im Affekt, und wahrscheinlich war es ein Linkshänder", gab der SoKo-Chef mit gefährlichem Unterton an. In Christs imaginärer Wiedervorlage war dieser Hinweis, auf die Händigkeit des Täters, nach dem Telefonat mit den zuständigen Kollegen gelandet.

Christ hatte ein weiteres Blatt Papier dabei, auf dem ein Foto der Auffindesituation Hankes abgebildet war. Das reichte er nun Brucati.

Kein besonders schönes Bild bot sich Brucati, als er den, auf einem besudelten Teppich liegenden, Toten sah. Die Maden auf der Leiche waren nicht zu übersehen.

"Den Todeszeitpunkt hat man anhand der Insekten bestimmt?", wollte der erfahrene Kriminalist wissen.

"Ja", beantwortete Christ seine Frage und reichte ihm den Bericht der Forensischen Entomologie.

Antonio Brucati schürzte die Lippen. "Sieht so aus als wäre Hanke tot", brummte er nochmals sich selbst bestätigend vor sich hin.

"Rösler und jetzt auch noch Hanke", sagte Stein, leise dachte sie: *Beide vom Geschichts- und Heimatverein.* "Es gibt Leute, die öffnen gemeinam ein Grab und sterben darauf auf mysteriöse Weise, was haben die beiden nur geöffnet", sinnierte sie.

"Wir sind nicht im alten Ägypten", raunte Dosske, als von seinem PC ein kurzer Ping das Gespräch unterbrach, worauf Dosske das Blatt Papier mit dem Passfoto Hankes an Stein weiterreichte und sich wieder seinem Bildschirm zuwandte.

Nun las Stein die Zeilen.

Dosske legte unterdessen die Hand auf seine Maus und scrollte mittels Rädchen nach unten, bis sein Zeigefinger in der Bewegung erstarrte. Ungläubig schaute Dosske auf die Zeilen, die über den Bildschirm flatterten. Staunend öffnete er den Mund. "Äh", meldete er sich zu Wort. "*Das* kann nicht sein", fuhr er aufgeregt fort, was bedingte, das alle Köpfe sich ihm zuwandten.

Dosske kroch fast mit seinem ganzen Oberkörper in den Bildschirm hinein. Es wirkte als wenn Dosske nochmal genauer auf das, was dort stand, schauen musste, um sicher zu sein, dass er sich nicht versehen hatte.

Schließlich öffnete der Kriminalist seinen Mund. Doch was daraus zu hören war, schien unglaublich. "Hanke hat bei Air Berlin eingecheckt. Er fliegt gerade nach Berlin."

"Wie bitte?", fragte Brucati nach, weil er es nicht glauben wollte.

"Hanke fliegt gerade nach Berlin", wiederholte Dosske, jedes einzelne Wort betonend.

"Nee", murrte Brucati und hielt Dosske das Foto des auf dem Teppich liegenden toten Mannes hin. "Es sei denn, das hier ist ein Fliegender Teppich."

"Aber er hat vor ein paar Minuten eingecheckt!" Dosske deutete auf seinen Bildschirm, wo diese Meldung zu lesen war. "Hier, Hanke, Michael."

Brucati hatte sich erhoben und stierte nun auch auf die Zeilen mit der illusorischen Meldung.

Dosske blickte auf seine Armbanduhr. "Die Maschine hebt gerade ab", sagte er und schaute wieder auf den Bildschirm. "Abflug Frankfurt acht Uhr fünfundzwanzig, Ankunft Berlin Tegel neun Uhr fünfunddreißig", las er vor.

Auch Stein stand nun neben Dosske.

Der sah Christ entgeistert an. "Ich glaub' mich laust der Affe!"

"Ich würde vorschlagen, Sie lassen den Affen schnell beiseite und konzentrieren sich", forderte Christ mit einer stoischen Ruhe.

"Dann fliegt wohl ein anderer unter Hankes Namen", kombinierte Brucati folgerichtig.

"Ach, wirklich", raunte Dosske, dem dies inzwischen auch hinlänglich einleuchtete.

Brucati kamen der Koffer und die Reisetasche in den Sinn, die er bei Flemming im Flur hatte stehen sehen. Er überdachte nochmal das Gespräch, das er mit Flemming geführt hatte. Dieser Mann rückte wieder in den Focus seiner Überlegungen.

Stein blickte auf den Ausdruck in ihren Händen, der Hankes Passfoto zeigte, als ihr ein fassungsloses "Ach nee!" entfuhr. "Das gibt's doch nicht!", klinkte sie sich in das Gespräch ein und hielt den Ausdruck hoch, so dass Brucati ihn sehen konnte.

Als Brucatis Blick auf dem Papier ruhte, tippte Stein mit dem Zeigefinger auf das Foto des Personalausweises, welches den Polizeibericht zierte. "Der sieht aus wie der Appelt!", platzte es aus ihr heraus.

Brucati horchte auf, und nahm den Bericht, den Stein ihm hinhielt. Auch ihn überkam die Erkenntnis. "Unglaublich", entkam fassungslos seinen Lippen, "der sieht wirklich aus wie der Appelt."

Dosske sah zu Christ hin und schlug sich mit der Hand vor die Stirn. "Das hat von Eschersleben mit Zwillingen gemeint!" sagte er, als er sich an die Äußerung des Mannes erinnerte, dass der Hanke und der Appelt wie eineiige Zwillinge waren. Damit hatte von Eschersleben nicht den Charrakter, sondern die Äußerlichkeit gemeint.

Obwohl Stein sich sicher war, dass der Heizkörper in ihrem Büro auf voller Stärke bullerte, und eine angenehme Wärme verbreitete, schließlich hatte sie ihn ja vorhin eigenhändig aufgedreht, hatte sie schlagartig das Gefühl, dass es kühl wurde.

Christ beobachtete die schiere Ungläubigkeit auf Dosskes Gesicht. Seine Miene blieb hingegen vollkommen neutral. Was er gerade dachte, ließ er sich nicht anmerken, obwohl auch er überrascht von dieser Wendung des Falles war.

Stein kam eine Ahnung. "Das", sagte sie und deutete auf Dosskes Bildschirm, "das ist der Appelt!", rief sie aus.

Christ nickte bedächtig zustimmend.

"Dann müssen wir die Maschine umdrehen lassen!", forderte Dosske entschlossen.

Doch Christ bremste sofort seine Entschlossenheit. "Das ist keine gute Idee", meinte er. "Dieser Appelt ist gefährlich."

Brucati schien das genauso zu sehen, denn er nickte sehr bedächtig. "Du weißt nicht wie der auf soetwas reagieren würde", gab er Dosske zu bedenken.

"Wir müssen das Bild von dem Hanke, oder dem sich als Hanke ausgebenden Appelt, falls er es ist", schränkte Stein nun doch ein, "an die Kollegen in Berlin mailen", äußerte Stein hektisch.

Christ schüttelte aber energisch den Kopf. "Nein!", sagte er mit einer Stimme, der man anmerkte, dass sie befehlsgewohnt war. "Sie werden ihnen das Bild mitbringen, denn wir werden uns denjenigen, der sich als Hanke ausgibt, selbst holen!"

"Aber, das Flugzeug ist in Frankfurt gestartet, es ist schon in der Luft", gab Stein zu bedenken.

"Aber", wiederholte Thomas Christ, der wieder einmal dastand, als wenn nichts ihn erschüttern konnte, "wir sind schneller."

Stein verstand nicht gleich worauf Christ hinaus wollte.

Auch Brucatis und Dosskes Mienen zeichnete auf Christs Ansage hin eine gewisse Verständnislosigkeit aus.

Doch der SoKo-Chef erlöste sie aus ihrem Unwissen.

"Wir starten von Egelsbach aus", sagte er.

Christ meinte damit die Vulcanair P 68 Observer 2 der Fliegerstaffel der hessischen Polizei, welche bei der Nachbargemeinde, am Flugplatz Egelsbach, stationiert war. Hessen war das erste Bundesland, das neben ihren Polizeihubschraubern ein Polizeiflugzeug in den Dienst nahm. Die

Propellermaschine konnte schneller und deutlich weiter fliegen als die bis zu diesem Zeitpunkt in Egelsbach stationierten Hubschrauber.

"Au ja, lasst uns den fliegenden Streifenwagen nehmen!", rief Dosske freudig aus.

"Brucati, Sie fliegen mit Dosske sofort nach Berlin", ordnete Christ an. "Ich werde in Egelsbach anrufen und Bescheid geben."

Dem zustimmenden Nicken der beiden Angesprochenen folgte sofort die Aktion. Sie machten sich startklar. Brucati schnappte sich das Foto Hankes. Die Waffen der beiden SoKo-Beamten verschwanden in ihren Holstern.

Christ wandte sich an Stein. "Wir fahren in die Wohnung Appelts, um nachzusehen ob er seine Sachen gepackt hat. Besorgen Sie schon mal einen Wagen, fahren Sie vor's Haus, damit wir sofort starten können. Ich komme gleich runter."

Christ hatte vor schnell am Flugplatz anzurufen. Dazu musste er sein Büro aufsuchen, denn dort lag auf seinem Schreibtisch sein Handy, wo er die Nummer des Flugplatzes gespeichert hatte.

Stein hatte Christs Befehl entgegengenommen und schickte sich an den Fuhrpark der SoKo aufzusuchen.

"Sie werden die Kollegen in Berlin von unterwegs informieren", wandte Christ sich wieder an Brucati und Dosske. "Notfalls sollen sie dafür sorgen, dass die Maschine mit Appelt eine Warteschleife über Berlin fliegt, damit sie beide die Chance haben vor Appelt dort zu sein."

"Gute Idee", raunte Dosske.

"Also los", drängte Christ mit solch einem Nachdruck, dass Brucati, Dosske und Stein sich noch mehr beeilten.

## Kapitel 36
Dienstagmorgen, acht Uhr achtunddreißig, 29. September

Brucati und Dosske rasten unter Einsatz des Signalhorns mit einem Dienst-Opel der SoKo S nach Egelsbach. Brucati saß am Lenkrad und fuhr einen ziemlichen Stiefel, um schnellstens zu dem Flugplatz zu gelangen. Er rumpelte über einen Kanaldeckel, worauf der durchgeschüttelte Dosske maulte: "Wie kannst du nur so unachtsam über den Kanaldeckel brettern!"

"Was?", fauchte Brucati.

"Ich finde, du solltest etwas pietätvoller mit denen umgehen."

"Pietätvoller?", fragte Brucati verständnislos, den Wagen einem Rennfahrer gleich um die nächste Kurve lenkend.

"Na, du weißt doch, als es für die Kollegen die neue Heckler & Koch P30VZ gab, sind die alten Waffen zu Kanaldeckeln verarbeitet worden. Und du fährst hier so achtlos über die *alten Kameraden*", erklärte Dosske theatralisch verschnupft.

Brucati stöhnte. "Woher weißt du das denn schon wieder?"

"Na hör' mal", empörte sich Dosske, "du weißt doch, dass ich einen messerscharfen Verstand besitze, den ich täglich mehrere Stunden trainiere!"

"Oh", seufzte Brucati, "ja, natürlich. Das hätte ich fast vergessen."

"Solltest deinen auch mal besser trainieren", riet Dosske.

Beide Kollegen grinsten still vor sich hin. Jeder wusste wie der andere es gemeint hatte. Brucati und Dosske kannten sich schon so lange um jedes subtile Zeichen in Mimik, Gestik oder Stimme des anderen deuten zu können. Dieses Geplänkel zwischen den beiden Kollegen diente ihrem Stressabbau.

Ein hupender Autokorso, aus anscheinend anlässlich einer Hochzeit mit weißen Bändchen geschmückten Fahrzeugen, wurde von Brucati in halsbrecherischer Fahrt überholt.

"Hat's wieder so ein armes Schwein erwischt", raunte Dosske.

Brucati stieß einen entnervten Ton aus und nahm die nächste Kurve ziemlich eng.

"Hey, fahr' vorsichtig", insistierte Dosske wieder.

"Fahr' ich doch", gab Brucati gereizt zurück.

"Ist ja nur weil ich am Samstag ein Date mit Debby habe", erklärte Dosske.

"Ach, flattern bei Euch auch bald Bändchen an der Autoantenne?", frozzelte Brucati mit angriffslustiger Stimme.

"Quatsch", entfuhr es Dosske hastig. "So schnell nicht!" Sein Tonfall wurde merklich empfindlich, als Emotionen sich einschlichen.

Dosske dachte daran zurück, wie er gestern Abend, auf dem Weg zu Johnny, per Handy bei seiner Freundin angerufen hatte, nur um kurz mal '*Hallo*' zu sagen. Noch voll von all den fantastischen Erzählungen von Escherslebens und Tretins sprudelten bei dem Telefonat die geschichtlichen Informationen, die ihn so fasziniert hatten, nur so heraus. Leider hatte die überaus schnippische Reaktion seiner Freundin, '*Was interessiert mich die Vergangenheit, mich interessiert die Zukunft, denn in der gedenke ich zu leben*', gelautet. Und Dosske hatte diese Abfuhr nicht besonders gut gefunden.

Brucati riss ihn aus seinen trüben Gedanken. "Du wirst schon heil bei deinem Date ankommen", versicherte der zum Rennfahrer mutierte. "Wollt ihr wieder ein bisschen in 'Schöner Wohnen' blättern", stichelte er.

"Nee, ich hab' Debby versprochen mit ihr nach Lumpen-City zu fahren."

"Wohin?"

"Nach Wertheim Village."

Brucati erinnerte sich daran, dass Dosske ihm erzählt hatte, dass er am letzten Samstag mit seiner neuen Flamme in einem großen Möbelhaus in Weiterstadt gewesen war. "Sag' mal, bei euch heißt es wohl nicht 'die Liebe geht durch den Magen', sondern durch den Geldbeutel! Hat sie dich letzte Woche nicht erst zum Segmüller geschleift?", sagte er trocken, doch Dosske hörte sein unterschwelliges Schmunzeln sehr wohl.

"Besser zum Segmüller als wie zum Sargmüller", presste Dosske, in Anlehnung an ein in Dreieich beheimatetes Bestattungsunternehmen, zwischen den Zähnen hervor.

Brucati kam ein kehliges Glucksen über die Lippen. "Na, dann vergiss mal das dicke Portemonnaie nicht!"

Dosske wurde seiner Antwort enthoben, da Brucati abrupt abbremste und den Wagen am Ziel zum Stehen brachte, grunzte er nur.

Brucati machte keinen Hehl daraus, dass sie es eilig hatten. Er riss die Handbremse nach oben und sprang geradezu aus dem Auto.

Dosske ließ sich von seiner Hektik anstecken und folgte ebenso schnell.

Im Laufen betätigte Brucati die Zentralverriegelung des Dienst-Opels.

Beide SoKo-Beamten liefen in Richtung des Towers. Dort am Zaun, an einem geöffneten Türchen, stand bereits ein Kollege der Polizeifliegerstaffel und machte winkend auf sich aufmerksam. Flugs geleitete er Brucati und Dosske zu der in weiß, dunkelblau und rot lackierten Maschine, die startbereit auf dem Vorfeld wartete. An der Seite der P 68 Observer 2 prangten auf dem dunkelblauen Grund dick in weiß die Buchstaben, die das Wort POLIZEI bildeten.

Brucati erinnerte sich noch gut daran, mit welchem Stolz damals der Innenminister verkündet hatte, dass Hessen als erstes Bundesland nicht nur drei Polizeihubschrauber sondern nun auch ein Polizeiflugzeug besaß.

"Ach ja, jetzt ein schönes Fliegerchen", riss Dosske mal wieder einen seiner üblichen Scherze.

"Oh man, kannst du einmal ernsthaft sein!", stöhnte Brucati.

Dosske zog darauf erschrocken die Luft ein. "Wir müssen nochmal schnell zum Auto zurückgehen!", äußerte er, als wenn er etwas ganz Wichtiges vergessen hätte.

"Was", fragte Brucati entsetzt, "wieso?"

"Ich glaube, du hast dort deinen Humor vergessen", gab Dosske an.

"Oh, man", stöhnte Brucati einmal mehr, "geh' schon!", forderte er und drängte Dosske durch den Einstieg.

Kaum hatte sich die Klappe hinter den beiden Männern geschlossen, warf der Pilot seinen Passagieren einen kurzen Gruß zu, ließ die zwei Motoren der Maschine aufheulen und brachte das neun Meter lange, und mit einer Flügelspannweite von zwölf Meter ausgestattete Flugzeug zum Rollen. Kurz darauf hob die Maschine ab.

Während die Häuser und Straßen unter den beiden SoKo-Beamten zur Miniaturlandschaft wurden, legte der Pilot sich in eine Kurve und zog nach Norden.

Dosske blickte aus seinem Fenster, er saß auf der rechten Seite. Mit dem linken Ellenbogen stieß er Brucati an und nickte mit dem Kopf nach unten, zum Ortsrand der Stadt Dreieich.

Der Kollege folgte seinem Hinweis. In der Ferne entdeckte er die funkelnde Flutlichtanlage des Sportparkes Dreieich, der zentralen Sportstätte des SC Hessen Dreieich. Anscheinend prüfte man dort unten die Funktionalität der Lichter, denn es stand ein Großereignis bevor.

"Du weißt schon, dass *deine* Eintracht dort nächstes Wochenende spielt?", fragte Dosske mit einem leicht neidischen Unterton in der Stimme.

"Und ich bin dort", ab Brucati grinsend zurück. Er wusste genau, dass OFC-Fan Dosske enttäuscht von den Ergebnissen seiner Mannschaft, den Offenbacher Kickern, war, die in den beiden letzten Spielen leider kläglich verloren hatten, während man den SC Hessen Dreieich als absoluter Aufsteiger bezeichnen konnte. Innerhalb kürzester Zeit hatte er von sich Reden gemacht, und nun kam es zu einem Freundschaftsspiel gegen den Deutschen Meister, Eintracht Frankfurt, auf heimischem Rasen. Das kleine schmucke Stadion an der Lettkaut in Dreieich würde sicherlich prall gefüllt sein. Brucati war unter den Ersten gewesen, die für dieses ersehnte Spiel Karten bekommen hatten.

"Willst du nicht mitkommen?", fragte Brucati, "damit du endlich mal wieder ein gutes Spiel siehst?", stichelte er grinsend, was Dosske zwar nicht sah, da er immer noch aus dem Fenster lunzte, aber an der Stimme seines Kollegen hören konnte.

Dosske atmete tief.

"Oder vielleicht noch sinnvoller", feixte Brucati weiter, "solltest am besten gleich ein Fan vom SC Hessen Dreieich werden, damit du mal wieder das Gefühl kennen lernst, was es heißt zu siegen."

Wie auf das Stichwort teilten sich in diesem Moment die Wolken, die vor der Sonne hingen und ein heller Sonnenstrahl fiel wie bestellt auf das Stadion.

"Schau nur, die haben sogar Gottes Segen!", meinte Brucati, der an Dosske vorbei nach draußen blickte.

"Ha, ha!", äffte Dosske mürrisch. "Wart's nur ab", gab er zurück, "es kommen für den OFC auch wieder bessere Tage!"

"Fragt sich nur wann!"

Dosske wandte seinen Blick vom Stadion ab und schaute seinem Kollegen in die Augen. "Nur keine Angst, die kämpfen weiter!", sagte der Fan mit Gewissheit in der Stimme.

"Ja, gut so", äußerte Brucati bühnengerecht voller Zuversicht, und schob mit geballter Faust hinterher: "Nur wer kämpft kann gewinnen, wer nicht kämpft hat schon verloren!" Und doch konnte er sich ein Schmunzeln nicht verkneifen.

Dosske warf Brucati einen warnenden feindlichen Blick zu und verzog sein Gesicht zu einer Grimasse. Was seinen Verein anbelangte, verstand er keinen Spaß. Obwohl ihm dämmerte wie Brucati es gemeint hatte, bestätigte er: "So isses!", und wandte seinen Blick erneut nach draußen. Die funkelnden Lichter des Fußballplatzes waren bereits aus seinem Sichtfeld verschwunden. Dosske brummte irgendetwas in seinen nicht vorhandenen Bart.

"Wie bitte", fragte Brucati nach.

Doch Dosske blieb stumm.

"Hallo, jemand zuhause?", fragte Brucati mit einem versöhnlichen

Lächeln.

Dosske schwieg sich weiter aus.

"Komm' schon!", forderte Brucati auf Dosskes mürrische Miene, "bring deinen Bauchnabel mal nach oben, das macht Männer attraktiv!"

"Was?!"

"Na, weißt du nicht? Wenn man lächelt, dann geht der Bauchnabel nach oben."

"Wo hast du das denn wieder aufgeschnappt?"

"Lesen bildet", gab Brucati an.

Dosskes Blick war immer noch nach draußen gerichtet.

"Hey", sagte Brucati und hieb Dosske auf den Oberschenkel, "wo ist denn deine gute Laune geblieben?"

"Die ist vorhin losgegangen um meine Motivation zu suchen!"

"Und?"

"Und jetzt sind beide weg!", gab Dosske an.

Brucati lachte, und auch auf Dosskes Zügen zeigte sich endlich ein zaghaftes Lächeln.

"Hoffentlich ist der Appelt nicht weg, bis wir ankommen", befürchtete Brucati. "Ich werde mich mal mit den Kollegen in Berlin in Verbindung setzen", gab er an und griff zu seinem Handy.

"Frag' erst mal bei unserem Kollegen hier nach", er wies in Richtung des Piloten, "wann wir ankommen", meinte Dosske.

Brucati nickte zustimmend.

"Dann kannst du den Berlinern mitteilen, wie lange sie die Maschine vom Appelt oben lassen sollen, damit wir vor ihm da sind.

Brucati ging genau so vor.

Als er sein Telefonat beendet hatte, bedeutete er Dosske. "Die wissen Bescheid und erwarten uns."

"Ob Stein und Christ schon in der Wohnung vom Appelt sind?", begann Dosske nun mit einem anderen Thema.

"Kann gut sein", raunte Brucati.

"Staatsanwalt Bach ist zwar schnell, aber meinst du Christ hat ihn in der Hektik noch informiert und einen Durchsuchungsbefehl veranlasst?"

Brucati runzelte zweifelnd die Stirn, äußerste sich aber nicht verbal dazu.

"Ach", sagte Dosske lässig und schmunzelte, "du kennst doch unseren Schweiger, zur Not zieht der die 'Gefahr in Verzug'-Karte, um in die Wohnung zu gelangen."

Auch Brucatis Miene überzog nun ein Schnunzeln, als er bedächtig seinen Kopf auf und ab bewegte.

**Kapitel 37**
Dienstagmorgen, acht Uhr neunundvierzig, 29. September

Christ hatte, nachdem er in sein Büro zurückgestürmt war, um mit seinem Handy zu telefonieren, gemeinsam mit Stein die SoKo-Zentrale verlassen und sie waren zu Appelts Wohnung gefahren.

Stein zeigte sich dabei als rasante Fahrerin.

Christ berichtete Stein während der Fahrt von den Fotos mit Rösler und seinem Schatten aus dem Tunnel, die Kuhnert ihm gezeigt hatte.

Stein konnte es darauf kaum noch erwarten bei Arno Appelt anzukommen.

Als sie schließlich am Wohnort Appelts eintrafen, tat sich auch nach mehrmaligem Klingeln die Tür für die beiden von der SoKo nicht auf.

Steins Worte, auf die auf das Klingeln ausbleibende Reaktion, "Es riecht hier verdächtig nach Gas!", quittierte Christ mit einem wissenden Lächeln um seine Augen.

"Keine Angst", beruhigte der SoKo-Chef, "wir haben Bachs Segen", verkündete er, und ließ nach ein paar geübten Handgriffen die Tür aufschwingen.

Für den listigen drahtigen Kämpfer, war es eine Kleinigkeit die verschlossene Tür zu öffnen.

Stein schwieg dazu, und überlegte angestrengt wann Christ diesen Segen bekommen hatte. Es blieben nur die Minuten in denen sie zum Fuhrpark gelaufen war und den Wagen besorgt hatte, um einen solchen Anruf zu tätigen. *Der scheint doch eine Standleitung zum Staatsanwalt zu haben,* dachte sie voller Respekt über Christ.

Doch nun musste sich Stein auf etwas anderes konzentrieren. Auch wenn Appelt sich auf das Klingeln nicht gerührt hatte, und anscheinend nicht zuhause war, konnte es sich trotzdem ganz anders verhalten.

Christ schien den gleichen Gedanken zu haben, denn er zog seine 9mm Sig Sauer und Stein tat es ihm gleich.

Vorsichtig arbeiteten sie sich in der Wohnung vor.

Durch den Flur gelangten sie links in das Wohnzimmer.

Stein fiel sofort an einer Wand ein Porträt von Karl dem Großen auf.

Auch Christ hatte das Bild gesehen. Seine Augen schickten Stein eine wortlose Botschaft.

Stein nickte. Sie zog sich aus dem Wohnzimmer zurück in den Flur und öffnete die nächste Tür. Dahinter lag das menschenleere Badezimmer.

Christ hatte sich in das Schlafzimmer vorgearbeitet. Auch hier erwartete ihn, bis auf die Ausstattung, eine gähnende Leere.

Noch eines der über den Flur zu erreichenden Zimmer hatten sie nicht gecheckt. Eine letzte verschlossene Tür lag vor ihnen.

Während Stein sicherte, stieß Christ diese Tür auf.

Eine Sekunde später standen die beiden in der Küche, der bis auf das Mobiliar leeren Küche.

Während Stein sich entspannte und ihre Waffe in das Schulterhalfter zurückgleiten ließ, steuerte Christ den Küchentisch an, an dem jemand hektisch gefrühstückt zu haben schien.

Dieser Jemand hatte eine halbleere große Kaffeetasse zurückgelassen, und eine zu einem Drittel angebissene Scheibe Brot auf einem Küchenbrettchen. Daneben standen eine geschlossene Butterdose mit durchsichtigem Deckel, und das offene Glas einer teuren Marke von Waldfruchtgelee. Das Messer, welches zum Aufbringen des Gelees benutzt worden war, lag ebenfalls auf dem Brettchen.

Christ ging um den Tisch herum und stellte sich vor das Brettchen und die große Kaffeetasse, gerade so als wenn er sie benutzen wollte.

Die Gegenstände auf dem Tisch schienen ihn magisch anzuziehen.

Die aufmerksamen Augen des Chefkriminalisten fokussierten das benutzte Messer. Christ stieß es mit dem Lauf seiner immer noch gezückten Waffe am Griff an, so dass es parallel zum an der Tischkante gerade ausgerichteten Küchenbrettchen zum Liegen kam.

Stein bemerkte Christs ungewöhnliches Verhalten. Er kam ihr vor wie Monk, der neurotische Privatdetektiv aus der gleichnamigen amerikanischen Krimiserie, der unter anderem an der Zwangsstörung litt, immer alles gerade ausrichten zu müssen.

Nun beugte sich Christ hinunter und stierte auf die Kaffeetasse und das angebissene Brot.

Wenn Dosske dies getan hätte, hätte Stein bei ihrem Kollegen Hunger vermutet, doch bei Christ hatte es etwas Beunruhigendes, daher fragte sie: "Haben Sie etwas entdeckt?"

Christ deutete nachdenklich mit dem Kopf auf den Tisch. "In dem Polizeibericht zu Hanke hieß es, dass der Schlag von einem Linkshänder ausgeführt wurde", erinnerte er sich.

Stein verstand worauf Christ hinauswollte. Auch sie trat hinter den Tisch und besah sich die von Christ fixierten Gegenstände von da aus, wo der Mensch, der hier gefrühstückt hatte, gesessen hatte.

Schlagartig überkam auch Stein die Erkenntnis. Die Kaffeetasse stand links vom Brettchen, und ihr Griff zeigte nach links. Das Messer lag links auf dem Brettchen, und die Marmeladespuren an der Klinge des

Messers befanden sich auf der rechten Seite der Schneide.

"Appelt ist Linkshänder!", entfuhr es Steins Kehle.

Thomas Christ nickte mit einem gefährlichen Glitzern in den Augen. Er richtete sich auf und ließ seine 9mm Sig Sauer unter seinem Jacket verschwinden. Darauf ließ er seine rechte Hand über die Tasse gleiten. Von ihr ging keine Wärme mehr aus. Christs Blick fokussierte das Brot mit seinem Aufstrich aus Butter und Marmelade.

"Ist circa drei Stunden her, dass hier jemand in Eile gegessen hat. Und derjenige wird nicht zurückkommen", ergab sein deduktiver Schluss.

Stein sah Christ an. "Drei Stunden!?", wiederholte sie nicht skeptisch, aber selbst auf dem Tisch nach Hinweisen für die geäußerte Annahme suchend, bis ihr fragender Blick Christ streifte.

"Der Kaffee", begann der SoKo-Chef. "Von der Annahme ausgehend, dass der Kaffeepott mit neunzig Grad auf den Tisch gestellt wurde, und er sich bei dieser Zimmertemperatur - ich schätze zwanzig Grad - der Newtonschen Formel entsprechend nach etwa vierzig Minuten auf diese Zimmertemperatur abgekühlt hat - und er ist kalt -" verdeutlichte er, "die Tasse nicht ausgetrunken ist - also Eile -; niemand eine so teure Marmelade offen stehen lassen würde - es sei denn, er käme gleich zurück, oder er will sie später nicht nochmals essen -; und wenn man sich den Trocknungsgrad der Marmelade ansieht", er wies auf die sich abzeichnende Haut, "und die dunkle Gelbfärbung der Butter", auch diese zeichnete sich ab; "und die Tatsache bedenkt, dass der Flug laut Flugplan um acht Uhr fünfundzwanzig startet, unter Einberechnung der Zeitspanne die man vorher zum Einchecken dort sein muss, der Fahrzeit von hier zu Flugplatz - mindestens dreißig Minuten -, ergibt das alles in allem: Drei Stunden", ratterte Christ herunter.

Stein hatte ihren Chef noch nie so viel Text hintereinander weg auf eimal von sich geben hören, und während dessen unbeabsichtigt die Luft angehalten. Jetzt atmete sie wieder ein und sagte: "Aha."

Stein war einmal mehr fasziniert von Christs schnellem Verstand und seiner scharfen Beobachtungsgabe, selbst für kleinste Details. Seine Logik gepaart mit seiner fast übermenschlichen Intuition war unglaublich.

Die Kriminalistin hoffte eines Tages auch solche Orientierungshilfen von ihrem Unterbewusstsein, die auf Erfahrungen basierten, über die Christ in einem gehörigen Maße zu verfügen schien, zu erhalten. Sie hungerte danach mit ihrer Analyse der Fakten und ihrer Logik ebenfalls so brilliant wie Christ zu Schlussfolgerungen zu gelangen.

"Und", begann Christ wieder und setzte eine kurze Pause, so dass

Stein vollkommen an seinen Lippen hing, "die Zeitschaltuhr am Kaffee-automaten steht auf sechs Uhr. Warum sollte jemand den Kaffee um diese Uhrzeit durchlaufen lassen, wenn er nicht fünf Minuten später seinen Kaffee trinken wollte", endete er.

Steins Blick lief verblüfft hinüber zum beleuchteten LCD-Display der Kaffeemaschine, wo der Autostart-Timer auf sechs Uhr für den heutigen Tag eingestellt war. Die Junge Frau atmete geräuschvoll aus.

Christ sondierte darauf mit allen Sinnen die weitere Umgebung.

Auch Stein schaute sich in der Küche um, dabei lief ihr Blick zurück in den Flur.

Dort waren mehrere kleine Schuhregale mit jeweils vier Ablagen nebeneinander aufgestellt worden, um all die Schuhe des Verdächtigen aufnehmen zu können, und das waren einige. So viele Schuhe hatte Stein in ihren ganzen dreiunddreißig Lebensjahren noch nicht besesssen. Und sie war eine Frau.

Christ war ihrem Blick gefolgt und schien zu erraten was sie dachte. "Da kann man neidisch werden", raunte er Stein zu.

Stein nickte abwesend, immer noch damit beschäftigt was sie im Flur sah, und wohin sie sich nun wandte, um sich das Ganze doch einmal näher anzusehen.

In der Annäherung an die Schuhregale fiel Stein an einem Schuhpaar etwas auf. Sie ergriff dieses, nahm es aus dem Regal und drehte es, um sich die Sohlen genauer anzusehen.

Christ war diese Aktion nicht entgangen. Es schaute zu Stein hin, als ihr Blick ihn traf.

"Größe 45", hatte sie der Schuhsohle entnommen. "Pfeiffer hatte diese Größe zu den Spuren in Röslers Keller geäußert. Und der Rösler selbst hatte 41."

Christ nickte bedächtig, und er bemerkte, als Steins Blick wieder an den Schuhen heftete, dass sie noch etwas umtrieb. Auch Christ Augen-merk legte sich nun auf die beiden Freizeitschuhe in Steins Händen, die schmutzig waren.

"Dieser Schlamm", begann Stein mit dem was sie beschäftigte und hielt Christ das Paar entgegen, "meine Schuhe haben, nachdem ich mit Brucati in dem Tunnel unter Röslers Haus war, genauso ausgesehen", erinnerte sie sich. "Ich wette, wenn Pfeiffer einen Abgleich mit dem Dreck hier und dem Boden im Tunnel anstellt, dann zeigt er, dass der identisch ist."

Christ glaubte das auch, aber etwas anderes bemerkte er: "Falls diese Regale den alleinigen Platz für Appelts Schuhaufbewahrung darstellen, hat er nicht viele Schuhe mitgenommen, falls er ausgeflogen ist."

Stein ließ ihren Blick die Regale entlang gleiten, wo jeder Stellplatz besetzt war. "Stimmt."

"Mal sehen wie es mit Kleidung aussieht", wollte Christ in Erfahrung bringen und lief zurück zum Schlafzimmer.

Stein folgte ihm.

Der SoKo-Chef trat an den Kleiderschrank heran und verschob die beiden großen Schiebetüren. Ein mottenvertreibendes Lavendelsäckchen geriet dadurch in Bewegung und baumelte am obersten Einlegeboden. Die Einlegeböden und Kleiderbügel waren noch gut gefüllt, offensichtliche Lücken schien der Schrank nicht aufzuweisen.

Stein wandte sich dem Nachttisch zu. Alles schien normal zu sein.

"Sieht weder nach einem Urlaub noch nach einem Umzug oder gar einer hektischen Flucht aus", äußerte sie.

"Eher nach einer geschickten Flucht", ahnte Christ. "Sehen wir uns noch das Wohnzimmer an."

Die beiden Kriminalisten liefen wieder in den Wohnraum mit der bequemen Sitzmöglichkeit, dem niedrigen Tisch, der Schrankwand und dem Fernsehgerät darin.

Auch hier fiel im ersten Moment nichts Besonderes auf. Nur das große Gemälde von Karl dem Großen an der Wand wirkte vielleicht etwas ungewöhnlich.

"Rösler und Appelt scheinen beide Karl-affin zu sein", raunte Stein mit Kopfzeigen auf den abgebildeten Mann mit der Krone auf dem Kopf und dem Bart.

"Scheint so", bestätigte Christ und wandte seinen Blick wieder dem Raum zu.

Das Wohnzimmer war ordentlich aufgeräumt. Allerdings gab es auch nicht viel was hätte unordentlich aussehen können. Der Raum wirkte eher spartanisch eingerichtet. Auf Dekorationsartikel verzichtete Appelt anscheinend. Nur ein paar Zeitschriften lagen auf dem Tisch.

Stein interessierte was dieser Mensch so las, daher sah sie den kleinen Stapel durch. Zwischen zwei Zeitschriften entdeckte sie einen Schnellhefter im A4-Format, der wohl dazwischengerutscht war. Die Klarsichtfolie ließ einen freien Blick auf die erste Seite der Blättersammlung zu. Doch die Kriminalistin konnte kaum glauben was sie dort sah. "Chef!", kam ihr fast lautlos über die Lippen. Mehr sagte Stein allerdings nicht, sondern sie reichte den Schnellhefter an Christ weiter.

Der nahm ihr die Blättersammlung aus der Hand und warf selbst einen Blick auf die erste Seite.

Während auf Steins Miene Ungläubigkeit und Begeisterung um die Vormacht kämpften, blieb Christs Antlitz gelassen, als er sagte: "Schau mal einer an!"

In seinen Händen hielt der SoKo-Chef die Abhandlung eines Pharmaunternehmens darüber, ob man die cardiotoxische Komponente des Giftes der Irukandji Qualle als Herzmittel einsetzen konnte. Christs Weiterblättern ergab Berichte über die Gewinnung des Giftes, dessen Analyse und verschiedene Testreihen.

"So ist der Appelt zu diesen Quallen gekommen", erkannte Stein, die die ganze Zeit neben Christ gestanden und die Seiten mit ihm überflogen hatte. Beeindruckt stieß sie Luft aus.

Christ nickte nur zustimmend.

Puzzleteil für Puzzleteil fügte sich aneinander. Die Indizien häuften sich.

"Der Appelt ist auf jeden Fall unser Täter", war sich Stein nun sicher.

Wieder nickte Christ, sah aber nachdenklich auf seine Uhr.

Stein tat es ihm gleich. Es war kurz vor halb Zehn.

"Er müsste jetzt bald landen", äußerte Christ, und Stein wusste genau wen der SoKo-Chef mit *er* meinte.

"Dosske und Brucati hoffentlich auch", raunte Stein unheilvoll.

Christ gab sich zuversichtlich. "Die fassen den schon."

*Hoffen wir, dass sie ihn zu fassen bekommen*, dachte Stein, sagte aber laut und mit voller Überzeugung: "Ja, wenn die beiden rechtzeitig landen, dann schaffen sie das doch im Schlaf."

"Mir wäre es lieber sie wären wach dabei", gab Christ trocken zurück.

**Kapitel 38**
Dienstagmorgen, neun Uhr vierunddreißig, 29. September

Die Vulcanair P 68 Observer 2 aus Egelsbach hatte Brucati und seinen Kollegen Dosske schnellstens nach Berlin-Tegel befördert. Der Pilot hatte das Letzte aus dem Polizeiflugzeug herausgeholt. Und die Warteschleife des Piloten der Air Berlin Maschine mit der verdächtigen Person an Bord tat ihr Übriges, damit die beiden Kriminalisten vor dem Gesuchten auf der Landebahn aufsetzen konnten.

Daniel Dosske war noch niemals über den Flughafen Berlin-Tegel in die Hauptstadt gelangt, und als er nun über dem Ortsteil des Berliner Bezirks Reinickendorf anflog, wurde er sich bewusst, dass er eigentlich auch gar nicht mehr damit gerechnet hatte hier einmal zu landen oder abzufliegen. Durch die massiven Bauverzögerungen des neuen Hauptstadtflughafens Berlin Brandenburg, kam der Kriminalist nun doch noch in den Genuss, den immer noch im Betrieb befindlichen Flughafen Berlin-Tegel zu sehen.

"Ach, dass ich hier nochmal landen darf", hauchte Dosske und verlieh dabei seiner Stimme einen wehmütigen Klang.

"Was meinst du, wie lange werden die hier noch starten und landen?", fragte Brucati.

Dosske hob die Schultern.

"Ich habe vor kurzem irgendwo gelesen, dass sie im letzten Jahr hier fast zwanzig Millionen Fluggäste abgefertigt haben."

"Ne ganz schöne Menge", erkannte Dosske an.

"Frankfurt hat natürlich mehr."

"Natürlich."

"Der ist auch etwas größer", gab Brucati zu bedenken.

Dosske nickte versonnen. "Meinst du BER wird jemals fertig", fragte er mit spöttelndem Unterton.

Brucati schnaubte durch die Nase. "Das ist schon unglaublich, was die sich da geleistet haben. Aber nächstes Jahr soll ja eröffnet werden."

"Das sehe ich noch nicht. Warte erst mal ab, was noch alles passiert", unkte Dosske.

"Na, irgendwann werden die diese Bauprobleme doch wohl im Griff haben", äußerte Brucati.

Dosske schien das zu bezweifeln. "Ich bin mal gespannt."

Der kurze Ruck, der bei dem Landevorgang die Maschine erschütterte, ließ die beiden ihr Gespräch einstellen.

Brucati legte seine Lederjacke ab. Er setzte auf Bewegungsfreiheit.

Obwohl es immer noch recht kühl war, verzichtete er auf sie. Auch wenn die Waffe in seinem Schulterholster so für jedermann zu sehen war.

Dosske behielt hingegen seinen Blouson an, er war weit geschnitten.

Der Tower hatte den Piloten aus Egelsbach eingewiesen und er ließ die Vulcanair P 68 Observer 2 nun in Richtung ihrer endgültigen Halteposition ausrollen. Noch bevor der Pilot dort die Bremsen betätigte, sah Brucati draußen den Kollegen aus Berlin mit einem Polizeiauto heransausen. Und ebenfalls im Sauseschritt verließen Brucati und Dosske das Flugzeug, als es stand und der Ausstieg endlich geöffnet war.

Der Kollege, der sich mit "Gerlach" vorstellte, nahm sie in Empfang und eilte mit den Angekommenen von der SoKo zum Terminal C.

Ihr Weg führte vorbei an einem der vielen lebensgroßen kunstvoll gestalteten Bären, die einem in der Hauptstadt an jeder Ecke begegneten. "Die sollten Berlin in Bärlin umbenennen", raunte Dosske seinem Kollegen zu.

Über einen Seiteneingang gelangten die Drei in die Ankunftshalle des Terminals C, wo schon ein weiterer Kollege wartete.

Obwohl die vier sich unauffällig gaben, war Brucati mit seiner Statur, und dem offenliegenden Schulterholster, für aufmerksame Zeitgenossen sofort als Polizeibeamter auszumachen.

Bis hierher hatte Gerlach geschwiegen. Der äußerst ruhige Kollege, den Brucati so um die fünfundfünfzig schätzte, war anscheinend kein Mann vieler Worte.

Auch Brucati und Dosske waren schweigsamer als normalerweise dem vorauseilenden Kollegen gefolgt.

Doch nun brach Kommissar Gerlach sein Schweigen. "Das ist der Kollege Trantow", stellte er den Wartenden vor.

Sie schüttelten sich kurz die Hände.

"Die Maschine aus Frankfurt ist im Sinkflug", wusste Trantow zu berichten, was Dosske befriedigt zur Kenntnis nahm.

*Also hat's geklappt*, dachte er, und erinnerte sich an das von Brucati getätigte Telefonat zurück, wo dieser für einen Zeitgewinn darum gebeten hatte, dass man die Maschine eine Ehrenrunde drehen, oder die Geschwindigkeit drosseln ließ.

"Sie hatten uns ja ihre Ankunftszeit mitgeteilt, damit konnten wir etwas anfangen", berichtete Trantow aufgekratzt. Er war das genaue Gegenteil von Gerlach. Er wirkte wie gerade von der Polizeischule gekommen und sehr hibbelig.

Brucati zückte das Foto Hankes und verlor ein paar zusätzliche Worte, zu denen, welche er am Telefon, als er die Kollegen informierte, schon gesagt hatte.

Gerlach und Trantow prägten sich den Mann auf dem Foto ein.

"Kann ich das mal haben", fragte Gerlach schließlich zu dem Foto in Brucatis Händen.

Brucati übergab es ihm.

"Bin gleich wieder da", meinte Gerlach und begab sich zu einem Uniformierten, der am Zolldurchgang stand. Diesem Mann übergab er das Foto und unterhielt sich kurz mit ihm, bis dieser seinen Kopf zustimmend bewegte. Danach kehrte er zu Brucati, Dosske und Trantow zurück und wies auf den Mann, bei welchem er gerade gewesen war. "Der Kollege wird den Herren von den anderen Fluggästen trennen."

Brucati und Dosske nickten, sie hatten verstanden.

Gemeinsam wartete man auf die Maschine aus Frankfurt. Schon nach kurzer Zeit wirkte Dosske genervt. Er stöhnte.

"Ich frage nochmal wann die Maschine landet", sagte nun Trantow und entfernte sich. Anscheinend konnte auch er kaum die Ankunft des Flugzeugs abwarten.

"Meinst du der Appelt ist als Hanke an Bord", fragte Dosske unvermittelt Brucati.

Der musste einen Moment über Dosskes Frage nachdenken, bevor er sie mit einem Schulterzucken beantwortete.

Dosske hatte natürlich durchaus Recht, sie konnten keinesfalls mit Bestimmtheit sagen, dass es wirklich Arno Appelt war, der unter dem Namen Hankes reiste. Es konnte ja auch sein, dass sie Niemanden, der dieser Maschine entstieg, kannten. Sie konnten nur sicher sein, dass der wahre Michael Hanke nicht der Passagier sein konnte.

Gerlach hatte Dosskes Frage gehört und sagte nun: "Als wir nach ihrem Anruf Kontakt mit der Air Berlin Maschine aufgenommen hatten, um die Anweisung für die verspätete Landung durchzugeben, hatten wir darum gebeten eine Stewardess unauffällig nachsehen zu lassen, ob der von Herrn Hanke gebuchte Platz auch besetzt ist."

"Und?", fragte Dosske.

"Der Platz ist von einem Mann besetzt."

Daniel Dosske schnaubte durch die Nase. Der Kriminalist hatte nichts anderes erwartet, schließlich hatte er mit eigenen Augen an seinem Bildschirm gelesen, dass jemand unter dem Namen Hankes eingecheckt hatte. Dosske wusste, dass irgendwo dort draußen gleich eine Maschine landen würde, in welcher der Mann saß, auf den er und seine Kollegen es abgesehen hatten, daher lenkte er seinen Blick suchend nach draußen.

Er bekam auch einen landenden Airbus zu Gesicht, der war allerdings nicht mit dem Air Berlin Zeichen versehen sondern trug ein anderes Logo auf dem Seitenleitwerk. Gelangweilt von diesem Flugzeug wandte Dosske seinen Blick wieder in die Halle.

Die Türen des Zugangs zum Terminal C öffneten sich und eine Schar von Passagieren betrat die Halle. Während ein paar davon geradewegs dem Ausgang auf der anderen Seite entgegenstreben, lief ein anderer Teil zu den Laufbändern, wo sich Gepäckstücke drehten.

Dosske beobachtete das bunte Treiben um die sich langsam drehenden Gepäckbeförderer, die einen Koffer nach dem anderen zu seinem Eigentümer schickten.

"Sagen Sie mal", wandte Dosske sich an Gerlach, ließ aber das Geschehen um die Laufbänder nicht aus den Augen, "wieviele Gepäckdiebstähle haben Sie hier denn so?"

"So rund fünfhundert sind es schon", antwortete der Angesprochene nach kurzem Überlegen.

Dosskes Mundwinkel wanderten nach unten.

"Im Jahr!", präzisierte der Kollege.

Seine Frage und die interessante Antwort hatten Dosske die Wartezeit etwas verkürzt, aber eben nur etwas.

Daniel Dosske seufzte, er hasste es zu warten, und wandte sich an Brucati. "Komm, lass' uns die Zeit überbrücken, wir 'Warmduschern' ein bisschen. Ich fange an", bestimmte er mit einem breiten Grinsen im Gesicht. Und bevor sein Kollege etwas gegen diesen Vorschlag einwenden konnte, sagte er schon: "Kofferdoppelverschnürer!"

Brucati wusste genau, dass Dosske keine Ruhe geben würde, bis auch er ein Wort gesagt hatte. Als er ihm nun in die Augen sah, bestätige Dosskes Blick diese Annahme. Daher gab Brucati lustlos von sich: "Laternenparker."

"Boah, ist der alt!", raunte Dosske.

Der Kollege Trantow kam zurück. "Die nächste Maschine, die aufsetzt, ist es."

Und wie auf das Stichwort schwebte eine Maschine ein. "Das muss sie sein", meinte der Kollege aus Berlin.

Brucati und Dosske standen mit den beiden Berliner Kollegen vor der großen Glasfront und starrten gebannt nach draußen.

Die Maschine setzte auf der Landebahn auf und hinterließ dabei in der Luft hinter dem Heck eine kleine weiße Abriebwolke der Reifen.

Unter den aufmerksamen Blicken der vier wartenden Kriminalisten rollte die Maschine aus und begab sich auf den Weg zu ihrer Halteposition. Dort warteten schon die Anhänger, welche die Gepäckstücke aufnehmen würden. Auf deren Zugmaschine saß ein Arbeiter und popelte ungeniert in seiner Nase.

"Wow", raunte Dosske anerkennend, und wies mit einem Kopfzeigen auf den Mann hin, "da holt aber einer das Letzte aus sich heraus."

Obwohl Brucati auf Dosskes Worte hin schmunzeln musste, schüttelte er angewidert den Kopf.

Die Gangway wurde an die Maschine herangefahren, aber die Tür öffnete sich noch nicht.

"Der Transfer beginnt gleich", wusste Trantow.

Nun warteten sie gemeinsam darauf, dass die Passagiere aus dem Flugzeug aus- und in den heranfahrenden Bus einstiegen, der sie zum Terminal bringen würde.

Brucati hatte sich vorsichtshalber hinter eine Strebe zurückgezogen, schließlich kannte Appelt sein Gesicht. Der Kriminalist lunzte nach draußen.

Noch war der Ausstieg der Maschine geschlossen, aber hinter den kleinen Fenstern konnte man Bewegung erkennen.

Vollkommen ruhig und auf das fixiert, was sich dort draußen tat, wartete Brucati ab.

Sein SoKo-Kollege wirkte hingegen noch genervter. "Das ist ja wie bei einem prall gefüllten Furzkissen, wo man darauf wartet, dass sich endlich jemand drauf setzt", murrte Dosske angespannt, da er langsam aber sicher die Geduld verlor.

Während Brucati, derartige Sprüche Dosskes bestens kennend, nur mit den Augen rollte, musste Kollege Trantow aus Berlin herzhaft lachen.

Gerlach schien hingegen eine echte Spaßbremse zu sein, er rümpfte nur die Nase.

Während es Dosske in seinem Wildleder-Blouson fast schon zu warm wurde, und er nervös den Reißverschluss öffnete, umgab Brucati mal wieder diese Aura der Ruhe vor dem Sturm. Er rieb sich bedächtig mit der Hand das Kinn, wobei sein muskulöser Oberarm im Ärmel des Poloshirts spannte.

Trantow hingegen tippelte nervös von einem Bein auf das andere.

Dosske blickte zu seinem langjährigen Kollegen hinüber. Er spürte einmal mehr, dass Antonio Brucati genau die Person war, die er gerne bei Einsätzen, wie dem bevorstehenden Zugriff, an seiner Seite wissen wollte.

Brucati warf Trantow einen Blick zu, der bedeutete: *Immer mit der Ruhe.*

Dosske atmete geräuschvoll durch die Nase aus. Auch er wollte, dass es nun endlich losging.

Der dunkelblonde Kriminalist kassierte dafür von Brucati fast so etwas wie einen strafenden Blick.

"Es hat nun mal nicht jeder deine Man-muss-nur-warten-Mentalität", raunte Dosske zu ihm hin und fügte flehend in Richtung Flugzeug an: "Man, macht die Tür auf!"

Und sein Flehen wurde erhört, die Tür wurde geöffnet und die ersten Passagiere stiegen aus.

Und dann sahen sie ihn. Arno Appelt, alias Michael Hanke, schritt lässig die herangefahrene Gangway herunter. Er wirkte selbstsicher bis in die Haarspitzen.

Seit die Stewardess ihm beim einchecken am Schalter "Einen angenehmen Flug, Herr Hanke" gewünscht hatte, hatte sich diese Selbstsicherheit noch verstärkt. Mit einem selbstzufriedenen Schmunzeln hatte Appelt sich an das Gesicht des echten Hanke, mit den starren Augen, zurückerinnert, als er ihn wie ein Stück Dreck entsorgt hatte.

Auf Appelts Anblick atmete Dosske schwer aus und rief erfreut: "Ein Zug!"

Während Brucati seinen Kopf auf die Brust fallen ließ und seufzte, weil er ahnte was folgen würde, sprang der junge Trantow auf Dosskes Äußerung an. "Was, wo?", fragte er stirnrunzelnd.

"Äh", äußerte Dosske, wobei Brucati in den funkelnden Augen seines Kollegen sah, wie dieser die Spaßkarte zog. "Ich meine, Licht am Ende des Tunnels!", sagte er, wie ein Verdurstender, der in der Wüste eine Oase erblickte. In diesem Fall hieß die Oase: Appelt.

Der Blick des Berliner Kollegens wanderte fassungslos von Dosske zu Brucati. Dieser zog nur die Augenbrauen hoch und zuckte mit den Schultern.

"Ruhig, Leute", raunte der gesetzte Gerlach, ohne den Blick von Appelt, alias Hanke, zu lassen.

Er gefiel sich offensichtlich nicht in der Rolle eines 'Statisten', also trat er in Aktion und griff zu seinem Funkgerät um sich mit irgendjemanden in Verbindung zu setzen.

Appelt war auf den Bus zugelaufen, der die Passagiere zum Terminal weitertransportierte und wartete nun darauf einsteigen zu können, da sich vor ihm ein kleiner Stau ergeben hatte.

"Da steht er, der Täter", raunte Dosske, dessen Mundwerk nie still stehen konnte, und wies verstohlen auf den Mann, den sie suchten, hin.

Von Brucati bekam er ein bestätigendes Nicken.

Er beobachtete, wie Appelt in den Bus einstieg, dieser losfuhr, und direkt vor der Tür des Terminals hielt, um die Fahrgäste wieder aussteigen zu lassen.

Schließlich betrat Appelt die Halle. Offensichtlich hatte der so sehnlich Erwartete nur Handgepäck bei sich, denn er bewegte sich schnurstracks auf den zollfreien Ausgang zu, wo der Uniformierte, mit dem Gerlach vorhin gesprochen hatte, ihn aufhielt und zur Seite bat.

Wie ein Rudel hungriger und doch vorsichtiger Hyänen schlichen Brucati, Dosske, Gerlach und Trantow sich an das Geschehen heran.

Brucati erkannte in den Augen Trantows eine gesunde Angst, als er auf Appelt zulief.

Immer enger schloss sich still und unbemerkt der Kreis um den zu Verhaftenden.

Appelt sah den Uniformierten, der ihn zur Seite gebeten hatte, ganz gentlemanlike an, und folgte ihm lässig hinter die milchglasige Trennwand, wo er seinen Bordkoffer auf die dort vorhandene Ablage stellte. Anscheinend dachte er, dass es sich um eine normale Kontrolle seines Gepäcks handelte.

Als Appelt allerdings Brucati gewahr wurde, begann seine Selbstbeherrschung zu bröckeln. Und als er merkte, dass außer Brucati auch noch drei weitere Männer auf ihn zukamen, blitzte der wahre Appelt durch die Fassade, der Gentleman verschwand, in seine Miene schlich sich Feindseeligkeit ein.

Brucati entging nicht der kurze Blick, den dieser ihm bekannte Mann, mit dem Oberlippenbart, in den Himmel schickte. Es wirkte geradezu als erwarte er Hilfe von dort.

Arno Appelt konnte es nicht fassen was hier passierte.

*Wo blieb die göttliche Fügung, die diese Menschen kurzerhand mit einem Blitz hinwegfegte? Musste er etwa wie bei Hanke erneut selbst tätig werden?*

Suchend lief Appelts Blick durch die Halle.

*Wo war das Werkzeug, mit dem er seinen Weg fortsetzen konnte? Diese ekelhaften Hindernisse zum Ziel mussten doch aus dem Weg geräumt werden!*

Brucatis und Appelts Blicke kreuzten sich.

Der Kriminalist nagelte Appelt mit einem gefährlichen Blick aus seinen Augen fest. *Ausgespielt!*

Appelt erwiderte den stechenden Blick aus Brucatis Iris eiskalt.

Anscheinend entwickelte der Umstellte gerade den Plan einer Flucht.

Doch Brucati machte ihm einen Strich durch die Rechnung, indem er seine Waffe zog und verdeutlichte, bis hier hin und nicht weiter.

Appelt starrte abwechselnd in die Mündung von Brucatis Waffe und in seine dunklen Pupillen.

In Arno Appelts Augen zeigte sich nichts von menschlicher Wärme oder gar Redlichkeit. Im Gegenteil, Hass flammte in ihnen auf, dieser Mann, ihm gegenüber, zerstörte gerade seinen Traum.

Schweißperlen bildeten sich auf Appelts Stirn, und aus seinem Mund drang ein unmenschlicher Laut, der seinen Wahnsinn zeigte.

Brucati und Dosske verständigten sich mit einem Blick.

Während Brucati weiterhin Appelt mit der Waffe konzentriert in Schach hielt, näherte sich Dosske von der Seite und legte ihm Handschellen an.

"Herr Appelt, ich nehme Sie fest wegen des Verdachts des Mordes an Marcel Rösler und Michael Hanke", begann Dosske. Abscheu kroch in seiner Kehle hoch, aber er verlieh seiner Stimme einen neutralen, wenn auch festen Klang, als er den Verhafteten über seine Rechte aufklärte.

Nachdem Appelt mit den Handschellen an den Handgelenken auf dem Rücken dastand, klopfte Dosske ihn nach Gegenständen ab.

Appelt wirkte dabei wie paralysiert. Er glaubte nicht was hier gerade mit ihm passierte. Sein Gehirn weigerte sich das eigentlich gar nicht Mögliche zu akzeptieren. Kein Wort kam über seine Lippen.

Alles was Dosske bei der Durchsuchung fand war das Portemonnaie des Verhafteten. Dosske reichte es an Brucati weiter.

Dann führten Sie Appelt ab.

Der verhaftete Mann lief den ihm vorgegebenen Weg ohne ihn wirklich zu gehen. Er kam bei jedem seiner Schritte herüber wie eine leblose Marionette, wie eine leere seelenlose Hülle. Er wirkte fast unheimlich.

Gerlach wies ihnen den kürzesten Weg zurück zu der wartenden Vulcanair P 68 Observer 2.

Als sie die vertraute Maschine aus Egelsbach erreicht hatten, bugsierte Dosske den Verhafteten durch die geöffnete Tür und nickte Gerlach und Trantow verabschiedend zu.

Brucati verlor noch ein paar Worte an die Berliner Kollegen, bevor er sich handschüttelnd für die gute Zusammenarbeit bedankte. Auch er bestieg darauf, mit dem Bordkoffer Appelts in der Hand, das Polizeiflugzeug.

Dosske hatte Appelt dort an einer entsprechenden Vorrichtung seines Sitzplatzes mit den Handschellen fixiert. Er selbst saß dem Verhafteten gegenüber. Ein zufriedenes Lächeln umspielte seine Mundwinkel, als er Blickkontakt zu Brucati aufnahm.

Das Polizei-Flugzeug bekam die Startfreigabe und hob flugs wieder Richung Egelsbach ab.

Zurück in der Luft schickte Brucati eine SMS an Christ. Ihr Text hatte nur drei Worte: *Wir haben Appelt.*

Als diese kurze Nachricht bei Thomas Christ auflief, erlaubte sich der SoKo-Chef ein kurzes zufriedenes Lächeln, als er Stein entsprechend unterrichtete.

Appelt hüllte sich hingegen an Bord der Maschine weiterhin in eisiges Schweigen, nur seine Augen wanderten unstet hin und her.

Dosske, der ihm von seiner Sitzgelegenheit aus genau ins Gesicht schaute, bemerkte, dass Appelts Augen immer wieder einen bestimmten Punkt neben Brucati anliefen.

Brucati hatte den Bordkoffer Appelts neben sich gestellt, und das ihm von Dosske weitergereichte Portemonnaie darauf abgelegt.

Dosskes Blick verfing sich plötzlich an diesem Portemonnaie. Als er vorhin dieses aus Appelts Jackettasche gezogen hatte, war ihm aufgefallen, dass es ihm sehr leicht vorkam.

Dosske erinnerte sich an den letzten Abend mit Schäfer und Pfeiffer bei Johnny, wo Schäfer sich beschwert hatte, dass er immer so viel Kleingeld in seiner Geldbörse mit sich herumschleppte. Und Dosske ging es eigentlich genauso. So wunderte er sich, wie leicht Arno Appelts Geldbörse im Vergleich zu seiner eigenen, oder zu der von Heinz Schäfer war.

Fokussierend zog Dosske die Augen auf dem Appelt gehörenden braunen Leder zusammen.

Brucati entging dies natürlich nicht. "Was ist?", fragte er.

Dosske zeigte auf Appelts Portemonnaie. "Gib mir das bitte mal", forderte er.

Brucati tat wie ihm geheißen.

Als Dosske die Geldbörse in die Hände nahm, und den Reißverschluss des Münzgeldfaches öffnete, schien es mit Appelts stoischer Ruhe aus zu sein. Hörbar sog er Luft ein.

Nun kippte Dosske den Inhalt des Münzgeldesfaches in seine rechte Hand.

"Mit Kleingeld hat er's wohl nicht so, der Herr Appelt", bemerkte Dosske trocken, als nur drei Münzen in seine Hand purzelten.

Appelt erwiderte nichts.

"Na, wieviel haben wir denn da?", fragte Dosske und betrachtete die paar Münzen in seinen Fingern. "Ein Euro", begann er, "zwei, dr...", doch beim Zusammenzählen der Summe blieben Dosske plötzlich die

Worte im Halse stecken.

Brucati sah seinen Kollegen aufmerksam an und dachte: *Mach's nicht so spannend.* "Und", wollte er die Summe wissen.

Doch statt des Ergebnisses kam Dosske ein Pfeifen über die Lippen. Er nahm Blickkontakt zu Brucati auf und sagte: "Ich glaube, ich hab' hier die Münze die beim Rösler fehlt."

Brucati sah Dosske überrascht an. "Das ist jetzt nicht dein Ernst?"

"Nee, mein Horst", raunte Dosske mürrisch und besah sich die Münze, die aus dem einen Fach der Geldbörse gepurzelt war.

Brucati lehnte sich zu Dosske herüber, nahm ihm die Münze aus der Hand und drehte sie zwischen den Fingern.

Das Brustbild eines Mannes war zu sehen, und Brucati brauchte nur die ersten drei Buchstaben der das Bild umrundenen Worte zu lesen, und schon kam ihm "Karl der Große" über die Lippen.

Auch wenn Brucati und Dosske in diesem Moment vielleicht nicht gleich bewusst war, dass es sich bei dieser Münze um einen wertvollen Porträtdenar Karls des Großen handelte, so war ihnen doch bewusst, dass er das Mordmotiv darstellte.

Dieses kleine runde Objekt und das kranke Gehirn Appelts waren verantwortlich für den Tod von zwei Menschen.

Brucati und Dosske schauten zu Appelt hin.

Sein Blick hing an der Münze fest. Alles andere um ihn herum schien er ausgeblendet zu haben.

Brucati hob die Münze an und Arno Appelts Augen folgten ihr wie hypnotisiert. Und noch etwas anderes drückten diese beiden stierenden Sehorgane aus, Appelts Wahnsinn.

Brucati gab Dosske die Münze zurück. Doch Appelt schien das gar nicht wirklich zu registrieren, sein Blick hing nur an dieser Silbermünze.

Dosske steckte alle Münzen wieder in das Portemonnaie und legte dieses zurück auf den Bordkoffer.

Nun hefteten Appels Augen regungslos auf dem Bordkoffer.

Brucati versuchte nochmals den Verhafteten anzusprechen, aber dieser war vollkommen entrückt.

Die beiden SoKo-Beamten würden auf dem Rückflug keine Probleme mit diesem Mann haben, er war in seiner eigenen Welt gefangen.

Brucati warf seinem Kollegen einen äußerst zufriedenen Blick zu.

Auch Dosske lächelte zufrieden. Entspannt lehnte er sich in seinem Sitz zurück und schaute aus dem Fenster.

Heute freute Dosske sich geradezu darauf später seinen Bericht in der SoKo-Zentrale zu verfassen, nachdem sie Appelt dem Haftrichter vorgeführt hatten. *Fall abgeschlossen*, ging ihm durch den Kopf.

Draußen am Fenster huschten Wolkenfetzen vorbei, die sich zu einer nebligen Wand verdichteten.

Die Zeit, bis die Maschine mit Brucati, Dosske und ihrer Fracht über heimische Gefilde flog, verging im wahrsten Sinne des Wortes wie im Flug.

Beim Anflug auf Egelsbach fragte Brucati seinen Kollegen: "Kommst du heute Abend auch zum Essen mit?"

"Essen! Da bin ich immer dabei", gab Dosske ehrlich zu.

"Wir sind bei Mamma", benannte Brucati die Örtlichkeit.

Dosske hakte sehr interessiert tuend nach "Wer ist denn wir?", wobei in seinem Tonfall mitschwang, dass er die Anwort bereits kannte.

"Samira kommt auch mit."

"Ah", seufzte Dosske mit einem süffisanten Tonfall, den er für solche Gelegenheiten parat hatte. "Kannst wohl gar nicht mehr ohne sie sein", warf er seinem Kollegen spöttelnd vor.

"Nix Ah", entgegnete Antonio Brucati für Dosske einen Tick zu sehr emotional. "Du weißt doch, niemals mit einer Kollegin!"

"Na, dann freu dich mal auf die Pension!", flachste Dosske mit einem breiten Grinsen im Gesicht.